漆环念

著

长江出版社
CHANGJIANGPRESS

ZHU FENG

目录

第一章　儒商遭遇霁温风 / 1

第二章　隔壁老王 / 10

第三章　是个狠人 / 19

第四章　围绕小鱼饼的一次谍报活动 / 32

第五章　从此以后，我就是你的老大 / 54

第六章　帽子戏法 / 76

第七章　霁温风逃课了 / 94

第八章　革命友谊的建立 / 125

第九章　哪件衣服？ / 160

第十章　为什么会有人喜欢站在厕所外头开会？ / 169

目录

ZHU FENG

第十一章　我霁温风究竟哪里比不上他 / 182

第十二章　陆容发起了游戏 / 200

第十三章　专家惨遭翻车 / 209

第十四章　他们决定公开兄弟关系 / 219

第十五章　儒雅富商会见青年优秀作家 / 227

第十六章　一个强大的联盟正暗中崛起 / 251

第十七章　陆容败下了阵来 / 259

第十八章　当城南风云人物吃醋的时候，天地为之变色 / 295

第十九章　人民教师，"戏精"终结者 / 353

第二十章　我的家人都是所谓问题者怎么破！ / 361

Chasing the wind

第 一 章
儒商遭遇霁温风

陆容和颜苟快步走过喷水池的时候，喷水池正在和着音乐喷洒水花。

学校的喷水池就像学生的同学录，只在毕业时拿出来用一用，其他时候就是个摆设。如果哪天喷水了，还带着灯光、音乐，绝对是为了迎接重要领导。

迎接重要领导这种事，照理说跟他们学生是没有关系的，但不知为什么，去食堂的路上堵住了，里三圈外三圈全是"吃瓜"群众，特别是女生，爆发出一阵儿又一阵儿花痴般的欢笑："他好帅哦！"

"怎么回事？"陆容问。

他盯着人群中央，但问的是身边的颜苟。

颜苟作为"全员恶人组"的信息员，立刻掏出手机，开始刷朋友圈。他把搜集到的信息整理好，递给陆容。

陆容一扫——现在正处于我们前方人群中心的人叫霁温风，十八岁，是霁氏集团董事长的儿子，之前一直在国外接受精英教育，目前转到我校大一就读。

附照片。

照片中的男生一头乌黑细软的头发，五官端庄，眉眼深邃，神情中透着一股高贵冷艳的疏离感。即使是大家都会拍成入狱照的证件照，霁温风

除了高贵冷艳，依旧没有任何缺点。

陆容："校草要换人了。得尽快在他身边安插人手拍他的近照'提供'给女生——等一等，家世好、颜值高，为什么来城南大学？"

颜苟拿着手机切换到校网页面，指着一条新闻《霁氏集团董事长参观母校，捐款重建图书馆》。

陆容把手机丢给颜苟："看来他成绩很差。"

要靠捐款才能读城南大学，这位二世祖大概只有颜值，没有智商，能不能做校草还要看他的性格魅力，拍近照的业务先往后推推。

将学校里发生的动态尽数掌握之后，陆容判定，这个二世祖的到来暂时对"全员恶人组"没有任何影响。拨开骚乱的人群，他继续朝三楼卖小鱼饼的窗口走去。

陆容和颜苟跑到三楼，卖小鱼饼的窗口已经排了长队。两人对望一眼，排到了最后面。按照过去无数次买小鱼饼的经验，轮到他们时，卖家应该还有货。

学生时代的食堂总是遭人诟病，但也不是没有亮点，城南大学的亮点就是小鱼饼。

小鱼饼是用长溪小梅鱼做的，将新鲜小梅鱼打散成鱼酱再和面粉裹在一起，加上各种作料下油锅煎。外表金黄，内里绵软，一口咬下去，鱼米香味扑鼻而来、入口即化——一个四元钱。

陆容很会做饭，曾经算过一笔账："西红柿三块钱一斤，鸡蛋两块钱一斤，西红柿炒鸡蛋，师傅打给我们的最多一两，不会再多了，居然要三块五。承包学校食堂真是暴利。"

但是食堂的黑心准则到小鱼饼这里就行不通了。小梅鱼一斤二十八元，不提什么面粉作料油盐人工，就这满满的鱼肉馅儿，就是亏本买卖，更何况这道菜工序复杂，为了保证口感必须现炸，也就是说，大厨必须在食堂人流量高峰期的半小时里做这道菜，不能提前准备！他一上午就耗在腌制、打浆、准备原材料了，这是巨大的人工浪费。

综上所述，如果陆容是食堂老板，会把这道菜从食谱中划去。

就是这道本不应该存在的小鱼饼，成为大家最后一节课后冲向食堂的原动力。

队伍慢慢向前移动，陆容和颜苟盯着前排端着餐盘经过的同学。

这个人拿了一个……还好。

这个人拿了两个……正常。

这个人拿了七个，太没素质了，可恶啊！他为什么一个人要吃七个小鱼饼！

队伍缓缓挪动着，人越来越少，食堂里人头攒动慢慢变成了空盘满桌，只有小鱼饼窗口这里还有人在坚持，陆容和颜苟就是最后两位。

他们眼看终于要排到了，身后突然传来嘈杂声。陆容回头一瞧，二世祖在教务处长的陪同下来了三楼食堂！

陆容收回之前那句话，二世祖的到来还是对"全员恶人组"造成了巨大的冲击。在没有任何可取之处的学生食堂，校领导要展现城南大学的伙食好，自然会带他来小鱼饼的窗口，而校领导是绝不会排队的！

他们来的路上因为学生围观霁温风，晚了一步，比他们后来的人要不走了，要不排着排着觉得支撑不住，提前离开，他们身后已经没有人了。

小鱼饼还剩下七个，他们前面还有两个人，如果他们有点儿良心，不违反"每人每次只能拿两个小鱼饼"的规则，那他和颜苟还能分到三个，可是一旦校领导插队，这个事情就不好办了！

颜苟看到教务处长褚仁良，一贯以来严肃认真的脸上露出大大的惊恐。

褚仁良经常贴在班级后门的窗户上监督他们学习。

颜苟是个三国迷，每天上课的时候都在英语书里藏着一本电子词典看各种三国书籍，有一回不幸被褚仁良发现了。

褚仁良没收了电子词典，还拎着他的耳朵一顿争吵，扭得很重。还是陆容用"全员恶人组"的资金陪他去看的医生。所幸没有大碍。但颜苟电子词典里搜集的各式各样的三国相关书籍没有了。颜苟从此以后对褚仁良又恨又怕。

陆容知道他对褚仁良有PDST（创伤后应激障碍），将他让到了自己前面："你先走。"

颜苟对上学长温柔坚定的目光，用力点点头，收拾起了惶恐和害怕，毅然决然地转身面向小鱼饼的窗口。

队伍最前方的那个人端着盘子，心满意足地走了。

他竟然拿了三个小鱼饼！

他有毒吗？我们排了半小时的队了！

现在小鱼饼就剩下四个了，包括陆容和颜苟在内还有三个人，只要前面那兄弟不拿四个，他们还是有希望的！

身后褚仁良和霁温风已经到了，陆容站定，脚趾抓地，像矗立在通道里的一座不可逾越的高山，挡住了他们的去路。

"霁同学，这就是我刚才跟你说的城南一绝——小鱼饼。"一阵儿风吹过，褚仁良领着霁温风，从旁边的走道里经过。

陆容："……"

每个窗口前，有一左一右两个通道，右边排队，领了餐后从左边通道离开。两个通道中间用铁栏杆隔开，但是最前面是相通的。

他失算了，想不到褚仁良竟然从离开通道插队！

新仇旧恨以及腹中饥饿的驱使，陆容行动了。他的手在左右通道中间的铁栏杆上一撑，潇洒地跃过障碍，稳稳落地，挡在了褚仁良与霁温风面前，依旧像山一样！

他转身笑道："主任也来吃小鱼饼？"

褚仁良根本不认识陆容，看到他一系列操作后，指了指铁栏杆，质问："这个地方可以跳吗？！"

陆容无辜地道："我在右边排了半小时的队了，左边一直空着，还以为不能排。看到主任从左边走，我才知道自己笨死了，我早该从左边走的，一急就跳过来了。我下次不敢了。"他说完便转过去，没事人一样站着，只给他们留一个后脑勺。

褚仁良陪重要客人插队，这算什么事情？

可是陆容也不指责他插队，直接跳了过来，堵了他的路——你从左边走，好啊，我也学着你从左边走。

正在褚仁良走也不是、留也不是的时候，身边传来少年低沉冷淡的声音："我们去别的窗口看看。"霁温风说完这句话，转身就走。

已经过了饭点了，其他窗口都没有人了，只有打饭师傅站在那里百无聊赖地聊天。

"好好好……"褚仁良陪着霁温风退出了通道，狠狠瞪了一眼叉着腰堵在窗口的陆容。

霁氏集团刚在学校捐款修建新图书馆，是城南大学的财神爷。霁氏的霁温风转学过来，霁总明面上嘱咐他们不用特殊对待……

要是霁温风回去跟他爸说，城南的伙食很差，那可怎么收场？

左边通道里，陆容逼退了褚仁良和霁温风；右边通道里，前面那位同学也买完了。下一个就是颜苟，两人对视一眼，都是经历过大风大浪以后见到曙光的开心。

前面那人走了。

颜苟上前，掏出手机，手机备忘录上是大大的三个字：全要了。

打饭师傅比他更快，啪的一声，关上了窗口："卖光了卖光了！"

陆容和颜苟："……"

前面那个兄弟大摇大摆地从他们面前走过，餐盘里赫然是四个小鱼饼！

今天，城南大学的大哥陆容，在排了半小时队、得罪了教务处长和新来的霁温风后，依然没有吃到小鱼饼。这是"全员恶人组"一次惨痛的失败。

"全员恶人组"第五届十三次代表大会

陆容和颜苟在食堂里没滋没味地吃完了饭，回到教室开会。

全楼层总共十二个教室，1—4班在A区，5—8班在B区，9—12班在C区，同属一层，中间有走廊连着，整个建筑呈E字形。

C区最大，一层有六个教室，其中两个空着。梁闻道每周三晚上去参加生物竞赛、物理竞赛的小课，是竞赛班的学习委员，主任把钥匙给了他，"全员恶人组"平时在那里开会。

陆容和颜苟过去的时候，梁闻道、李南边已经等在那里了。

"今天早上我拉了个新单子，是定制试卷的服务！那妹妹原来下不了决心，我让颜苟给我个电话，把她忽悠进来了！"李南边冲梁闻道炫耀。

梁闻道真诚地鼓掌道："多谢李哥！"

"说这话干吗？！我把人忽悠进来，后面还得靠你，加油。"

梁闻道自信地推了推啤酒瓶一般厚的眼镜："没问题。"

李南边兴奋地把自己挂在椅子背上，志得意满地盯着天花板："这一笔就是5999块，要是接十单，咱们这学期能做六万块！"

两个人都是一激灵，眼光一碰，傻乎乎地笑起来。

这时候陆容进来了，李南边人逢喜事精神爽，嘚瑟地冲他摆摆手："容容！"

梁闻道站起来："陆哥！"

"坐。"

这个空教室刚举行过活动，桌子、椅子都堆在四周，梁闻道和李南边先来的，搬出了四把椅子。陆容坐在中间，左边是李南边，右边是梁闻道，颜苟坐在李南边左边，拿着手机做会议记录。

"大家也都知道了，南边早上拉了个大单子，单笔进账5999块。加上之前的两单，南边同志的新业务在半个学期内创收一万八千块。大功臣。"陆容微微笑着，带头鼓起掌来。

李南边搔头："还搞这么正式……"神情却越发骄傲起来，眼中有光。

"长话短说。定制服务也不是第一次做了，就按照流程来吧！颜苟搜集资料，梁闻道负责带人。"

梁闻道："明白。"

梁闻道在被问题学长打劫之前也完全不认识陆容。他成绩好，个子却很矮，家里条件一般，经常被人称为书呆子，性格孤僻敏感。

梁闻道遇到陆容以后，人生轨迹完全改变了——他不再是被人取笑的书呆子，而是城南大学风云人物的"掌上明珠"！

没有人敢再欺负他了！

经过这几年的历练，梁闻道生理、心理上都得到了很大的提升。他长高了，不再是当年那个小矮子；他变得自信了，对自己更加认同，他不单单是个书呆子，他的知识都是钱；而且他不是一个人，有了一帮朋友。他们是"全员恶人组"，是城南大学光影背后的风云人物！

此时的梁闻道，浑身散发着镇定自若的大将之风。他，就是"全员恶人组"的赛诸葛。

今年组里推出的"皇家至尊VIP定制服务"，依旧以他为主导。这个服务不过是查漏补缺，给经典题型，再押几道题罢了。对于学力值爆表、常年稳坐全年级第一的梁闻道来说，那就是小问题。他之前带了两个人，效果都不错，颜苟还私下里跟他补习专业课呢！

想不到陆容说："这个定制服务，以后不要再卖了，这个学期只收三个人。"

陆容这话是对李南边说的，可反应最大的是梁闻道："为什么？！"

组里分钱非常公平，陆容针对每个人的工作量来分钱，甚至为他们几个人设计了考评制度。这个定制服务虽然是李南边拉来的，可提供核心服务的是梁闻道，带一个人就是好几千，穷苦书生梁闻道就指着这个项目呢！

陆容的目光投向了他："我思来想去，这是一笔亏本买卖。"

梁闻道："怎么会……"

陆容："看着是笔大钱，可你投入的时间、精力，要持续整整一个学期。"

梁闻道："不过是在卷子上多精进一点儿，又不需要我出面，花不了多少时间。"

李南边也说："是啊是啊，我负责对接，出了事儿我扯皮，找不到老梁这里！"

陆容："现在看上去是很简单，可要是效果不好呢？替人办事，之前的合作模式不说了，现在我们还要负责他们的成绩，他们的成绩若上不去，老梁是不是还要出面给他们补课？"

陆容的目光沉着、冷静、炯炯有神，梁闻道和李南边一时间说不出话来。

陆容道："带一个人，花一分心；带两个人，花两分心。老梁自己要念书，每个礼拜还要做全年级的卷子，再带三个人，他得有几颗心？砸了招牌事小，影响到老梁，谁负责？"

陆容的声音并不大，但当他的目光一一扫过众人时，颜苟和李南边都低下了头。梁闻道眼神闪烁，心中暖暖的。学长总是说，自己人得先顾着，学长这是心疼他。

"这个学期先做完，下个学期把这个项目取消。"陆容掷地有声道。

众人都蔫了。

陆容安慰道："法子多的是，何必找最吃力不讨好的？"

李南边、梁闻道重新打起了精神："是！"

颜苟亦在手机上输入了四个大字："听学长的。"

几个人把事情聊完，邓特拎着书包进来了，长刘海遮着左眼，只露出一只右眼，幽深地盯着他们。见他们几个要走，邓特愣了一下，站在门口要进不进。

陆容让其他几人先走，走到邓特身边："陪我走一走——最近怎么样？"

邓特话少，冷冰冰地吐出两个字："练拳。"

邓特这个人，是上届大哥留下来的，遇到事情打就完了，李南边管他叫"闯王"。

陆容不打架。在他的带领下，城南大学基本退圈，其余学校的怎么争，他都不管。谁牛都行，别妨碍他就行。不过陆容对邓特好得离谱。

陆容听他这样说，"嗯"了一声，两人走到教室门前，陆容让他等一等，进门到自己的位子上拿了一个盒子出来："给。"

邓特看了看盒子，又看了看陆容，接过去打开，里面是一双崭新的拳套。陆容消息灵通，上周末特意去体育用品店买了一副七八百的拳套。

邓特一愣，脸上流露出难为情的神色。

自从陆容当家以后，他身为"全员恶人组"的一员，从来没干过正事儿。每次开会，他们商量着怎么开源节流，邓特就坐在一边发呆。后来他

渐渐懒得来了，像今天这样迟到早退的情况不在少数。

陆容用不上自个儿，邓特心里明白。他一开始还跟陆容拧巴，陆容倒一直对他很好，还老是送他东西。邓特不好意思收，无功不受禄。

"你生日快到了，这是哥几个送你的生日礼物。"陆容道。

邓特摇摇头："我不能收。"

陆容又拿出一个奶油小蛋糕："生日快乐！"

邓特冰冷的脸上浮起两抹红晕，他表现出禁不住诱惑又强行忍住的表情："我在练拳，我不能吃热量那么高的东西。"

陆容："我知道。"

邓特的目光强行从小蛋糕上移开，幽幽地看着别处："我师父知道会骂我的，还会让我做一小时的平板支撑。"

陆容："我知道。"

邓特警惕地环顾四周："我师父的儿子跟我是一个班的。"

陆容："我知道，来，在我们班吃了再回去。"

陆容用目光示意（8）班的大门，将蛋糕递给他。

邓特终于禁不住反式脂肪酸的诱惑，感激地接过小蛋糕，安安静静地走进了（8）班教室，在陆容眼神的鼓励下，走到讲台上坐下。

（8）班同学："……"

同学A："这不是（1）班那个拳王吗？他来我们（8）班干什么，打拳吗？！"

同学B："他的眼神好恐怖……"

同学C："据说他用刘海盖住的左眼，上头是条刀疤。"

同学D："他跟上届风云人物关系超好，他是不是来我们班收保护费的？"

邓特坐在讲台上，幽幽地扫视众人，然后，掏出一个小蛋糕，打开，一口一口斯文且缓慢地吃了起来。

（8）班同学："……"

同学A："喂，为什么他要在我们班的讲台上吃蛋糕？这是在挑衅我们（8）班男人连自己的讲台都保不住吗？！我跟他拼了！"

同学B："别去，活着不好吗？！"

同学C："没错，听同学B的！他的左眼是被道上的砍伤的，据说他的左眼动态视力比一般人要高，你的动作在他看来只是慢动作，你根本不可能打赢他！"

同学D："如果他向我们收保护费的话，我们每个人给多少比较合适？"

（8）班同学陷入了集体沉思。

这个时候，陆容的前座——一个爱嗑 CP（character pairing，人物配对关系）的女生——经过，看到在讲台上细嚼慢咽吃蛋糕的邓特，上前撩起了他的刘海。

邓特："……"

（8）班同学："……"

同学 A："可恶啊！他在我们的讲台上吃蛋糕，还要我们的女生帮他撩起刘海！"

同学 B 失去了梦想："他的左眼上没有刀疤。"

同学 C："但我跟你打赌，爱嗑 CP 的女生会死。"

同学 D："我们班的女生跟邓特谈恋爱的话，我们是不是不用交保护费了？"

讲台下喧哗声越发大了，讲台上的邓特咬着叉子，清冷地看着爱嗑 CP 的女生。

爱看热闹的女生也端详着他："你长得还蛮好看的。"

邓特清冷地垂下了眼睛。

爱看热闹的女生擦掉邓特发梢的奶油，从口袋里掏出一枚发卡，帮他将刘海别好："这样奶油就不会弄到头发上了。"

邓特顶着粉红色的发卡，薄唇沾着奶油，冰冷地吐出两个字："谢谢！"

同学 A："无法形容……"

同学 B："不可理喻……"

同学 C："我实在编不下去了……"

同学 D："他是不是既不是来收保护费，也不是来谈恋爱的？"

众人意识到邓特只是突发奇想，想在他们的讲台上吃蛋糕。

第 二 章

隔壁老王

Chasing the wind

放学后，颜苟和梁闻道去图书馆搜集金梦露的学习资料，李南边陪金梦露放学联络感情。陆容给他们每个人发了个红包报销晚饭，自己则夹在放学的人群中，推着自行车往校外走去。

但凡是个学校，外头免不了有卖零食的。城南大学正门外就一排手推车，车上放着大煤炉，煤炉上架着热气腾腾的油锅，油锅上摆着黑漆漆的网箱。

放学高峰期，串串、香肠、里脊肉、骨肉相连等小吃，在油锅里翻腾；网箱上则摆满了刚出锅小吃，一经面世就被扫荡一空。"你支付宝扫过没？""哪个香肠？"这类问话飘散在香喷喷的空气里。

学生们无法抵制小吃的诱惑，在摊位前挤成一团，场面火爆。

小摊贩迎来生意的高峰期，忙得晕头转向，唯独一位中年大叔站在萧瑟的秋风中，头顶所剩不多的几绺头发随风飘扬。他眼前空无一人，油锅里空无一物，网箱上摆满了冷掉的串串，45度角抬头望着天空，很忧郁。

要不是他满脸横肉，可能像个诗人。

陆容在他面前站定："老王。"

老王的目光落下来："你来了。"下巴潇洒不羁地一抬，指着网箱里的烤串，"拿去。"说着他深深地吸了一口烟，又45度角看天。

陆容本来想拿的，可是老王一抽烟，烟灰就落在了里脊肉上，陆容伸了一半的手缩了回去。

老王生意差不是没有原因的。他又矮又胖，头发没剩下几缕，满脸横肉，整个形象都在诠释“中年油腻”四个字。

他还不讲卫生，拿烟灰当孜然粉使。

瞧隔壁陈玉莲多会张罗，不论是嬉笑逢迎还是厉声催款，都像是存心干这行的。老王一看就是苦于生计、勉强干这行的，没有热情，工作不积极。他就是那种收了你的钱也不好好烤串，烤焦了他还撒手不管的主儿。

“把烟灭了，跟我去趟菜市场。”陆容提议。

“好。”老王从板车后面走了出来，从上到下是白色工字背心、围裙、平角短裤衩、腿毛、人字拖。他把烟头丢在地上，潇洒地用人字拖踉了踉，慢悠悠地收拾了板车，拉到了不远处的车库里。

陆容和老王走过生意红火的摊子前，大妈正在大声问谁的鸡排。

陆容：“她叫陈玉莲，早上在学校门口做粢饭，晚上炸里脊肉，我上学的时候她已经在这里做了七年，也就是说，她扎根城南大学已经十一年了，十一年风雨无阻。她家里有三套房，年收入一百多万，我们放暑假的时候她去马尔代夫度假，她儿子跟我一样大，在美国念高中。”

老王深吸了一口烟，徐徐吐出，那气是如此悠长，甚至吹动了他所剩无几的头发。

老王：“大丈夫不为五斗米折腰。”

陆容：“我妈有情况。”

老王身子一颤。

老王：“大丈夫何患无妻。”

陆容：“这句话我给你记着。以后再上我家，直接打死。”

老王的脚步顿了顿。

他是 90 年代大学生，念纯文学的，内心敏感，性格耿直，在报社里做不下去，改开出租车。

他是有文人傲骨的，觉得开出租车不符合自己的身份，郁郁不得志，开车不积极，因此这么多年都没有靠开车发家致富。

年前老王惨遭抢劫，人没事，却对出租车患上了 PDST，到出租车公司把开了七八年的车还了回去，看了看银行卡里的余额：我这么多年都在干啥？钱呢？

之后他断断续续干过很多活，都干不过一个月，月前入了煤炉和油锅，

做起了烤串生意。

老王身在烤串，心在文学，经常思考一个问题：我学富五车，怎么沦落成这个样子？

想他当年也是名校高才生，研究俄国文学，捧着托尔斯泰的书在校园里走过，也有不少学妹脸红呢！

如今他都快四十了，钱没赚着几个，头发却一天比一天少，还没有成家立业。

这么多年，老王的梦中情人渐渐从学妹到少妇，再到中年离异妇女。

陆容的母亲方晴是筒子楼一枝花，单身带孩，老王住在她家隔壁，梦里都想做方晴的隔壁老王。

陆容对此不置可否。中老年人的爱情，他做晚辈的不主动、不拒绝、不负责。

可老王存着做他爹的心思，他也不能让这个潜在的爹一直这么寒碜下去，不然若哪一天真给老王得逞了，别人说起来："哟，校门口卖串的是你后爹？"他面上无光。

他后爹即使是卖串的，也得是卖串中的"王者"。

陆容驾轻就熟地走到菜市场。下班高峰期，菜市场里人头攒动，他依然推着他那辆捷安特女式自行车，这种地方的自行车跟丢在水里的石头一样。石头丢水里还能听个响，自行车没了，那就是真没了。

陆容一边买菜，一边提点老王："学校门口大家都卖里脊肉，你也卖里脊肉，你还是个新来的，没有性别优势、形象优势，你只有两种可能，在竞争中获胜。"

老王瞟了他一眼："say（说）。"

陆容："一是降价，你比所有人都便宜，买家就会选择你。但这不是长久之计，一旦你打价格战，要不其他卖串的也降价，要不其他卖串的合伙孤立你、打你，把你赶走。"

老王闭着眼睛听着，突然嘿哈一声，跳起来摆了个螳螂拳。

"神经病啊！"后面卖葱的妇女被他的手抽了一下，大骂起来。

老王立正站好，赶紧恢复了成熟稳重、不食人间烟火的样子。

陆容警告地看了老王一眼："二是你提供稀缺货物，大家都不卖的东西。"

老王："学校门口的炸串卖什么是有共识的，贸然引入新品，顾客不一定接受。"

陆容："不用担心这个，广受欢迎的新品，我已经给你想好了。"

老王："什么新品？"

陆容："配方三千块。"

老王："一个配方你要卖我三千块，你抢钱？！"

陆容："买卖讲究你情我愿。你不愿意，就捂紧自己的钱袋，抢不了你的钱。"

老王："……"

老王："便宜点儿！"

陆容："我可以不收你钱，但你以后每卖出一份，给我 10% 的提成。"

老王："你当我傻。这肯定是三千块买断便宜啊！"

陆容："给我 10% 就算我入股，我保证你半年回本、一年入店面、三年开连锁。"

老王："我不知道我是不是能半年回本、一年入店面、三年开连锁，但我知道你是真能吹。"

陆容挑完了各种鱼，摆在自行车车筐里："你回去好好考虑一下吧！"

老王想了一会儿："你妈真有情况？"

陆容："嗯，据我观察是这样。"

老王想了想，掏出手机："三千块？"

陆容不吭声。

老王："三千块就三千块。"他准备转账。

页面显示：余额不足。

老王换了好几张卡，均显示余额不足。

老王涨红了脸，对陆容渐渐扩大的邪恶笑意，脑门上冒出了细汗，最后把手机藏到了裤袋里，忧郁地掏出了烟。

陆容脸色一冷："我还年轻。"

老王只好把烟收了回去。

夕阳下，陆容推着自行车跟他一起走着，安慰地拍拍他的肩膀："往好处想，从此以后咱们就是合伙人了。"

老王："滚。"

两人走到筒子楼下，齐齐停住了脚步。楼下此时停着一辆不应该出现在此处的车，漆水锃亮，倒映着天上的晚霞，香槟白的车面上像流淌着火焰。

陆容把自行车一撑，和老王同时上前，盯着那奶油般丝滑的车面。

盯着盯着，老王抬起手，理了理自己所剩无几的头发。

陆容望着自己的倒影："宾利慕尚长轴距豪华顶配，上千万。"

老王："什么人会买这种车？"

筒子楼里的熊孩子拿着石子要往上头剐。

陆容抓住他的手，眼神一冷："别碰它！"

老王把孩子拽过来，往后面一推："可以理解，仇富心理，不要那么凶，这又不是你的车。"

陆容道："你不知道你下半辈子会不会发达，你也不知道你会不会哪天开上这种车。如果这是你的宾利，被人划了，你心疼不心疼？"说完他转身拎着一袋子鱼上楼了。

老王倚着车门，点燃了一支烟，望着陆容的背影，目光挪到天上："这孩子嘴里怎么成天那么多话？"

宾利的车窗降下来了。

司机："麻烦你不要靠着车。"

老王："哦。"

新后爹上门

陆容上楼，将钥匙插入生了锈的锁孔，手里还拎着刚买的菜。他盘算着晚饭做什么，家里的柴米油盐酱醋茶还有多少，实验小鱼饼需要哪种面粉，卫生纸用完了要去哪个微博领券薅羊毛。陆容在学校里是"全员恶人组"的学长，回到家里，是陆家的当家人。

他妈妈方晴，则是一个神奇的女子。

方晴出身于普通农家，初中毕业后就到棉纺织厂做工，长得极好，陆容他爹当初追她的时候，每天都带她去看电影，方晴就嫁给他了。婚礼搞得十分气派，方晴也做了一年的阔太太。

结果陆容刚出生，陆容他爸就出事了，豪宅被拍卖，方晴抱着孩子一脸伤心。后来还是陆家的长辈做主，把方晴和陆容他爸的婚给离了。陆家那边也就陆容他爸发了财，现在他倒了，谁也不想替他养着妻小。

方晴一个人把陆容拉扯大了。

照理说，单亲家庭的小男孩儿，很容易成为妈宝男，开口闭口就是"我妈不容易"。可是到了陆容这儿，这条就说不通了，陆容张口闭口就是"我不容易"。方晴凡事儿缺根筋，陆容能平安长大全靠自己的造化。

小时候他妈带着他住在出租屋，白天去上班，把他一个人扔屋子里。热水瓶放桌底下，插座摆跟前，简直是摆明地跟他说：容容，烫死、电死自己选一个，不客气！

陆容是靠着自己的机警，摸到热水瓶滚烫的瓶口，机灵地缩回了手；也是靠自己的逻辑推理能力，看到他妈拔插头时迸溅出的火花，认定插座是个危险物品。

等他长大一点儿，懂事了，记忆中第一个场景，就是他从床上掉下来，"咚"的一声撞在墙上，疼蒙了。他妈听见声音，跑进来，看到他倒栽葱一样倒在地上，笑了。

没错，她笑了。

她居然拍着门板哈哈大笑起来，还给他拍了照。

后来的事陆容不记得了，不过大概是他哭了吧！所以陆容从小就聪明、要强、谨慎、深沉、善于观察生活，总憋着一股劲儿，仿佛明天天就要塌了。无他，他妈是真的靠不住。

有一回春节他们俩去烧头香，庙里人太多，人挤人，陆容一不小心把香灰撒在了手上。

"妈！"他下意识地叫了一声。

方晴赶来了："儿子，烫哪儿了给妈看看！"

方晴手里也拿着香。

陆容下意识觉得大事不妙，可是为时已晚，方晴把着他的脸，手上的香直接捅进了他的眼睛里！

陆容："啊——"

陆容眼睛上缠了三个月的纱布，好歹是把视网膜保住了。不过从此以后，陆容就再也不指望方晴了。

这么多年方晴都没意识到，家里每个月的进账比她赚得要多。

陆容推门而入，心里还盘算着小鱼饼的事，可是家里亮着灯，门口有两双鞋，一双高跟鞋，一双43码的意大利手工皮鞋。

陆容猛地抬起了头，一个背头、白西装、蓝色衬衫的男人正踩着他39码的拖鞋，文雅又不失拘谨地悬着脚后跟坐在沙发上。

四目相对。

男人长着一副知识分子的眉眼、国字脸、细长眼，即使此时有点儿拘谨，依然散发着一股凛然正气。他剪裁得体的西装，搭配醒目的衬衫与领带，也很符合他的形象与身份，可是不知为什么，敞开的衬衫领口隐约露

出一根拇指粗的金项链，明晃晃的，让陆容挪不开眼睛。

"道上混的？"陆容第一反应就是这个。

陆容退回去看了看门牌号，没错，是他家，那么……

"你是谁？"陆容浑身的毛都竖起来了，他像一头保护领地的未成年公狮。

方晴听到外面的动静，拉开了厨房的门，戴着围裙红着脸走到他跟前，轻声且不好意思地说："容容回来了！"

陆容："嗯。"

方晴羞赧地道："这……这位是我男朋友。"

那个男人也站了起来，拘谨地向陆容行注目礼。

陆容："……"

这场面不太像妈向儿子介绍后爹，倒像女儿第一次领对象回家给爹看。

陆容跟在方晴身后进了厨房。一打开门，就是一股甜腻的味道，陆容强忍着恶心打开了锅盖，里头滚着大块大块的五花肉，肉色被滚水煮得惨白，皮上连毛都没燎干净。陆容心情复杂地把盖子盖上，站到方晴身边。

陆容："你跟他什么时候的事？"他想去抢菜刀。

方晴："刚认识半年。"手里拿着刀把牛肉全顺着条纹切了，切完扔进锅里，大好的牛肉成了牛肉粒。

陆容看着心疼："怎么认识的？"

方晴："他来我们餐厅谈生意，有个人把咖喱牛腩泼到了他的衬衫上……"说着，他抓起鱼拿刀背拍死，然后开膛破肚。

陆容心惊肉跳："你就是那个人？"

方晴嗔怪地瞪了他一眼："怎么会，你妈我是那种人吗？"

陆容还是孝顺，没有说是。

陆容："那你是给他换洗衬衫的那个人？"

方晴后知后觉还有这种操作："嗯？"

陆容："那你在这场事故中到底扮演了什么角色？"

方晴羞赧地低下了头："我是笑得最大声的那个。"

陆容："……"

方晴："不过他觉得我笑起来很有朝气！"

陆容心想，那可不是，人家都是嘻嘻，你是哈哈，手还要哐哐拍门板。

陆容对中老年爱情是怎么发生的不再追究，天要下雨，娘要嫁人，这是没有办法的事情。他心里也盼着方晴嫁人，他的负担好轻一些，如同盼着大龄未婚女青年嫁人的老父亲，只是这个人到底可不可以嫁，陆容要给方晴把把关。

陆容："他是什么人？"

方晴脸又红了："他叫霁通，你暂时叫他霁叔叔好了，等我俩领了证再改口也不迟。"

陆容："我问你他是什么人，老家哪里的，在S市工作吗？干什么的？"

方晴"哦"了一声："好像是开公司的。"说着她把没洗干净的鱼下了锅。

陆容想起霁叔叔脖子上拇指粗的金链子，觉得事情有点儿不妙："什么公司？调查过吗？"

方晴露出愤慨的模样："我不是那种为了钱的女人！"

陆容道："开公司的表面光鲜，背地里全是负债，公司越大，负债越多，万一他债务缠身怎么办？"

方晴："啊？"

陆容："签婚前协议。以后的事不好说，咱家这间老破小，你要留给我。"

这筒子楼本来也是他攒钱买的。这里离地铁站五分钟，在S城市中心，硬通货，随时可变现，攥在手里说不准还能拆着，是陆容目前指望得上的唯一的固定资产，还扛得住通货膨胀。

方晴半点儿不上心："再说吧！签这玩意儿多伤感情。"

陆容又问："他公司干什么的知道吗？"

方晴："我怎么问人家这个？"

陆容："那他涉 Black（黑色）吗？"

方晴："……"

陆容："我看到他脖子上的大金链子有这么粗，不是混黑道的一般不戴这么粗的大金链子。"

方晴："应该不会吧？他的大金链子说不准是假的呢，搁水里能漂起来。"

陆容："你怎么对人家半点儿不了解就谈婚论嫁了？"

方晴："我觉得他人挺好的啊！斯文又体贴，我上下班他都来接送，还为了顾及你的感受，半年了都不肯上来喝口茶。他还每个星期带我看电影。"

陆容怀疑他妈的择偶条件就是会带她看电影。

方晴说到看电影，还对陆容生起气来："你这个小孩怎么满口钱不钱的，有钱没钱日子照过，搭伙过日子，要看两人感情好不好。他每个礼拜带我一起看电影，我那么幸福，你怎么净找碴儿？"

陆容确定了：他妈的择偶条件就是带她看电影。

方晴的胳膊肘已经脱离她的身体，径直长在了霁通身上，陆容也就不再劝了。嫁出去的娘泼出去的水，他得亲自出马调查，从霁通那里入手。

陆容在厨房里抢不来主动权，由着方晴折腾，打开厨房的门，走到了客厅。霁通赶忙又站了起来，掏出一个大红包："容容，叔叔这次来也没有带什么好东西……"

"不着急。"陆容一摆手，在他身边含笑坐下了。

霁通愣了一下。

他觉得自己不是在给小孩发压岁钱，反倒像给老岳父送茅台，还被老岳父婉拒了。

"等你们领证了，你再发红包不迟。"陆容说道。

霁通："是我太心急了，呵呵！"

陆容："我听我妈说霁叔叔家里是做生意的？"

霁通："小生意。"

陆容："做哪方面的？"

霁通："起先是做催款、收款的。"他是互联网上最早一批开发信息搜集软件的工程师，但是做出来的产品貌似都服务于讨债公司了。他自己说着也笑了，觉得自己很幽默，与陆容拉近了距离。

陆容警觉地望向他："后来呢？"

霁通试图用通俗易懂的语言把自己的业务跟眼前的男孩讲清楚："现在完成了资本原始积累，看到什么项目有前景就投钱，项目顺利就收钱。"

陆容："不顺利呢？"

霁通："不顺利就收资产。"

陆容一怔：他就是个放高利贷的！

第三章
是个狠人

"吃饭啦！"方晴端着大猪蹄子走出了厨房，摆在了餐桌上，"聊什么呢？"

霁通略带羞涩地看了一眼陆容："容容对我的生意很感兴趣。"

陆容有点儿不知道说什么好。

"先吃饭，一会儿再聊。尝尝我的手艺。"方晴热情招呼二人。

霁通喜笑颜开地站起来，跟她一起分筷子分勺子："这么多菜啊？"

方晴红着脸道："那不是你来了吗？平时我都不下厨的。"

霁通害羞地低下了头："谢谢！"

方晴："瞧你说的……"

陆容想，这是什么中老年家庭爱情剧？！

方晴和霁通腻烦来腻烦去，终于想起了陆容："容容，手洗了没？快坐下来。"

"嗯。"陆容拖着沉重的脚步坐到了桌边。即使他已经做好了心理准备，可是看到那满桌的菜色时，他的脸依旧黑了好几个度。

方晴平时不下厨是有原因的——陆容不让她下厨，因为她做饭实在太难吃了。

陆容还没上学就已经学会下厨了，别的小孩还在满公园乱滚的时候，

陆容已经踮着脚踩在小板凳上做一日三餐了。

他不但学会了下厨，还学会了一个做人的道理：这个世界上是有天赋的，有些人对于某些事就是没有天赋，这不能强求，比如，厨艺对于方晴。

方晴已经很多年不下厨了，陆容几乎就快要忘记被方晴的黑暗料理统治的恐惧。可是当他看着这一桌菜时，他发出了这样的感慨：原来童年的噩梦是会跟随人一辈子的啊！

这做的都是什么跟什么？！

猪蹄和大肥肉刚才白花花地漂在锅里，他以为方晴还会有后续加工，至少放点酱油，结果她把锅都端上来了，现在整个客厅里都充满了那股甜腻的味道！

惨白的猪蹄旁边是红艳艳的红烧牛肉，在这碗红烧牛肉里，找不到一片完整的牛肉，因为顺筋切的，牛肉惨遭尸解，破碎地浮在过于厚实的勾芡中，让人想起未经打扫的古战场。

牛肉旁边，是一条死不瞑目的鱼。鱼躺在盘子里，双目朝天，肚皮敞开，可以看到鱼身上还没有完全刮干净的鳞片，在日光灯下折射出妖异的光。鱼肚子里黑漆漆的，同样没有清理干净，隔着三尺远就能闻到一股苦味，浓油赤酱也掩盖不下去，那是方晴在处理过程中捅破了鱼胆。

鱼旁边是一只鸡。炖鸡是非常不容易出错的菜，方晴从菜市场里买来的时候鸡就杀好了，她要做的也就是把鸡放到炖锅里去。可是方晴是从字面上理解了这个步骤，把鸡整个塞进了炖锅，屁股朝天，没有放任何作料，貌似也没有放多少水，所以陆容也不是很清楚这鸡的头部现在到底是什么情况，不过这个锅应该是废了，锅底下都黑了。

另外还有一盆小青菜，看上去虽然半生不熟，但好歹处于"能吃"的范畴。

方晴和霁通还在絮絮叨叨地说些看似家常、实则羞耻的话，陆容坐在那里，抓着筷子，一动不动。

"吃啊！"方晴终于意识到儿子的异常，作势要给他夹菜。

"不用了。"陆容制止了她夹菜的行为。

陆容扫视一圈，最后把目光锁定在小青菜上，伸出筷子，小心地夹了一点儿，放进自己的碗里。他又做了几次深呼吸，把一小片菜叶放进嘴里。

小青菜居然是甜的。

陆容站起来，淡定地走进卫生间，把小青菜吐到了垃圾桶里，作势干呕。

方晴在外间大喊："怎么了？"

陆容："吃鱼卡了。"

方晴："这孩子……都这么大人了，还会卡喉咙，真是。弄出来了没有啊？"

陆容冲了下马桶，淡定地走出来："弄出来了。"

霁通看他神色无恙，这才接话："小孩子嘛，吃到好吃的就容易狼吞虎咽，小心点儿就好了。"说罢他把那条鱼换到了陆容的面前，还作势要给他夹菜。

陆容："……"

虽然是恋爱期的中老年男子没错，但舔狗舔到这个地步就有点儿过分了吧！

方晴也觉得很过分，做主把鱼换了回去："他要吃自己会夹的呀，这么大的人了又不是夹不到，你吃。"说着她给霁通夹了一大块鱼腹。

陆容想，就这玩意儿，吃了能螺旋升天。他有点儿同情霁通，但是一想到如果方晴不动手，霁通难保不把这块鱼肉直接夹到自己碗里，又觉得霁通作茧自缚。他索性饭也不吃了，专心致志地观察着霁通，看霁通吃不吃。

霁通的白米饭上此时被一大块浓油赤酱的鱼肉盖住了，酱料甚至顺着瓷碗往下流，鱼骨头也横七竖八地露了出来，再配上底下半生不熟的饭，整个进食容器呈现出极度的混乱。可是霁通的表情是甜蜜的、欣喜的，斯文的脸上浮现两抹红晕，比他脖子上的大金链子还要刺眼。

方晴热情似火地催促道："吃啊！"

霁通沉默了良久，有些感动地说："哎。"说着，他就斯斯文文地把横七竖八的鱼骨头抽出来，夹了一小块放到嘴里。

霁通的神色变了，他镜片后面细长的眼睛睁大了："好吃！"

陆容对霁通心生敬畏。不论真心还是假意，能对方晴做的菜做出如此评价，说明此人对自己够狠。

霁通慢条斯理地吃完了那块鱼肉，方晴又兴高采烈地给他夹了块猪蹄。皮上带毛，肥膘如雪："尝尝我做的猪蹄！"

陆容看不下去了："算了吧……"

就算要试探他的真心，这样也未免太过分了，人心是禁不住试探的。

想不到霁通咬了一口，又道："好吃！好几年没吃过这么带劲儿的猪蹄了！"

陆容想，大哥，你早几年的生存环境到底是什么样啊？

霁通啃完了猪蹄，方晴忙着要给他吃鸡，霁通摆了摆手："要荤素搭

配。"他端起了碗，夹了几筷子小青菜，文雅又不失效率地把夹生饭扒进了嘴里。

陆容不忍心再看了。男人要娶老婆，真是件挺不容易的事。

霁通直接把饭吃光了，郑重地放下了碗："我发现，你们家的米特别好吃，嚼起来特别带劲儿。哪儿买的？什么牌子？"

方晴一无所知，拿胳膊肘顶了顶陆容。

陆容："就楼下超市，三块五一斤。"

霁通："很特别，有嚼劲儿，还有一股纯粹的米香，有我小时候吃大灶的味道。"说着他站起来端着碗向厨房走去，"我要再来一碗，你们谁还要吗？"

陆容无言以对，望着霁通在厨房里盛饭的侧影，觉得他可能不是演的。

霁通回来的时候，方晴招呼他吃鸡，这次的语气却不再那么活泼，声音哽咽，眼中有泪："你……你多吃一点儿……"

霁通："你怎么了？！怎么哭了？"

方晴："还从来没有人……喜欢我做的菜……"

霁通："怎么会？！"

方晴："容容就不喜欢。"

霁通投来的目光满含谴责，可马上又温柔地转到方晴身上，他安慰她道："孩子天天吃你做的菜，嘴被养刁了，自然身在福中不知福。反正我已经很久没有吃过那么有滋有味的家常菜了。"

"是……是吗？"方晴高兴地擦干了眼角的湿润，"那我以后天天给你做！"

霁通不好意思地看了陆容一眼："哎！"

陆容看着霁通埋头吃饭的模样，暗地里摇头。有些人表面上看着挺正常，其实天生有缺陷。如果味觉失常能够被看作残疾的话，霁通这样的情况可以领十级残疾证了。可能这就是什么锅配什么盖吧！陆容看着方晴幸福地看着霁通吃饭，心想，也许方晴的真命天子真的来了。他嘴角微微一挑，放高利贷就放高利贷吧！

陆容在厨房里洗碗的时候，霁通跟方晴一起站在阳台上。

方晴："咱们明天就要领证了，你怎么好像心不在焉？"

霁通沉重地道："你觉得容容喜欢我吗？"

方晴："喜欢啊！"

霁通："我看不透他的态度，他有时候给我一种特别深沉的感觉，特别是在饭桌上——我是不是吃得太多了？"

方晴："他平时就是这样。"

霁通还是惴惴不安，方晴安抚他："你是跟我结婚，又不是跟他结婚，就算容容不喜欢你又怎样？我喜欢你啊！"

霁通："可是我们以后怎么一起生活？"

方晴："没关系的，他总有一天会离开我们独立生活的。"

霁通摇了摇头："可这一点儿也不现实。"

方晴郑重其事地道："他不是我亲生儿子，我只是他的临时监护人。"

陆容手里的碗掉了。还有最后一个猪蹄，他想叫霁通把猪蹄吃了，不料听到了惊天大料。

屋里的气氛似乎凝固了。

霁通弯腰捡起了地上的猪蹄和塑料碗："我先进去洗碗，你们慢慢聊。"

他一走，陆容立刻问："妈，你刚才说什么？"

方晴："我不是你妈，我是你婶婶。"

一个令人悲伤的故事

陆容和方晴在阳台四目相对。

陆容："你说的，那个我父亲因为……的故事？"

方晴："是真的。"

陆容："那你因为带着我离婚的故事……"

方晴："也是真的。"

陆容简直要暴走了："这个故事里只有我才是假的吗？"

方晴拉着他在秋千上坐下。他们的阳台只有一米宽，但方晴在这里做了个秋千，平时用来放叠好的衣服和裤子。

方晴一副不知道从何说起的模样："是这样的。你的父亲和我的前夫，是一对兄弟。而你的母亲和我，是一对好姐妹。你能接受吗？"

陆容平复了一下呼吸："还可以。"

方晴："然后，我前夫犯了和你爸爸一样的错。"

陆容没说话。

方晴："他们是兄弟俩，他们就是一起出事儿了！"

陆容还是继续沉默地听着……

方晴："当时有两个选择，一是把你送去福利院，二是托付给我照顾。"

陆容："那我妈妈呢？"

方晴握住了他的手："你真的想知道吗？这是这个故事最让人伤心的地方。"

陆容："你说吧，我顶得住。"

方晴做了一次深呼吸："她也是参与者。"

陆容想，你们四个人竟然搭进去了仨？只有你是那个常在河边走却不湿鞋的人？

方晴："因为我那时候天天在舞厅里蹦迪，对他们在做的事一无所知。"

陆容坐在秋千上，心情十分复杂，这一出家庭悲剧他竟不知道如何开口。

他沉默了半晌，问方晴："那你们为什么不告诉我？"

方晴握住了他的手："告诉你什么？你爸爸和妈妈是罪人？你的血统太特殊了，你八岁就会开锁，我们只想让你做一个普普通通的男孩儿，不想你重蹈覆辙。"

陆容："我又不是怪物，哪儿来的血统？就因为这个荒谬的理由，我这么大都没见过自己的爸爸妈妈？"

方晴幽幽地道："他们出来以后，就去 S 城做燃料生意……"

陆容一愣："他们已经出来了？"

"是啊，后来他们发了财，变成了老板。"方晴耸耸肩。

陆容一时间倒想起来了："你说的不会是……"

有一年春节，从 S 城过来一家土大款，据说是他家的远房亲戚，男人叼烟、女的穿貂、小孩穿潮牌。小孩特别皮，女人却特别好，临走时塞给他五百元。

方晴沉痛地道："没错。给你钱的就是你妈，那个孩子是你弟。"

陆容沉默片刻，想忍还是忍不了："虽然我也不是特别想做他们的儿子，照理说，他们出来发了财，应该认我吧，这不是人之常情吗？他们为什么不认我？"

方晴咬唇："你真的想知道吗？"

陆容："说。"

方晴："他们觉得你有点儿装。"

陆容的眼神严厉得似要杀人。方晴扭过头对着别处说："就是你这么盯着人的时候。"

陆容瘫在秋千上，眼神放空。他刚刚得知父母不是亲生的，而且亲生的父母还双双出了事儿，出来以后去S城做了燃料生意，没有认他，最后拿了五百元打发他。他除了坐在秋千上沉默，还能说什么呢？

方晴："他们还是每个月在支付你的抚养费的。"

陆容："呵，可不是嘛！"他早就发觉方晴的银行卡流水也不正常，一度以为方晴被人包养了。

"往好了想，你不是有我吗？"方晴依旧握着他的手，陷入了回忆之中，"我知道咱们容容一点儿也不装，只是那个孩子打碎了你买给我的眼霜，所以你教训了他一顿而已。"

陆容起身离开："你刚刚为了嫁给霁通说'等我可以独立了就要离开'。"

方晴尴尬："这一句都被你听见了？"

陆容下楼扔垃圾，呼吸新鲜空气，霁通要走，两人顺道。霁通有点儿紧张，又不想冷场，给陆容讲了几个冷笑话，气氛一下更冷了，两个男人沉默着走到了巷子口。

陆容："你怎么回去啊？"

霁通："我有车。"

陆容："哦。"

两个人沉默地等车。

霁通突然跟陆容道："很抱歉让你听到了这么糟糕的消息。"他只是上门吃饭，陆容就突然没有妈妈了，各种意义上陆容对自己有意见也能理解。

陆容插着裤兜，淡淡地说："还行。"

霁通："你妈妈刚跟我处对象的时候说她有个儿子。如果不能接受她儿子，那就没得谈。我说我也有个儿子，然后一起聊你们，最后慢慢在一起了。她之前也不是没有遇到过好男人，但都没成，很大程度上是因为有你。如果她真的不爱你、想摆脱你，她就不会那么说了。"

陆容沉默了一会儿，问霁通："那你们除了谈儿子，还有什么共同语言？"

霁通："呃……"

陆容没等他回答，就淡淡地说道："我们家条件不好，我妈年纪大了，也没有什么文化，还带着个拖油瓶。"说完他瞟了霁通一眼。

霁通一愣，然后坦率地笑了："你到我这个年纪，就会知道情比理要紧。"

陆容对这个回答很满意："嗯，那行吧！明天你来接她？"刚才他俩商量的事他听见了。

霁通激动道："是这么计划的，想把我俩的事情办了……"

看陆容眼神瞟过来，霁通连忙改口："主要是去看场电影。"

陆容淡笑，两个人搭伙过日子，哪有那么多算计，霁通是个挺有人情味儿的人，方晴有福气。

说话间，弄堂里映出辉煌的车灯，打亮了一片筒子楼。陆容眯了眯眼睛，等视网膜适应了，才发现那辆傍晚见的宾利慕尚静静地开到了身前。司机下车，帮霁通拉开了门。

霁通："那我先走了啊！"他高兴又不失敬重地对陆容说，"明天上我家吃饭去！"

陆容想，这年头放高利贷的那么有钱吗？！这门婚事也没有想象中那么糟糕嘛！

陆容倒完垃圾回来，方晴正坐在沙发上整理着他小时候的玩具，默默啜泣。

看到陆容，她更是抱着一件旧的婴儿连体服哇哇大哭起来。

陆容拎着垃圾桶："你哭什么？"

方晴："我以为你不回来了，呜呜呜……"

他穿着拖鞋拎着垃圾桶离家出走吗？！

陆容心中失笑："你手里那件脏脏的小棉袄就是我的替代品？"

方晴涕泪横流："你小时候超喜欢这件小棉袄的！我刚做完的时候你每天晚上都穿着它睡觉！"

陆容轻笑出声，在她身边坐下。

方晴立刻把头挨在了他的肩膀上，眼泪流了他一肩膀："其实我不是怕你伤心才没有告诉你的，我不想你知道我不是你的妈妈，到时候你就会叫我婶婶，那我这些年就白忙活了……"

陆容："妈妈。"

陆容虽然心情波动，但他明白，当自己的妈妈不是明智的选择，送去福利院才是明智的选择。他没有成为一个因为家世被人指指点点的孤儿，而是在一个单亲家庭平凡地长大，是二十岁的方晴在那个时候站出来接过了他，张开羽翼守护着他。

方晴听到这声妈妈，流下了幸福的泪水。

陆容温柔地擦干净她的眼泪："今天哭的话，明天拍证件照眼睛会肿。"

方晴冲到卫生间想抹眼霜，又想起重要的事，攀着门框小心翼翼地问他："你会跟我一起去霁家的吧？就算我不再是你的监护人，你也会待在霁家的吧？"

陆容："你刚才可不是这么跟霁通说的。"

方晴向他保证："那是一种骗婚的策略，这些年我被甩过太多回了。"

陆容点点头："行吧，你去哪儿我就去哪儿。"

方晴又顾不上抹眼霜了，跑出来抱住了他。陆容亦是将她搂进了怀里："把你一个人嫁过去我也不放心，万一霁通欺负你怎么办？"在他们陆家，有个不成文的规矩，男人是要保护女人的。那个孩子摔碎了方晴的眼霜，陆容尚且挺身而出，更何况是结婚这种大事呢！

两个人抱了一阵儿。

陆容："他们不想要我，是因为我收拾了那个孩子吧！"

方晴："对不起，都是因为我……"她让陆容失去了回归家庭的机会。

陆容："再来一次我也会这么选择的。"

方晴更加用力地抱紧了陆容。

他们又抱了一会儿，陆容率先抬起了头："感觉有点儿微妙。"他们其实是没有血缘关系的。

方晴："我小时候给你洗尿布，你拉屎超级多尿布都兜不住。"

陆容把头搁回了她的肩膀上："这下好了。"方晴确实是他的母亲，没跑了。

天选之人

第二天一早，陆容做完早饭，叫了方晴一次，方晴赖在被窝里不肯起。陆容定了闹钟，提醒她今天霁通要来，然后在厨房里留了纸条，告诉她燕麦粥在锅里，荷包蛋在电饼铛里，这才出门。

老王站在他家门口抽烟。

陆容拿走他的烟头，丢在地上踩了踩："请不要在小辈面前抽烟。"然后陆容捡起烟蒂插在他的手里，"请不要在我家门口乱丢垃圾。"

老王："怎么什么话都让你给说尽了？！"说着他望了一眼陆容家里面。

陆容转身上了锁，隔断了他的视线，自顾自地下楼了。

老王一路跟在他身后，神情警觉地打探消息："昨天你们家来人了？你妈真的有情况？"

陆容看了看手表，用某大型美食纪录片旁白那般悠缓的声音吟诵道："每天的这个时候，陈玉莲早已经开始了一天的工作。正值上学高峰期，城南大学的学生陆陆续续来到学校门口，他们习惯在她的摊位上买上一个裹着里脊肉、烤肠、肉松、骨肉相连的粢饭团，抹上满满的海鲜酱，搭配热乎乎、甜甜的袋装豆浆，充当他们的早餐。陈玉莲用她的双手，抚慰了城南大学学生空荡荡的五脏庙，也为她的小家庭带来了源源不断的财富。"

老王："……"

陆容："然而大家所不知道的是，眼前的忙碌还远远不是陈玉莲工作的全部。为了筹备原材料，她凌晨3点就要起床，从农贸市场进货，然后用一口大木桶把糯米蒸熟，拉着推车把煤炉和木桶送到学校门口。这样的日子，她已经风雨无阻地过了十一年了。"

老王："……"

陆容走过堆满杂物的走廊，拿钥匙打开附属房的门锁，两三平方米的小屋子虽然也堆满了杂物，但收拾得井井有条。靠近右墙，留着一米宽的空当，刚好可以停下他的捷安特女式自行车和方晴的亮红色酷炫山地车。

陆容把捷安特女式自行车推出来，脸不变色、心不跳地拎起来，举过头顶，小心翼翼地护着自行车走过无处下脚的走廊。当他放下自行车的时候，橡胶轮胎在水泥地上弹了弹，陆容长腿一跨，潇洒地骑上了他的车子，腿一蹬就要走。

老王连忙拽住了他的车后座："我不好好工作是有原因的，我这不是遭遇了情感危机了吗？！我昨晚上都看到了，你陪着一个男人下楼，就那宾利。"

陆容"嗯"了一声："那是晚上7点30分。"

老王有了不好的预感。

果然，陆容一张口，又是某大型美食纪录片旁白那般悠缓的声音："晚上7点30分，S城的夜色已经全黑了。华灯初上，照着千家万户的窗户，窗户中飘出诱人的油烟。人们享受着忙碌工作一天后和家人坐下来团聚的时刻。这个时候，陈玉莲还站在黑夜里，眼前是一方小小的煤炉。星期三的夜晚，自习的学生正坐在温暖的教室里。陈玉莲打算等，她知道，一小时后，又将迎来小小的放学高峰，而她身边已经没有别的商家了……"

老王："我知道了！我知道了！我以后好好烤串不行吗？！至于吗？！

一家子都那么嫌贫爱富！"

方晴跟车主好上了这件事深深刺痛了他的自尊心。

陆容"呵呵"两声："不只嫌贫爱富，还嫌惰爱勤、嫌脏爱洁、嫌傲爱谦、嫌丑爱俊、嫌秃爱有头发。这是人之常情。"

老王郁闷地又要掏烟，被陆容眼睛一横，赶紧把烟盒捂好。他沮丧地跟着陆容走了一段路，又满怀希望地抬起头："所以你妈这事儿是真成了？不会吧？你妈跟车主，这哪儿跟哪儿啊？"

陆容威严道："这就是爱。"

老王蔫了。

陆容拍拍他的肩膀："'天涯何处无芳草'。我看你床头贴着那么多明星的海报，也不是非我妈不可。只要你向陈玉莲学习，媳妇总归是娶得上的。"

老王："……"

陆容："这几天念在你失恋，先给你放几天假。过两天上新产品，赚钱去，这么大人了，谈什么恋爱？"

老王耷拉着眉眼，插着裤兜停下了脚步，任由陆容走进了城南大学的大门。他在原地观察了一下陈玉莲，发现中年妇女烤起串来真带劲儿，脑子里乱糟糟地闪过黑夜中坚守的陈玉莲、凌晨备货的陈玉莲、年入百万的陈玉莲、在马尔代夫穿着三点式的陈玉莲……

陈玉莲叉着腰，中气十足一声吼："你瞅啥？"

老王吓得不敢再想，也不敢再看了，赶紧溜了。今天他就不出工了，反正陆容说了，给他放几天假。

上了两节课后，陆容跟李南边道："待会儿我有点儿事儿要出去，课就不上了，老师问起来你帮我挡挡。"

这种事儿李南边没少做，说了声"没问题"，又问："你去哪儿？"

"去食堂。"

"去那地方干吗？"李南边大男子主义还挺重，君子远庖厨这句话记得牢牢的。

陆容答非所问："昨天我和老颜排了半天队没买到小鱼饼。"

李南边义愤填膺地道："有这事儿？！"

陆容把教务处长插队、前面那个人又是怎样毫无廉耻地买了四个说了一遍。

李南边："怎么这么缺德啊？"

陆容却没有事发时那样大的情绪波动，此时他的神情是有点儿兴奋的："这玩意儿有市场。"

李南边跟着陆容这么久，陆容一说，他就隐约有点儿思路了："怎么，倒买倒卖啊？"

他能想到的就是把小鱼饼倒卖出去了。

陆容瞥了他一眼，李南边难得地露出了难为情的神情，挠了挠头："若我那天在，我就十块钱一个，把你们前面那人的小鱼饼买了！"

"十块钱一个，我都不要。"陆容道。

李南边拽着他的胳膊："我买给你嘛！"

陆容："……"

李南边缠着陆容问他这小鱼饼怎么搞，陆容有口无心地道："到时候你就知道了——前面怎么了？"

他们（8）班旁边就是楼梯，下来得早，此时已经在做操地点站好队了。对面教学楼却人挤人，特别拥堵。明明已经走到空地上的人也不忙着排队，站在楼梯口看热闹。

"这是怎么了？"陆容问。

李南边眉毛一抬："就那音乐喷泉。"

陆容："什么？"

李南边反应过来，"哦"了一声，笑着跟他解释："就你刚才说的那个二世祖转到（1）班去了，他来那天不是音乐喷泉都开上了吗？我们私底下就叫他'音乐喷泉'。"

陆容看着前方拥堵的人群："至于吗？"

李南边道："那可不是。我听说，他昨天一来就当上班长了。"

（1）班的学生很特殊，用一句话形容叫"非富即贵"。

学校为了保证（1）班的平均分，还把全校的好学生都抽到（1）班，梁闻道就在（1）班，这就导致（1）班的学生都不简单。

学生成分复杂成这样，班长就不好选，（1）班的学生入学半年了，班长愣是定不下来。

结果昨天，霁温风空降学院。周三下午刚巧有节班会，（1）班就宣布，要再来选一次班干部，替代原来的临时班委。

老师："跟以前一样，先提名，后投票。"

梁闻道："我提名我自己！"

赵一恒："赵一恒。"

同学 A："我提名霁温风同学！"

同学 B："我提名霁温风！"

同学 C："霁温风！"

陆容听到这里"啧"了一声。

李南边："（1）班同志不给力啊！基本上属于倒贴。而且你先等我说完，他们后来选举的时候，倒贴得更厉害！"

提名完了，老师请各位候选人上台演讲。其他同学，不管是毛遂自荐，还是被人投上去的，不论真心假意都要说几句"会好好为同学们服务"之类的场面话。梁闻道甚至用上了"肝脑涂地"这种话。然而霁温风一上去就发表了一通演讲，主题思想是他不想当班长。

陆容："狂。"

李南边："结果他票最高。"

陆容："（1）班的人为什么那么没骨气？"

话音刚落，不远处的第一教学楼楼梯口就响起一阵儿尖叫。

霁温风的手插着裤袋出现在楼梯拐角处，面无表情，五官却完美地诠释了"精致无俦"四个字。丑到人神共愤的校服套在他那标准的九头身上，也是相当耐看的。

李南边在陆容耳边幽幽地说："因为帅。"

陆容摇摇头，为同学们如此没有定力而痛心。

第四章
围绕小鱼饼的一次谍报活动

陆容径自去了食堂，嘱咐李南边："交给你了。"

李南边："放心吧！"

第三堂课是英语。英语老师是个刚毕业的硕士，身材骨感又不失性感，着装风格偏紧身，如果不是气场镇得住，会成为不少男生的梦中情人。这个英语老师思维敏捷，一进教室就发现陆容不见了。不过男生迟到也不是什么要紧事，她自顾自开始上课。

讲了十分钟，陆容还是没进来，她放下了课本："陆容今天怎么了？"

李南边举手道："他身体不舒服，我把他送去医务室了，医生说要留下来观察，如果是急性肠胃炎还要送医院。"

英语老师"哦"了一声，提醒诸位同学："你们平时吃东西一定要小心。"

同学们心中都涌起了丝丝温暖。

得了"急性肠胃炎"的陆容此时正在视察学校食堂的食品安全工作。他大大咧咧地晃进了后厨，很快被人叫住："干什么的？！这里不能随便进来，没看见吗？！"

学校食堂窗口的后面是厨房，白墙，地面铺着白色方形地砖，总是湿漉漉、油腻腻的，踩上去像是走在没彻底凝固的柏油马路上。厨房里是清一色的冷铁色流理台和同样材质、同样色泽的灶台，巨大的通风管道就在头顶。

在这里干活的厨师也全然没有什么情调，穿着白色的厨师服，戴着白色的厨师帽，胸前是又沉又硬的深色围裙，踩着黑色套鞋忙忙碌碌地走来走去。

这样的地方自然管理得严、条例诸多，"闲人免入"是第一条，穿着校服的陆容闯进写着"后厨重地"的那扇门后，在整个黑白灰的厨房里特别扎眼，第一时间就被管理员勒令退出。

陆容不紧不慢地走到管理员面前："教务处长叫我来的。我没有吃完饭，又忘了把剩菜、剩饭倒进桶里，主任罚我来这里帮忙半天，让我感受食物的来之不易。"

陆容平时是把餐盘舔干净的人，可他不止一次看到褚仁良站在回收桶前训人，来食堂帮忙不是没有先例。

这确实是褚仁良会干的事儿，老往他们厨房塞问题学生。

他敷衍道："这里没有什么要你帮忙的，你回去吧！"

陆容："我回去了，老师要骂我。"

管理员道："那你在这里待着不要乱晃，不要妨碍我们工作。"

陆容："行。"

管理员走了以后，陆容立刻乱晃起来，眼神在一个个大厨身上打量。后厨现在正井然有序地准备食材，生火做饭，只有窗口边打饭的凑在一起聊天。有几个人手里夹着烟，好奇地盯着陆容。

陆容收回了目光，专注后厨这边。走了好几间屋，他眼前一亮，是这个人！

他走上去问："请问您是在做小鱼饼吗？"

厨师："有眼光啊，小兄弟。"

"有什么可以帮忙的？"陆容见厨师面露戏谑，"我是被发配到这里给你打下手的。"

厨师"哟呵"了一声："发配？"

陆容："嗯——您这是在打浆？连骨头一起打碎？"

厨师："没错，小梅鱼骨头细软，平时清蒸也是连皮带骨吃，打浆的时候去了头，整条扔进去就是了。你懂得还挺多嘛，会做菜？"

"嗯，会做一点儿。"陆容顿了顿又道，"以后想做个厨子。"

厨师："你这是什么理想？"

　　现在的小孩子，心气都高着呢，小时候想做科学家，长大了就齐刷刷地想一夜暴富，什么剪头的、掌勺的、开拖拉机的、搞汽修的，都入不了他们的眼。大厨在城南大学干了这么多年，对这批天之骄子的脾气可拿捏得紧。他家十岁的儿子都看不上自个儿，这帮小兔崽子就更别提了。

　　他成天在这里做小鱼饼，小鱼饼的风靡与他无关，他想起来也是颇为落寞。这让人落寞的工作好不容易来了个人，还是想干厨师的人，厨师面露好奇，心生亲近，也端起了前辈的架势，粗声粗气地问："为什么想当厨师？"

　　"有意思。"陆容不等他吩咐，便勤快地卷起了袖子，在揉好的面团上掐了一小段，抓了把面粉往桌上一撒，不紧不慢地揉起来。

　　"把水里游的、天上飞的、地上跑的弄成各式各样的原料，把地里长的、海里生的通过发酵和酿造弄成各式各样的配料，再按比例煎炒蒸煮结合成新的物品给人类供能。能吃的东西千奇百怪，配方组合无穷无尽，比化学有意思，毕竟化学不能吃。"

　　有意思吗？厨师琢磨了一下，回忆起自己干厨师的初衷。他可没想那么多，就是为了学门手艺赚点儿钱。

　　不过听他一说，厨师油然而生一股所学精深、精妙无穷，还为全人类的生存提供了物质基础的自豪感，不由得对眼前的工作与身边的弟子更加满意起来。

　　"揉面揉得可以啊！"厨师表扬道。刚好鱼浆打完了，他把鱼浆倒在了盆子里，抓过陆容揉好的面团，用勺子舀了勺鱼浆送进去。他飞快地把口子捏牢，一搓，拍扁了摆在一旁的铁盘上。

　　"这鱼浆跟我家里打的不一样。"陆容在一边仔仔细细地看着。虽然他的动作也很熟练，但跟厨师快得好像出幻影一样的速度一比，专业与非专业高下立见。

　　厨师有意在他面前卖弄自己的厨艺，"哼"了一声，骄傲地说道："那是独门秘方。"

　　"不是在打浆这一步放的，是腌制过了？"陆容瞄了一眼打浆机，然后舀了一勺闻了闻，"糖、醋、盐……这股很香的味道是？"

　　厨师得意地道："你猜？"

　　陆容："我猜不出来，我没闻过这种味道。"

　　厨师："这就对了。我放了猪油。你们这一带的人似乎不吃猪油，在我们内陆地区，特别是穷地方，猪油可是餐餐必加的东西，吃面的时候舀一勺在里头，别提多香了。"

陆容眼睛一亮，不动声色地道："原来是猪油。"

他陪厨师把小鱼饼都捏好了，外面裹上蛋清和面包糠，厨师看了看时间："现在只要等第四节课下了，下锅炸就行了。"

陆容脸上浮现焦虑的神情，不好意思地多看了他两眼。

厨师觉得这些小同学真可爱，什么都写在脸上："干这么点儿活就肚子饿了？"

陆容幽幽地看着他不说话。

厨师开了火，等油烧热了，夹起长筷，把两个小鱼饼放到了油锅里。陆容走到他身边，打开手机开始计时。不多时，小鱼饼两面都炸得金黄，厨师把小鱼饼捞了起来，摆在一边。陆容低头看手机，三分二十三秒。

厨师威严地道："工作时间不许看手机！"

陆容："哦！可以吃了吗？"

厨师："不行，还有一道重要的工序——复炸。"

陆容："什么叫复炸？"

厨师把两个小鱼饼的油沥干，再次放进了油锅里："复炸就是炸第二次。第二次下锅，会把小鱼饼中的油全部吸出来。"

陆容再次打开了计时器。三十秒钟后，小鱼饼再次出锅，厨师给了他一双筷子和一个盆，把小鱼饼全放在他的盆里。陆容夹起小鱼饼一看，确实是滚烫干燥的，盘子上一点儿油星子都没有。

陆容："厉害。"

厨师得意扬扬地伸手过来，从他盆里夹了一个，两个人坐在一起把小鱼饼吃了。

陆容："我们偷吃会不会不太好？"

厨师："没关系，我是这里的学长。"

陆容："工资高吗？"

厨师："非得问这个吗？"

陆容吃完了小鱼饼，站起来拍了拍裤子："我的发配结束了，我要回去上课了，下次再来找你讨教。"

厨师："常来常熟。"

第四节课是现代汉语。老师一上来就问："我听你们英语老师说陆容生病了？什么情况，要不要送医院？班长，你去医务室看一下。"

李南边："老师我也去！"

老师："班长现代汉语99分，你59分，你落下了谁给你补啊？"

李南边："班长。"

班长："……"

李南边："老师，万一陆容需要人扶，班长一个人怎么行？咱们可是在三楼！"

老师道："要真到了这一步，你们还是直接叫救护车吧！"

李南边一到走廊上就要给陆容发微信，班长手疾眼快地握住了他的手机，警觉地道："他不会是逃课了吧？你给他通风报信？"

李南边："怎么会！我跟他又不熟。"

班长："把手机给我。"

"你侵犯我个人隐私！"李南边说着把手机收了起来，"这样你总满意了吧？哼，以小人之心度君子之腹，我明明是在看照片。"

班长："走路看什么照片？！"

李南边消息送不过去，路过（6）班的时候假装绊了一跤，弄出了很大的动静。颜苟发觉了，立刻发微信到"全员恶人组"里，通报了李南边与班长一起在走廊里出现的消息。

李南边和班长一道去了医务室，陆容正坐在那里，手里拎着个塑料袋，袋子里装满了胃药。他详细地询问完各种药品的服用剂量，见李南边和班长进门，跟医务室老师道："那我先回去了。"

医生担忧地道："我建议你去医院做个胃镜。"

陆容摆摆手："上课要紧。"

李南边横了班长一眼，上前将假装虚弱的陆容搀住。

陆容坚强地推开了他："我好多了。"

他在食堂观摩了小鱼饼全套生产流程后，马不停蹄地来校医院看病。他跟李南边有默契，李南边给他请假保准是肚子痛。胃病嘛，症状很多，胀气、便溺、肚子疼，随便挑几样装装，医务室也开不了重药，只能给几片健胃消食片，吃了在一旁观察一下。

颜苟一发消息，陆容装得更加卖力了。

班长无话可说，上前问陆容："你吃什么了？"

陆容："我妈做的菜。"

班长："……"

要阻止他扣篮

这学期课表排得不科学，昨天上过体育课，今天下午又有体育课，不巧是（1）班和（8）班一起上，霁温风的到来让整堂课从热身阶段起就十分混乱，已然是校园明星到了（8）班的派头。

体育老师是个深沉、腹黑的男人，年轻时颇为放荡不羁，现在做了名校教师群体食物链端往下的体育老师，正闷得发慌，唯恐天下不乱。他听说了这位二世祖的丰功伟绩，当场宣布今天的篮球课（1）班和（8）班对战，一米八七的霁温风毫无疑问被挑去打篮球，陆容也不幸被选上场。

班长还是很有骨气的，赛前圈着大家的肩膀说："（1）班没骨气，咱（8）班不能也没骨气，咱们死也不能输给那个人，让他继续那么逍遥下去！"说着他狠狠瞪了一眼自己班里的女生，她们可都站在篮球场边上给那人加油呢！

其他三名队员点头应是。之前霁温风没"勾引"到（8）班女生头上，他们可以睁一只眼闭一只眼，现在不一样了，夺女同学之恨，不报不是男同学！

班长"大喝"一声，带着队伍朝篮球场走去，故意慢走了几步留在陆容身边，眼神深沉："陆容。"

陆容："哎。"

班长："你肚子好了吗？能撑得下去吗？"

陆容："还成。"

班长把手搭上他的肩膀，用力一箍："容止，我知道你身体不好，可现下已经到了国破家亡的地步，我们若再退，就是妻离子散的下场！"

陆容："容止是谁？"

班长："我给你取的字。你可以叫我安仁。"

陆容："班长，我记得你叫方长，而安仁，是潘安的表字。"

班长名叫方长，天天被人口头上占便宜，大家一下课就呼朋引伴地"来日方长"，让他雄风不振。方长心里苦，沉迷言情小说的文学少年方长因此给自己取了表字，假装自己是中国历史上最有名的美男子，谆谆教导陆容道："不要叫我方长了，我的表字叫安仁，是兄弟就叫我方安仁，记住了吗？"

陆容："好的方长，是的方长。"

班长将他推开："绝交了。"

陆容:"还有一个问题。"

方长:"曰。"

陆容:"谁是妻,谁是子?"

方长大手一挥:"(8)班女生由我们(8)班男生来守护,这个道理你不懂吗?"

陆容摇摇头。在他看来方长完全没必要那么紧张,他现在正跟霁温风面对面准备抢球,胳膊挨着胳膊,腿挨着腿,眼风不断扫着对方和球。就这画面,他们班女生能写八百万字的小说,他们守护个什么劲儿啊!

体育老师将球在霁温风和方长之间一抛,随着球到半空中,哨声吹起!

方长眼前一黑。霁温风动作非常快,刹那间跳起半个身高。他紧随其后,可他开始下落时,霁温风还在往上蹿。

"这什么弹跳力?"方长心里一惊,对面已经轻巧地把篮球抓在手里了!

一落地,霁温风带着球像风一样穿过形同虚设的防守,在篮下纵身而起,啪一下把球扣进了篮筐!

哨声响起。

方长目瞪口呆,举起手表示暂停,把队员们再次聚集到了一起。

五个人像刚才那样手搭着肩膀弯腰站着,埋头讨论,刚才那股志得意满的气氛消失了,只剩下五个人一脸蒙。

方长流着汗看着鞋:"这个人为什么会扣篮?他也才一米八七啊!我一米七五我也不会扣篮啊!这不科学。"

有个人严肃地猜测:"从他会隐身带球过人来看,他应该是黑子哲也。"

陆容道:"火神大我。"

众人的目光齐刷刷地投向他。

陆容:"美国回来的。"

众人恍然大悟:"确实是火神大我。"

"嗯嗯,没错!"

"陆容说得对。"

"更像火神。"

他们说完之后陷入了冷场。

"所以现在怎么办啊?!"四人发出了尖叫。

方长作为一班之长还是很有担当的,一边尖叫一边还能思考如何布防:

"所有人，防他！"说着他示意体育老师，比赛继续。

哨声再次响起，赛场上出现了惊人的一幕：（8）班的五个男生肩并肩把霁温风困在中央！

霁温风一开始还想走两步，后来发现这五个人围着他走动。（1）班的其他队员见状，站在篮筐下无聊地投篮。

有人看不下去了，额角流下一滴汗："队长！其他四个人不停地得分！"两班的比分牌在短短几分钟之内变成了20：0，"这样下去我们会输！"

方长低喝道："你们懂什么！想一想自己是为了什么站在了赛场上！"

众人想起了初衷，不是为了赢！是为了守护女生！所以不要让这个人再跑起来扣篮了！长得帅又会扣篮，这个姓霁的怕是要升仙啊！

众人不忘初衷，方得始终，眼里涌动起坚毅的光。

（8）班女生等着看霁温风扣篮，被自己班的几个男生围成这样，脸都看不到了，在一旁喝起了倒彩："可耻。"

"暂停！"方长举手，把头一扭，"开会！"

他们作弊不行，守护不了女生，看来这次只能用常规手段打了。

"两个防一个。郭靖、陆容，你们最高，你们防他。"方长严肃地扫视两人，"你们如果挡不住他，我们城南大学称霸全国的梦想可就要断送了！"

郭靖奶声奶气地握紧了斗大的拳头道："嗯！"

陆容无奈，郭靖身高一米八，体重一百八十斤，高大白胖，但不知为什么好像还没有进入变声期，声音特别细弱，因此干什么都像是个宝宝。

比赛再次开始。陆容和郭靖走向霁温风，霁温风居高临下地看着他俩，然后面无表情地扭了扭脖子，按了按指骨。

郭靖被他吓得退后一步，觉得霁温风想打人。

他这一撤，就剩下陆容站在霁温风面前，霁温风的眼神落在了陆容身上。

陆容避开他的视线，反而淡定地冲郭靖使了个眼色，迎着霁温风做出了防御的姿态，郭靖突然觉得心头涌上一股勇气。他的这个同桌平日里不声不响，能不说话就不说话，他也没注意过陆容在赛场上有什么特别的表现，现在却觉得被陆容一盯就镇定下来了，再看霁温风都不那么可怕了。

（8）班边界发球。陆容和郭靖一左一右拦在霁温风身前。霁温风盯着陆容的后脑勺，心里一哂，一发球他便身形一闪，霸气断球。霁温风身高

腿长，又旁若无人地冲进了对方半场，可是跑着跑着，眼角余光扫到一个人——陆容正不紧不慢地跟在他身边，在他跑进投篮区之前陆容转身把他拦在了身前。霁温风一愣，郭靖也就位了，庞大柔软的肚腩果冻似的在他身上一弹！霁温风分了心，跳起投三分，没投中，球在篮筐上跳了一下，弹开了。

"啊！"方长欢呼着绕场疯跑一圈，激动地脱了T恤扔给女生，女生给他扔了回来。

陆容看不惯他这作风了。

郭靖："关他什么事儿？难道不是我把他拦住的吗？"

霁温风看向陆容。陆容眼尾细长，挂着汗水看了他一眼，然后依旧是那副眼观鼻、鼻观心的模样，秀气内敛。只是下一个球，依旧是他走到哪儿陆容黏到哪儿，再也没让他舒舒服服地投篮，双方互有来回。

过了会儿又轮到霁温风控球。陆容默默严防死守，郭靖张牙舞爪奶声奶气地冲着霁温风"嘿哈"。他现在信心百倍，身边的同伴虽然存在感弱，但是个靠得住的好男人……

抓住了郭靖走神的一瞬间，霁温风把球传给了队友！

陆容急忙转身，霁温风早已风一样绕过了他！

陆容心想，不好，队友肯定回传，他要带球跑了！

可是事情与他想的有所出入，霁温风的队友没有回传，霁温风也没有跑！他绕过陆容，潇洒地转身，停下来堵住了陆容的去路，做出了与陆容一模一样的防御姿态！

陆容觉得他是个幼稚的男人！他和霁温风目光相对，谁都没动，霁温风背后，（1）班投篮得分。

之后的几个球都是这样，陆容严防霁温风，霁温风传球给队友，队友得分。霁温风强，（1）班的其他人也不弱。眼看比分越拉越大，陆容喊了声方长，方长举手示意暂停。

方长这次把陆容拉到身边，道："不论结果如何，我们都打出了士气、打出了风范，这就够了。你们看，现在女生们出于班级原因已经有一小部分给我们加油了，这是伟大的胜利。帅气第一，比赛第二，认真的男人最帅气，全力以赴，结果不必强求！"

众人："好！"

他们对这场比赛已经绝望了。两个人防霁温风，剩下三个人要对付四个人，打不过啊！

陆容突然道："方长，你不用管赵一恒。"

方长："为什么？"

陆容往（1）班休息区使了个眼色，其他几个队员都坐在霁温风身边，赵一恒独自坐在长凳的另一边。

方长立刻明白了，喜上眉梢："宫斗！"

他欣赏地看着陆容，突然想起了什么，压住了眉梢上的喜色，酷酷地说："不都跟你说了叫我安仁吗？"

帝王将相宁有种乎

赵一恒跟霁温风有仇。

赵一恒长得也非常帅。在霁温风来之前，他才是（1）班的偶像明星。他也曾经被提名当班委，然而被拒绝了。

更要紧的是霁温风比赵一恒更帅。一夜之间赵一恒的"粉丝"都改"粉"霁温风去了。他们还投他当班长。

"霁温风嘴上说着不想当，结果还不是当了班长。"赵一恒恨恨地想。

想他当初说不想当，就是不当，求着他当他都不当，真男人说话算话。哪里像这只瘟鸡，投票之前说"我不想当"，票出来以后就摆着一张脸说"好吧"。

哪个校草去当班长？班长都跟（8）班那个方长似的，天天被调侃，两头不讨好。赵一恒等着看霁温风出洋相，没想到洋相那么快就来了，体育课上要跟（8）班一起打篮球，体育老师还选霁温风当队长，这个位置从前是赵一恒的。

赵一恒这时候不生气了。他篮球打得很好，体育老师对霁温风拔苗助长，只会让那帮人意识到霁温风不如自个儿。

"先让你几个球。"赵一恒心想，"等你人设崩了，绊不死你！"

他还沉浸在复仇的幻想中时，霁温风已经飞起灌篮了。所以当时蒙的不只是（8）班的篮球队员，赵一恒心里也是蒙的。

好吧，长得帅还会打篮球，他怕是要上天！

赵一恒气死了！整场篮球赛就故意不使劲儿——不想跑，也不想跳，结果没人注意到他，大家都被霁温风的一举一动牵扯着神经。赵一恒脸都青了。

其实说所有人都没有注意到他，是不严谨的，还是有人注意到他的异样，那个人就是陆容。

陆容回想起来早上李南边说，（1）班选举的时候，赵一恒也毛遂自荐了。当年同学们请他做班干，他不想做；来了个霁温风要抢他的风头，他忙不迭地抢着做，结果没选上，最后就捡了个体育委员，多没面子啊！

赵一恒这个新任的体育委员、篮球队前队长，又在自己的实力项目上输给了霁温风，输得连渣都不剩，这能忍吗？

陆容分析，赵一恒绝对是不可能好好打球的。他非但不打，还有可能故意演，把（1）班演输了！

陆容把这个情报传递给队友，方长立刻针对霁温风与赵一恒的内部不和重新布置了打法。陆容和郭靖还是防霁温风，其他几人一对一，别去管那个赵一恒了。

于是再上场时，赵一恒蒙了：不但场边的啦啦队眼里没有自己，连（8）班那群人都看不上个儿了！他的所有队友都有人防守，霁温风还有两个人防，就自己眼前空荡荡的。赵一恒差点儿被气死！

球传到了霁温风手上了。陆容和郭靖严防死守，方长带人对（1）班其他队员亦是严防死守，霁温风眼神一扫，扫到赵一恒身上，突破千难万阻，把球传了过去！

赵一恒眼神一闪，这球怕是要出界！

他故意放慢了脚步，还在接近球的时候往地上用力一扑，摆了个"不惜侧身倒地也要把球控住，无奈霁温风这个传球功底不牢，实在无力回天"的 pose（姿势）。

"哎呀！"球场边的女生被赵一恒倒地的姿势打动了，想起了曾经崇拜他的岁月，跑过去把他搀扶起来。

赵一恒面沉如水，一手搂着一个走过霁温风身前，突然朝他邪邪地一笑。

霁温风目露寒光。

下一次霁温风控球，死也不肯传给赵一恒了，哪怕走步，哪怕被断，就是不传！

他不但不传，赵一恒控球，霁温风还要去断赵一恒的球！

观赛女生揪紧了小心脏，赵一恒和霁温风这是杠上了？！他们是不是关系不好？！不过她们马上又叽叽喳喳说开了："我觉得霁温风更帅一点儿。"

"我支持小风哥。"

"赵一恒也不错呀，刚才他为了捡球都摔倒了，不是他的错。"

七嘴八舌中，突然响起一个少年老成的声音："呵呵，你们懂什么。"说话的人正是陆容的前座。

陆容不动声色地看着他们，没想到两人比他想得还要幼稚。

（1）班在外部围剿、内部不和的情况下，和（8）班的比分很快拉近了，霁温风承受着不断失球的心理压力，又被陆容、郭靖防得难受，动作逐渐蛮横起来。大太阳底下，浑身流汗的小伙子们手下渐渐没了轻重。

在一次争抢球中，霁温风急于挣脱，郭靖急于追赶，两个人四条腿绊在一起，双双跌倒。陆容就在霁温风身侧，不幸被牵连，霁温风倒地的时候，一头撞上他的腰把他拖倒在地。陆容"咚"的一声坐在地上，疼得天灵盖发麻。

霁温风阴着脸抬起头来，脸上磕出了一行鼻血，是撞在他腰上那一下磕的。

霁温风黑着脸撑在陆容身侧的时候，郭靖抱着腿"嘤嘤嘤"地叫唤起来。方长带人冲到他跟前："郭靖！"

郭靖："方长！"

方长把他的腿放平，校服裤子都跌破了，膝盖上全是血："不打了不打了，有伤员！"

体育老师道："这得赶紧送医务室。"

方长："陆容、李南边！"

陆容撑着地面，秀气地抽出了自己的一双大长腿，走向方长和郭靖。

李南边刚和女生们在隔壁球场练排球，快下课了，正推着排球筐来给体育老师还球呢，突然被班长叫住，走了过来："什么事？"

"送郭靖去医务室。"

李南边惊了："我是隔壁排球队的啊！为什么是我？！"

方长："你不是喜欢送人去医务室吗？走了走了！"

方长支使陆容和李南边架着郭靖去医务室，他在前头开路。他们背后的霁温风则被女生淹没："霁同学你还好吗？"

"霁同学我陪你去医务室吧！"

"霁同学我这里有卫生纸！"

最后霁温风两个鼻孔都插上了许多卫生纸，才勉强冲出了女生的包围，拿了自己的外套走了，临走冷冷地扫了一眼在旁边暗笑的赵一恒。赵一恒

一对上他的目光，亦是拿出了高贵冷艳的姿态，卷起一边裤腿走了。

陆容一行人把郭靖送到了校医务室。

校医："跌得那么厉害啊，我先给你做个紧急处理，然后你去医院里拍个片子吧！"说着校医拿出了剪刀。

郭靖："啊——"

校医："我还没动手。"

方长："打个麻药吧，老师，生剪太痛了。"

校医道："我剪他裤子。"

陆容、李南边："……"

校医把郭靖跌得血肉模糊的伤口周围的裤子剪掉，拿红药水给他清理伤口上的脏物。

郭靖："啊——"

陆容和李南边看不下去了，转身到外面药房里等着，方长也跟了出来，在房间里踱来踱去，没过一会儿就问里边："好了没呀？"

校医："没呢！"

郭靖："啊——"

李南边觉得这一幕何等眼熟，不由得吐槽："这是要生了吗？"

"谁要生了？"褚仁良从外头大步走了进来，背后跟着鼻子里插着卫生纸的霁温风。

褚仁良听说霁温风在篮球场上被人打得流了鼻血，立刻放下手头的工作带他来看医生。霁温风上学第二天就遭遇了生命危险，学校的安保工作做得真是太差劲儿了，只有用医务工作来拉一下好感度。

褚仁良刚走到医务室门前就听说有人要生了，立即戒备起来："是谁？！"

褚仁良还没有经历过这样的事情！他在陆容、李南边、方长身上看了一下，质问陆容和方长："你们俩谁是孩子爸爸？！"

李南边："……"

方长是（8）班的班长，也算褚仁良的传声筒之一，此时连忙报告："不是的主任！是我们班的郭靖同学打篮球的时候跌伤了腿，正在接受治疗。"

褚仁良撩起里间的白色门帘："小许，出来看个病人。"

校医道："我这里还在缠纱布……"

褚仁良又说了什么，但是被方长"怼"了一句："王侯将相宁有种乎！"。

褚仁良被气得脸又成了猪肝色。

霁温风却淡淡道:"我回家让家庭医生看看。"

郭靖终于不叫了,没多久腿上绑着纱布跳出来,方长带他去了医院。

确实有种

放学后,陆容收到方晴的微信,说今天她会来学校门口接他。陆容估计是霁通要回请,推掉了方长为郭靖举办的打石膏派对,背着书包出门。

校门口果然停着那辆香槟色宾利,陆容赶紧上车,免得引起围观群众的轰动。

"今天上我家吃饭去!"霁通坐在副驾驶位上,笑意吟吟地转过头来道,说完他又红着脸改口,"上我们家。"

陆容看看他,又看看方晴。

方晴掏出了口袋里鲜红的结婚证,嘚瑟地冲他显摆起来。

陆容想,你都没上过他家就能领证?你的心是有多大?

霁通简单地介绍了一下家中的情况:"房子还蛮大的,装修也新,你以后就搬到家里住,有你的房间。"

陆容看着车上了高速,忍不住问:"是不是挺远啊?"

霁通:"还行,到你学校开车三十分钟吧!"

陆容:"这起码得十多千米。"

霁通道:"没关系,以后让老宋送你们上下学!"

司机老宋从后视镜里冲陆容笑了一下,那嘴角的上扬弧度保持不到一秒钟,又紧紧地抿了起来,严肃地把着方向盘目视前方。他脸上褶子很多,面相沉稳可靠,眼神镇定自若,还有一丝看淡生死的气质。

陆容打了个寒噤,霁通手下怎么看都像是下一秒就能从西装口袋里掏出枪来的主儿,霁通家里到底安不安全?他需不需要在床头柜抽屉里放把砍刀什么的?

他回过神来,才意识到刚才霁通说了个"你们":"叔叔也有孩子?"

霁通哎了一声,骄傲地说道:"是个男孩子,比你大半岁。"

方晴道:"你得叫人家哥哥。"

陆容乖巧地回道:"好。"

三十分钟后,宾利开进了一个绿树掩映、背山面水的别墅区,大门口站着的保安见到车立刻立正敬礼。

方晴吃了一惊："这小区好像很高档啊！"

陆容亦是吃了一惊："这得交多少物业费？"

霁通腼腆地道："每平方米十多块钱吧！"

陆容算了算，一套别墅大概三百平方米，一个月起码三千块，都能在城里租个房子了。放高利贷确实挣钱啊！

小区大门看着不起眼，开到里面才知道大得很，他们路过好几处大型景观，有中式的亭台楼阁，有西式的雕塑喷泉，甚至还有个花园迷宫，树丛都剪成了动物模样。

方晴眼里冒出了星星："好可爱！我们等会儿吃完饭可以来走迷宫吗？"

霁通："好啊！"

陆容抱着霁通的座椅凑近了他："这绿化率、这容积率，房地产商能回本吗？"

霁通内心盘算，怎么这个继子的反应跟普通小孩不太一样？

车子在小区里开了将近十分钟，开上了山。陆容老远就看到半山腰那幢特别大的房子，那简直不能叫别墅，得叫宫殿。

他突然想起来了："这是不是那幢五年没卖出去的房王？"

霁通："嗯……"

陆容："七八百平方米，一点二亿元，太夸张了，谁买这种房子住？买进吐不出，有价无市，每年还要贴折旧费、保养费、物业费，纯粹享受型，没有投资价值。"

霁通："呃……"

车终于开进了房王门前的大坪。大坪铺着一水的象牙白地砖，大坪中央还有一个小美人鱼的喷泉，目测可以停二十多辆车。停车场左右两个楼梯延伸到门前，管家带着男仆、女仆已经等在那里了。

霁通："到了，下车吧！"

陆容："……"

三人一起下车，仰着头看楼梯尽头那幢五层楼的房王。

霁通向陆容忐忑地解释："其实以前买的时候是用来藏红葡萄酒的。"

陆容："其实你根本不是放高利贷的，是吧？"

霁通："什么？当然不是！我的主业是搞互联网，现在主要做投资。"

陆容心里飞快盘算起来。

有人计算过，假设一个头脑清醒、有基本逻辑能力、对未来有长远规划、需要资本进行可持续发展的自然人可以挥霍资产的上限是每年4%。如果能花一点二亿元买一幢藏红葡萄酒的房王，那霁通的总资产应该在一点二亿除以4%等于三十亿以上。

陆容看方晴的眼神变了。他收回方晴不靠谱这句话，方晴真是靠谱极了！

方晴此时已经惊讶得说不出话来了，忧郁地看着霁通，又看了看自己的装扮："你从来没有说过你那么有钱。"

陆容想，你天天坐他的宾利，他还有个这样的司机，你难道就什么都感受不到吗？

霁通："谈钱伤感情。我也不希望你是因为钱跟我在一起。"

"可是我现在觉得我有点儿配不上你了。你的房子是这样的。"方晴甩了一下自己的包，"而我的包都是假的，网上三十块钱一个。"

霁通轻轻抱住了她的腰："没关系，我会给你买真的。"

方晴赶忙拒绝了："算了吧，太丑了，我平时拎着去买菜的。"

霁通："那换个牌子。"

方晴开心起来："好啊！"

霁通揽着方晴的腰拾级而上，说说笑笑地走了。

陆容："……"

贫富差距悬殊这个重要的矛盾冲突你们换了个包包的牌子就解决了吗？！

他看方晴的眼光更加复杂了，这个女人，恐怖如斯。

陆容接下来跟着霁通参观了五层楼的房王，也就是他未来的家。

家里面有游泳池、健身馆、瑜伽室、麻将室、图书馆、影音室、台球室，一楼的大厅旁边装了保龄球道，楼顶还有个风洞跳伞装置。

霁通忐忑地问："怎么样？"

陆容："恐怖如斯。"

霁通赶忙打开了他的卧室门："你的套间不大，只有六十平方米，关起门来睡觉应该不会恐怖的。"

方晴摇摇头："不好说。我们家只有四十平方米，这相当于他一个人睡在比家还大的地方，他胆小，可能还是会怕的。"

霁通："是我疏忽了，要不让他和他哥哥一起睡？"

陆容："不用了，这点儿恐怖我顶得住。"

霁通松了口气："喜欢打游戏吗？"

他把陆容带到地下室酒窖旁边的游戏室，正对门的墙上是个巨大无比的显示屏，显示屏四周的墙上固定着四台主机，隔壁的架子上全是光盘和卡带。

"这里有一些游戏。"霁通道。

陆容："谦虚了。"这里可能摆着世界上所有的游戏。

陆容正想进去，霁通拦住了他："进去要脱鞋，因为房间里全是软垫，VR（虚拟现实）装置在架子上，玩的时候小心摔了。"

方晴跟了一句："小心不要搞坏哥哥的东西。"

霁通："哦，这些都是我的。哥哥只投资了一些。"

陆容赞同地说道："有些卡带保值，二手转卖跟一手价钱齐平。"

霁通笑笑："不过他玩得很少，他觉得玩游戏有点儿幼稚，他更喜欢炒股。"说着他害羞地低下了头。

陆容忙道："国外游戏市场很成熟，国内游戏市场飞速发展，都是很有前途的领域，《荒野大镖客》研发八年花了五十六亿上架三天回本。"

"我有精装版！"霁通激动地拿给陆容看，递过去又缩回了手，"如果要玩的话新建一个号，不要覆盖我的存档。"

陆容乖巧地说道："好的。"

霁通就把《荒野大镖客》拿给陆容碰了碰，很快就缩回了手，小心翼翼地摆到了架子上显眼的位置，回头对方晴郑重地道："相信我，这是个艺术品。"

方晴耸耸肩："我打游戏超厉害。"

霁通："是吗？"

方晴："嗯，陆容小时候我称霸街机厅。"

陆容："……"

他小时候，方晴会带他去街机厅玩，主要是方晴玩，他看。方晴玩游戏能排名第一，赢来的游戏币让陆容去夹娃娃。方晴对陆容夹娃娃管理得特别严格，作为街机厅的风云人物，她不允许自己的儿子那么弱，所以现在陆容身上最强悍的技能也就是夹娃娃，不能说百发百中，十有八九吧！

霁通眼中散发出将信将疑的目光："你……你操作好吗？"

方晴："特别厉害。"

"是吗？来试试吧，这个游戏我玩了四年了，没过第一关。"霁通从架子上取下了一个游戏光盘。

之后一晚上霁通和方晴都在打游戏。

因为霁通和方晴忙着打游戏，第一次家庭聚餐的地点在地下室。霁通让人把晚饭送到地下室，摆了一整桌，还让人去开瓶红酒，顺便把宅在房间掘比特币的大少爷请下来。

当霁温风出现在门口的时候，方晴正第十一次被狗咬死，大骂一声，然后一片沉默。

霁通缓缓站起来硬着头皮对霁温风说："这个……这个是你的新妈妈。"

方晴赶紧放下手柄，老实地站了起来，畏惧地看着这个继子，然后说了一句："他长得真帅。"

霁通骄傲地说道："看着不太像我儿子，但其实真的是我儿子，我们屁股上都有一块祖传的胎记，位置、形状、大小一模一样。"

方晴眼睛一亮："你屁股上有胎记？！我从来没有注意。"

霁通"嘿嘿"一笑："晚上给你看一下吧！"

霁温风的眼神扫向了这个房间唯一的正常人陆容，细长的眉眼眯了起来。

霁通连忙介绍："这个是你的新弟弟——陆容。容容也在城南大学读书，你们以后要好好相处。"

陆容在看到他的一瞬间就蒙了，霁通的儿子是霁温风？！

此时沐浴在霁温风"和善"的眼神中，陆容觉得自己可能大事不妙了。

宁有种乎？

霁温风在家长面前露了一下面，就回了自己的房间，之后一整个晚上没有出现。可是方晴一直在念叨"你儿子长得真帅"，让霁通觉得有点儿微妙。

陆容看他们没空搭理自己，偷偷溜了，去屋子四周转悠转悠，平复一下"霁通的儿子就是霁温风"的心情。

他怎么没有想到呢？

都怪霁这个姓氏太少见了，他一直以为霁通是姓纪。而且霁温风的父亲给学校捐了一亿元，他又以为霁通是个放高利贷的，所以在他心里这两个人的财富不是一个数量级。

现在好了，霁通既捐了一亿元给城南大学，又花了一点二亿元买下了

房王，根据4%理论，他的家产应该在六十亿以上！

陆容绕着房王走了一圈又一圈。夜已经深了，可山上灯光不减，房子四周的草坪上点缀着彩灯，就像是在过圣诞节一样——这得花多少电费？

陆容心疼的同时又极其兴奋。他的确不是含着金汤匙出生的，可是突然之间，他妈妈嫁了个亿万富豪，他变成了大户人家的小少爷，这可比含着金汤匙出生的概率还要低得多，他简直是中了头彩！

陆容春风得意，却没有被烧昏头脑。"君子爱财，取之有道"，霁通的财富轮不到他继承，前面还有个霁温风。他能蹭到的就是个"鸡犬升天"，可以在霁家享几年清福，拿到霁家二少爷的名头，不过这些已经够了。

普通人奋斗一生，也未必能结交上霁家这样的富豪，而他轻轻松松就成了霁家的一分子。他不可能拿霁家的钱，但地位、人脉、声望，这些无形的资产都是资源，如果能搞好关系，他们手指缝中漏下来的都够他吃大半辈子了。

陆容炯炯有神的目光投向映着射灯的墙壁，看着这宏伟的房王，一砖一瓦都是钱。不过当他看到窗边走过的霁温风时，幻想又都结束了——他得罪了霁温风。

"其实也说不上得罪……"陆容心中充满着侥幸，"我只是没把小鱼饼让给他，在篮球场上防了他又把他绊倒，外加说了句'王侯将相宁有种乎'而已。'王侯将相宁有种乎'都不是我说的，是李南边说的，他怎么知道李南边是我的跟班？他可能根本不记得我。"

陆容越想越觉的确是这样。以后他要跟霁温风搞好关系，为了方晴也好，为了自己也好，兄弟和睦都至关重要。

他回到自己的屋里洗了个澡，在果冻一样柔软的床上睡下。

第二天一早，方晴和霁通依旧没有出现。陆容去跟他们道别的时候，他们还在地下室打游戏。霁通睡着了，方晴瞪着血丝遍布的双眼道："我在打劳伦斯，别吵！"

陆容："我只是跟你说了句再见。"

在方晴的抱枕飞出来之前，他果断替两人关上了门，一个人在餐厅里吃完早餐，背着书包走出了大门。老宋已经发动了宾利等在那里了，霁温风坐在靠窗的后座，正低着头读犯罪手法系列的《毒物研究室》，侧脸映着阳光，极其帅气。

陆容冲他笑了笑，伸手去拉车门。

霁温风头也不抬地道："王侯将相宁有种乎？"

陆容："……"

霁温风抬头吩咐老宋："走吧！"

老宋从后视镜里看了陆容一眼："小少爷……"

霁温风："他要自己走。"

老宋意识到自己卷入了一场豪门宅斗当中，可他只是个司机，他不想霸凌刚来的二少爷，也不想得罪大少爷，他们都是非常难搞的小孩，就不能去别的地方宅斗吗？非得来为难他老宋？

老宋从后视镜里静静地看着陆容，等他做决定。他要不赶紧滚上车让自己送他们去上学，要不就想点儿别的办法，比如，跟老爷哭诉哥哥怎么霸凌了自己，让老爷来处理。总之，别为难自己。

陆容从容地道："开一下后备厢。"

老宋愣了一下，打开了后备厢。陆容从里头搬出了自己的自行车。昨天方晴和霁通来学校接自己的时候，他把那辆捷安特女式自行车塞进了宾利。"不能让自行车在外头过夜"是陆容的人生信条。

他搬下了自行车，长腿一跨，蹬了上去，潇洒地背着书包冲下了山道。

老宋望着小少爷蹬自行车的姿势，这小子，有点儿东西。

霁温风修长白皙的手指把书本啪一下合上："超过他。"

老宋："……"

陆容冲进教室的时候第一节课都上一半了。他大汗淋漓，发梢上都滴着汗，满脸绯红地喘着粗气。他惨得老师都不忍心让他罚站，只让他坐下听课。

下课后，李南边摸到了他边上："怎么了？"陆容非常自律守时，轻易不迟到。

陆容叹了口气。

李南边更加吃惊了，一颗心都揪了起来：陆容总是胜券在握，轻易不叹气。

"什么事这么严重？"

"家里的事。"陆容含糊道。

"你妈上班时偷溜去网吧被她的上司抓到并辞退了？"李南边第一反应就是这个。

陆容无语，方晴的个人形象怎么已经到了这个地步？！

陆容习惯什么事儿都自己扛，关于霁温风与自己的关系，他不打算跟

兄弟们说。现在他俩算是结了仇，霁温风是对手，"全员恶人组"的事绝对不能让他知道，"全员恶人组"也不用晓得霁温风针对自己，不然是非更多。

他打算先把霁温风搞定。

他把李南边支开，打算去饮水机前倒杯水润润喉咙，爱看热闹的女生立刻把杯子递给他："求带。"

陆容帮她倒了杯热水，回身坐下的时候，爱看热闹的女生炯炯有神地盯着他："遇到感情问题了吗？"

陆容喷出了口菊花茶。

爱看热闹的女生："啊……有情况，跟我讲讲。"

陆容不想跟兄弟们商量，自己一个人又思绪纷杂，瞥了眼爱看热闹的女生，找她倾诉说不定能打开思路，不过当然得把所有人物姓名打码。

陆容斟字酌句道："有个职场新人，上班第一天，跟某人坐同一部电梯，因为插队的问题跟某人争执了起来。然后他发现某人就是他的老板。现在他老板要给他穿小鞋，这个事情怎么处理？"

爱看热闹的女生倒吸一口凉气："你为了郭靖打石膏得罪了（1）班的霁温风？"

陆容赶紧捂住了她的嘴。

怎么回事，这个人是神婆吗？码打得这么厚她是怎么一秒钟就联系到霁温风的？！

爱看热闹的女生用眼神保证她不会再大声嚷嚷了，陆容才眼带警告地松手，她兴奋地转过来整个人趴在了他的书桌上："可这说不通啊，霁温风又不会把你怎样，他没法给你穿小鞋……哦你今天来晚了是因为霁温风？！"

陆容赶紧捂上了她的嘴。

爱看热闹的女生眼泛泪花！

陆容知道她忏悔了，松开了手："我需要跟他搞好关系，可是我之前表现得有点儿仇富。"天知道他有多想跟霁温风磕头认错。

爱看热闹的女生看出了他的心思："不，绝对不要认错服软。这样人品很低劣，让他更加看不起你。"

"没错。"陆容就是考虑到这一层，才强忍着没有在车边当场做起霁温风的小弟。之前没有兄弟那一层，他气势汹汹；现在他靠上了霁家，立刻就没种地做起了小弟，想必虚伪。

爱看热闹的女生道："人设已经立起来了，索性一条道走到黑！你就是不畏强权，要跟他对着干！"

"我不想跟他对着干……"陆容头痛，他总不能每天都骑行十多千米来上学，再骑行十多千米放学。这样他要不会被退学，要不就会变成自行车体育特招生。

"你不懂。以我看过的小说来说，霸道总裁就是会被这种恃才傲物、视金钱如粪土、自尊心强有风骨的人吸引。小弟算什么？小弟最后一无所有，只有高风亮节、傲如霜雪的人才能坐拥一切！"

见陆容若有所思，女生捧起了他的双手："容容，相信我，现在全校女生都捧着他，你就要做颜色不一样的烟火，你不稀罕他，看不上他的钱，保持独立人格。最终就会得偿所愿。"

"谢谢你！"陆容说，感觉跟不同领域的高手谈话就是能打开思路。

他已经立了人设，贸然转变态度会让霁温风看不起。他必须表现出自己品性高洁才能赢得霁温风的尊重，他需要跟霁温风对着干。

霁温风领地意识很强，肯定非常乐于打击他、欺负他。那就让霁温风赢，在这个过程中表面坚守节操，实则示弱。久而久之，霁温风再不是人也得心软了，那就是自己登堂入室的时候。

陆容对怎么解决每天来回骑行三十多千米有了一点儿思路。

第 五 章
从此以后，我就是你的老大

Chasing the wind

方晴和霁通组建了一个家族群，群里有霁温风的微信，头像是星空，陆容加了他。陆容不指望霁温风能通过，只是这是他唯一的联系方式。陆容在验证消息里写道"下午1点天台见"。为了保险起见，陆容又加了一条"谁不来谁是狗"。这样霁温风就肯定会如约而至了。

中午下了课，陆容去了趟网吧找老B，在他那里取了张闲置银行卡。为了方便，他们都让老B办卡。

陆容看了眼那张普通的工行卡："里头有多少钱？"

老B："没多少，六百多吧——要不我再给您打点儿？"

陆容："够了。"垂饵而已，不需要太多。

他把卡放进裤袋里，妥帖地拉好裤链，让老B帮他注意一下最近有什么短工。

老B从显示屏前抬起头来："谁要打工？"

陆容："我。"

老B一抖："学长，您要干的短工，我不好找。我这里只有发传单、卖清洁剂这种的，又苦又累，赚得又少，不符合您的身份。"

陆容："我就是要又苦又累赚得又少的。"

老B屏住了呼吸，看了他半晌："学长，你妈是不是在网吧跟人打架了？"不然他实在想不出来陆容为什么这么缺钱。

老B痛心疾首道："我早说您让她来这里玩游戏啊，我能罩着她。"

陆容翻白眼，方晴的个人形象到底差到了何种地步？还有没有底线了？

陆容让老B留意着点儿短工的事儿，拿了银行卡回学校直奔天台，离一点还差五分钟。

他在铁门上理了理头发，把头发拨乱，半长不长的头发散下来，看上去气场就弱多了。他又试了试眼神、表情什么的，控制面部肌肉努力扮演成一个不谙世事又有书生意气的人，正揽镜自照、逐渐入戏时，霁温风突然推门出来了。

他敞着校服，手插着裤袋，耳朵上戴着一个鲜红的耳机，浑身是光，桀骜不驯。

陆容吓退了两步，对上霁温风玩味的眼神，意识到自己刚才这一退，莫名达到了良好的演出效果。他顺势眼观鼻、鼻观心地低头盯着脚尖，顺利地把自己催眠入戏，扮演了一个"面对要给自己穿小鞋的大少爷有苦说不出还很尴尬的清高书生"。

昨天之前，霁温风就对陆容有印象。这小子乍看挺不起眼，但在篮球场上，他可是把自己"防"得很好。他不动声色地在每一个与自己作对的场合出现，够种。

霁温风对霁通另寻他人没有兴趣，也不关心，谁会关心家里凭空多出来的老女人？但这个凭空多出来的弟弟可就不一样了。

陆容当时在地下室里望向自己的眼神，那种混杂着惊诧、后悔、尴尬、敬畏的眼神，满足了霁温风所有的恶趣味。

此时此刻再一次从这个便宜弟弟身上看到这种如临大敌的眼神，霁温风愉悦至极。他慵懒地把门关上，慢慢踱到陆容面前站定，单手摘下了耳机挂在脖子上，随意将手撑在陆容身边："怎么，把我叫出来又哑巴了？"

陆容羞耻地转过了脸，低声道："我今天早上骑车上学，迟到了。"

霁温风长长地"哦"了一声，居高临下地睨着他："你不是'帝王将相宁有种乎'吗？原来只是上学远了一点儿就受不了了，也不像喊的那么有种。"

陆容看上去越发羞愤了，从裤袋里摸出银行卡，递给他。

霁温风眯起了眼睛，不太明白他这唱的是哪一出。

陆容抬起头，眼神坚定地道："我不会白花你家钱的！"

霁温风："……"

陆容："我知道，你不想我住你的豪宅、坐你的豪车，我也不想，可是我更不想让我妈妈和霁叔叔为难！接下来几年我只能借住在你那里，我会自食其力付租金的！"

霁温风瞳孔扩大，脸上玩味的笑容渐渐加深。

为了扮演一个清高的人，他今早还临时抱佛脚，看了几篇文章呢。

霁温风伸出修长的手指，夹过他的银行卡，装模作样地问："里头有多少钱？"

陆容内心毫无波动甚至想笑，但是脸上装出一副屈辱的表情："六百块……"

霁温风举着卡嗤笑："你觉得六百块够你住我的家、坐我的车吗？油钱都不够。"

陆容心道：此言差矣。十四千米，拼车最多三十块，每个月上学二十天，六百块钱刚好，回家他自己骑自行车还能锻炼身体。

但是他此时不能跟霁温风争辩，只是坚强地挺着胸膛说："这是我所有的存款了！"

当然不是，他的账面上有十几万块，学校边市中心还有套老破小，四十平方米的房子目前涨到了四百万元。

"我会去赚的！"陆容发誓。

陆容故作坚强的表情极大地取悦了霁温风。霁温风自然不在乎这点儿小钱，陆容和他妈花他爸的钱，关他什么事？不过既然陆容巴巴凑上来，邀请他玩个猫抓老鼠的游戏，何乐而不为？

霁温风"和善"地一笑，开了个他绝对付不起的价格："你要这样，也行，每个月给我三万块租金。"

陆容愣住了："你说什么？"这个表情他可不是装出来的了。

按照 Plan A（计划 A），他把银行卡给霁温风，霁温风被他的骨气所感动，拍拍他的肩膀说"咱们兄弟俩提钱干什么"，这是最好的结果。

虽然陆容也做好了没有那么顺利的准备，但霁温风顺水推舟要他三万元钱，他也是没有想到的——霁温风的良心被狗吃了吗？

霁温风淡淡地道："吃我的，住我的，坐我的车，每个月三万块。"

陆容的面具绷不住了："请问这是怎么算出来的？"

霁温风本就是为了欺负他随口一说，不料他讨价还价，一板一眼给他算起来："我家的豪宅入手一点二亿元，装修花了两千多万元，你光是房租就不止这个价钱了。再加上吃喝水电，来去车钱，保姆费用，三万块多吗？"

陆容心道，此言差矣。

价格不能根据成本算，只能根据供需算。他的套间只有六十平方米，地处那么偏僻的地方，如果放到市面上去租用，房租一个月三千元，不能再高了。其他什么游戏室、台球厅、影音室都是公共空间、公摊面积，他一年都用不了几次，哪怕按次收费，一年下来都花不了三万块。再加上一日两餐——他一个人能吃多少？每月一千元搭伙费足够了。保姆的服务他也不需要，他会自己洗衣服，自己拖地，自己收纳——论收纳他们家里的所有保姆加起来都不如自己能干。除了房租，大头应该是油钱，他跟霁温风拼车一个月，如果上学放学都在一起，最多一千二百元。

那么纯粹按市场价，三千元的房租加一千二百元的油钱加一千元饭钱等于单月五千二百元，友情价再分摊个水电，六千元足够了。

霁温风开口就是三万元，他知不知道这个价钱自己能在城区找个五星级酒店包个房间长住？

陆容默默在心里摇头，霁温风敲他竹杠。不过鉴于他早就决定打死不付钱了，所以也没有讨价还价。

陆容酝酿了一下情绪，转过头来疾恶如仇地盯着他："好，三万就三万，我会努力赚钱的！"

霁温风点了点头："我很期待。"

他转身要走，陆容叫住了他："等等！"

霁温风表示洗耳恭听。

"我一时半会儿……可能挣不到那么多。"陆容在霁温风玩味的眼神中，弱弱地道，"如果我交不起，可以先赊着吗？以后我一定会还你的，我跑不了。"

陆容的 Plan B（计划 B）：霁温风冷漠地收下了银行卡，要他去赚钱还租金。他疯狂发传单卖惨给霁温风看，用自己搬砖的身姿感动天感动地感动霁温风，霁温风就会忘了这个不符合市场价格的租用条款，拍拍他的肩膀说"咱们兄弟俩提钱干什么"。这个计划的实施需要一点儿时间，他得先跟霁温风沟通好他没有钱的事实。

霁温风当然知道他完不成，就是为了要他完不成才提的要求。霁温风装模作样地思考了一番，露出和善的微笑："如果不交房租，也可以，得答应我一个条件。"

陆容眼睛一亮，他上钩了！

陆容："什么条件。"

霁温风高傲地仰起了下巴："还不起债，你听我的话，我的要求你全部要做到。"

陆容的 Plan C（计划 C）：霁温风故意抬高价，他故意出不起，霁温风就顺势跟他签订了貌似"霸道大少爷欺压小助理的契约"。

如果每个月只要应付霁温风就可以顺顺利利在霁家住到大学毕业，他愿意成为霁温风的跟班，这就是陆容寄人篱下的觉悟。

陆容还是比较谨慎、有安全意识的："不能犯法。"

霁温风："当然。"

霁温风当着他的面把银行卡放进了衬衫胸口的口袋，分了点儿眼角余光给自己的便宜弟弟，心想，真有趣。

陆容笼罩在霁温风意味深长的目光中，心想，他觉得这样很有趣，真有趣。

当天放学后，两人心照不宣地一前一后走到十字路口，老宋等在那里。

霁温风率先坐上了宾利，老宋从后视镜里看着霁温风，用眼神征询是不是要先走。他已经看到了不远处快步走来的小少爷。

霁温风打开微信，通过了他的好友申请："叫哥哥。"

陆容没有回复。

霁温风吩咐老宋："开过去。"

老宋心想，可怜的小少爷，脚下踩了油门。

为了满足大少爷的恶趣味，老宋以极慢的速度，控制宾利缓缓滑过陆容身边。

霁温风："停。"

老宋惊得一脚踩了急刹车。

陆容低眉顺眼地拉开车门。

霁温风坐在位子上，靠着椅背抬眼睨他。

陆容表现出一副隐忍、愤恨、羞耻的模样，低声道："哥哥好。"

霁温风长长地"嗯"了一声，满意地往里面让了座，陆容上了车。

老宋："……"

他们这兄弟情的发展速度让他这个中年人跟不上节奏。

他们想要一场盛大的婚礼

两人回到家以后，霁家全体成员第一次在餐厅吃了一顿饭。幸好那顿饭不是方晴做的，大家都吃得挺好。吃饭时，陆容和霁温风都表现得很乖巧，特别是霁温风，他长得本来就俊美无俦，举止优雅地在那里吃饭喝汤，不发出一点儿声音，就是一个豪门贵公子。

霁温风吃完以后，有礼有节地说了句"我吃完了，你们慢吃"，就回了自己的房间。目送他离开以后，霁通和方晴通通放下了手中的碗筷。

陆容看看霁通，又看看方晴："你们有什么事？"

方晴无奈地道："我们打算举办一场盛大的婚礼。"

"多盛大？你们好像是二婚？"陆容没听说谁家二婚还要这么张扬的。

霁通推了下眼镜，严肃地反驳："谁说二婚就不能了？二婚不是婚了吗？"

方晴摊手："我们担心的就是这个，你们没法接受这个婚礼。特别是小风哥，小风哥可能都没法接受我们俩结婚，我们不知道怎么把请帖送给他。"

陆容："你们还为他准备了请帖？"

霁通从口袋里掏出一张典雅的请帖递给他："这是你的。"

陆容翻开一看，婚礼定在这周六，地点是 S 城龙湖景区的五星级大酒店——铂悦龙湖。

陆容把请帖放在桌子上，严肃地说道："你们其实早就计划好了，你们也没想跟我们商量。你们想先斩后奏，现在又担心小风哥接受不了。"

霁通被戳穿了诡计，难为情地低下了头。方晴握住了陆容的手："容容，你跟小风哥关系不错，要不你去跟他说？"

陆容有点儿无奈，他跟霁温风关系不错？

方晴："我们已经听说你今天晚上是跟他一起坐车回来的了。"

陆容："那你们一定也听说了我今天早上是骑车去上学的吧？你们对此没有什么想说的吗？"

方晴："这可能就是重组家庭的阵痛吧！"

陆容："……"

方晴："不过晚上他允许你上车，说明他已经接受你了。你是他的好兄弟，是唯一在他面前说得上话的人，你能帮我们去把请帖交给他吗？"

陆容把目光投向了霁通。如果没搞错的话，他们三个当中还有个人是

霁温风的爹呢!

霁通悲观地摇了摇头:"自从你妈妈进门以后,我还没有单独跟他说过话。"

陆容:"你之前跟他谈过这件事没有?"

霁通回忆了一下,含糊地道:"应该有吧!"

陆容头痛,也就是说,在霁温风眼里,霁通是突然带了个女人和野小孩回来的。

陆容:"你应该跟他好好谈谈。"

霁通:"我不知道他最近心情好不好——容容,你去把请帖先给他,试探一下他的态度,然后我再上,你觉得怎么样?"

方晴赞同地点了点头:"我觉得挺好。"

"靠你了。"两人手忙脚乱地把霁温风的请帖拿出来推到他面前,期待地看着他。

陆容:"……"

他搞错了,不该天真地以为方晴嫁人了,肩上的担子就会轻一些。这个家还得他来当。看着二老期待的眼神,他必须把霁温风请到婚礼现场。但根据现有的情况来看,霁温风会去就有鬼了!

自己怎么才能让他答应呢?

陆容思考了一会儿,心里有了主意。他对霁通和方晴道:"瞒着他、给他请帖、到时候让他按时参加,会让他觉得自己像个外人。不如让他参与到婚礼过程中来,比如说……让他做花童。"

方晴:"好啊!"

霁通是个处女座,对细节很讲究:"小风做花童会不会年纪太大了一点儿? 花童一般得有一对,如果我们找了他这么大的花童,容容,你也得过来当花童。"

陆容:"没问题。不过我们需要一套新西装、新领带。"

霁通:"我可以带你们去我做西装的店铺。"

陆容赶忙否认了他的提议:"不,得她带着我们去。"他指了指方晴。

方晴:"我吗? 我不会挑西装。"

陆容:"你得跟他多接触,散发出你的母性魅力,让他早日接受你。"

霁通觉得陆容说得有道理,对方晴道:"那你明天中午带他们两个去挑西装——容容,你去跟小风说一下这个安排。"

陆容:"好的。"

陆容走到霁温风门前，敲开了门。霁温风刚洗完澡，头发湿漉漉的，披着浴衣倚在门边："这么着急来求我？"

陆容："我有事要说。"

霁温风"哦"了一声，尾音上扬："跟谁说？"

陆容想了想，忍辱负重地说上一句："跟哥哥说。"

霁温风忍不住微微挑高了唇角，又很快绷住了，冷漠地抱着臂："你最好早点儿养成好好叫人的习惯。"

陆容："是，哥哥。"

霁温风虽然脸上还是冷冰冰的，实则通体舒畅。

陆容："你爸和我妈这周六结婚，让我们俩去当花童，我们得抓着新娘的裙摆，还在后面抛花瓣。"

霁温风脸色一沉："我们俩身高可都有一米八。"

陆容耸耸肩，表示这可不关我的事，我只是来传话的："明天中午他们带我们出去挑西装。"

霁温风"砰"的一声关上了门。

信使定律：如果要给某人带去一个坏消息，试着先给他一个更坏的消息，然后他就会忽略那个真正的坏消息。

第二天中午，霁温风和陆容按照原计划一前一后坐进了老宋的宾利。这次来接他们的人是方晴。

霁温风在方晴身边坐下，缓缓开口道："阿姨，我不想做花童。"

方晴抬手拍了拍他的肩膀："我能理解你。我也不想做新娘。"

霁温风、陆容："……"

方晴叹了口气："当过新娘的人都不想再当第二次的。一整天化妆、换衣、穿着高跟鞋走来走去、拍照，给一群你根本认不清楚谁是谁的人敬酒，给一群根本不认识的人发红包，在台上表演当众接吻。你热泪盈眶地说，执子之手，与子偕老，那群人只是坐在台下吃东西，等着主持人上来抽奖，把玩偶丢到他们那边。"

陆容感觉膝盖一软，他去参加婚礼，一般就是坐在台下吃东西、等着抽奖、抢玩偶的人。

方晴看着霁温风道："可是你爸爸想要一场盛大的婚礼。他上一回结婚的时候，你妈妈已经怀了你，他们没来得及举办婚礼。后来你出生了，他们忙着照顾你，也没来得及补办婚礼。终于，你上幼儿园了，不需要他们

再操心了，可你妈妈已经抛弃他了。你爸爸从来没有做过新郎。他特别想要那些粉红色的气球、七层高的奶油蛋糕、彩色小纸片，还有玫瑰花瓣之类的东西。"

陆容心想，干得好。

方晴看着前面交通状况不佳的道路道："所以我们得给他一个完美的婚礼，把一切都准备得妥妥当当，最重要的就是你们两个小花童的西装。"

陆容把手中的汉堡递给了霁温风。

霁温风接过，沉默地嚼着汉堡，把不想当花童的话咽了下去。

方晴带着霁温风和陆容直奔商场，冲进霁通说的那家男装店里，拿了好几套塞到霁温风手里："小风快去试试。"

霁温风面无表情地走进了更衣室，陆容坐在方晴身边问："我呢？"

方晴炯炯有神地盯着更衣室的大门："小风穿什么你就穿什么。"

陆容："这才一天，我已经沦落成不受待见的二儿子了吗？"

方晴看都不看他一眼："你们俩并排站在一起，人家根本就不会看你。不管你合不合身，都无所谓。你们1点20分还要去上课，咱们的时间不多。"

霁温风换了双排扣的格子西装出来，双腿修长。他低头整理着自己的法式衬衫扣，垂下来的睫毛浓密得像一排小扇子。

方晴捂着胸口："哦，我要死了……"

陆容："你知道他是你的继子，对吧？"

方晴把手里的小短裤递给霁温风："试试这个！"

陆容："……"

他希望方晴给霁温风留下一个好印象的愿望可能会事与愿违。

从西装店出来的时候，方晴给霁温风提着大包小包的衣服。陆容离方晴远远的，跟在她后面。

方晴慢下了脚步，跟他肩并肩，小声跟他交头接耳："容容，你是不是吃醋了？你觉得小风抢走了你的母爱，所以不想跟我走在一起？"

陆容："不，只是一想到你这样的行为很有可能已经触犯了法律，所以想离犯罪分子远一些。"

方晴捂着胸口发誓："我再年轻十岁，你担心的这种事情才有可能发生，我向你保证。"

陆容浑身一颤："别说了，更恶心了。"

方晴掂了掂大包小包的衣服道："我对他比对你更好，只是因为我是你的老妈妈，而我是他的新妈妈。我得对他更加偏爱，让他觉得我喜欢他胜过你，他才会慢慢融入我们之间，不然他没法接受我。你得装出一副你吃醋了的样子，让他有赢你的感觉。"

陆容："……"

方晴甩下他走到霁温风身边，笑道："接下来，我们一起去做头发。"

霁温风微笑着回应："阿姨，我们下午还要上课。"

"所以咱们得快一点儿。"方晴说着给陆容使了个眼色。

陆容勉为其难地慢腾腾走到霁温风身边，假装阴阳怪气地道："我妈给你买了很多衣服。"他希望这样可以让霁温风产生胜利的感觉。

霁温风瞧着方晴拎着大包小包的背影，"嗯"了一声："都是刷的我爸的卡。"

陆容没说话。

霁温风瞟了他一眼："因为我是第一顺位继承人，刷的也就是我的卡。"

他凑近了陆容，在对方的耳边轻声道："为了你妈的婚礼刷爆了我的卡，这笔钱要算在你账上。"

陆容："……"

霁温风对他邪邪地一笑，跟上了方晴的脚步。陆容听见方晴说："你们俩关系真不错，你们昨天才认识，今天已经在说悄悄话了！"

霁温风乖巧地一笑。

陆容觉得这整件事变得更加恶心了。

一次难忘的洗头 play（游戏）

方晴带着陆容和霁温风进了一家高档的理发店："你好，两个人做头发。"

陆容沉不住气了："连做头发都没有我的份吗？"

方晴笑笑，把他推到霁温风身边："你和小风，你们俩一起做，我就不在这儿做了。婚礼当天我有专门的理发师上门跟妆。"

陆容、霁温风内心想，这微妙的等级差是怎么回事？

方晴招呼总监："麻烦来两套洗剪吹。"

发型总监："要剪成什么样？"

方晴："寸头。"

陆容、霁温风二人又无语了。

霁温风忍不住把她请了出去："阿姨，您不剪头发，去外面逛逛吧！"

方晴有点儿不好意思道："你们做头发，我去外面闲逛不太好。"说着她眼神不受控制地往外瞟。

陆容听她这样说，就知道她肯定看到了什么特别好玩的东西："没事，你去吧！"

方晴："哦！好吧！你们两个有自己的秘密活动，不想我参加，那我去外面等你们。"她寄存了霁温风的西装，兴致勃勃地往外冲去。

霁温风扫了陆容一眼，嘴角浮起了恶劣的微笑："那就开始我们的'秘密活动'吧！"

陆容："……"

两个人等着洗头。因为位子只有一个，洗头小哥识时务地先来请霁温风，对陆容说："请先在外面等一下。"

"不。"霁温风回头，眼神投向陆容，"他洗。"

洗头小哥来领陆容："那您这边请。"

霁温风挡住了他们的去路："我的意思是，他会给我洗。"

洗头小哥和陆容通通瞪大了眼睛。

洗头小哥："没有这种规矩……"

霁温风："没关系，钱我照付。我习惯他洗，不喜欢外人碰我。"说着他玩味地瞥了陆容一眼，陆容装出一副忍辱负重、敢怒不敢言的模样，霁温风心满意足地转身进了洗头间。

陆容大概揣摩到了霁温风的行事作风。霁温风走的是恶霸哥哥路线，他就是不停地给自己出难题，以刁难自己、打击自己的自尊心为乐——他要把自己身上的家庭不幸、财产损失全转嫁到陆容身上，疯狂索取报复。

不过这类恶霸大少爷的角色一般良心未泯。霁温风只要是个自私自利的理性之人，就不会贸然把自己搞得缺胳膊断腿。就这点儿洗头理发的刁难，他还顶得住。

霁温风的作为看似是他的性格导致的，背后还有更深层次的经济学原理。天下没有免费的午餐，天上也不会凭空掉下馅饼，自己平白无故借着方晴嫁入豪门享受到了霁家的高生活水准，一夜之间从平民变成霁家的小少爷，看似是免费，后续肯定会有那么一段时间，遭到霁家其他人的非议、刁难、敌视。他应付这种非议、刁难、敌视所付出的时间与精力，刚好与自己在霁家享受到的好处等价。

生活中看似免费的东西其实早已在背后标明了价格。要是霁温风不是个恶霸大少，对他和颜悦色、如沐春风，陆容倒更要担心了。天上不会凭空掉馅饼，这种中了头彩一样的事，背后会有更大的坑。

现在霁温风的表现反倒让他安心。

他所要做的就是隐忍。他既然势必要从霁温风的大蛋糕中分一杯羹，霁温风的愠怒就是他所要付出的代价，他要为安抚霁温风的情绪付出很大的人力成本，这很公平。

他脱了校服，在洗头小哥那里领了围裙，淡定地走到洗头房里。他真的会理发。上幼儿园的时候，所有人拿着剪刀在剪纸，他坐在板凳上戴着围兜给人理发，五颗小红花一次，赚来的小红花让方晴以为他在幼儿园表现很好。

小学四年级的暑假，他去理发店实习过一个月，从此以后他都给自己理发，技术超棒。

洗头，小意思。

霁温风躺在位子上看发型名剪的画册。陆容在他身前坐下，调试了一下水温，挡着他的额头，把他的头发打湿："水温还可以吗？"

霁温风："嗯。"

霁温风翻动着画册："如果你把泡沫弄进我眼睛里，我就把你剃成光头。"

陆容确实在想要不要把泡沫弄进霁温风眼睛里，一方面可以营造单纯书生不谙世事的假象；另一方面也可以适当地表达他的反抗，以便更符合为了迎合霁温风所立的人设。

不过既然霁温风未雨绸缪，把惩罚摆在了明面上，陆容也不打算去碰高压线了。他看了看脚边的洗发液。一个是杂牌，一个貌似是品牌的。他弯下腰，打算挤一点儿品牌的给霁温风用。

谁知坐在他旁边的洗头小哥出言提醒："你怎么都不问客人？"

陆容脱了外衣，穿着店里的围裙，这洗头小哥还以为他是新来的。这些理发店本来店员流动就大，有时候过个年，员工就能换一轮。陆容坐在这里洗头，谁能想到这是"秘密活动"。

霁温风闻言，忍不住慵懒地附和："是啊，你怎么不问我？"

陆容问："请问要用什么牌子的洗发水？"

霁温风："卡诗。"

　　陆容站起来去问店员有没有，回来的时候，那洗头小哥正在疯狂地跟霁温风套近乎："你也用卡诗吗？真有眼光！卡诗洗起来太干、太涩，有些人不喜欢，但是洗完了感觉很蓬松很柔顺的，还滋养头皮、去屑止痒，确实是好东西。现在我们店里搞活动呢，充卡五千送一瓶卡诗去屑、去油洗发露，小哥你要办一张 VIP 卡吗？"

　　他一边给手上的客人洗头，一边还要向霁温风推销会员卡，忙得不可开交。见陆容沉默地坐下来、沉默地倒了点儿洗发水就往霁温风头发上抹，他忍不住踢了踢陆容的脚，说话呀！还有没有做洗头 boy（男孩）的觉悟了？！

　　霁温风注意到了头顶的小动作，故意道："我的小哥没说好，他要说好我就办。"

　　旁边的洗头小哥急死了，疯狂给陆容使眼色。

　　陆容："这个洗发水是挺好的。"

　　霁温风问："哪里好？"

　　陆容："挺香的。"

　　霁温风问："有硅油吗？"

　　陆容作势要弯腰拿瓶子去看，那洗头小哥急得都跺脚了："无硅油！你怎么什么都不知道？！进来的时候不都培训过了吗？！"

　　霁温风"嗯"了一声："扣工资。"

　　陆容："……"

　　霁温风："给打折吗？"

　　洗头小哥道："小哥长得那么帅，必须打折！"

　　霁温风："我长得帅吗？"

　　洗头小哥喉咙都要喊破了："帅！"

　　霁温风不说话了。陆容也自顾自在那里抱着霁温风的脑袋给他抓头发，一派置身事外的模样。洗头小哥琢磨出不对劲儿了，踹了陆容一脚——哪儿来的傻孩子长点儿眼力见吧！客人这是要听你说呀！

　　陆容："尚可。"

　　霁温风拿下了画册，抬眼看他："那……刷脸打几折？"

　　"买给你。"陆容刚才已经用一个"尚可"稳固了他的人设，有感于这可能是个送命题，顿了顿又轻声道，"反正我的卡在你那儿。"

　　霁温风一愣，嘴角上扬，闭目养神："那还不是我的钱——再用力一点儿。"

陆容按摩着他的头皮："这儿吗？"

雾温风："再往后，左边点儿，嗯，就是这儿，用力。"

陆容深知人设可以立，小嘴可以说，但事情一定要做漂亮，要让雾温风感受到他存在的价值，因此使出了专家级的按摩技法，把雾温风伺候得舒服死了。

从洗头椅上下来，旁边的洗头小哥欣喜地对陆容道："可以啊，你小子！"他还以为这小子不会说话，结果自己说那么多折扣啊刷脸啊，还不如他"买给你"三个字有效果！他看那英俊小哥绝对是要办卡了。

陆容淡然地脱掉了围裙，在脖子上围紧雾温风脱下来的大毛巾，面无表情地在洗头椅上躺下："麻烦快点儿，赶着去上课，谢谢！"

洗头小哥："……"

陆容洗完头出来的时候，雾温风正低着头坐在位子上看发型画册。

陆容坐下，理发小哥问："怎么剪？"

陆容对发型的唯一要求就是走在路上不引人注目，正想说吹干就好，隔壁雾温风突然指着画册上的图吩咐道："把他搞成这样。"

陆容："……"

雾温风点的发型融合了日系的慵懒和韩系的自然，整体纹理烫发，两侧剪短留出清爽的鬓角，再用空气刘海修饰脸型。他点完了发型，又歪着脑袋从镜子里端详陆容的脸："顺道把头发染成亚麻色。"

陆容反驳："学生不适合染发烫头。"

雾温风驳回："这又看不出来。"

陆容心想褚仁良又不瞎，可一想到褚仁良的做派，又把这句话咽了下去："时间不够。"

雾温风掏出手机，把这款发型拍了下来，传给了陆容："改天抽个时间。"

理发小哥把他的头发吹干了，雾温风站起来，走到陆容身边，望着镜子里的陆容低声自言自语："这样子我喜欢。"

陆容："……"

舞王

两人搞完头发，走到门外，找不到方晴，发信息也不回。陆容对付方晴有经验，但是这个经验他一点儿也不想跟雾温风分享。他提议分头去找，

把霁温风支开，然后径自去了游戏厅。游戏厅跳舞机周围人头攒动，陆容心里有了很不好的预感，拨开人群挤到了最前头，果然是方晴穿着高跟鞋在跳舞机上如金蛇狂舞。

"你来了！"方晴忙着踩方向键，手舞足蹈，这首歌她已经跳了五回了，这次很有希望冲关成功！

陆容压低声音急促道："不但我来了，你的继子也快来了，你想让他看到你这个样子吗？！"

方晴沉醉在音乐中："你说什么，我听不见！"

陆容："……"

方晴跳完这支舞，周围的人都鼓起掌来，方晴觉得自己的人生达到了巅峰。隔壁机子上的宅男跟她握手，表示他不配当她的舞伴，接下去的五颗星她得一个人去征战。方晴对他很失望："说好的要一起做舞王的呢？！"她只好对围观群众发出邀请，"还有谁？"这个跳舞有单人模式和双人模式，双人模式奖励更高。

陆容扶额看向别处。围观群众也都散了。霁温风从外面经过，见到他俩，一无所知地朝他们走来。

方晴道："小风！"

陆容："我们还要去上课！"

霁温风突然被继母点名，停下了脚步。

方晴对陆容的阻止充耳不闻："你会跳舞吗？"

霁温风："会。"

方晴："来，我们一起征战舞王。"

霁温风："……"

陆容："我们还要……"

方晴："好吧，你们两兄弟真是一个赛一个没种。"

此话一出，陆容从心底里发出了一声"oh no（哦，不）"，只见霁温风衣服一脱，潇洒地把衣服抛给了自己，干脆利落地站上了跳舞机，一脸傲然地看着方晴。

霁温风的外套甩在了陆容脸上，陆容拉下来，捧在怀里，把没说完的两个字吐出来："上课。"

没有人理他了，霁温风和方晴对视的眼中流露出舞者的尊严，此时他们要合作上分，同时也要battle（对战）谁才是真正的舞王！

一小时后。

霁温风发自内心地赞美："你跳舞真不错。"

方晴充满自信地说道："你也不赖。"

两人相视一笑，他们俩联手刷爆了跳舞机的纪录。周围响起掌声，整个商场一半的人都围着他们鼓掌。

陆容捧着霁温风的衣服坐在一边，空洞的眼神流露着对知识的渴望。

方晴："为了奖励这历史性的一刻，我要给你们买冰激凌。"

陆容回过神来："妈，我们已经迟到了。"

方晴像是突然想起来有上学这回事，然后冲霁温风严肃保证："我不会告诉你爸爸的。"

霁温风微微一颔首："谢谢！"

方晴略微想了想，又提议："反正都那么晚了，索性逃课吧！"

陆容："妈——"

霁温风淡然道："我想去网吧！"

方晴一手揽着一个："走。我有××网咖的VIP卡。"

陆容："……"

他本来指望方晴表现好点儿，可以让霁温风尝试着慢慢接受她，可是现在看来，今晚回去霁通就得跟方晴离婚。

三个人一道进了网吧，方晴兴致勃勃道："你们想玩什么游戏？"

霁温风披着外套，淡然地拉开椅子："我看看盘。"

方晴："什么盘？"

霁温风调出股市："大盘。"

方晴管不住她的继子，将目光投向陆容。陆容的眼神跟刀子一样，方晴连忙躲到了一边："好了，妈妈不管你了，你爱看什么看什么吧！外卖算我账上。"

他们三个选的是联排，明明是无烟区，霁温风身边的人却在抽烟。

霁温风把网吧管理员叫来，彬彬有礼道："请你跟他说，让他不要抽烟。"

死鱼眼的网吧管理员："他就坐在你旁边。"

霁温风淡淡道："我不想跟他说话。"

网吧管理员拍拍隔壁那人的肩膀，那人不耐烦地摘下耳机："干吗？"

网吧管理员指着霁温风道："看到这个帅气的小哥没？他说他不想跟你说话。"

抽烟那人："啥？"

霁温风："这里是无烟区。"

抽烟那人："关你什么事。"

网吧管理员耸耸肩膀，表示事情就是这样。

霁温风撑着桌面站起来，伸手把那人的烟抽了，丢在一边。

抽烟那人本来就是游戏输了，才烦躁地抽烟，此时把键盘往里一推，站了起来："你找揍呢？！"

霁温风亦是抖搂了自己的外套，手插着裤兜挑衅地看着他。

眼看两人要打起来，一只高跟鞋飞到两人中间。

"你动我儿子试试！"方晴气势汹汹地抓着八厘米的高跟鞋当凶器，挡在了霁温风身前。

陆容注意到霁温风的表情有些意外，那张桀骜霸气的脸变得柔软了，盯着方晴，眼中流露出诧异。

那人一脸蒙，他没有见过来网吧的少年还随身带妈的："大姐，你这么大岁数了不去跳广场舞，来这儿干吗？！"

"来这儿干吗？"方晴"呵呵"一笑，看了一眼他的屏幕，"ID 给我，有本事咱们对战！"

那人："好吧！"

方晴指示霁温风跟她换位子，跟那人加上了好友，开了一局，全程就听见两人不断地互骂。

霁温风坐在陆容身边，一边看大盘，一边饶有兴趣地观战。

陆容私下里给老 B 发短信："赶紧来 ×× 网咖。"

老 B："怎么了？"

陆容："我妈要跟人打起来了。"

老 B："这就来！"

当方晴赢了时，她霸气地拍桌子道："叫爸爸。"

那人："……"

方晴："不然底裤都给你扒掉！"

那人："爸爸！"

方晴："滚吧！"

方晴驱逐了抽烟人士，保住了儿子们上网的净土，骄傲得如一只大公鸡，冲两个儿子露出了胜利的微笑。霁温风和陆容坐在不远处看着她，亦是齐齐微笑着回应她。

霁温风慵懒地伸出右手，搭在陆容的椅背上，盯着方晴偏过头问陆容：

"你知道我现在在想什么吗？"

陆容垂下眼睛沉默不语，无非"有个妈妈也不错"之类的话吧！

霁温风在他耳边轻声说："我想……反正还有长长的一下午，你可以趁机去逛个街。"

陆容想，霁温风可真是个他看不透的男人。

这时候老B带着人冲进来了。他刚想跟陆容问好，陆容眼风一扫，让他不要过来，老B接收到了信号，原地刹车。

霁温风警惕地看向老B一伙人，站起来道："走，我送你过去。"这群人不好搞，陆容一个人怕是要吃亏。

陆容从霁温风护送自己这个行为中解读出了霁温风的心理状态，他现在是被霁温风划分在"我的"领域内的。不错，这跟自己预料的一样。

他忍不住露出一个计划得逞的微笑。

老B眼睁睁地看着一个富家公子哥搭着学长的肩膀，虎视眈眈地把他带走了，而学长乖巧得像个小鸡仔，老B觉得自己的三观土崩瓦解了。

不过他想起来今天的任务是保护方晴，撇开学长走到方晴面前，假装偶遇的样子："嘿！大神，好巧！最近还好吗？"

老B一直受陆容的委托在网吧保护方晴，可又不让方晴知道他是儿子派来的，所以在方晴眼里，他们就是她在游戏中捡到的一群菜鸡。

方晴一拍身边的位子："嗨，就那样吧！来一局？"

老B带着兄弟们坐下："打起精神来冲分，今儿个大家可是抱上大腿了！"

一时间网吧里充满了紧张活泼的气息。

霁氏真正的当家

从商场出来的时候，霁温风因为逃了半天的课炒股，而陆容又换成了他喜欢的发型，心情万分愉悦。他甚至对陆容说："你妈妈是个神奇的女人。"

陆容拿不准他这句话中的褒贬，但转念一想这也不是什么坏事，褒贬意味着态度，霁温风说这话的时候却没有态度，情绪稳定，说明他至少不再反对他父亲和方晴的婚姻，包括那场婚礼。他不反对，也没兴趣，陆容估计他此时的心态是放任自流的，但当花童还是没商量。霁温风不可能穿着西装给方晴扯裙摆、抛花瓣，霁温风是高傲的狮子，让他做这种事不如

71

叫他去死。

陆容原本就没想让霁温风当花童，自己的初衷是让霁温风去参加婚礼，既然霁温风现在已经接受了婚礼一事，接下去自己可以进行第二步的作战计划了。

陆容对方晴道："今天反正还早，不如顺路去菜市场买点儿小菜。"

他只是给了一点儿提示，方晴就完美地按照他的剧本演了下去："说得对！昨天没时间，今天我要露一手！"方晴这么做也预防霁通知道她带着两个孩子逃学跟她离婚，希望用她的菜拴住霁通的胃，让霁通手下留情。

霁温风没什么意见，毕竟此时此刻的他还不知道方晴的菜意味着什么。

两小时以后他就知道了。

他对这门婚事产生了动摇，也对霁通产生了怀疑，怀疑霁通是脑子不好使还是味觉失常。也许他爸已经被这个女人毒傻了，自己得随时准备继承霁氏。

霁温风借口身体不舒服，在开餐后两分半钟离开了餐厅。这个菜品和这个霁通都让他觉得生理性不适。

方晴关心地问道："他是不是得肠胃炎了？要不要去看医生？"

陆容顺势放下了碗筷，站起来道："我去看看他。"陆容说完就走，跟霁温风一道脱离苦海。

方晴和霁通对视一眼。

霁通说："小风和容容处得很好，不是吗？"

方晴望着陆容的背影，脸上涌现出老母亲的笑容："没错。今天有一帮不良少年闯进网吧的时候，小风还站出来保护容容。"

霁通担心道："不良少年？"

方晴安抚地抚摸着他的胳膊："不用担心，是我朋友，一群游戏里的菜鸡。"

霁通："等一下。网吧？你们为什么会在网吧？"

方晴连忙给他夹菜："你饿了吗？多吃一点儿，我亲手做的。"她乖巧至极。

陆容离开餐厅以后，没有直接去找霁温风，而是去了趟厨房。烧饭阿姨正瑟瑟发抖地缩在厨房一角，面对着被新太太折腾过的地狱厨房，握着自己的佛珠飞快地念"阿弥陀佛"。锅煳了三个，不明半透明流质从锅里冒出来溢到地砖上，崭新的抽油烟机烧焦了四分之一，台盆里堆着一套破碎餐具，最惨的是茄子，茄子被开膛破肚后丢得哪儿哪儿都是……这是哪里来的妖孽，把她的厨房搞成这样，造孽啊！垃圾桶里都比垃圾桶外面干净，她要怎么跟灶王爷解释？

陆容面对精神濒临崩溃的烧饭阿姨道："我尽量让她以后不要再踏入厨房。"

烧饭阿姨仿佛看到了救星，老泪纵横地握紧了他的双手："谢谢哦！"

陆容跟她一道把方晴轰炸过的厨房粗略打扫一下，对她说："做点儿正常的菜吧，我和小风哥需要您。"

知道霁家大宅里还有正常人，烧饭阿姨微微打起了精神，打开了冰箱。冰箱里的东西小山一样掉了出来，淹没了烧饭阿姨。

陆容奋力拨开满地死鱼："坚持住，我来救你！"

烧饭阿姨："……"

陆容把烧饭阿姨救出来以后，又安慰了她好一阵儿，帮她打扫厨房，整理橱柜，等她情绪稳定后点了三菜一汤，又取了霁温风的新西装去洗衣房熨了一下，上楼找霁温风。

霁温风开门见是他，很不爽。方晴拖累了他，让他在霁温风心里降级，这是陆容不希望见到的，不过他现在刚好可以利用这种不爽。

他把新西装往前一递："你爸和我妈让我把你的西装送来，叫你准备准备在婚礼上当花童。"

霁温风果不其然一口拒绝："我不可能去当花童。"

就算霁温风曾经有过动摇，在吃过方晴的饭之后的一小时里，也绝不可能答应在她的婚礼上出现——做饭这么难吃还有脸叫他当花童，呵呵！

陆容继续按照原计划演下去，把西装往他怀里一塞，扮演一个丝毫不为主人着想的恶仆："你自己去跟他们说。"

霁温风沉默了几秒钟，用眼神压迫他："你去。"

他就知道霁温风会这样说。霁温风不是一个没有教养的人，特别是在陌生人面前，总是表现得乖巧懂事、彬彬有礼，不然霁温风刚才就会直接把桌子掀了。对完美贵公子霁温风来说，亲口去告诉继母拒绝当花童，霁温风拉不下这个脸，尤其是继母今天带着自己逃课，还在网吧里保护自己以后。

站在霁温风的立场，他把这个难题丢给陆容是最好的选择。

陆容装模作样扮演一个不听话的小助理："为什么要我去？！"

"难道你想做花童吗？"霁温风反问。

陆容隐忍地咬住了下唇。

霁温风很享受把陆容逼到墙角的感觉，撑着门框强势地看着他，用眼神命令他马上下楼拒绝二老。

陆容不情不愿、倔强无奈地转身，缓缓走了两步，回过头望着他问："你能不能和我一起……"

霁温风："快去。"

陆容颓丧地挨到拐角，神情立马变得镇定从容，气定神闲地下楼。他没有找霁通和方晴，而是去了厨房，烧饭阿姨已经做好了三菜一汤。陆容坐在厨房外的吧台上，慢条斯理地吃完晚饭，各取了一份摆上托盘，端去敲响了霁温风的房门。

霁温风这次开门的速度很快，显然正在等待他的消息，迎面看到正常的三菜一汤，表情微讶。

陆容："我妈妈让我送来的。她说，很抱歉做得不好吃。"

霁温风默然不语，心情复杂。他不爱吃方晴做的菜，也没有明说，想不到方晴看出来了。

陆容暗中观察，心中暗喜，霁温风产生了名为"愧疚"的情绪。

"他们同意我们不去做花童，只是他们想让我问问你，你还去吗？"陆容说完停顿了一秒，飞快地解释，"你刚才说了身体不舒服……"

"去。"霁温风接过了托盘，"当然去。"

陆容搞定了霁温风，下楼通知霁通和方晴："小风哥不能做花童了。"

方晴："为什么？！"

"为什么？"陆容看着桌上这一盘盘死亡料理反问，"你真的不知道为什么吗？你做的菜让他肠胃不适，他强忍着没有说，不想让你伤心。"

方晴脸上浮现出愧疚的神情："天哪，他还好吧？"

霁通拿出手机要给家庭医生打电话。

"他不好。"陆容对方晴道，又按住霁通的电话，"不过没有不好到需要看医生的地步。"他对两人重复道，"他只是不能当花童了。"

方晴心中充满自责："都是我不好……他会原谅我吗？"

陆容望着紧张的方晴，轻轻一笑："他跟我说，他会强撑着病体来参加你们的婚礼，准时、准点，绝不迟到。"

方晴如蒙大赦，霁通老泪纵横地握紧了彼此的双手，多么懂事的儿子！

陆容在这个欢乐大结局上加了个小小的尾声："他做不了花童，我也做不了花童了，所以花童的事就……"

霁通连忙接口："算了吧！"处女座完美主义倾向的他本来就不想要两个一米八的花童。这个世界上不应该存在一米八的花童。说实话他已经背着方晴、陆容和小风找了两个可爱的小花童，正不知道如何开口拒绝他这两个一米八的大儿子呢，现在这样皆大欢喜。

"那就这样说定了。"陆容拿上自己的保温杯，轻松地去外面进行每日的饭后散步。

从窗户里，他看到霁通和方晴捧着情侣杯亲亲热热地喃喃絮语，而霁温风在穿衣镜前穿上了新西装，准备参加父亲和继母的婚礼。

陆容脸上浮现出一个"一切尽在掌握之中"的微笑，打开保温杯，放松地喝了一口红茶。

这是他的新家。

虽然他们个个都很奇葩，但只要他在，这个家就会和和美美。

第六章
帽子戏法

Chasing the wind

第二天，陆容和霁温风一道坐老宋的车去学校。离学校还有一个街口，霁温风吩咐停车："宋叔，我们走着进去就好。"入学已经因为老爸如此高调，霁温风可不想天天被围观。

老宋稳稳地把车停在了一家早餐店前，霁温风率先下了车，陆容坐在车里，骑虎难下。他不想公开自己和霁温风的关系。霁温风是个自带聚光灯的男人，他却只想做一个普普通通的城南问题学长，如果爆出来他是霁温风的继兄弟，恐怕他也会成为学校中的名人，他还怎么闷声发大财？

为了掩人耳目，他背包里还藏了件东西，不能当着霁温风的面使用。

他只是犹豫了一下，霁温风立刻狐狸似的眯起了眼睛："哦，不愿意跟我走在一起？"

陆容想起来自己立了个好用的人设，孤愤傲然地道："我不想用你的钱，也不想让人知道我跟你有关系。"

霁温风斜着眼睛看了他许久，慵懒地把脖子上鲜红的耳机挂在耳朵上："正合我意。"说完霁温风便自顾自走了。

陆容分析了一下，霁温风此时很不愿意跟自己攀上亲戚关系，就像没钱的远房亲戚上门，可以施舍，但最好家丑不外扬。陆容戴上帽子，让老宋绕得更远一点儿，这才下车。

摆脱雳温风的陆容终于过上了日常生活。陆容先走到学校前的小吃摊前视察情况，以陈玉莲为首的早餐供应商正在勤劳致富，里面没有老王的身影。陆容对他太失望了，给他放了几天假他还真不来了，赚钱是给自己挣的吗？他没有一点儿主观能动性。

颜苟正背着书包在陈翠花的摊子前买红豆粥。他捧着红豆粥喝上一口，左顾右盼，见陆容出现在人堆里，眼睛一亮，冲陆容挥了挥手。

陆容走到颜苟身边，两人肩并肩进校门，一路上听颜苟报告了昨日的校园大事件。

颜苟将耳机递给陆容，陆容挂上右耳，颜苟打开了音频文件，手机里传出电子音："昨天，城南大学某系某专业发生的重大事件有：（1）班和（8）班进行了紧张激烈的篮球赛，导致超远超新星雳温风流了鼻血，没来上课！

陆容纳闷，雳温风哪里是没有上课，他那是逃课好吗？！

颜苟继续报告："据说（8）班在篮球赛当天晚间，还在班长方长的组织下召开了一场庆祝派对，85%的女生对此义愤填膺，觉得方长太过分了！呼吁建立更加公平公正的球赛机制，可以让雳温风在赛场上成功复仇。"

陆容道："雳温风很有女人缘，可以开始卖他的照片了。"

颜苟用力点了点头。

陆容"嗯"了一声："让李南边去做个市场调查，雳温风的照片，女生们能接受的价格区间。如果能跟雳温风单独约会，她们愿意出多高的价钱。"

颜苟停下了脚步，崇拜地向陆容行注目礼，待陆容回头看他，他连忙端着手机打了一行字："学长能搞定雳温风？"

陆容说了四个字："未来可期——（8）班的派对搞得怎么样？"

颜苟打开了另外一个音频文件："（8）班为庆祝郭靖顺利打上石膏举行了一场盛大的派对，可是据现场采访，大家玩得并不好。首先，派对的举办地点没有新意，方长选在老地方。女生们都在唱歌，男生们在打牌，互相都很无聊。班长方长为此广发英雄帖，请大家踊跃提议有什么新的班级活动举办场所可供挑选。"

陆容："他有没有说班费还剩下多少？"

颜苟又打字："没有。但经我核算不会多。"

陆容"嗯"了一声："多不多暂且不说，群众对娱乐场所的需求与日俱

增，往常的场所已经无法满足他们的要求了。记下。"

颜苟双指如飞地打下了陆学长语录。他被陆学长语录的精神所感染，意识到了哪里有需求哪里就有市场，在备忘录里打了一段字递给陆容："对了，郭靖打了石膏，大家都在上面签名，郭靖的腿部变成了一个留言板，这个市场需求很大啊！"

陆容："代价有点儿太大了。"

颜苟恍然大悟地点点头，又打字道："第一个人打石膏很新颖，第二个人博关注的嫌疑太大了。"

陆容："你要这么理解也行。"

两个人走上了三楼，（8）班在楼梯边上，陆容要先进门。颜苟突然碰了碰他的胳膊，指了指他头顶，把手机屏幕对着他，上面写着一句话："学长，帽子好看。"

陆容："好的，谢谢！"

陆容走进教室，方长立刻迎了过来，拍拍他的肩膀："前天干得不错，小陆。没想到你球技这么好，要不要考虑加入篮球队？"

陆容摇了摇头，暂时没有时间参加不挣钱的项目。

方长惨遭拒绝，把脸一翻："你昨天逃课。"

陆容："家里有事。"

方长："你还在教室里戴帽子，这是对老师的不尊重。"

陆容想了想："我前天打篮球的时候磕到头了，昨天一直头痛、想吐，打电话给我妈去医院，检查出来是脑震荡。医生让我不要吹风，所以才戴着帽子。"

方长："看来我们也要给你开个派对了。"

陆容低头整理要交的作业，方长对前来检查仪容仪表的学生干部讲述了陆容的情况，大家都表示理解。陆容知道如果把他烫了的头发露出来，肯定会引来一大堆的麻烦，提前戴上了帽子。他也知道接下来方长会把他得了脑震荡的事情报告给每一个任课老师，他就不用再一一说自己的谎言了。

接下来的事情很顺利，他得到了在教室里戴帽子的特权，还被允许不用出早操。英语课代表刚好有沓试卷要送去英语老师办公室，问他能不能代劳，她要是现在过去，出操就会迟到，迟到是要扣班级分的，方长会唠叨。

陆容在班级里的人设是没有存在感的老好人，眼神永远放空，看起来有点儿注意力不太能集中的样子。所以他即使长得帅，脾气好，人好话不多，女生还是觉得选谁都不能选他做男朋友，但可以让他做点儿苦力。他给人一种智力有点儿问题的感觉，一举一动都很正常但哪里都有违和感，就像（6）班那个颜苟。

陆容谁都不会得罪，偶尔有女生要他帮忙，他也很爽快，点了点头就抱着试卷站起来走了。

英语课代表心想，连不会开口说话这一点都跟颜苟一模一样。

陆容抱着试卷走进了办公室，英语老师一见到他就"嘿"了一声："听说你得脑震荡了？"

陆容停住了脚步，目光投向了办公室一角的公用电脑，霁温风正坐在电脑前看盘。他缓缓地转过头来，两兄弟目光相接。

英语老师没有体会到这目光中的刀光剑影，在那边欢快地道："帽子不错——脑震荡需要戴帽子的吗？我倒是第一次听说。"

陆容心里一惊，这种时候她哪壶不开提哪壶。

霁温风用刀子一样的眼神看了陆容半晌，站起来对英语老师道："谢谢老师！我用完了。"

英语老师喝着红枣枸杞茶道："涨了还是跌了？"

霁温风对着陆容"和善"地一笑："有人要被套牢了。"

陆容收敛了目光，默默把试卷放下，站在那里，准备迎接接下来的腥风血雨。霁温风走过他身边，用力撞了一下他的肩膀，力道之大，把陆容头上的帽子震掉了。

英语老师品着红枣枸杞茶："小陆你这头发不错……嗯？你是不是烫头了？"

如果换作褚仁良那种钢铁直男，他未必看得出来陆容做过头发，可作为一个时尚 girl（女孩），英语老师只消看一眼陆容这自然蜷曲的空气刘海，就知道这个发型的时尚价值所在。

霁温风勾起了唇角，不怀好意地看了陆容一眼，拉开大门扬长而去。陆容被留在办公室里，不久之后顾逸君从出操的地方赶回来，坐到了他的对面。

他们的辅导员顾逸君是刚毕业的硕士研究生，每天穿着西装打着领带上台讲课，跟穿着暴露时尚的英语老师形成鲜明对比。顾逸君毕业以后就进入了高校，没有接触过社会，为人尚青涩，有时候看起来就像他们的大

哥哥。

顾逸君与陆容促膝长谈："听英语老师说你昨天逃学半天去做头发。嗯……爱美之心人皆有之，你这个头发是哪里做的？"

陆容："……"

顾逸君清了清嗓子："'爱美之心人皆有之'，你正处于青春期，想要让自己看起来更英俊，也实属正常。'士为知己者死，女为悦己者容'，你老实说你暗恋的女生是哪个？"

陆容："我妈妈要结婚了，我得去参加她的婚礼。"

顾逸君点了点头，几秒钟之后承认："我没听明白。你妈妈要结婚，你为什么要烫头？难道你要跟你妈妈结婚吗？"说完他被这个猜想吓得变了脸色。

陆容亦是惊恐地看着他。

顾逸君："抱歉，我只能想到这个理由，不然呢？"

陆容面无表情地道："我刚出生我爸就出事了，爸爸家里的亲戚帮我爸妈办理了离婚手续，这样他们就不用养我们俩。我妈妈一个人辛辛苦苦把我拉扯大，这个周末她就要结婚了。她给我挑了一套新西装，还带我烫了头，希望拍照的时候大家都能和和美美。"

顾逸君愣了半晌，喘了一口气，与英语老师面面相觑。

顾逸君捡起了桌子上的帽子，郑重地戴在了陆容的头上："在你妈妈完成婚礼前，你都……得了脑震荡。"

陆容："谢谢老师！"

顾逸君目送陆容离去，小声问英语老师："请问一下，这样的情况我要送红包吗？"

英语老师："理论上不用，看你良心。"

顾逸君悲伤地看了看自己的银行卡余额。为什么霁温风就非得把陆容的帽子给震下来呢？

陆容也很想问这个问题。他走出门外，霁温风正在外面等着他呢！

纵横捭阖

此时正是早操时间，广播里播放着广播体操的音乐，整个学校里回荡着广播员铿锵有力的"一二三四、二二三四"的口号声，陆容和霁温风二人的眼神相接。

霁温风双臂搭在栏杆上，慵懒地冲他发难："不喜欢我给你做的头发？"

陆容心想，这严格意义上不是霁温风给他做的，相反他倒为了霁温风那个引以为傲的发型贡献了很多的劳动呢！

不过陆容没打算立伶牙俐齿的人设，只是安静且羞愤地转过了脸，假装不堪受辱。

霁温风看着他这般有苦说不出的样子，心里愉悦，脸上却越发冷若寒霜："不准不喜欢我给你的东西。"

陆容："……"

霁温风走过他身边，警告地拍拍他的肩膀，用只有两个人能听到的声音道："下次再让我看到你戴帽子，本月租金翻倍。"

陆容缓慢且坚决地摘下了帽子。

霁温风对他的新发型越看越欢喜，忍不住揉了揉他的脑袋。霁温风一触到陆容柔软的细发，就意识到自己的动作如此温情，岂不是让这个小子看出来自己还挺在意他的？不，自己可不能这样便宜他了。霁温风绷紧了嘴角，不轻不重地推了一下陆容的脑袋，走过拐角偷偷搓了搓手指——这小子头发的手感，还挺不错的。

目送霁温风离开的陆容垂头看着手里的帽子，陷入了沉思。

霁温风想要让自己露出新发型，是出于什么心态呢？

陆容想到两个字，炫耀。

霁温风想炫耀自己对于时尚的品位，进而得到大众的认可。如果大家因此觉得自己变帅了，那是他脸上有光。可是自己真的不想顶着这样的发型在学校里招摇过市。

顾逸君被他的凄惨身世所感，大发慈悲地让他延期一个礼拜整改，他若不改，势必闹到褚仁良那里去。陆容想象着他被褚仁良拎着耳朵甩头，霁温风推开门进来："他是我弟弟。"那可就全完了。他在城南大学混不下去了。

他该怎么办呢？

陆容在转体运动完结时有了主意。

他走进了（6）班的教室，将手中的帽子摆在了颜苟的桌子上，然后走回（8）班教室外面，映着窗户理了理自己的头发。

他决定暂时按照霁温风吩咐的做。

不就是帅哥吗？他当还不行？！

陆容走进教室，郭靖惊呼了一声："你是谁？！"

方长做完操，跟李南边一道上楼："郭靖腿打了石膏，行动不方便，你照顾一下他。"

李南边很无语："为什么是我？！我坐得那么远！"

方长："你不是关心同学，喜欢助人为乐吗？"

李南边想，他什么时候多了这些优良品质？！

方长奇怪了："前天陆容肚子痛，你还争着抢着跟我一起去看他。"

面对着方长质疑的眼神，李南边咽下了解释的话。陆学长为了"全员恶人组"的安全，勒令他们平时不要走得太近，以免大家起疑，特别是陆容和李南边，他们在班级里很少说话，也不结伴去厕所，所以没人知道他们才是死党。

方长解释道："我本来想找陆容的，可是陆容得了脑震荡。"

李南边竖起了耳朵，学长什么时候得了脑震荡？

方长："你就平时给郭靖打打饭，帮他交交作业——哦对了，他上厕所得你扶着去。"

李南边："他可有一百八十斤！"

"这就是友情的分量。"方长严肃地教育他。

李南边莫名其妙多了个活儿，心烦意乱地走进了教室，发现陆容身边人满为患，以为大家又在郭靖的石膏腿上涂鸦。方长带着李南边挤到人群中，要宣布李南边接手郭靖的事。

结果挤到最前面，两人俱是一惊。

李南边："帅哥你是谁？！"

方长："你根本不是脑震荡！"

女生 A："陆容居然长得不错，为什么从前都没有意识到？"

前座爱看热闹的女生扬扬得意："你们还是缺乏发现美的眼睛。"哪里像她，一入学就发现陆容是个潜力股。

女生 B："不，是发型的缘故。说明发型对一个人的样貌风度真的很重要。"

女生 C 把玩着自己的发梢："真的好想烫头发——陆容，你是哪个店做的？"

陆容两眼放空地坐在位子上，默默地玩自己的铅笔盒，打开，盖上，打开，盖上，神情是那么淡然，仿佛自己已经不在这个世界上了。

女生互相交换着眼色，从彼此的眼神中看出来同一个意思，陆容长得很帅，但果真还是智力有问题。

"你居然骗我。"方长难以置信地看了陆容良久，然后转身就走，"我不管你了，你自己去跟辅导员、教务处长解释吧！"

陆容利用了自己的善良，他还帮陆容和其他任课老师打招呼，陆容却根本没有跟自己分享那家烫头那么自然的理发店，方长受了伤。

李南边等他走后，看看陆容："你没事吧？"

陆容举起手，做了个OK（好）的手势，表示一切尽在掌握之中。

李南边看了一眼他身旁那个名叫郭靖的庞然大物："我有事。"

陆容把纸笔推到他面前，李南边焦躁地写下了方长的嘱托，陆容花了点儿时间才从狂草中理清整件事的始末，可见照顾郭靖这个任务让能干的李南边多么棘手。他怎么说也是"全员恶人组"的销售冠军，哪有这个精力照顾郭靖？

郭靖探出了一张圆圆白白的脸："你们在写什么？"

李南边把纸撕碎了藏到兜里："没什么。"

郭靖："……"

李南边看向陆容，陆容点头表示知道了，李南边松了口气，坐到了自己的座位上。他对陆容有无尽的信任和崇拜，只要陆容出马没有搞不定的事，接下去只要等陆容出马就是了。

结果很快就来了，陆容发了条微信让他这么这么与方长交涉。

李南边五体投地地道："好，我现在就去！"

陆容："不行，再等等，等顾逸君和方长通过气。"

李南边："通什么气？"

陆容不解释。

那边颜苟也发来帽子的照片还发了个问号。

陆容："归你了。"

颜苟："谢谢学长！"

陆容："不客气。"

下节课是现代汉语，顾逸君西装革履、清风满袖地拿着课本走进了教室。方长立刻大声说道："哦，陆容，你的头发烫得真不错！"说完他就偷笑。这就是利用他善良、还不告诉他理发店的下场，呵呵！

陆容早已猜中了他要告状，微微一笑，方长啊方长，你这个坏心眼

的人。

顾逸君一听人提起陆容的头发，就赶紧低头翻开课本备课，刚想逃掉这个红包的事，方长那么一叫让他的心很痛。

方长见辅导员一点儿反应都没有，怀疑教室里太嘈杂他没有听见，再接再厉，冲陆容嚷嚷："你烫的这个就是韩式空气刘海，对吗？"

他这么一喊，半个班的人都齐刷刷去看陆容的韩式空气刘海，还有半个班的人转头去看方长——班长，你为什么知道得那么清楚？

陆容稳坐在那里，所有人都不知道他已经提前跟辅导员打过招呼了，他两眼放空地坐在那里，翻动自己的铅笔盒。

顾逸君终于觉得他有必要解决一下这个事情了，把方长叫到了外面。

顾逸君："陆容这个礼拜得保持这个发型，你帮他打一下掩护。"

方长将目光投向了教学楼外，四十五度仰望天空，他不是很明白事情为什么会变成这样。

顾逸君沉痛地道："陆容刚出生他爸就出事了，他爸爸家里的亲戚帮他爸妈办理了离婚手续，这样他们就不用养他们娘俩。他妈妈一个人辛辛苦苦把他拉扯大，这个周末她就要结婚了。她用家里仅剩的钱给他挑了一套新西装，还带他烫了头，希望拍照的时候大家都能和和美美。"

方长倒吸一口凉气，他做了什么？！他刚才竟然想害这样子的陆容？！陆容只是一个想顶着韩式空气刘海去参加妈妈婚礼的小孩子啊！

方长郑重地对顾逸君承诺："我会保护好陆容。"

两个男人对视之间涌动着人类高尚的情操。

他们俩进来的时候，陆容观察了一下方长的神情。方长一接触到他的目光就惭愧地低下了头，陆容告诉李南边，现在可以去跟方长聊聊郭靖的事了。

下课以后，李南边走到方长面前："班长，照顾郭靖的事可不可以交给陆容，他没有得脑震荡，又是郭靖的同桌。"

方长："不行！陆容这么可怜，不要再麻烦他了。"

李南边心想学长哪里可怜了，但还是照着陆容的指点说下去："照顾郭靖，理论上算打工，医院里照顾病人都是给钱的。我在外面发传单，一天五十块钱，大不了我们也给陆容一天五十块钱，那就同时照顾了他和郭靖两个人。班费还有吗？"

方长："呃……"

班费倒是还有一点儿，不过……

李南边小声说："要不四十？"

方长问："陆容家里是不是……"

李南边接话："特别穷。"

方长道："好吧！"

方长心软了，考虑到这个活本来就吃力不讨好，应该全班轮流干，可轮流干势必不上心，委屈了为班争光的郭靖。如果承包给一个人，给了钱，冤有头债有主，适合问责。

李南边乘胜追击："如果陆容照顾郭靖，那郭靖不去上的课，陆容是不是也不用去了。"比如，什么体育课、美术课、音乐课。

方长："理论上是这样。"

李南边："谢谢班长！他一定愿意。"

李南边从方长那里套来了资源，回去就在群里发微信："现在有个活，一天四十块钱，还不用做操，不用上体育课、美术课、音乐课，谁想干？"

村里"狂花"

陆容第二天走进教室时，同班的牛艳玲坐在他的位子上，把郭靖的腿捧在自己腿上，拿湿毛巾给郭靖擦拭石膏上方的皮肤。他的课桌上摆着一个脸盆，水洒得到处都是。

陆容："……"

在其他孩子奔走于补习班的时候，牛艳玲下地放牛、上山砍柴，她依旧考了城南大学，天资不可谓不高。不过她在班上的成绩跟陆容差不多，"不是我军不强，实在是敌军太强"，生源太好了。

牛艳玲不是特别在意自己的成绩，反正已经上了城南大学，穷人家的孩子早当家，她当务之急是赚够自己的生活费。

她很早就听说学校有个提供学习服务的小型产业链，辗转加上了李南边的工作微信，是想加入团队帮人提供学习服务赚点儿钱，结果惨遭拒绝，不过她疯狂想打工的念头给李南边留下了深刻的印象。李南边将她归类为重点人力资源。

这次照顾郭靖的事，李南边和方长谈下来以后，转头就去找牛艳玲了。牛艳玲一听每天四十元钱，还不用旷课，立刻同意。第二天一大早她就在陆容的位子上正襟危坐，等待郭靖的到来。

郭靖撑着拐杖走进教室，看到了牛艳玲，抬头看了看教室。

牛艳玲："我也是你们班的。"

郭靖细声细气地道："不……不好意思。"

牛艳玲："吃过早饭了吗？"

郭靖温柔又缓慢地道："啊……我吃过了。"

牛艳玲："那坐下来吧！"

郭靖："哎。"

郭靖正摸不着头脑，为什么他有没有吃早饭要跟牛艳玲汇报，自己跟牛艳玲根本没有说过话。牛艳玲却已经站起来，搀住了他软绵绵的硕大臂膀，面不改色心不跳地把他稳稳按在位子上。

郭靖：他刚才是跟女生有了亲密接触吗？

牛艳玲绕回陆容的位子上，拿出早已准备好的热水瓶，往脸盆里加了点儿热水。热水瓶是她从宿舍拎来的，脸盆是她新买的，毛巾就不是新的了，她把换下来的洗脸巾用消毒液泡了泡拿来给郭靖用，上头印满了褪了色的怒放的牡丹花。

牛艳玲伸手："腿。"

郭靖细若蚊蚋地道："啊？"

牛艳玲是个讲究效率的人，等会儿还要去背英文单词，不跟郭靖废话，弯腰抬起他的腿架在自己腿上，把裤子推高，给他擦身。昨天晚上接到李南边的任务和第一笔四十元钱，她就立刻上网查了一下"腿打石膏怎么处理"，列了一张每日要做的任务清单。石膏附近的皮肤清洁很重要，会蹭伤，会过敏，还有在石膏卸下来以前不能洗澡，牛艳玲打算以后每天早上给郭靖擦一下腿。

陆容进来的时候正看到牛艳玲撸起袖子，抿着嘴唇，在郭靖腿上蹭啊蹭。

郭靖白白胖胖的脸上露出了弱小、无辜又蒙的表情，但隐隐觉得有点儿危险。

陆容走到了自己的位子边上，背着书包，盯着那个脸盆。他在班里从来不跟人起冲突，一个牛艳玲已经够显眼了，他要是现在跟她吵起来，保准会变成全班的焦点。

牛艳玲一边擦一边问郭靖："你以后早饭都自己解决？"

郭靖："嗯。"

牛艳玲："午饭和晚饭呢？"

郭靖："午饭我会叫陆容给我打的。"

陆容想，我怎么不知道这件事。

牛艳玲："我会给你打的。"

郭靖："……"

牛艳玲："晚饭怎么办，你自己回家？"

郭靖："妈妈……妈妈会给我做的。"

牛艳玲："知道了，在学校里有事情叫我。"

牛艳玲放下他的腿，将脸盆端下来放在地上，拿同一块毛巾把陆容的桌子擦干净，再将毛巾扔进脸盆里，一手拎着热水瓶，一手端着脸盆转身欲走。

郭靖："我可不可以问一下，你为什么……"突然照顾我？

牛艳玲："不可以。"她跟李南边签了保密协议，不能透露这个事情。

陆容拿出纸巾，把自己的课桌又擦了一遍，在郭靖的脚臭味中坐下。

郭靖细声细气地道："陆容。"

陆容擦得慢了一点儿，表示自己在听。

郭靖："你说牛艳玲，是不是喜欢我呀？"

陆容："也许吧！"

牛艳玲一下课就搬把椅子，坐在陆容身边，等着给郭靖端茶倒水，扶他去上厕所。上了三回厕所以后，郭靖以为自己恋爱了，全班人也都以为郭靖和牛艳玲恋爱了。大家议论纷纷，班里第一对竟然是两个边缘人物，男的高大胖，女的黑壮结实，让人连八卦的兴致都没有，特别是牛艳玲搀扶着郭靖用拐杖去厕所的背影，像看了十集爱情故事，整个（8）班都莫名对爱情没了向往。

趁着牛艳玲搀扶郭靖去厕所，方长来找李南边："你应该把钱还给班级。你看，现在牛艳玲兢兢业业地照顾着郭靖，陆容就只是坐在他们中间当电灯泡而已，就算是给钱也是给牛艳玲。"

李南边："我已经把钱给了牛艳玲。"陆学长比他还金贵，怎么可能去照顾郭靖？！他们从方长那边接了活立刻就外包了。

方长无奈，原来这个班级上的自由贸易这么繁荣吗？

李南边："她比陆容更穷。"

方长："好吧——他们不是谈恋爱？"

李南边："很难讲。郭靖觉得是，牛艳玲觉得不是。"李南边拉开了郭靖的抽屉，里头露出了郭靖写给牛艳玲的情书。方长看了一眼就不忍再看

下去了，郭靖的字是真的难看。

方长："我们要不要告诉郭靖，牛艳玲其实是我们雇来的？"

李南边："你雇的。"

方长："……"

李南边把情书放到他眼前："你忍心告诉他吗？你想让班上每个人都知道他们交的班费用来给郭靖雇人吗？"

方长："……"

牛艳玲搀扶着郭靖回来了，方长吹起了口哨，李南边溜了，旁听了整个对话的陆容双目放空地玩铅笔盒。郭靖拿出了情书，趴在位子上涂涂改改，牛艳玲到饮水机前给他倒水。郭靖写得太入迷了，连牛艳玲回来了都没注意到，直到牛艳玲在他头顶笼罩下一片阴影。

牛艳玲盯着他的情书。郭靖白胖的脸上浮起了红晕。铃响了，牛艳玲伸手把郭靖的情书干脆利落地抽走。

郭靖小声问陆容："她是什么意思呢？"

陆容的手原本抓起了笔打算记笔记，这会儿又不得不放到铅笔盒子上。

郭靖戳了戳前桌的女生："喂——我写了封情书给……我喜欢的人，我还没写完，她就拿走了。"

女生头也不回冷酷无情道："走开。"

郭靖："……"

下课后，牛艳玲拿着一封崭新的情书回来了，手脚麻利地掀开郭靖的书桌藏了进去，嘱咐道："好好看看。"

郭靖读着牛艳玲清秀的字迹、唯美流畅的语句，激动得不能自已。比起牛艳玲的爱语，他写的算什么东西？

郭靖用情书嘚瑟地去抽打前座女生的脊背，压低了嗓门道："喂，她回信了。"

爱看热闹的女生："滚。"

当天晚些时候，牛艳玲跟李南边汇报今日郭靖事件记录。

1. 上课前给他擦腿。

2. 给他打水四次（他比我家的牛还能喝水）。

3. 扶他上厕所三次（喝得多撒得也多）。

4. 帮他打饭一次。

5.解答他的学习问题七次（有点儿烦人）。

6.帮他修改情书一份。

李南边："呃……情书？"

牛艳玲："他现代汉语学得超级烂，写的情书读都读不通，他还写在了其他试卷的背面，字迹一塌糊涂。我给他换了一张纸，语句润色了一下，现代汉语是我的强项。"其实如果李南边读过的话，就会知道牛艳玲是重新写了一篇。

李南边："好吧，再接再厉。"

李南边给对方发了一个红包。

牛艳玲很快查收了。

鉴于牛艳玲为了照顾郭靖，总是出现在陆容身边，陆容觉得是时候解决一下自己的头发问题了。他给梁闻道下达了秘密指示，梁闻道和霁温风是一个班的。

霁温风当天课间听到梁闻道在隔壁过道说："（8）班的班草换人了，以前不是那个姓盛的吗？现在听说变成了一个姓陆的。"

霁温风停下了笔。

同学A："不会吧，盛宇超帅啊——姓陆的，谁？"

梁闻道："陆容。"

同学A："没听说过。"

梁闻道："嗯，以前就是个路人甲，换了个发型，（8）班女生都疯了，据说有人为了追求他，专门搬了把椅子坐在他身边。"

过道对面霁温风手中的笔啪的一声断了。

梁闻道、同学A："……"

霁温风吃完午饭，专门从第二教学楼上楼，绕到（8）班回教室。（8）班女生又都疯了，拥出来围观他。他隔着窗户扫了一眼空荡荡的教室，教室后排的三人行非常扎眼，打着石膏跷着腿的高大胖郭靖，郭靖里面坐着认真写作业的陆容，陆容旁边本该是过道的地方果然坐着一个女生，虽然黑壮结实，但她直勾勾盯着陆容的眼神还是让霁温风很不爽。

陆容在郭靖和牛艳玲的衬托下，清瘦白皙，再加上那头韩式花美男的烫发……

霁温风阴着脸掏出了手机。

三秒之后，教室里的陆容从裤兜里摸出了手机，霁温风发消息给他，婚礼以后把头发弄回来。

陆容抬头，看向窗外，霁温风手插着裤兜站在阳光里，脖子上挂着鲜红的耳机，眯着眼睛看他。

他就知道霁温风这么扭曲的性格，见不得他大受欢迎。

挑战婚纱

礼拜五下午，霁温风和陆容都请了病假回家。明天就是霁通和方晴的婚礼，霁通让他们去铂悦龙湖彩排。霁温风和陆容已经不做花童了，也没有在婚礼上承担其他重要角色，没有什么"请双方的小孩各自上台讲话"这种环节，不过陆容的话依然深深地印在霁通的脑海——让孩子参与进来！

婚礼流程那么烦琐，总有活让他们俩干。

霁通是个处女座，上升星座是天蝎，所以霁温风和陆容都乖乖地找了托词，吃完午饭后就打车到铂悦龙湖酒店。老宋要开婚车，忙死了，他们只能自力更生。

一到酒店，霁温风就冷酷地对陆容说："婚礼上不要跟我待在一起，我不想让别人知道我们俩的关系。"

陆容心中冷漠地"呵呵"了两声，又是这种"你只是我的小助理不配拥有姓名"的戏码吗？他了解。

他顺势装出一副孤愤自傲的模样，表情是在说"我也一样"。

霁温风甩开陆容走了几步，又折回来，蹙着眉头质问道："我没记错的话，你刚才都没跟我打招呼。"

陆容："哥哥好。"

霁温风："你要是还不能尽快养成习惯，我就不理你了。"

陆容无奈，这个男人是否还记得，就在上一秒，他还让自己滚远点儿，不要让人知道他们是一家人？霁温风真是这个世界上最矛盾的生物。

铂悦龙湖占地十几万平方米，霁温风和陆容进了门毫不费力地直扑主会场。虽然明天才正式举办婚礼，可已经贴满了霁通和方晴的结婚照。照片底下写着中日英三语的"请往前走"，他们把自己的结婚照当作路标，强行让所有人吃"狗粮"。

不但路标，其他婚礼元素也已经布置妥当了。花园小径边缠着粉白相间的丝带，路灯上扎着北欧风格的花束，路过的草坪已经摆好了洁白的椅子，牧师站在凉亭里拿着话筒排练明天的草坪婚礼，背后有个中等规模的乐队在演奏《婚礼进行曲》。歌手正在唱歌，酒店工作人员在喂鸽子——乐队背后甚至有一笼和平鸽！

陆容问："霁叔叔是信仰基督的吗？"

霁温风："他是个程序员。他信阿西莫夫三大定律。"

陆容："我妈信佛。"

陆容、霁温风："……"

所以这个牧师是怎么回事？！霁通是想把所有的婚礼形式都试验一遍吗？！

两个人赶到婚礼主会场，果然那里是中式的，不但是中式的，还是古典的，霁通和方晴都穿着汉服、戴着假发，在司仪的引导下跪在最前头，夫妻对拜。

霁温风和陆容看着这布置得跟影视城一样的酒店大堂，俱是无语地坐下来，这时候台上发生了一些状况。

霁通一直在嚷嚷，他追求尽善尽美，这又是他渴望已久的婚礼，这把他从一个儒商变成了暴君。他掌控欲爆棚，不断推翻仪式流程，对什么都不满意，最终跟司仪吵了起来。他和司仪吵得不可开交，方晴在一边看了半晌，终于气得把绣球扔了，穿着汉服大步流星地跑了。

霁通："娘子！"他跟在她身后跑了。

新郎和新娘接连跑过两人身边。霁温风端着酒杯缓缓抿了一口："这个婚是不是不结了？"

陆容："……"

司仪、婚庆工作人员和酒店工作人员在台上聚成一圈，又吵了一会儿，司仪走向陆容和霁温风："你们是新郎、新娘的儿子？霁先生说你们可以帮忙。"

霁温风、陆容："……"

司仪："是这样的，新郎、新娘跑了，可我们还需要人彩排，方便我们掌握精准指点，测量机位什么的。你们可以扮演一下新郎、新娘吗？霁先生他太高了，除了霁少爷谁也扮不了。"

陆容忙道："我妈妈倒是……"他可以找其他女人演一下。

他还没来得及说出口，霁温风已经扣住了他的手腕。

霁温风和善地微笑着："好的，他演新娘。"

陆容震惊了，这听上去有点儿羞耻，不过事实上就是走走台步，完成彩排，这也没有什么大不了。

霁温风下一秒就打断了他的妄想："容容，快去房间换一下装。"

司仪："换装？不需要的。我们就是想看个定点和走位。"

霁温风："得换上婚纱，再化个新娘妆，不然怎么看得出效果？彩排得正式。"

司仪："说得也是。"他确定这确实是霁通的儿子，这完美主义倾向跟他爹一模一样。

霁温风把陆容的手交到司仪手里，陆容原本柔软的手现在已经攥成了坚硬的拳头疯狂往后撤："新郎、新娘之间就是出现了一些小摩擦，他们很快就会解决完，回来参加彩排。如果要看效果，他们本人更合适。"

司仪"哦"了一声："他们一时半会儿回不来。"霁先生真是太烦人了，只要有他在这个彩排永远都完不成。

"来吧，小公子。"司仪歪了下脑袋，看向了更衣室。

陆容将杀人的眼神投向了霁温风，他现在明白霁温风为什么那么积极配合了。霁温风嘴角噙着坏笑，不怀好意地盯着他。

陆容身材修长，轻而易举地套进了方晴的露背婚纱——就算套不进去，婚庆公司也有别的尺码，更衣室里恐怕有一百多套婚纱，霁通真的准备得很充分。

化妆师给他戴上了假发，化了妆："小哥你皮肤好好哦，一点儿毛孔都看不到……"

陆容："请把我化成另外一个人。"

化妆师："嗯？"

如果要穿女装，就彻底变成另外一个人。

他穿着球鞋，身高跟方晴穿高跟鞋差不多，化了妆以后，司仪打量着镜中的陆容："小公子可以啊！"

"嗯……"陆容淡定地走出了更衣室。

霁温风已经换上了正装，站在摄影师身边调试他的摄影机："等会儿要把一切都原原本本地拍下来。"听见身后的骚动，他转过身来，对上穿着女装的陆容。

霁温风瞳孔微张。

他原本是想戏弄陆容的，如果他能拿到陆容狼狈的女装照，那陆容日后势必唯命是从。但是现在好像事与愿违了，他这个弟弟，扮起美女来还真不赖啊！

陆容提着裙子走到他身边，挑衅地问："怎么了，你怎么看起来不太高兴？"

霁温风可不是轻易认输的人，挺起了腰板。

司仪超级满意："现在我们去草坪那里把西式婚礼流程走一遍。"

陆容："要去外面？！"

霁温风心满意足地"嗯"了一声，在陆容耳边轻声说："全部录下来。"

陆容："……"

第 七 章

霁温风逃课了

Chasing the wind

　　金梦露今天正跟着家里大人来铂悦龙湖吃饭，路过草坪的时候正巧看到这一幕。夕阳西下的湖畔草坪，一对新人正在举行婚礼，乐队演奏着神圣的《婚礼进行曲》，观礼嘉宾起立鼓掌，为新人献上祝福，最梦幻的是，一群白鸽在新人背后飞上天空！金梦露捂紧了自己的小心脏，她长大以后也要在铂悦龙湖结婚！

　　她反正无事，走到草坪婚礼外围，想问问这是哪个婚庆公司设计的，可定睛一瞧倒吸一口凉气——这个新郎，分明是最近学校里风头正劲的霁温风！

　　金梦露立刻拍下了照片传到了闺密群里："天哪！霁温风今天在铂悦龙湖结婚！"

　　闺密A："啊？他结婚了吗？他不是才跟我们一样大吗？"

　　闺密B："可能他是外国公民？"

　　闺密C："外国人也不能这么早结婚吧！他老婆是谁啊？！"

　　金梦露拍了几张陆容的后背照片："我不知道！但是身材很好！这个脊背！这个腰线！我要做几年的瑜伽才能像她那么瘦？！"

　　闺密A、B、C连发了三个柠檬的图片。

　　闺密C把这个消息传给她（1）班的闺密D："这个是不是霁温风？！"

（1）班的闺密丁发了一段语音："他今天下午请假居然是去结婚了吗？！是哪个女孩可以拥有霁温风！我酸了！"

闺密C："身材超好！跟霁温风站在一起好般配！估计家世也不会差吧？毕竟是跟霁氏集团的少东家联姻，肯定是商界大鳄的女儿。"

闺密丁立刻跟同班女生八卦："你们知道吗？霁温风今天下午请假是去铂悦龙湖结婚了！他的结婚对象据说是另一个商界大鳄的女儿，还是个超模，身材巨好！"

（1）班女生："我不行了！"

霁通和方晴穿着汉服在酒店里奔跑。

方晴跑得实在太快了，她热爱运动，每天坚持夜跑，霁通根本追不上她。霁通只好清出一片空地，偷了酒店工作人员晒的餐桌布铺在地上，保护他的婚服不被弄脏，再"哎哟"一声假装摔倒。方晴听到他的喊声，停下脚步回来了："你怎么这么不小心？！"

"不小心被桌布绊倒了……"霁通抓着她的手腕坐起来，"哈哈，抓到你了。"

方晴："……"

霁通严肃地道："你现在跑了，婚礼就真的完不成了！"

方晴抓狂："亲爱的，重点不是婚礼！婚礼只是一个仪式、一个象征，你对它太吹毛求疵了！桌子没摆整齐你要发飙，礼服上有一点儿线头你要发飙，我选的捧花绿色太多你要发飙……"

霁通叹了口气，憋了好一阵儿，才跟她讲了心里话："我上回没有举行婚礼，后来婚姻草草收场。我想，要是这一次我们能有一个完美的婚礼，我们就能白头到老。"

方晴被感动了，怜爱地抱住了他："亲爱的，难道婚礼有这样那样的小瑕疵，我们就不能白头到老了吗？我们的前半生都一塌糊涂，我们今天还不是站在这里、拥有彼此？生活都是不完美的，但就是因为生活不完美，每个人的生活才独一无二！如果我们的婚礼一帆风顺，什么状况都没有，那以后我们老了，坐在轮椅上看照片的时候，哪来的笑料？"

霁通被她安抚了，平静下来，用力抱住了她："你说得对。我们的婚礼，应该有自己的风格——等一下，那个路灯上的指路牌被风吹歪了？"他绕过方晴的肩膀看着头顶的路灯。

方晴赶紧勒紧了他的腰："抱紧我！"

霁通乖乖低下了头，享受新娘的拥抱，可还是忍不住偷偷抬眼去看头顶歪掉了的指路牌。这对一个完美主义者来说真的好难受。

天色将晚，金梦露的爸爸妈妈正在到处找金梦露。他们走过桥边，无意间瞥见桥下擦黑的阴影里，穿着古装的一男一女坐在白桌布上相拥。

金梦露的爸爸："有鬼啊！"他拔腿就跑。

金梦露的妈妈："亲爱的，等等我！速效救心丸在我这里！"

霁通、方晴："……"

方晴望着他们远去的背影，看到了那群白鸽："老霁，好像有人在用我们的婚礼布景结婚！"

霁通淡然一笑："也许这就是我们婚礼的笑料吧！"

方晴推了推他："老霁，他们放出了鸽子！"

霁通立刻爬起来："我跟他们拼了！"

霁通和方晴气势汹汹地冲到了草坪婚礼现场，陆容和霁温风刚在司仪的引导下又走了一遍仪式，这次大家都很配合，堪称完美，现场气氛良好。

方晴穿着抹胸汉服一马当先冲进了会场："你们怎么可以用我们的婚礼布景，还用我挑的捧花——小风？你结婚了？天哪你好帅啊！"

霁通气喘吁吁地挤到她身边，一看真是自己儿子，蒙了："小风，你这是什么意思？我是你爸爸，你结婚都不通知我，你是在报复我吗？"

霁温风："……"

霁通气得一屁股坐在椅子上，摇了摇头，越想越觉得是这样。儿子选在他结婚的前一天结婚，还用了他的婚礼布景，这一定是在报复他。

方晴拍拍他的肩膀，目光灼灼地盯着霁温风："至少他穿结婚礼服挺帅的……"

霁通难以置信地看着她。

方晴连忙改口，严肃地评价道："新娘子也很美，他们两个真是'男才女貌'。"

霁通抓狂："我们都不知道新娘是谁家的，是不是正经人家的姑娘！万一亲家很难搞呢？"

陆容捧着捧花冷冰冰地喊道："妈。"他穿女装真的会变成另外一个人吗？

方晴、霁通："……"

陆容气急败坏地说道："这种时候你们什么反应？"他把捧花扔在了霁温风的身上，拎着裙子跑了。

方晴尖叫："我的捧花！"

霁通一把抱住她："没事，我在！"他用眼神示意霁温风赶紧踩烂。

霁温风莫名其妙，但霁通的神情很焦急，他还在脖子上用手抹了一下，告诉自己，不照做，自己就死定了，霁温风只好把捧花丢在地上踩了一脚。

霁通这才放开了方晴："捧花已经坏了，咱们换个粉色的吧！"

方晴眼神凶恶："你以为我不知道你背后干的好事吗？！你就是不喜欢我选的绿色捧花对吧？！"

霁通："不是我！亲爱的，你怎么能这么想我呢？小风踩的。"他指向了霁温风。

霁温风："……"

霁温风只好朝陆容追去。

单身派对

霁温风刚跑到无人的地方，口袋里的微信就响了起来，有人在班级群里叫了他，他一看，他和陆容的照片那么快就被传开了。照片上是穿着正装的他和穿着婚纱的陆容，背后和平鸽和气球一起迎着夕阳高飞，牧师的双手刚刚从他们脑袋上放开，看上去只是在鼓掌——在金梦露的镜头下，这就是一张意境悠远、梦幻完美的结婚照。

陆容跑到更衣室里，刚卸下头纱，就收到了李南边的微信。

李南边："学长，霁温风当不了校草了。"

李南边："他娶了他的青梅竹马。"

李南边："据说他老婆家里黑白两道通吃，跟霁氏差不多有钱，她学习成绩超好，在外国念那种很有名的女校，而且是个超模，超模不是有个榜单的吗？她去年上了前五十名，年收入过千万，现在已经怀孕了。"

李南边："之前喜欢霁温风的女同学现在都在骂他渣男，已婚男不如狗。"

陆容："……"

他看着屏幕上对于霁温风老婆的描述，脑海里一片空白！

陆容摇摇头，信息流传过程中的歪曲和再加工真是让人叹为观止。

不过这对他来说，却是个难得的好消息，他嘱咐李南边："让颜苟把所

有婚礼照片搜集一下。"他要看看流出去多少，有没有他的正面照。

李南边："啊？"

陆容："快一点儿！"

李南边一边传达任务给颜苟，一边想着陆容这个奇怪的要求：他是对霁温风感兴趣，还是对霁温风老婆感兴趣？哦……他可能是想看看校草老婆长什么样？学长不是那么八卦的人啊！

在陆容发微信的同时，传说中逃课娶了全球超模前五十名的新郎霁温风，也在隔壁（1）班班级群里澄清。赵一恒一直在群里编派他，说他仗着小白脸攀高枝儿，人家千金大小姐本来对他爱搭不理，结果霁温风把人家肚子搞大了，奉子成婚，对他的个人形象造成了毁灭性的破坏。

霁温风忍不住站出来解释："搞错了，这是我弟。"

女生 A："听见了没有！这不是霁温风本人！这是他弟弟！"

女生 B："孪生兄弟吗？"

女生 C："废话！你没看这长得一模一样！"

霁温风的澄清信息以光速跑遍了全校大大小小的群，女生们绝处逢生！霁温风还是单身，大家还有希望！只是希望也带来了压力——霁温风的孪生兄弟娶了全球超模前五十名，有这样的妯娌真是压力太大了！当天晚上基本上全校 80% 的女生在朋友圈宣布减肥。

颜苟自然第一时间把霁温风的澄清信息传达给了陆容："没事了，是他兄弟。"

陆容简直要晕厥了：霁温风之前不是还说不要让人知道他们的这层关系吗？他转眼就为了个人形象把自己给卖了？现在全年级都知道他是霁家的继子，还穿女装，他在城南还要不要混了？

颜苟放出了（1）班班级群的截图。霁温风就干巴巴地说了一句："搞错了，这是我弟。"底下一群人都在那里澄清：弟弟和哥哥一模一样！双胞胎呀！

李南边在群里道："所以是霁温风的孪生兄弟娶了全球超模前五十名，他还是单身，很有商业价值。他还带红了他的孪生兄弟和他弟媳妇，现在对他们结婚照的需求量特别大。有人想要他弟弟的正装照，还有人想要他弟媳妇的，如果我们能找到大小姐的正脸照……"

陆容："别！"

李南边："……"

陆容想了个托词："结婚照就不要放了吧，谁知道犯不犯法？"

颜苟跪服："还是学长想得周到。"

陆容瘫倒在沙发上，任化妆师给他脸上抹卸妆水。感谢天，感谢地，感谢城南学子们八卦的想象力，他总算逃过这一劫——结个婚可真是太累太累了，过来人没有瞎说。

霁温风看到事态向诡异的方向发展，默默地把手机揣进了西装裤袋，没有再解释。

就当他有个孪生弟弟吧！

霁温风搞定学校里的流言蜚语，走到摄影师面前道："彩排也完了，今天的录影全部删除。"

摄影师看着里头的视频："嗯……有点儿可惜。"

霁温风重复："全部删除。"

摄影师感到一阵儿战栗："好吧！"

霁温风抬眼看向更衣室，更衣室的门开着，陆容坐在化妆镜前卸妆。

霁温风对摄影师道："等一下，先拷给我，再删除。"

摄影师："对吧！我也觉得超有纪念意义！"

霁温风在摄影师那里搞到了所有的影像资料，捧着手机慢慢欣赏。

"如果他哪天不听话，我就把婚纱照设为手机壁纸。"霁温风心满意足地收起了手机，淡定自若地在餐桌边坐下，潇洒地给自己倒了一杯红酒。

霁通得知两个孩子帮他们完成了彩排，焦虑达到了十级："不行，我们必须自己再走一遍。"

方晴安慰他："老霁，别这样，要相信小风和容容，也要相信这里的工作人员，明天一定都会很顺利的。只是婚礼而已，过去了也就过去了，你知道什么问题迫在眉睫吗？"她的目光投向不远处举着高脚杯喝红酒的霁温风。

"你都还没跟他好好谈谈。"方晴真诚地望着霁通道，"他都开始借酒浇愁了，面对重组家庭的阵痛，他一定很有压力。"

霁通点点头："嗯。"

方晴握住了他的手："你应该去找小风聊聊，我应该去找容容聊聊，今晚对他们来说都很难熬。他们之前一直跟我们相依为命，现在我们突然之间就要属于别人了……今晚应该是我们母子和你们父子的单身派对。"

霁通恍然大悟："哦——说得有理。"单身派对，听起来超级美妙，他

可以在和小风一起打游戏时说。

方晴站起来亲了一下他的侧脸，去更衣室找陆容。霁通走到霁温风身边坐下，清了清嗓子："小风，明天，爸爸就要结婚了，今晚是爸爸最后属于你一个人的日子。"

霁温风："……"

霁通："你有什么困惑，或者埋怨，都可以跟爸爸讲。爸爸知道这段时间委屈你了。"

霁温风把玩着手机："祝你幸福。"

"谢谢你！不过我不确定我能不能幸福。"霁通焦虑地给自己也倒了一杯酒，喃喃道，"我四十岁才做新郎，不像你。你站在婚礼草坪上，这么年轻，这么耀眼，我却垂垂老矣。"

霁温风盯着屏幕里那些结婚照有口无心地安慰父亲："谁结婚都会紧张的，跟年纪没关系，我的经验是深呼吸。"

霁通做了几次深呼吸："没有好很多。她是一个很神奇的女人，很漂亮，我跟她比起来又平凡又刻板无趣，我不知道怎么才能在她面前表现得好一点儿，她哪天厌倦我了怎么办？我可能都没什么时间去疗伤，我都四十岁了。"

霁温风抬起头盯着他爸："你是个很有魅力的男人。"

霁通："真的吗？"

霁温风："嗯，你超有钱。"

霁通沮丧地道："这不是钱的事！小风，不是所有事都可以用钱解决的！"

霁温风有所保留地"嗯"了一声，表示对这句话的高度不赞同，低头翻到了金梦露拍的婚礼大片："那只是价码不够高，或者时机不成熟。"

"你在看什么？"霁通忍不住伸着脑袋看他的手机屏幕，霁温风连忙把手机按熄了屏幕。

"我明天就要做新郎了。"霁通道，"今天是我们父子的单身派对，你却只知道玩手机！"

"深呼吸。"霁温风慵懒地拍拍他的肩膀站起来。

霁通："你到哪里去？你不陪我打游戏了吗？"

霁温风举起手摇了摇手机："今天没空，要剪视频。"

霁通给自己倒了一杯红酒一饮而尽，他一定是天底下最苦的新郎。

另一边，方晴带着陆容到最近很有名气的酒吧："今晚咱们娘俩通宵。"

说着她将一杯鸡尾酒推到陆容面前。

价值一千三百万项链引出的新人设

陆容无语地对方晴严肃地道:"我是学生。"

"我给你挑的是女士酒。"方晴理直气壮道,又恨铁不成钢地摇摇,"二十年前,我跟你这么大的时候,我是咱们小镇上跳迪斯科最好的姑娘。"

陆容:"你不用上学吗?"

方晴:"不用。"

陆容想,我忘了你只有初中学历了。

方晴搂住了他的脸:"容容,明天妈妈就要做别人的新娘了,再也不属于你一个人了,你今晚可以一醉方休。"

陆容:"……"

方晴柔情似水地看着他:"容容,你有什么心里话都可以跟妈妈说,就当妈妈是你的闺密。"

陆容无语:"我是男的。"

方晴道:"你伤心吗? 妈妈爱上了别人。他是那么温文尔雅,聪明能干,在其他男人都脱发、身材走样的时候,他还保持着形象,他是我的真命天子。我们每个礼拜都去看电影,不像你们,你们每个礼拜都只能在家做作业,哈哈!"

陆容他妈真的把他当成了闺密,还是塑料姐妹情的那种,真烦人。

方晴靠在了他的肩头:"可怜的宝宝,妈妈永远爱你。如果你现在说不要妈妈结婚的话……"

陆容:"祝你幸福!"

方晴:"反正我也不会答应你的。不过我可以答应你其他条件,今晚。"

陆容问:"真的吗? 什么都可以?"

方晴想了想,才回答:"真的。"

陆容很警觉:"刚才的两秒钟你脑子里在想什么东西?"

方晴乖巧地看向别处:"没什么。"

陆容又拿着酒杯一饮而尽。

方晴:"如果你没有什么事的话我就去跳舞了。"

陆容:"我以为你打算一整晚都跟我待在一起。"

方晴:"我本来这么打算的,所以从婚礼彩排现场逃出来了,我可不想

一整晚在那里穿着高跟鞋走流程，结果？你比你霁叔叔还没有激情。"

陆容："别把我跟四十岁的老男人比。"

方晴严肃地道："这话可就过分了，你霁叔叔很有激情，而且技术超好。"

方晴捧着胸口硕大显眼的钻石项链凑到他眼前："而且他送我一千三百万元的项链。你只在清明节送给我一张自己涂的贺卡。"

陆容泪奔了。

方晴去了趟卫生间，回来就发现她那儿子纵身一跃，跃上了舞台，推开了表演者，跳起了舞。

方晴对服务员道："给我来十枝玫瑰花。我要送给台上那个小伙子。"

服务员淡定地擦着玻璃杯："他好像是你儿子。"

方晴盯着陆容严肃地摇摇头："纠正一下，他其实是我好姐妹和我前夫的哥哥生的，不过我确实把他当作我的亲生儿子。我不能让我儿子第一次在酒吧跳舞，却没有人送玫瑰花——他不能输在人生的起跑线上。"

服务员："……"

方晴严厉地说道："不要说出去，不然别人会觉得他是靠作弊火的。"

晚上 10 点钟，霁通坐在餐桌边，对着十个空酒瓶子给方晴打电话："你们的派对结束了吗？好像还没有……我想你得回来了，咱们明天还要结婚呢！"

方晴："好嗨啊！感觉人生达到了高潮！感觉人生达到了巅峰！"

霁通："……"

霁温风剪完视频下来吃夜宵，打开冰箱拿了瓶苏打水，听见霁通在背后难以置信地道："你带着陆容，还在外面嗨？"

霁温风转过身来，冷眼盯着霁通，单手"砰"的一声打开苏打水。

霁通吓得一抖，咽了口唾沫，收回目光对着电话结巴道："方晴，你得赶紧回来了，我们家是有门禁的……"

方晴："门禁？你没说过？"

霁通："现在有了，让我看看……晚上 11 点。"他看着手表道。

霁温风斩钉截铁地道："10 点。"

霁通："10 点，你已经违规了。"

方晴垂头丧气地道："好吧！"不久之后她醉醺醺地带着喝断片的陆容回来了。

霁通扶住了还在"好嗨"的方晴。霁温风扶着陆容回了房间。

第二天起来，陆容头痛欲裂。他一看墙上的挂钟，已经9点多了，眯着眼睛下楼吃饭。家里贴满了喜字，可是静悄悄的，一个人都没有，阿姨给他准备了醒酒汤，他坐在桌子边慢腾腾地喝了下去。宿醉过后他的脑子不太灵光，只觉得蒙得厉害。

他花了点儿时间回忆起我是谁，我在哪儿，我在干什么，继而想起今天是霁通和方晴的大喜之日。他们应该早已心急火燎地去酒店准备了，在铂悦龙湖的总统套间度过他们的洞房花烛夜，据说他们接下去打算去国外度蜜月。

把他们的结婚流程全都捋了一遍，陆容发觉跟自己一毛钱关系都没有，他这个工具人的作用在昨天的婚礼彩排上已经完成了，今天他只要在正餐时按时到场，并坐在写着自己名字的桌子前吃饭、抢礼物、有奖竞猜就可以了。他松了口气，走到灶台前取了还温热的汤圆，有滋有味吃了起来。

霁温风突然出现在门口。陆容停止了咀嚼，霁温风的脸色实在不太好，眼皮子底下青黑一片，看来昨晚没睡好啊！这让他原本冷厉的面容越发严肃。

霁温风抱着臂冷声问他："你昨天晚上在哪里？"

陆容缓慢地想了想，他昨天和方晴去了酒吧，喝得烂醉如泥。这可是个特大爆炸新闻，哪个女人会带着自己的儿子去那种杂乱的店？就算是作为二婚对象也太不像话了。霁温风如果抓住这个把柄，捅到霁通那里，这个婚可能就结不成了。

霁通可能一把将捧花扔在方晴身上："你根本就不是个正经女人！"然后他像昨天一样跑开。

为了方晴的未来，他必须保守这个秘密。

他不吭声，放下汤圆，出门了。

霁温风冷眼瞧着他，等他走近以后，一掌撑住了门梁，不放他过去："我在问你话。"

陆容酝酿了一下感情，对霁温风桀骜不驯地道："跟你有关系吗？你又不是我亲哥哥。"说完他板着脸从霁温风手臂下钻了过去，又钻了回来，端起了桌子上的汤圆，机灵地再次钻了过去。在方晴成功嫁出去以前，他都不能透露半个字，即使为此需要假装和霁温风冷战，他也得演。

陆容回到自己房间，掩上了门，坐在桌子前有滋有味地吃汤圆，桌子

上的手机突然响了，来电人是方晴。

陆容："怎么了？"

方晴那边很嘈杂，压低声音道："容容，你醒了没？"

陆容一听她的语气就知道大事不妙："你又闯了什么祸？"

方晴："其实也没有什么大事，嘻嘻，妈妈就是想问你一下昨天睡得还好吗？呵呵呵……"

陆容："我数到三。"

方晴："我的项链丢了。"

陆容的勺子掉进了碗里。

陆容："是那串一千三百万元的项链吗？"

方晴都快要哭了："我今天婚礼上还要戴。"

陆容："……"

方晴说完这句话，霁通就在后面喊："方晴！我们要出外景，妆化好了没？——你的项链呢？"

陆容听见方晴掩着话筒对霁通道："我的项链落在了家里，我让容容在找，我可不可以先戴串假的，所有的衣服都配一串项链有点儿单调乏味。"

霁通："……"

方晴一看苗头不对，把锅甩给了陆容，对电话那头的陆容吵吵："我让你把项链放到我包里，你偏要拿出去戴给小风看，现在出岔子了吧？！快把项链还回来！"

霁通无奈地对电话里的陆容说："容容，等我们结完婚以后，我会送你一条小风喜欢的项链的。不过你得先把你拿的那条还回来，限期一小时好吗？我们还要出外景。"

方晴："对！一小时之后我要看到项链！"说完她抢先一步挂掉了电话，趁霁通不注意发微信给陆容，"求你了，容容！看在我把你养大的分上，帮我这次吧！"

陆容看着眼前那碗还没吃完的汤圆，胃疼。

陆容对于找方晴丢失的东西有紧急预案。他昨天最后一次看到方晴那条项链是在酒吧，之后方晴就回家了……他发了个信息跟方晴确认了这一点，做出了合理的推测：运气好的话，项链丢在家里；运气不好的话，项链丢在那家店了。

陆容想想项链丢在店里这种可能性就不寒而栗。丢在店内的千万项链跟在菜市场丢掉的自行车大概是一样的。

他问方晴要了项链的款式、名称，上网搜了图片，发到了"全员恶人组"，下达了命令：现在、立刻、马上去"夜色深沉"那家店打听一下这条项链的地方。

李南边："我们开设了私家侦探这项业务吗？"

陆容："你要这么理解也没问题。"

李南边立刻进入了状态："客户长什么样？男的女的？是什么时候弄丢的？"

陆容："中年妇女，昨天晚上。"

李南边："好。"

颜苟立刻搜到了相关资料，放到了群里。

陆容："你们去的时候记得带上邓特，以防万一。"

陆容让城里的李南边、颜苟、梁闻道以及邓特先行赶往目的地，自己则探出门外，确定走廊上没有霁温风的踪影，再悄悄溜进霁通和方晴的卧室。卧室里面还有个大更衣室，如果项链落在家里，肯定就是在这儿了。

陆容进了房间，开始一个个翻抽屉，打开第一个抽屉就让他大惊失色——他在床头柜里发现了一盒拆封的避孕套。

陆容："……"

最可悲的是这抽屉拉出来竟然卡住了，关不上。他试了几次，确定是底下有什么东西卡住了上层抽屉的滑道，努力探手进去把那玩意儿扯出来，结果是个亮黄色的内衣。

陆容无语，他好想看眼科。

就在这个时候，霁温风又低又沉的声音在背后响起："你在干什么？"

陆容顺势将亮黄色内衣藏到了裤兜里。

此时只有第一层抽屉敞开，而第一层抽屉不是放内衣而是放杂物的，如果贸然放进去，万一霁温风检查就会横生枝节。他也不能在霁温风眼皮底下打开第二层抽屉，来不及了，动静太大，所以他选择毁尸灭迹。

等陆容确定把内衣藏好了，这才转身镇定自若地面对霁温风。

霁温风的眉眼更冷了："谁叫你进来的？"

陆容迅速捋了一遍，如果告诉他自己在找方晴的项链，那项链丢在房间倒还好，丢在了外面，方晴去那种店蹦迪的事情就可暴露了。

所以，他不能和盘托出，只能有所保留地给霁温风一些信息。

陆容："我妈让我找个东西。"

霁温风的眼神落在抽屉上层："找什么？"

陆容不敢瞎说，如果他说了随随便便的东西，一旦找到，他还有什么理由继续找项链？

霁温风看他答不上来，冷冷地道："让开，我要检查。"

陆容知道抽屉里有什么，霁温风一旦检查就以为他在偷避孕套。虽说他做好了为方晴背锅的准备，但是这口锅实在又大又沉，想想也是不甘心。

陆容试图阻止霁温风，开始演戏："你怀疑我偷东西？！我在你眼里就是这样的人？！"

他俩虽然差不多高，霁温风却比陆容勤于锻炼，单手把他推在了一边的床上，蹲下身拉开了抽屉，发现了一盒拆掉的避孕套。

霁温风阴森地抬起头："你妈让你拿这个？"

陆容从他眼里看到他的脑洞已经关不上了，不再做任何有效的抵抗，转身去其他地方找项链。霁温风冷冷抱着手臂，双眼像探照灯似的盯着陆容的背影，居然在父母房间偷避孕套，可以啊，陆容。

陆容在霁通和方晴的主卧里找了一通，什么也没有，确定项链应该掉在了那家店里。刚好李南边打电话给他："容容，东西找到了，在一个男服务生手里！下一步怎么办？"

霁温风凝视着他手中的电话，隔着老远就听见电话对面的人喊"容容"，叫得那么亲，真刺耳。偏生陆容好像跟那人很熟，眉眼一亮："等我一下，我这就过去！"

陆容打着电话走出房门，霁温风再一次将他拦住了，这一次霁温风用上了腿。霁温风插着裤袋倚在门框上，大长腿蹬住了门框的另一边："今天是大喜的日子，你要去哪儿？见谁？"

陆容从他长腿上迈了过去，目不斜视："不关你的事。"

霁温风："……"

陆容三番五次故意激怒霁温风、冷落霁温风，好把他甩掉。高贵冷艳的霁少爷是绝不可能在小助理以下犯上后，还对自己保留耐心的。

陆容穿好衣服冲到门外，横亘在他面前的一个极其严重的问题——没有车。从家门口到外边的大路要开七八分钟的车，从大路到城里要开二十分钟车。他要是走到公交车站恐怕一小时都过去了。

老宋又不在，陆容只好打开叫车软件，输入了从家门口到那家店的订单。这个鬼地方也不知道能不能打到车……

"已有司机接单，车牌号×××××。"出乎他的意料，他刚下单，下一秒就有司机接单了！陆容心中暗喜。一看地图位置，车几乎就在家门口，是方圆几千米之内唯一一辆网约车，陆容心想今天运气真好。

可他再仔细一看，这是辆豪车，陆容大喜过望的时候又隐隐觉得不太对劲儿。

这时候，背后传来赛车启动时特有的大汽缸嗡嗡声。一辆纯黑色的车从车库驶出来，驶上大路，滑到他面前缓缓停下，降下了车窗。

驾驶座上的人是霁温风。

陆容："……"

霁温风冷若冰霜："上？"

陆容："霁师傅好。"

霁温风打开了另一侧车门："滚上来。"

陆容走到了副驾驶门前，钻进了那扇竖开的门。霁温风一踩油门，风驰电掣地一路驶下了山。

驶到大路上，在第一个红绿灯停下，陆容默默系好了安全带："你有驾驶证吗？"

霁温风冷哼："现在肯说话了？"

陆容："我说真的，你有驾驶证吗？"

霁温风握着方向盘高傲地看着前方："在你左手边。"

陆容望向左手边，那里的凹槽确实放着一本驾驶证和行驶证。他拿起来，行驶证是中文的，但驾驶证是英文的。

陆容："这上面全是英文。"

霁温风："不然呢？国外的驾驶证给你写中文？"

陆容："国外的驾驶证是不能在中国开车的！"

霁温风转过脸冷冷地盯着他："那你来开。"

陆容在副驾驶上尖叫："你看路啊！"

霁温风一路猛踩油门上了高速。

第一次坐超跑的陆容不得不说："这辆车坐着不舒服。"位置太矮了，底盘又低，避震不如家用轿车，颠得他屁股疼。

霁温风："你觉得现在是讨论换车的时候吗？"

陆容："……"

霁温风从后视镜里阴森森地瞥了他一眼："你还是考虑一下等会儿到了地方怎么办为妙。"

陆容："你看路啊！"

霁温风:"……"

不过霁温风的话确实提醒了因为第一次坐超跑而兴奋的陆容,他还有个棘手的事没有解决。现在情况对他有利的是冤有头债有主,据李南边最新的回传消息称,涉事男服务生已经到店,项链就在他的化妆间;不利的是李南边一行人打草惊蛇,涉事的人意识到这串项链很值钱,开始猛敲竹杠。更不利的是霁温风送他一起去,陆容一点儿也不想让霁温风和"全员恶人组"的成员见面。

首先,他不想让霁温风知道他其实是城南大学的风云人物。这个家里有个方晴就够糟糕了,如果他还是个风云人物,霁通一定会有引狼入室之感。作为寄人篱下的继子,他得表现得好一点儿,给方晴拉拉分。

其次,他不想让"全员恶人组"的组员知道他跟霁温风是重组家庭这一茬。之前,大家都是无产阶级好兄弟,一起挖空心思发财,因为他也是个穷光蛋,没有退路,大家相信他所做出的决策都是造福全组的;现在,他跟着方晴成了霁家的小少爷,属性变了,他们该怎么想他?他有的是钱,他对每一分每一厘还会那么计较吗?他的决策还可信吗?还是单纯在玩?李南边他们心中一定会有这样的疑问。

人心浮动,团队怎么带?

最最重要的是,他们都讨厌霁温风,他们管他叫"音乐喷泉"。

"不能让两队人马碰面",陆容心中只有这个念头。

霁温风停车时,陆容发微信对李南边他们道:"干得很好,接下来的事情我来解决,你们先去 711 给我买早饭。"据地图显示最近的 711 在七百米开外。他们一来一去少说也得走二十分钟。

李南边:"OK,你要吃什么?"

陆容:"看着买吧!"

李南边:"要不要留个人在这里,万一他跑了。他现在在化妆间不肯出来。"

陆容:"没事,我很快就到。你们辛苦,有什么想吃的我请客。"

颜苟、邓特、梁闻道:"好的,我们一起去给你买早餐。"

陆容闪进狭窄的楼梯,眼看"全员恶人组"说说笑笑地从眼前经过。等他们走远,他下楼,霁温风也停完车回来了。

接下去他得在二十分钟内搞定,拿回项链。

两人一道并肩走进店内。霁温风挑剔地打量着店内的装潢:"你就来这种地方?"

大堂经理喜笑颜开地迎出来："两位客人，我们这里还没有开张。"

霁温风："你们昨天晚上可不是这么说的。"

大堂经理、陆容："……"

陆容："给他一杯什么喝的吧！"让他忘记一切烦忧。

"我一会儿还要开车。"霁温风冷冷地道，走到一边，双手慵懒又霸气地支着吧台，凝视着陆容道，"不用管我，尽管见你想见的人。"

陆容压着声音对大堂经理道："我要见那个化妆间的……"

即使他说得再小声，霁温风依旧听见了，额角青筋一跳："居然还是男服务生？"

陆容："……"

大堂经理恍然大悟："哦，您是昨天那位……他现在在化妆间，我带您去。"

霁温风跳下高脚凳插到了陆容和大堂经理中间："走吧！"

大堂经理疑惑地道："请问您是要一起吗？"

霁温风气极反笑，看看他又看看陆容。

陆容："……"

不论霁温风在想什么，他都不想知道。

三个人走进了化妆间。浓眉大眼的男服务生正在对着镜子描自己的眉毛，见送走一拨又迎来一拨，翻了个白眼把眉笔一丢，百无聊赖地盯着他们。

霁温风打量男服务生一番，质问陆容："就这样的？"

陆容不想也顾不上理睬他了，对男服务生道："我来要回我的东西。"

"给出去的东西还可以要回去吗？"男服务生倨傲地仰着头。

霁温风质问陆容："你还送东西？"

陆容想，就算是吧！这个黑锅他就替方晴背了。反正霁温风的脑洞眼看也关不住了，顺其自然吧。

男服务生跷着二郎腿在椅子上转圈，对霁温风道："不过就是一串假项链。"说着他拉开了抽屉，一千三百万元的项链和其他水钻乱七八糟地放在一起。

霁温风难以置信地望向陆容："你拿这个？这可是结婚用的！"

男服务生："不管项链是真是假，送出的东西都不能还，这是规矩。我也不是没有付出，昨天我还给你打赏了三百块。"

霁温风觉得真相一个比一个劲爆："陆容，你也是这里的男服

务生？！"

男服务生："算不上，不过他的舞跳得可真是厉害。"

霁温风："你昨天在这儿跳舞？！"

"我昨天在这儿跳舞？！"陆容大惊失色，对霁温风小声解释，"我也是刚知道好吗？"

霁温风站在原地沉默了几秒钟，看向男服务生："把项链交出来。"

陆容："不要转移话题。"

霁温风："先解决项链的事，今天还要结婚。"

男服务生敲竹杠："送给我又要我吐出来？没有这种道理。就算不是给我的，是我在店里拾金不昧，还得要点儿感谢费呢！"

霁温风敏锐地捕捉到他话中的漏洞："你根本就是捡的吧？"

男服务生："……"

陆容听男服务生口风有所放松，松了口气，只要谈钱就好说："谢谢你捡到，你要多少感谢金？"

男服务生："三五万块吧！"看这几拨人车轮战的架势，这项链极有可能是真的。如果是真的，少说好几百万，他拿三五万的保管费理所应当。

陆容从裤袋里掏出三张一百扔在桌上："三百块。"

男服务生："你杀价是按照1%杀的吗？"

陆容又掏出两张一百的："最多五百，不能再多了。"

男服务生："我昨天都给了你三百！你这一来一去只给了我二百！你太过分了！我死也不会还给你的！"

霁温风原本听他们讨价还价就很不耐烦，此时听见男服务生旧事重提，优雅地上前，狠狠往桌面上一拍，面无表情地用那又低又有磁性的声音问道："请问你说什么？"

男服务生被他的气势吓到了，掏出了项链："还给你。"

霁温风风度翩翩地道："谢谢！"他抄起项链就走。

大堂经理喊道："你是要负责……"

霁温风眼神一厉。

大堂经理："是要负责免费喝一杯红酒的。"

霁温风婉拒："谢谢！我等会儿还要开车。"说着他冷冷地扫了一眼陆容，陆容吓得不敢动。

霁温风"冷哼"一声径自往外走，陆容上前把五张百元大钞放到裤袋里，跟上了他的脚步。

他刚走到走廊，就听见李南边他们进门："学长怎么还没来？"而霁温风正在向外走。只要两队人马走到大厅里，就会碰面。

陆容急中生智，拽着霁温风的胳膊把他拖进了包间，把门关上，顺势把他摔在门上……

气氛一时十分尴尬。

在长久的沉默后，霁温风率先开口，咬牙切齿道："你以为……你以为……这样就什么事情也没有了吗？"

陆容缓缓说道："原本有事吗？"

霁温风推开陆容，转身握住了门把手："走吧，再不去赶不上爸妈的婚礼了。"

陆容后退了一步："我不跟你一起去。"他不能让手下看见他和霁温风在一起？

霁温风沉下了脸："至于吗？"

陆容用眼神诉说着没完。

霁温风"冷哼"一声："随便你。"他揣着项链拉开门，走了。

陆容第一次觉得，霁温风给他脑补的人设有时候还挺好用的，他都不用解释为什么，霁温风自己就会脑补出一万个理由。

酒吧大厅卡座中的"全员恶人组"目睹霁温风大摇大摆地走出大门，然后开着一辆超跑呼啸而去。

"全员恶人组"婚礼团建

陆容走到大厅里，和"全员恶人组"的组员会合，感谢他们对本次侦探任务的支持。因为他们的有效情报，男服务生乖乖将项链交了出来。陆容宣布本次任务圆满完成，李南边、颜苟、梁闻道站成一道鼓掌。

"全员恶人组"在店内中开完会，正要走，邓特单肩挂着书包出现在门口。他看着又要散会的众人，停住了脚步，仅剩的右眼流露出受伤的表情。

"我们不是要散会。"陆容连忙改口，"我们也是刚到。"

邓特眼中重新燃起了希望与斗志，把肩上的书包一扔："人在哪里？"他去教训那人。

男服务生捂着鼻子哎哟哎哟叫唤着从他身边走过，"全员恶人组"齐齐朝男服务生看去。

男服务生夵了毛："你们还想干什么？项链都还给你们了！"他扶着自

己的老腰哎哟哎哟地叫着，显然这是被刚才某些人的一拍，吓得后退撞到了腰的结果。

在场的所有人都听见邓特心碎一地的声音。他捡起书包拍了拍，搭在了肩上，转身欲走。这个组里没有他的用武之地，连打人的活他们都能自己干了，还要他干什么。

陆容的手搭上了他的肩膀："今天还有别的任务。"

邓特冷酷转身："还有谁？"

陆容："……"

李南边等人也迎上来："还有别的任务吗？去哪儿？"

陆容装模作样地掏出了手机："让我看看。"

陆容表面稳如老狗，实则一点儿头绪都没有，有什么任务是可以让邓特参与进来并且也不是太麻烦，还能让他按时参加婚礼的呢？

大堂经理从门外进来："你们谁是陆容？"

陆容："我。"

大堂经理："外面有辆专车在等你，说是去铂悦龙湖的。"

陆容大感意外，霁温风居然还记得给他叫车？

李南边听闻此言："铂悦龙湖？那个超五星级酒店？容容，你去那里干什么？"

颜苟在手机上快速打了一行字，把屏幕举起来向众人示意："那里的下午茶超好吃，有很多甜点。"

邓特刘海下的右眼瞳孔微张，变得锐利了。

梁闻道倒是想起一件事："铂悦龙湖是不是霁温风的弟弟结婚的那个酒店？"

一提起霁温风，大家一齐看向陆容，李南边问出了大家的心里话："你是去参加霁温风他弟弟的婚礼吗？"

"当然不是。"陆容矢口否认。

陆容面对着众人警惕的眼神，随机应变道："想知道我为什么去铂悦龙湖吗？因为……因为你们要跟我一起去。"

众人大感意外，面面相觑，作为平民，他们之中还没有人去过这么高档的酒店，家里没有亲戚在那里请客吃饭。

陆容继续道："今天接下去的任务就是组内团建，地点是铂悦龙湖。"

众人喜笑颜开："谢谢学长！"他们冲出去争先恐后地钻进了出租车。

陆容预感到今天也是战斗的一天。

进了铂悦龙湖，霁温风发微信给他："到了没？"

陆容没有回复。

霁温风："我知道你到了，打车软件给我扣费了。"

陆容："……"

霁温风："午宴快要开始了，快过来。"

陆容收起了手机，回头淡然地对几人说："今天这里有婚礼，要不要去蹭个饭？"

全员恶人："这都可以的吗？！"

陆容："有什么不可以？你们只要假装是亲朋好友，进去找张空桌子坐下就行了。"

梁闻道："如果他们问我们要红包怎么办？"

陆容："这只是午宴，正餐要到晚上。"

李南边："那晚上他们问我们要红包怎么办？"

陆容："……"你们还想从午宴吃到晚宴啊？

颜苟强忍着生理性不适打了一行字："主持人还有可能让我上去拿着话筒祝福新郎、新娘。"他光想想都要晕倒了。

陆容："先吃了午饭再说。"

一行人走到了午宴厅外。礼堂正门口放着方晴和霁通的结婚照。

李南边："看，新娘的名字叫方晴！这不是跟容容妈妈一个名字吗？"

梁闻道："长得也有点儿像。"

陆容装模作样贴上去仔细瞧瞧："嗯，确实挺像。不过没有我妈妈好看。"

邓特冷冷吐出两个字："巧了。"

李南边道："新郎还姓霁！"

梁闻道："不过看他这个样子不太像霁温风的双胞胎弟弟，倒像是他爹。"

陆容装模作样地凑上去看看霁通的大名："这个姓可不多见。"

邓特又冷冷地吐出两个字："巧了。"

陆容把众人领到宴会厅外不起眼的角落里："你们先在这里坐一下，我去前面探探路。"

李南边、梁闻道、颜苟："好！"

邓特眼中精光迸射："快去快回。"

陆容："……"我已经看出你按捺不住的小模样了。

陆容走进午宴厅，径直走向离舞台最近的主桌，那里现在空了一大半，只坐着霁温风和几个血缘关系很近的霁家人。他的名牌赫然摆在霁温风身边。

霁温风坐在位子上，神思不定地把玩手机，不停刷新和陆容的对话界面。感觉到陆容走近，霁温风立刻抬头，自人群中冷冷地盯着陆容。他的表情直接吓退了几个要找他合影的表妹。

陆容走到他身前，在他发难之前抢先一步说："我今天不要坐在你身边。"说着他把自己的姓名牌往后一扔。

霁温风："至于吗？"

陆容冲着他缓缓摇了摇头："别来找我。"

霁温风："……"

陆容说完转身就走。他相信以大少爷高傲的自尊，死也不会来找自己的——至少两小时以内。

陆容搞定了霁温风，出来跟"全员恶人组"说："我去探了一下路，里面有很多位子空着，你们进门就坐下来自己吃。"

李南边："你们？你不跟我们一起？"

陆容当然不打算跟他们一起。霁温风虽然不会来找自己，但他肯定瞪着他那双探照灯一样的眼睛冷冷地盯着自己，从头到尾，一方面监视自己，另一方面散发强烈的存在感和怒气。自己要是跟"全员恶人组"坐同一张桌子，那顷刻间就暴露了。

陆容道："你们吃，我去放风。你们一会儿到我在的那张桌子坐下就行。"

众人先后进门。

陆容挑了张根本没有人坐的桌子，李南边、梁闻道、颜苟、邓特四人鱼贯而入，到他对面坐下。陆容站在他们对面倒了一杯可乐，就去给方晴这边的亲戚敬酒，全程无交流。

众人眼见陆容挂着营业微笑，与一干人谈笑风生，像是熟人一样拍着肩膀，互相碰杯，一股崇敬之情油然而生：学长蹭酒席还能蹭得像本家，恐怖如斯！

主桌上的霁温风亦是啪的一声折断了一双筷子。

表妹："表哥……你怎么了……"

霁温风："他都不给霁家人敬酒。"

有惊无险地饱餐一顿，"全员恶人组"顺利撤退，去湖畔西餐厅补下午茶和甜点。他们给陆容发微信让他赶紧过来，他太辛苦了，一整场都在跟各色人等往来应酬，饭都没吃上几口。他们自作主张地为他点了好多甜点。

陆容确实有点儿累了，赶过去休息一下，吃了点儿东西。在霁温风眼皮子底下给"全员恶人组"搞团建实在是耗费了他太大的体力。此时得到喘息之机，他歪着身子懒洋洋地躺在阳光里，吃着抹茶慕斯，觉得这才叫生活。

他眯着眼睛快要睡着之时，李南边道："嘿！那个人不是霁温风吗？"

陆容一下惊醒了，整个上半身贴在沙发背上缓缓下沉，埋进沙发里。霁温风眼神一扫，就看见李南边他们，没看见沙发上陷进去的陆容。他转过头，继续陪着表妹们点单。

陆容趁他回头，丢下一句"我去一下卫生间"，假装摔了一跤从地毯上爬出沙发静悄悄地离开。

他刚走到霁温风身后，霁温风就警惕地转过了身，盯着他。

在他开口之前，陆容抢先低声道："我今天不想跟你在同一个餐厅吃甜点。"

霁温风："……"

陆容钻进了卫生间，静静地坐了一会儿，做了一遍眼保健操缓解压力，站起来推开了隔间门。

洗手台盆前站着霁温风。

陆容偷瞄了一下手表，两小时还没到，大少爷出于高傲的自尊是不屑与自己说话的。他眼观鼻、鼻观心地走到霁温风身边洗手。

在他快要洗完时，身边传来霁温风低沉的命令："跟我去西雅厅。"

陆容："我今天……"

霁温风："你再敢多说一个字，以后就别想进门了。"

霁温风头也不回地走了。陆容看了眼手表，一小时三十七分钟，他还是高估了大少爷的定性。

霁温风一秒钟都不敢让陆容一个人在外面，没有想到陆容表面上平平无奇，背地里竟然是个钢管舞者，在各个酒吧串场表演。他这样下去不行。

他看出来了，今天陆容是故意找了个由头跟他冷战，他怀疑陆容还有别的约会。他给陆容叫车也是怕陆容一个人在酒吧胡来，连父母的婚礼都

错过。

霁温风现在恨不能把陆容拴在身上，让他远离声色犬马的场所。

陆容走出门外，霁温风倚在墙边面色凝重地等着他。

陆容是无论如何不能跟霁温风一起回西雅厅的，李南边他们还在那边搞团建。他轻描淡写地道："我不想吃甜点。"

霁温风："那你想吃什么？"

陆容："随便。"

霁温风："……"

陆容："你约的我，你安排。"

霁温风眼中冒火："你是我朋友吗？"他竟然现在才发觉陆容从风尘场中惹上的毛病，平时陆容可藏得太好了。

不要误会，这只是监禁

霁温风跟陆容一前一后走进了客房区。霁家来了不少远房亲戚，霁通也有外地的朋友赶过来祝贺，霁通为了安置他们几乎把铂悦龙湖全给包了，霁温风也拿了一张房卡以备午间休息。陆容不想吃甜品，霁温风就带他回来休息。

霁温风正色道："不要误会，这只是监禁。"

陆容刚想迈开一条腿跨进房门，闻言又缩了回去，仔细观察着霁温风的神色。

霁温风看他的模样就沉下了脸："进来。"

陆容安安静静地跨过了门槛，把门合上。

铂悦龙湖的套间很大，呈半开放式，进门就是两米的大浴缸，盥洗区域还有衣柜和淋浴房。浴缸对面摆着咖啡桌，还有一个多宝槅。主卧盥洗间用可遥控的玻璃门隔离，卧室相当高，房顶是原木色的金字塔形状，卧室中央摆着一张两米四的双人床。床的另一边是落地窗，可以望见湖山景致，床边还放着一个贵妃榻。

陆容不动声色地打量了房间内的环境。

霁温风用眼神示意贵妃榻："坐到那里去。"

陆容照办。

霁温风倚在了电视柜那里。

陆容："你约我来这儿干什么？"

霁温风再次重复："不是约，是监禁。"

陆容反问："不都只有我们俩吗？"

霁温风严肃地道："鉴于你昨天表现太差，我有理由把你隔离起来。你简直败坏家风。今天是大喜之日，我不许你再胡来。"

陆容却觉得完全不是那么回事，是他的消极抵抗让霁温风为昨天说过的话后悔了。霁温风现在想跟他重归于好，想找他一起玩儿，那霁温风应该道歉而不是扯什么监禁。他打算戳穿霁温风前后矛盾的命令。

陆容倚在榻上，笑着望向霁温风："是你要监禁我吗？"

霁温风："没错。"

陆容："那你会跟我待在一起？"

霁温风："当然。"

陆容"嗯"了一声："那如果别人进来看到我俩在一起，我们的关系不就暴露了吗？"

霁温风转过了脸："我会告诉他们你是我的同学。"

陆容无语了，霁温风真是打死也不肯认错呢！

霁温风拿起了电视遥控器，开始看电视。酒店里的点播让他没有什么兴趣，但是他翻到了付费片。陆容的目光从屏幕上挪到他脸上，霁温风淡定地快速翻过了。

之后的电视节目都比不上付费片，在付费片的衬托下它们简直无聊。霁温风关掉了电视机，对陆容道："我们来做点儿有意思的事情。"

陆容的目光闪烁了一下，他联想到刚刚快速划过的付费片——霁温风这个人太坏了。

霁温风察觉到陆容目光闪烁了一下，显然想到了刚刚快速划过的付费片，陆容这个人太坏了。

霁温风发誓要把陆容往好的方向引导，循循善诱道："现在，我们在一个房间，我们要做一些有意思的事，你来选择做什么。"他希望陆容可以摆脱那些不好的想法，提出一些符合他们年龄的活动。

那他就当作什么都听不懂吧！

陆容环顾四周，发现多宝槅上摆着一些待出售的商品。他走上前，伸手想要抓起一副扑克牌。不幸的是扑克牌和避孕套摆在一起，从霁温风的角度刚好看到陆容伸手探向避孕套，毕竟陆容有"前科"。霁温风恨铁不成钢地微微摇了摇头："别拿避孕套。"

同一时间，门开了。

霁温风的两个表妹一脸兴奋地站在门外："啊——"

霁温风、陆容："……"

柳烟烟和杜薇从小就觉得能做霁温风的表妹是三生有幸。

霁通是霁家上一辈的学长，同样，霁温风也是霁家这一辈的学长。他第一次回国的时候已经长成了小帅哥的模样，花的是美元，会给妹妹们买气球，还会凶巴巴地拿鞭炮扔追赶妹妹们的大狼狗。

到了青春期，大家都长残了，霁温风越发帅气，表妹们天天打着越洋电话盼他回来。

这次霁通结婚，表妹们得知霁温风要在国内定居，争着抢着要来参加婚礼。

柳烟烟和杜薇吃完饭，和霁温风结伴去西雅厅，一转头霁温风不见了。虽然她们用不着买单，但在她们心目中，表哥会一整天都跟她们待在一起。他刚回国，没有什么朋友，也没有相熟的同学，还遇到了父亲二婚这种事情，他内心深处该多么孤单寂寞。他理应特别需要两个温柔可人的表妹待在身边陪伴。

听说霁温风去客房休息了，柳烟烟和杜薇循着房号找来了。她们也有房间的门卡，霁通给孩子们开了一间休息室。

她们走到门前，看到地上有一张卡。

柳烟烟弯腰捡起来，卡片上印着一个性感的穿比基尼的女人，标语是粉红色的"玫瑰之约"。

柳烟烟跟杜薇传递了一个怀疑的眼色。

杜薇摇着头："不，我相信表哥不是这种人。"说着她翻到卡片背面。背面变成了一个含情脉脉的年轻男人，标语是"深夜迷情"。

杜薇的眼神亦变得怀疑了："表哥确实有点儿奇怪。"

柳烟烟："你从哪里分析出来的？"

杜薇："你记不记得今天中午来了个男生？"

柳烟烟："你说那个上来就把名牌扔了的男生？"

杜薇："没错！他上来就把名牌扔了，然后说，'我今天不要坐在你身边'，还说'别来找我'，表哥后来就一直很生气，心不在焉的。"

柳烟烟："被你那么一说，好像是啊！"

两人又交换了一个眼神：要不进去看看？

杜薇胆子大，掏出门卡兴冲冲地刷开了门，柳烟烟跟她一起推开沉重的房门。她们瞄见中午进来对表哥发飙的少年站在多宝槅边上，好像准备拿什么东西，从门缝里见到她俩，面露惊讶。

卧室里传出表哥又低又沉的声音："别拿避孕套。"

柳烟烟、杜薇对视一眼，发出了狼叫："啊——"

陆容："……"

四个人坐在床上。

陆容洗牌，霁温风横躺在他身边，柳烟烟和杜薇坐在他们对面，看看霁温风，又看看陆容。

柳烟烟特别有礼貌，小心翼翼地问："是不是……打扰你们了？"

霁温风和陆容异口同声地解释："我们也没有什么事情干。"说着他们互相戒备地看了一眼。

柳烟烟和杜薇交换了一下眼神：瞧他们这急于澄清的小眼神！

杜薇憋笑道："其实你们有事，我们也可以自己去玩儿的……"

霁温风淡淡地打量着自己的两个表妹："有话直说，阴阳怪气的。"

陆容心想，你自己怎么不学好点儿？

杜薇和柳烟烟得到了表哥的鼓励，喜笑颜开，雀跃地问道："这位小哥哥是谁啊？"

陆容和霁温风俱是短暂地愣了一下，互相看了一眼。陆容低下头自顾自洗牌，听见霁温风在身边轻描淡写地道："我同学。"

杜薇道："那关系一定特别好吧，表哥你都邀请他来参加婚礼。"

陆容忍不住笑出了声，霁温风机关算尽，倒跟他变成了关系好的同学，霁温风怕是要活活气死。

霁温风面无表情地伸手摸牌："关系一般。"

霁温风拿到了翻牌，把红心 A 放在面前，修长的双指点了点。杜薇和柳烟烟忙看自己的牌。她们还没看完，陆容就同样翻出一张红心 A："是我。"

前有虎，后有狼

霁温风指挥陆容和杜薇换位子。两个少年一队，两个少女一队。

霁温风左手理牌，旁若无人地问陆容："你牌怎么样？"

陆容："还可以。"

霁温风："对子多还三个多？"

陆容："没有对子，全是三个。"

霁温风："你不会有三个 3 吧？"

陆容道："我倒有三个 5。"

霁温风收了那个红心 A，打了三个 3，光明正大地喂牌。

柳烟烟、杜薇："怎么这样？！"

霁温风我行我素："快出。"

杜薇不干了，命令下家柳烟烟："压死他！不要让他三个 5 逃出来！"

霁温风把一沓厚厚的炸弹捏在手里，眉毛一挑："试试啊，看他逃不逃得出来。"

柳烟烟为了不让陆容跑，一口气就压了三个 A。

陆容："我没有。"

霁温风："拿的什么烂牌。"说着他抖出四个 Q。

杜薇："你怎么炸那么大？"

霁温风："不好意思，最小的了。"

杜薇："烟烟！打他！"

柳烟烟压了四个 2。

霁温风还要再炸，陆容道："随她去吧！"

霁温风躺在床上，望向了他。

陆容低垂着眉眼："我没有炸弹，还得靠你。"

霁温风满意地"嗯"了一声。他就喜欢陆容求他。

他听了陆容的话放跑了柳烟烟。杜薇提醒柳烟烟："他说了他没有对子！"

柳烟烟出了三个 4 带对子，故意堵陆容。

陆容不紧不慢地跟上三个 5 带对 7。

柳烟烟和杜薇蒙了："你不是没有对子吗？！"

陆容只拢着牌笑。

柳烟烟、杜薇："你太坏了！"

霁温风嘴角一勾："兵不厌诈。"

陆容倒没有跟霁温风串通，不过这样的小骗术，总比一手烂牌要好。

之后的牌出得很顺利。陆容的牌技一点儿也不差，他还有四个炸弹，只是蒙骗人家小姑娘，背地里和霁温风一个唱白脸一个唱红脸，把对面的人压得翻不了身。最后柳烟烟和杜薇双双败北。

照例是陆容洗牌，霁温风慵懒地躺着："下一局还是我俩。"

杜薇抗议："怎么能这样！双扣了就要重新组队！"

霁温风："谁说的？"

杜薇："规矩就是这样的！柳烟烟，对不对？"

柳烟烟赶忙点点头："就是！"

霁温风仰着脸专心致志地看陆容洗牌："我在国外的时候可不兴这样。"

柳烟烟好奇地道："国外打双扣吗？！"

杜薇比她性格更强硬："这可是在中国！"

霁温风眉头微皱，霸道得不讲道理："我们俩一队，你们俩一队，就这样，别换了。"

杜薇和柳烟烟哼哼："你就是想跟人家一队！"

霁温风亦是"哼"了一声："难道跟你们一队吗？打到明天都赢不了。"

表妹们坐起来，气壮山河地发誓："少看不起人了，这一局一定要赢你！"

陆容在一旁安静地笑着发牌。

她们饶是说得气壮山河，运气却着实不好，接下来几把，一局比一局输得惨。打了四局，她们丝毫体会不到打牌的乐趣，喊着"不来了不来了"溜下了床："你们还是继续玩吧！"

陆容送她们出去，回来的时候霁温风坐在床上，手里拿着一沓洗好的牌，黑檀般的眼睛毫不掩饰地盯着陆容："你很会骗人。"

陆容："牌桌上。"

霁温风："你洗牌和切牌的手势都很专业。"

陆容："天赋吧！"

"接下去只剩下我们两个人了，可以做点儿什么呢？"霁温风继续对陆容循循善诱，希望他可以脱离他的职业惯性，想到一些类似打牌这样绿色健康的活动。

陆容想，果然表妹一走，霁温风又开始了。

陆容假装什么都没听懂地拿起了桌面上的酒店宣传单："我们可以去做SPA（水疗），去温泉汤泡澡，去做足浴，去卡拉OK厅唱歌，去玩真人CS（各种热爱军事或户外运动的人，聚在一起模拟类真人活动），健身，喝下午茶……"

霁温风越听越满意，神情渐渐放松，陆容也不是不能用正常的脑回路思考问题。

"不过这些地方都是公共场合，都有别人，我不能陪你一起去了，因为你不想别人发现我们的亲属关系。"

霁温风不道歉，这件事绝对不会就这么翻篇。

霁温风的目光在陆容身上缓缓一转，他怒火中烧，越发肯定陆容有别的阴谋在铂悦龙湖。陆容拙劣的借口就是在掩饰这一点。经过陆容的不断提醒，霁温风简直要爆炸了。

他得设个套解决陆容的观念。

霁温风面对陆容不卑不亢、意味深长的微笑，亦是报以一笑。他的眉眼英俊至极，即使是假装乖巧的笑容，都让陆容蓦然有一种"春天到了，百花开了"的错觉。

霁温风短暂地笑了一下，神情自若地抓起了床头的电话，拨通了服务台："喂。"

服务台："霁公子！"

陆容："……"

请问您是怎么从一声"喂"中听出是霁温风的？第三产业从业人员专业度已经达到了这个水准吗？

服务台："请问霁公子有什么吩咐？"

霁温风："现在温泉汤有人在使用吗？"

服务台："有的呢！"

霁温风："清场。"

服务台："好的呢！"

陆容："……"

霁温风吩咐他们安排两人位，把甜品端到温泉汤边，挂掉了电话："走吧！没有人会发现我们的。好好享受你的放风时间。"

陆容："……"

他还是死了这条心吧！对霁温风来说，道歉是不可能的，这辈子都不可能道歉——为了不公开他们的关系又能跟他一起出门玩耍，霁温风倔强地选择了清场，这是什么极品的死傲娇。

霁温风望着陆容一言难尽的脸，越发断定：陆容有情况，他已经在担心跟自己出门会被人撞破。

不过，这确实是他的计划。所谓清场一说，只是诱使他出门的圈套。

"进去换衣服。"霁温风命令道，然后打开了房间的蓝牙音响，连接上自己的手机，放起了震耳欲聋的摇滚乐。

去外头泡温泉要换上酒店浴袍，霁温风和陆容一起进卫生间换衣服。

霁温风趁陆容不注意暗自吩咐酒店方再投放一条广播，陆容的朋友您好，陆容请您迅速前往露天温泉共度周末。

他倒要看看，陆容拼死也要隐藏的究竟是什么。

为了不让陆容发现自己设局，霁温风又默默把音乐声调大了一些，彻底掩盖外头甜美的寻人启事。

陆容裤子脱到一半，突然发觉裤袋里的黄色内衣悄无声息地掉在地上。他大吃一惊，赶紧捡起，镜子里映出了他"手握"内衣，茫然无措焦虑的神情。

在霁温风转过身前，他急中生智地把内衣丢进了洗脸盆底下的柜子深处，有多深塞多深。他把内衣藏好，才默不作声地换衣服。

发完信息的霁温风回头，与藏完内衣的陆容面面相觑，互相致以表面兄弟的微笑。

陆容和霁温风：幸好他没发现。

等广播播完三轮，霁温风带陆容出门，行走在重新播放起舒缓轻音乐的酒店中。两人一同走到温泉浴场。温泉浴场建成了阶梯式，自上而下仿照自然界中的山泉样式建成的，一个一个不规则地叠在一起，假山怪石几可乱真。每一个大小不同，最大的也不过几十平方米，却很有意境，倒映着夕阳的火烧云，白烟袅袅。

此时温泉空无一人，浴池旁边有两张躺椅，中间摆了一桌下午茶点。

霁温风很满意酒店方将这一切布置得如此妥当。他突然靠近了陆容，与之拉近了距离。

陆容纳闷道："你……你干什么？"

霁温风问："喜欢这个地方吗？"

陆容没说话。

霁温风不动声色地扫了一眼温泉浴场正门口。

陆容的同伙如果在铂悦龙湖，只要他循着广播进来，就能看到他俩目前的"情况"。

对于陆容，他也许可以慢慢改造。他打算将普通的温泉浴场布置成修罗场，大搅一通，让他们知难而退。

正当霁温风觉得自己胜券在握时，陆容冷眼一扫霁温风："你会游泳吗？"

霁温风："当然……你问这个做什么？"

陆容一不做二不休地把他推进了温泉，让你作妖。

霁温风万万没想到陆容如此烈，浮出水面大喊一声"陆容"，陆容早就跑得没影了。陆容踩着木屐下山，遇到个三岔路口，通往不同的浴场，他记得刚才是从左首边上来的，因此也取道左边下山。

走了五分钟左右，他竟然听见李南边几人的说话声自下而上传来。他刚想迎上去就听见李南边说："走快点儿，温泉浴场马上就到了。"

"全员恶人组"一直在找学长。自从学长在西雅厅里突然蹿起来上厕所后，就再也没有回来，他们非常担心他。

他们在闲逛时发现隔壁农大的人也在，是（1）班那个赵一恒带进来的。赵家在S城也是有头有脸的，霁通结婚不可能不请赵家。赵一恒交友甚广，跟农大的混混也有联系，而农大和他们城南大学是死对头，大家担心学长一个人势单力孤遭遇危险。听到广播，他们马不停蹄地来找陆容会合。

陆容纳闷，他们怎么会在这里？他怎么解释一下午都闹消失、此时穿着温泉浴袍出现在山上？他可不想让兄弟们以为他丢下他们一个人去泡温泉。

他赶紧三步并作两步退了回去——还有时间从另一条路下山。

然而他刚退到三岔路口，右边的山道上来了赵一恒，连同农大的那帮人！

"前有虎，后有狼"，陆容只能狼狈地退回霁温风那里。

第 八 章

革命友谊的建立

霁温风见陆容匆匆折返，钻出水面，撑起身体，甩了甩脑袋："你还知道回来？"

陆容把手递给他，紧张道："你快点儿上来！"一会儿农大那几个家伙和赵一恒上来了可怎么办？免不了一场大乱斗。

霁温风眉梢一挑："你在命令我？"

陆容飞快地低下了头："求你了！"

霁温风神情放松，心满意足地勾起唇角，潇洒转身，坐在了泳池边上，随手扯下陆容腰间的毛巾擦了擦头发。他就喜欢陆容求他。

霁温风刚套上浴袍，赵一恒和农大的人就闯进了浴场："今天是他爸爸结婚的日子，他一定在这里！找到他就给他好看！"赵一恒在霁温风手里大失颜面，就叫玩得好的农大问题学生带人来揍霁温风。

农大的问题学生脖子上挂着个单反，一路眯着眼睛瞄着取景框："好说！不过先等我拍几张风景照。铂悦龙湖的室外温泉一到黄昏，可是著名景点，叫火山云罩。平时人满为患，今天有人包场，我们来蹭个照片再说……嗯？"他从取景框中看到了陆容。

他放下单反，目视前方，暴跳如雷："你怎么会在这里？！"广播里那个陆容竟然不是同名同姓，就是他的死对头陆容！

陆容此人不但阴险，而且狡猾，是个头脑派，从来不按常理出牌。上次他约陆容一决高下，陆容欣然答应，问他要了时间地点，转头就报了警，害得他在拘留所里待了一整夜，他从此宣布和姓陆的不共戴天。

偏生不管他怎么围追堵截，陆容总有办法混出校门，他也不知道怎么回事，随便堵个城南大学的学生问他们学长在哪儿，得到的回答都是：没有见学长。或者，陆容是谁？不像他，他在农大无人不知无人不晓，所过之处同学脱帽行礼。难道陆容长得没他帅就可以为所欲为吗？

农大的问题学生最近已经怀疑隔壁城南陆容可能只是自己做过的一个梦，一个幻想，这个世界上从来没有过这个人。谁知道竟然在接赵兄弟的任务时撞上了！农大的小弟们亦是齐刷刷满怀恨意地望向陆容。

农大的问题学生冲着陆容食指一点："今天看我怎么收拾你！"

霁温风冷眼打量着农大的问题学生，故意往陆容那边走了几步，站在他旁边低声问他："就这样的？"陆容的眼光真的不行。早上招惹那个男服务生，现在招惹这个混混，这都什么人哪。

陆容一贯冷静的声音略微透出紧张："别看他这样，其实很能打。"

霁温风漂亮的眼睛猛地瞪大了。

他一面唾弃陆容的堕落，一面被强烈地刺激了男性自尊心，冲农大的问题学生挑战道："我倒是要看看，今天谁收拾谁。"说着他扭了扭肩膀，按响了指骨。

赵一恒受不得激，更看不得霁温风高高在上、傲慢自大的模样，低声下令："揍他！"

农大的一帮人早就冲了上去，农大的问题学生一马当先，不管不顾要先揍陆容。陆容运动神经不错，可他最喜欢的运动是钓鱼，跟这帮崇拜暴力的野蛮人无法沟通，下意识地退了一步。

就在农大的问题学生杀到他眼前时，他身前的霁温风动了。

他从容地掐住农大的问题学生扬起的手腕，猛地扯到了自己面前："谁准你碰他？"

农大的问题学生："你谁？！"

赵一恒："揍他揍他！"

农大的问题学生看着近在咫尺却被霁温风护在身后的陆容，骂了一声，又将目光挪到了霁温风的脸上，透过他凌乱的刘海承受着他杀神般的目光。农大的问题学生心中一寒，这莫非就是传说中的阎王吗？！那个左眼上有刀疤、动态视力高于一般人、揍谁谁死的传说中的男人！

农大的问题学生体会到了一股油然而生的怯意，又为自己打了个寒战感到羞耻！他估摸了一下形势，今天不把闯王办了，是不可能善了，吼了一声："揍他！"他攥紧了拳头一拳朝霁温风挥去！

李南边、梁闻道、颜苟和邓特想见识见识传说中的铂悦龙湖室外温泉夕阳西下的盛景"火山云罩"，不料撞见了他们学长穿着浴袍趿拉着拖鞋跑出来的"盛景"。

李南边跟陆容是发小，见他这么狼狈，第一反应就是护崽："怎么了？"

邓特仔细看了看混乱的局面，冷酷地吐出四个字："打起来了。"

颜苟看了一眼不远处以一挑十的霁温风，掏出手机要打字，被陆容一把捂住："农大的人揍我，他救了我一命！"

李南边："没完没了了！"农大的问题学生不知道吃错了什么药，前一阵儿每天在校门口堵陆容，闹得鸡飞狗跳。他们城南大学也够低调了，农大的问题学生怎么跟个偏执狂似的，这还追到他们"全员恶人组"团建基地来了。

梁闻道把校服一脱："这事儿得有个了结。"说着他搬起旁边的塑料椅子，大吼着"啊"冲进了人群。

颜苟和李南边对视一眼，亦是抄起椅子，大喊着"啊"紧随其后。在霁温风和农大的问题学生之间，他们毫无疑问地站了霁温风一边。

陆容、邓特："……"

邓特跟陆容一起莫名地愣了几秒钟，没记错的话这群人都是弱鸡啊？！

陆容回过神来，握住了邓特的手臂："闯王，靠你了。"

邓特因为问题学长的近距离接触受了惊吓，目瞪口呆地看着他握着自己肱二头肌的手臂，脸腾地一下红了，眼中浮现出"君臣相知"的泪光。就算陆容放手以后，他都呈现出一种魂游天外、极乐升仙的超然表情。他就这样神魂颠倒地从口袋里拿出那看爱看热闹的女生送给他的粉红色发卡，将左边过长的刘海夹了上去，默默走入了人群，把战场上还站着的人拎起来，在地上狠狠地拍来拍去。

陆容震惊了，他是在看动画片吗？这跟动态视力有啥关系，他就是单纯的力气大吧！

邓特不费吹灰之力带着三个"菜鸡"干掉了一群"铂金"，将目光瞄准

了最后一个还勉力支撑不肯服输的"王者"。他走上前，提起拳头对准了那人的脑袋，被不知何时走到身边的陆容及时截住："别打了。"那是自己人。

邓特的脸又腾地一下红了。霁温风抬头，看到邓特镇定如杀神，又莫名兴奋的脸。

他喘着粗气直起身，上下打量邓特一番，朝邓特伸出了手："你叫什么名字？"

邓特小心翼翼地伸直被陆容摸过两次的右手，伸手按开自己刘海上硕大的粉红色发卡，恢复了"左眼不需要请捐给有需要的人"的发型，将发卡连同手揣进了衣兜里："邓特。"

霁温风点点头："邓特，我欠你一个人情。"他环顾挂彩的李南边、颜苟、梁闻道，"也谢谢你们，虽然你们没能派上用场。"

李南边、颜苟、梁闻道："……"

陆容插嘴表扬组员："但很积极。"

霁温风大方道："我请你们吃饭。铂悦龙湖的所有项目，你们随便享受，包场了。"

李南边："谢谢，我们已经知道了。"如果学长没有带他们蹭过饭，他们还会感激霁温风，现在？霁温风只不过是另一个蹭饭的宾客。

想不到堂堂霁公子，也会趁着别人的婚宴蹭饭，真抠门。

霁温风对着倒了一地的农大人，以及不服输的赵一恒，"冷哼"一声，连眼神都懒得在他们身上停留，直接拨了前台的电话："喂。"

前台："霁公子！"

霁温风："室外浴池有非法闯入者，把他们清理出去。"

前台："是，我立刻通知保安！"

赵一恒艰难地举起了手中的请帖："你没有资格……"他是霁通请来的宾客！

霁温风伸手从他指间取走了请帖，往水里一扔，居高临下地道："现在有了。"他的脸色突然变得极其凶恶又极其冷漠，把赵一恒吓得不敢吱声。

"走，去吃饭吧！"霁温风恢复了原样，望向陆容。

陆容穿着浴袍，低头走到他身边，淡定地发号施令："走。"

霁温风与陆容并肩走在前头，宣示着主权。"全员恶人组"跟在后头。

走到别墅区与宴会厅的岔路口，霁温风回头道："你们先过去吧！"他领着陆容走了。

"全员恶人组"以为，霁温风是因为陆容是他们的学长而款待陆容的，为霁温风终于认识到这个学校里谁才是大小王而感到自豪。

霁温风没有对刚才的打斗发表什么意见，婚宴快开始了，他们得赶紧换上西装去会场。陆容将盥洗室让给了要吹头发的霁温风，在外面穿衣服。他穿完衣服发现领带还在盥洗室衣柜的西装外套里，就问霁温风："可以进来吗？"

霁温风："呵呵！"

霁温风阴阳怪气的笑让陆容系袖扣的手一顿，他不再多话，直接走进了盥洗室。

霁温风靠在洗脸台盆边，指间旋转着方晴的亮黄色内衣，表情阴沉地看着他。

青年拯救计划

陆容见到这一幕，整个人都不好了。显然霁温风在找吹风机的时候发现了洗脸台盆底下柜子深处他费尽心机想要销毁的东西。

霁温风问："是你带进来的？"

陆容一口咬死："不是。"

霁温风："那这就是上一任屋主留下的了？"

陆容："也许吧！"

霁温风作势走到卧室里："铂悦龙湖竟然会犯这种低级错误。"说着他抓起了电话听筒，要再次打给前台。

陆容分析，如果霁温风通知酒店，酒店必然会找前任屋主甚至前前任屋主对质，事情会败露，会搞大，最终发现这件内衣是方晴的，引发更严重的后果。

陆容伸手按住了霁温风拨电话的手指："不要为难酒店。"

霁温风脸色一沉："所以这真的是你的？"

陆容分析，如果此时不承认是他的，那么势必引向"这件内衣究竟是谁的"的话题。方晴的内衣落在霁温风手里，情况会更加糟糕。

陆容便不说话，默认了。

霁温风凝视着陆容半晌，收回了目光，盯着手中的亮黄色内衣："那些人都是来找你的？"

陆容无语地想，他话题跳得好快，突然绕回小团体斗争了吗？

霁温风面对着陆容思量的眼神，"冷哼"一声："你当我看不出来？"

赵一恒是针对自己，可其他男人无疑是冲着陆容来的，就这小小的铂悦龙湖，一广播就来了二十多个！整整二十多个！要不是邓特带着手下仗义出手，他还真搞不定陆容惹出来的祸。

既然霁温风已经发现了，陆容也没有再掩饰的必要，"嗯"了一声，没错，他就是城南的"地头蛇"。

霁温风发觉陆容的神情变了，他的眉目在暖色灯光中镇定自若，流露出疏离冷漠的神色，果然之前的一切都只是掩饰吗？现在霁温风才开始认识真正的陆容。

霁温风斟酌语句，小心地问道："你是自愿的，还是被迫的？"

陆容在贵妃椅上端坐下来，跷起了二郎腿，深沉地扫了他一眼："我家里条件不太好，你懂的。"

二人一直在互相误解的岔道上走。

霁温风握紧了亮黄色内衣，眼中跳动着火光："这不是作奸犯科的理由。"

陆容："这也算不上作奸犯科，自食其力罢了。"

霁温风把黄色内衣狠狠往地上一掼："这算什么自食其力？！"

陆容不再与他争辩，也不希求他大少爷会懂。

霁温风在房间里踱来踱去："以后你不准再干这个了。"

陆容："凭什么？"

霁温风狠狠瞪了他一眼："我们家供你吃供你穿供你花销，你还想怎么样？"

陆容道："我是通过为你提供服务得到在霁家生活的资格，这也是自食其力，不是你供我吃供我穿供我花销。我心有余力有足，当然会去外面赚更多的钱。"

霁温风觉得陆容的自尊心十分可笑。

霁温风："你有没有想过干点儿别的？"

陆容："我这行来钱快。"

霁温风摇摇头，陆容这个人，当真不要脸。他已经彻底堕落了，丝毫不以为耻。

他只好改变策略，顺着陆容道："你在外面能赚多少？我可以给你更多。"

陆容眯起眼睛打量着霁温风，霁温风为了不让他做风云人物，真是用心良苦啊！

陆容指尖搭在一起，沉吟片刻，问霁温风："你打算给多少？"

霁温风也是个从小对谈判耳濡目染的人："你先答应我退出江湖，才有资格跟我谈条件。"

陆容沉思片刻："即使我不想涉入江湖纷争，那些人还是会来找我。"

霁温风干脆利落地道："有人再缠着你，你就说你已经有靠山了。"

陆容："……"

霁温风高傲地往后一仰，居高临下，眼神施舍地告诉陆容："你可以告诉他们，城南（1）班的霁温风罩着你。"

陆容震惊了。为什么他不做小团体问题学长、金盆洗手的说辞是找了校草当上级？霁温风是想入股"全员恶人组"还是怎样？这个上级出现在以小团体斗争为中心的话题里可谓非常突兀了。

陆容捋了一遍他们刚才的对话，发现了盲点。他怀疑这是一场错频对话。

他试探着问霁温风："会有用吗？他们不一定认识你。"

霁温风傲慢地答道："他们会认识我的拳头。"

陆容故意装出一副思考的模样。

他拖时间，让霁温风颇为不耐地蹙起了眉头："这还有什么可想的，趁我还没有改变主意赶紧答应。我事先告诉你，我是绝不会允许你再去那种杂乱的地方穿着女装跳舞的，这会让我们霁家蒙羞。"说着他打开垃圾桶，当着陆容的面将亮黄色内衣丢了进去。

陆容觉得他终于明白霁温风在说什么了！

他昨天去跟他妈组局，霁温风就以为他是不良青年。今天早上他去店里见了个男服务生，这又怀疑他是失足人员之一。农大的那批人赶来揍他，霁温风也以为是感情纠纷导致的。再到他房间藏着的亮黄色内衣……

怪不得霁温风这一整天都怪怪的！

陆容失笑："你脑子里全都是些……"

霁温风严肃地道："十万。"

陆容审时度势地把"什么鬼东西"五个字咽了下去。

霁温风："一个月十万，你以后专心听我指挥。"陆容既然来了霁家，那以后就由他负责好了。

陆容终于有点儿理解为什么那么多人会一不小心就失足了。

可他毕竟是个正经的校园风云人物，君子爱财取之有道，没必要失节啊，婉言拒绝了："我自食其力。"

霁温风："我绝不会强迫你。"他当然不会强迫陆容，只是想陆容慢慢改掉那些浮躁的毛病，学着做一个正常的男孩子。

陆容诧异地望着霁温风！

陆容的眼神软化了："我不想欺骗你。"

霁温风："我只需要你答应我两个条件：不去酒吧那种地方，跟别的那些乱七八糟的人断了联系。"

陆容于生意上是很谨慎的："你既不用我这样，也不用我那样，你这是上门给我扶贫吗？"

霁温风："这个不用你管。"

陆容："我们住在一个屋檐下，叔叔和我妈知道了怎么想？"

霁温风发火了："你干这个的时候，想过他们怎么想吗？！"

陆容看着霁温风火大又隐忍的样子，突然明白了霁温风的意图——他以为自己是个失足人员，想劝自己浪子回头。在霁温风眼里，自己打算一条路走到黑死也不肯回头，霁温风就无奈亲自出马"感化"他，只求他别再堕落下去了。

陆容想到刚才霁温风为了保护他，跟农大的问题学生扭打在一起的样子，忍不住失笑，这个人虽然嘴上说着不想让别人知道他俩的关系，事实上却已经把他当家人了呢！

陆容一笑："好。"

霁温风总算松了口气。

晚上的仪式很圆满，按照古礼举行的婚礼雍容高雅，庄重肃然，没有一般婚礼那样闹哄哄的感觉，反而特别严肃大气，令人印象深刻。在主持人采访新郎霁通对婚礼有什么感觉的时候，霁通掷地有声地说道："死而无憾。"他终于能够拥有一个完美的婚礼了。

第二天，霁通和方晴就迫不及待要出国度蜜月。霁通拎着行李箱走到门口，嘱咐霁温风："这段时间就拜托你了，你年纪大一点儿，要好好照顾容容。"

霁温风："嗯。"

方晴跟陆容挥泪相别："对不起，妈妈要一个人先出国了……"

陆容抱了抱方晴。

两人目送新婚夫妇幸福地出门度假，对视一眼，霁温风拿出一份正儿八经的私人契约："我们谈谈。"

陆容跟在他身后在门厅处坐下，两人面对面，身前各放一杯水。霁温风郑重其事地把合同递给他，让他过目。标题为"升级版××合同"，尽可能与"感化与被感化"这种事拉开距离。

陆容发现就这么点儿破事儿，霁温风起草了个五十多页、极其专业的文件，大户人家就是不一样。

霁温风："我之前说过，你要住在家里，每个月需交生活费三万块。签了这个升级版的，这笔账一笔勾销。你属于我负责的人。"

陆容觉得霁温风一本正经跟他谈合同的样子真有趣："那需要我做什么呢？"

霁温风往后一仰，交叉着修长的手指："我说过了，一旦你归于我负责，你就不能再去酒吧跳舞，也不能再跟外面不三不四的人来往。"

"好的。"陆容不但能当个正经学生，甚至还能超常发挥，当个学校风云人物呢！

霁温风："另外，既然你跟我有了协议，你就得听我的，我叫你干什么你就得干什么。"

陆容指着每月一元的协议金额："办不到。"这个条款听起来像是专门为了满足霁温风的恶趣味写的。

霁温风是绝不会在金钱上亏待别人的性格，更何况陆容情况特殊。他昨晚思来想去，要让陆容拿他的手软，他就要在这段关系里掌握主动权，不然他管不住陆容："我会看你表现给你薪水，每月最低十万元，上限三千万元。看下一页。"

陆容把笔一丢："你疯了吗？"

"平时生活费刷我的副卡。"霁温风从口袋里掏出一张卡，推给陆容，又掏出陆容打发他的那张银行卡夹在指间，"至于你的薪水，我会存在这张银行卡里，亲自帮你理财，20%的年化收益。"

陆容："你是P2P（网络借贷平台）吗？"

"在你彻底独立之前，这笔薪水我替你掌管。"这笔钱好好攒着，可以用作陆容未来的深造基金，也可以作为陆容创业的本金，甚至可以让他买套房，总之，陆容会因此有个正经营生，不过霁温风知道跟陆容说这些没用，所以只是诱惑道，"以后你可以自由自在地买东西。"

陆容简直无言以对。

霁温风："不用觉得占了我的便宜，需要你替我办的事情还有很多。

他俩出门了，家中只剩下我俩，我给李阿姨放假回家探亲，家务活得你

来做。"

陆容："家里有七八百平方米。"

霁温风："其他地方我不管，我的房间交给你。一日三餐也交给你。"陆容得学着干一些跳舞之外的事。

陆容想了想。生活费，他不会乱花霁温风的；所谓的薪水，霁温风也要保管到他彻底独立，他不会擅取。不过霁温风一心想让他浪子回头，他也不忍心拂了霁温风的意，在霁温风执着的眼神中，他失笑着拿起笔，在合同上潇洒地签了名："钱，你看着给；事情，我看着办。"

霁温风递上印泥："按指印。"

陆容心想，霁温风感化堕落青年的流程还挺正规。

确认签字指印齐备后，霁温风小心将合同收好，露出尘埃落定般的微笑："记住，从现在开始，你归我管辖——走，去给我整理房间。"

霸道总裁的保洁小弟，上线！

陆容跟着霁温风走到他的套间门口。他还从来没有来过这儿，霁温风总是一副闭门谢客的模样，他看霁通找霁温风也只能在门口站着说话，霁温风的领地意识不是一般的强。能让他上这儿来，霁温风确实把他当家人。

霁温风第一次让陆容进家门，脸上颇有自负之色："进来吧！"

陆容判断，霁温风对他的一亩三分地很满意。

他进门一瞧，装修风格是北欧式的，简洁明快，主色是亚麻灰，点缀深蓝浅蓝，整体色调冷冽清新，让人保持头脑清醒。

套间由兼客厅与书房功能的外间与里间卧室组成，附加一个更衣室与干湿分离的卫生间，室内动线安排得很合理。一进门先是入墙式鞋柜，随后就来到客厅区域。西面靠墙是双人沙发，沙发对面是电视，大片的纯白波斯软毯上摆着一个很有设计感的白面矮茶几，茶几上散落着台灯和书册，旁边是一个单人坐地懒人沙发，主人刚离开，显得很随意。

南面摆放着书桌。霁温风的书桌相当长，有三米，一左一右摆着两台电脑，人体工学椅是定制的。两台电脑中的一台貌似用来打游戏，陆容在他的桌面上辨认出了全球限量发售五万台的纪念版 PS4（游戏机），深蓝烤漆的表面与亚麻灰的桌面相得益彰。形形色色叫得出名字、叫不出名字的电子用品摆满了书桌，背灯调试得充满科技感。中间很宽敞，就用作纸笔工作区，霁温风大概平时在这里做作业。

整个客厅区域囊括了社交、休闲、游戏、办公，这个空间利用率很高，陆容蛮喜欢的，决心有条件了自己的房间也要像他这么搞一搞。

霁温风带他走到客厅东南角，那里通往卧室。卧室相较于客厅更加宽敞，主色调是蓝配绿，床单拖地，与窗帘的颜色呼应，金色落地台灯高贵典雅，是更加考究的北欧风格。东西很少，件件都极有品位。

陆容迎着霁温风的目光，赞许地点点头："像是在看装修图册。"

霁温风"嗯"了一声："花了我不少心思。"

陆容提出了疑问："你的东西都放在哪儿？"

霁温风打开卧室旁边的白色移门，移门里面竟然是个书架。这个书架占据了整面墙，摆满了书，乱七八糟，陆容忍不住拉开抽屉，抽屉里也好不了多少，霁温风的收纳原则是"扔到柜子里我看不见就是整洁"。

霁温风道："你得把这些都理完，还有这里。"说完他带着陆容走进了衣帽间。

霁温风的衣帽间一团糟，干净不干净的都扔在那里。陆容皱起了眉头："阿姨从来不帮你整理吗？"

"她们每个礼拜进来拖地。"

陆容镇定地点点头，环顾四周："那我就不拖地了。"

霁温风："我没记错的话，你应该承包这里的所有家务。"

陆容已经捡起衣服丢给了他："别废话了，你以为一天时间就能把这里理干净？这件你还要吗？"

霁温风看了看："不要了。"

陆容指挥他去卫生间搬来洗衣篓，把不要的衣服全都挑出来，然后倒到走廊里，陆容倒了整整三桶事情才算完。

他又把霁温风的衣架也都扔了："你的衣架竟然都不是一套的。"说罢，陆容用"想不到你是这样的霁温风"的眼神盯着他。

霁温风："……"

陆容看着空出来的衣柜，摇了摇头："这个衣柜设计得不合理。"上层空间和下层空间都既大且深，没有分隔，中间装了一根晾衣架，能摆放的衣服不多。陆容问："有卷尺吗？"

霁温风去楼下车库费了九牛二虎之力找来了卷尺，还以为他今天能坐在一边看陆容忙活，想不到他变成了陆容的跟班。

陆容量好了衣柜上层、下层的长宽深，让霁温风记下来，然后走到外间，又跟在更衣室里一样，打开了他所有的抽屉，把东西一件一件拿出来，

问他要不要了。

霁温风根本不知道自己有那么多东西："全扔了吧！"

陆容："这些都是新的。"

霁温风拿着香水读着上面的法文："我要这个有什么用？"

陆容："你买的时候就没想过你用不上吗？"

霁温风："都是别人送的。"

陆容："……"你们富二代的人生真是令人猜不透啊！

陆容指挥他把这些也都通通清到走廊上，然后让他去找一块干净的布，再去打一盆水。

霁温风不耐烦了："你要干什么？"

陆容："整理你的书架。"

霁温风："书架不用整理。"

陆容："大大小小根本就没有条理。"

霁温风受了奇耻大辱："怎么没有条理？我是按类别放的，内容相近的放在一起，找起来很方便。"

陆容："除了类别，高低呢？类别又怎么排序？"

霁温风："……"

陆容耐心地告诉他正确答案："类别要按首字母排序。"

霁温风后悔把陆容叫来整理柜子了："其他都交给你，书柜就让它这么着吧！"

陆容很不放心让书柜这样立在霁温风房间，没有人管："阿姨进来打扫的时候会擦拭书柜吗？"

霁温风："我做了门就是为了挡灰。"

陆容："不行，最多半个月得让她擦一遍书架。她得把全部的书搬开，把里面也擦干净。"

霁温风："我一定提醒她。"

陆容勉为其难地点点头："我到时候来检查。"

霁温风想，事情为什么会变成这样？

霁温风："你检查我？别的小助理可不是这样。"

陆容冷冷地扫了他一眼："你还有别的小助理？"

霁温风忍不住站直了："没有。"

陆容："那你怎么知道别的小助理不是这样？"

霁温风："我听我朋友说的。"

陆容："你只有这样的小助理。每半个月我来检查。"

陆容把所有东西归类好，觉得霁温风需要收纳箱、抽屉隔断等。他打电话找老宋，让老宋开车去一趟大卖场。

老宋："……"

陆容："你逃班了是不是？"

老宋："是。"说完他就毫不留情地把电话给挂了。

陆容将目光投向了霁温风。

霁温风："有这么着急吗？"

陆容眼神坚定。

霁温风突然唇角一勾："我还没有驾照。"

陆容："事关收纳，只此一次。"

霁温风抱着手臂悠闲地四下看看，手指在胳膊上弹："到底去不去呢？"

陆容垂下了眼睛："求你了。"

霁温风心满意足地去地下车库开车。

陆容提醒道："开辆大点儿的车，你的超跑装不了那么多。"

霁温风开了辆卡宴。

在车上，陆容拿着霁温风刚才记笔记的便笺本，不断问霁温风："你每天换一次内衣裤？"

霁温风："……"

陆容："是吗？"

霁温风："嗯。"

陆容："外套呢？一个礼拜换几次？"

霁温风："我没记错的话我们是一个学校的。"学校规定礼拜一到礼拜五都穿校服。

陆容道："我怎么知道校规对你有没有例外——那你只有周末两天穿私服。每天都换吗？"

霁温风："大概吧！"

陆容："在家有穿家居服的习惯吗？"

霁温风："嗯……"

陆容："回答我的问题。"

霁温风不耐烦道："我在开车。"

陆容提醒他："你开车的时候明明可以跟我说话的，你甚至还能不看路光看我。"

霁温风："洗完澡穿。"

陆容："一般什么时候洗澡？"

霁温风："八九点钟吧！"

陆容考虑了一下，提出了一个改进方案："我建议你放学就洗澡，换上家居服，吃饭，然后穿着家居服做作业、看书、玩电脑。这样能让你的几套新睡衣有最高的利用率。"

霁温风："我不想穿睡衣。"

陆容很尊重霁温风的生活习惯，划掉了第一种方案，改第二套方案："那你就睡前洗澡，洗完澡穿着睡衣睡觉，三天换一次。"

霁温风："我裸睡。"

陆容把睡衣这一项去掉，想，一会儿回去把霁温风的睡衣也都扔了。

霁温风开车的时候陆容就一直在他耳边喋喋不休，最后开到大卖场，陆容计算出，他每个月穿的衣服平均只有十八件。

霁温风："这又有什么意义呢？"

从车子驶入停车场，陆容就显得心不在焉，此时张望着挡风玻璃外的大卖场，嘴里无意识地重复道："这又有什么意义呢？"他解开安全带跳下车走了。

霁温风停车的时候，陆容折了回来，敲了敲他的车窗："这次是为了整理你的房间才出来的，你会买单的吧？"

霁温风施舍了一个眼角余光来表达他对这个问题的不屑。陆容明白了，对霁少爷提这个问题，就是对他的不敬和亵渎。

他再一次转身离去，步伐难掩兴奋地冲进了大卖场。霁温风找到他的时候，他已经买了一车纸巾。

霁温风提醒道："我们是来买收纳盒的。"

"纸巾买一送一。"陆容的语速比平常快一倍，"再去推一辆车。"

霁温风："……"

他提出让陆容帮他整理房间的时候，可没想到自己会在超市推车。所以事情为什么会变成这样呢？

在霁温风推第三辆车最后无奈换成了员工用大铲车以后，他们终于到了收纳区。陆容列了几个方程式，掏出计算器要暴力破解，霁温风在他按出来以前就告诉他："有三种抽屉搭配，全部选49厘米×18厘米×36厘米的抽屉空间利用率最高。"

陆容第一次用崇拜的眼神看霁温风。

霁温风纳闷，他只是解了个方程而已。

陆容选定了价格第二高的那种："它跟你的柜子颜色很搭。"

霁温风："它们都是透明的。"

陆容摇摇头："它们是不同的透明色。"说着，他当着霁温风的面，不容违抗地把抽屉放到了车上。

霁温风终于意识到，这不是平时的陆容，整理房间打开了他奇怪的"开关"。

霁温风：你需要一点儿治疗

陆容在大卖场采购完，跟霁温风一道拎着大包小包回停车场，把战利品往车上搬。霁温风问："这么多纸巾？"

陆容："家里每天都用得到。"

霁温风："管家会统一采购。"

陆容道："那他油水不少。"

霁温风："……"

陆容告诉他："当家必须是自己人。你不当家，你就不知道有多少环节可以动手脚。我们这就回家，看看家里还缺什么，趁着大卖场大减价赶紧过来补货，再把家里的所有用品做个统计清单，这样我们就能对一切了如指掌。"

霁温风看着满满当当的后备厢，撑着车后盖向他确认："我们还要再来一次？"

"没错。"陆容一边把锡兰红茶往后座上搬，一边说道，"你说得对，得趁你爸和我妈不在，对家里做一次全面的整理。他们什么都不管，哪怕别人把家里的东西全搬光他们都不会知道。"

霁温风看了陆容半晌，确定这不是他让陆容干家务的初衷。他原本希望陆容改掉好逸恶劳的恶习，认识到还可以靠自己的劳动换取报酬，进而合理地规划自己的人生，但是陆容的劳动能力大大超出了他的预期。陆容不但舞跳得好，和管家一样很出色——陆容到底经历了什么才会这么多才多艺？

霁温风没有问出口，只是面色如常地把陆容的所有战利品搬上车，然后关上车后门，拉开驾驶室门坐了进去。等陆容坐进了副驾驶，霁温风把车开出了停车场。

五分钟以后，陆容意识到霁温风不像回家。他打开了地图，输入了家中的坐标，开始导航。导航中嗲嗲的声音不停地说："请掉头。"

陆容确认霁温风不是回家，严肃地问："你开去哪里？"

霁温风不动如山。

眼看他开往反方向，陆容忍不住道："我们得赶紧回去，先把你的房间整理完，然后把家里的存货全都列个清单，再来大卖场补货。任务很繁重，时间很紧张。"

霁温风"嗯"了一声，把着方向盘丝毫没有掉头的意思。

陆容转身看着他的侧脸："你想干什么？"

霁温风没有回答他的问题，却唤醒了车载智能系统，命令道："打电话给鹿苑。"

鹿苑是个粤式餐厅，坐落于 S 城最繁华的金融中心，人均两千元还订不到位子。

对面很快接了起来："霁公子中午好！"

霁温风："给我们留个包间。"

霁温风简单利落地跟鹿苑工作人员沟通完，挂掉了电话。车内一时间静悄悄的。

过了会儿，陆容道："鹿苑离超市有四十分钟的路程。我们完全应该在超市旁边吃顿饭然后回家整理衣柜。"

霁温风腾出手，随意地摸了摸他的头发："整理不完我又不会怪你。"

陆容尖叫："请把手放在方向盘上！"

半小时后，霁温风把车驶入了 CBD（中央商贸区），在地下室停好车，走到副驾驶位拉开了车门，静静地盯着陆容。陆容内心挣扎了片刻，还是下了车。

"我们有半小时吃饭。"陆容正色道。

一个半小时后。

"怎么会这样？"陆容瘫坐在副驾驶位上，表情疑惑。

霁温风把着方向盘嗯一声："可能是因为你点了两盘和牛，还要了两次竹荪。"

"是他们煮火锅的流程太慢了。"陆容狡辩，"没有人是那么吃火锅的。"

他们坐在榻榻米上，身着和服的服务员跪在他们身边为他们一样一样地现场煮食材，每次只煮一样，煮完了以后给他们盛到面前的碗里。

霁温风从后视镜里观察着他的神色："不喜欢？"

陆容道："味道很不错，环境也很幽雅。问题是我们还有一大堆活要干，来这里吃饭根本不符合今天的时间安排，我们得赶紧回去。"陆容一想到霁温风那个衣服遍地的更衣室就焦虑得要发疯。

霁温风"嗯"了一声，嘴角浮起一丝笑容。

十分钟以后，陆容又意识到这不是回家的路："你压根就没打算回家是不是？"

霁温风恭喜他发现了问题所在："今天是星期天，天气很好，我父亲带着他的娇妻度蜜月去了，我为什么要回家？"

"因为你的更衣室乱得跟狗窝一样。"

霁温风反问："我都不在乎，你为什么在乎？"

陆容："……"

霁温风替他回答这个问题："因为你有强迫症，还是一个控制狂。"

陆容："是你让我整理你的衣柜的。"

霁温风继续说道："你喜欢一切都井井有条，尽在你的掌握之中。"

陆容辩解："我只是生活得有条理罢了。"

霁温风："你还会做时间规划表，精确到每五分钟，如果安排被打乱，你就会抓狂。"

陆容靠在椅背上，语气中多了一丝抱怨："我本来没有安排任何事。今天是周末，天气很好，叔叔和我妈去度蜜月了，我本来可以轻松悠闲地过个周末。是你把我带到你的卧室，是你让我管好这个七八百平方米的家，我这才开始安排工作。好不容易安排好，现在全都被你打乱了。霁温风，这样很好玩吗？！"

"还不赖。"霁温风优雅地说道，把车缓缓停在了路边。

他把手机递到陆容面前。

屏幕上写着：CGV 影院 14 点 16 分《×××××》HELLO KITTY 厅双人 6 号座。

陆容："……"

霁温风慵懒地说道："我也有我的时间安排。"他在刚才吃饭的时候订了票。

陆容："可是更衣室……"

霁温风："你可以回去整理我的更衣室，我没拦着你。"说完他一脚油门踩到底，陆容因为惯性贴在了椅背上。

陆容："你根本就没有驾照，你还超速，此路段限速 60 千米每小时。"

雾温风："你完全可以下车。对了，下车的时候顺便把你从超市买来的东西也一起带走，打辆货车回去。我要去看电影，没空送你。"

陆容乖乖地坐在副驾驶座上不说话了，眼神茫然地盯着雾温风驶进另一个大型购物中心。

雾温风再次绕到副驾驶帮他打开了车门。

陆容下车，完全找不到自己在大周末跟雾温风来影院看电影的意义："这是爱情电影。"

两小时以后。

陆容坐在电影院外的椅子上，努力克制自己不要流眼泪。

雾温风坐在他身边，把纸巾递给他，耐心地开导他："这只是一部爱情电影。"

陆容平复心情："你根本什么都不懂，胡月月死的时候你只是在那边吃爆米花。"

雾温风："……"

陆容满含指责之色地望着他，眼圈微微发红，雾温风忍不住跑到售票处，给陆容买了个冰激凌。

伤心的陆容吃了一半才想起来："我不吃高 GI（升糖指数）食品，还有不饱和脂肪酸。"

雾温风接过了他手中的冰激凌，很平常地吃了起来。

两个人谁都没有说话。陆容为了爱情电影默默神伤；雾温风托着腮，眯着眼睛，好笑地望着难得神伤的陆容，放松地吃着冰激凌。

过了一会儿，陆容收拾好被虚假爱情故事刺激的情绪，理智重新回到了他的身上。他看着眼神促狭的雾温风，突然想起了一件重要的事。

他问雾温风："你的纸巾是哪里来的？"

雾温风头一抬，眼神飘向售票台。

陆容："他们卖多少钱？"

雾温风："……"

陆容："我们后备厢里有几百包。以后出门带一包，举手之劳。"说完他从口袋里掏出去笔记本，按开了圆珠笔开始记录，"我会在你的鞋柜上格抽屉摆一条，你每天出门的时候就可以顺便塞进裤兜里。为了防止你忘记，我会在鞋柜上方挂一块磁性小白板，专门留便笺——那我们还得回超市买个小白板和配套的记号笔、便笺纸还有小磁铁。"

霁温风："……"

他抓住陆容的手腕站起来，把陆容带离了原地。

陆容："你干什么？"

霁温风："你的病情比我想象中更加严重，需要更多的治疗。"

这次霁温风把车开到了体育馆。体育馆前人头攒动，到处贴满了当红流量小生杜米黄的巨幅海报。

陆容："天都快黑了，再不干正事儿，我们睡觉之前连你的更衣室都整理不完。"

"忘了我的更衣室。"霁温风下车，走到票贩子面前，"两张票。"

"要哪个区的？"

陆容追上来："这个明星是谁？你是他的粉丝吗？"

霁温风："不知道——VIP 区。"

黄牛："××元一张。"

霁温风："来两张。"

陆容拦住霁温风："你不认识他，我也不认识他，我们为什么要花钱听这个人的演唱会？这个人可能都不会唱歌。如果要听演唱会，应该选我们俩都喜欢的歌手，看看他的巡回路线，当他来 S 市的时候提前抢票。"

霁温风在他唠叨的时候早已买完了票，骄傲地向他出示 VIP 特等座。

陆容眼看木已成舟，放弃了霁温风，与票贩子交涉："买两张都不打折吗？"陆容扯过霁温风，对票贩子说，"他经常周末想听演唱会，不管来的是哪个明星，我们以后常来光顾你的生意。"

票贩子数着钞票："不能。"

陆容觉得糟透了。他们丢下整理了一半的更衣室跑来看演唱会，还买高价票都不给打折。这样的安排一点儿也不合理，还费钱。

半小时后。

陆容举着荧光棒，大喊："啊啊啊，我爱你！"

我们霁家禁止追星！

杜米黄，一个十八岁的超级偶像，他的头发皮肤眼睛嘴唇大长腿天天挂在热搜上。

陆容从来没有去过演唱会，也没有追过星，但是在现场半小时里，他

被杜米黄俘虏了。杜米黄绝世的容颜、紧绷的皮裤和劲歌热舞为他打开了新世界的大门。他不明白为什么世界上有这么完美的五官，也不明白为什么有人在舞台上可以如此光芒四射，不过他终于明白为什么有人会追星，有人会热恋。在气氛的感染下，他也变成了一个粉丝。

霁温风根本没想到事情会变成这样，冷漠地抱臂坐在前排看着这一切。台上的杜米黄频频将目光投向霁温风——即使现场有八万喜欢自己的女人，霁温风的眼神还是能够脱颖而出引起他的注意。

霁温风在陆容第二次喊"啊啊啊我爱你"的时候拽着他的胳膊把他拉起来，打算离场。陆容还以为霁温风有什么事，走到出口才发现霁温风要走。他提醒霁温风："我们花了这么多钱才进来看他的。"

霁温风冷着一张脸："回去给我整理更衣室。"

陆容扭头就走："我才不要。"嘴里还跟着杜米黄唱，然后跑了。

霁温风："……"

陆容刚走，一个西装笔挺的男人就在保镖的保护下走到霁温风面前，满面春风地问道："请问是霁公子吗？"

霁温风蹙起了修长的剑眉："你是……"

男人连忙跟他握手："我是小杜的经纪人，谢谢霁公子赏脸来小杜的演唱会！"

霁温风："……"

经过一番寒暄，霁温风终于在经纪人的提点下记起来——杜米黄刚刚跟霁氏有合作，代言了公司的一款 App（应用程序），在发布会上霁温风和杜米黄有一面之缘，虽然他已经完全记不起来了。

"听说你们还上过同一个学校呢！"杜米黄的经纪人惊喜地说道。

霁温风："……"

杜米黄的经纪人殷切地问道："霁公子，演唱会结束以后可不可以赏光一起参加我们的庆功宴？小杜一直很感谢霁氏，也很珍惜这次的合作机会。"

霁温风扫了眼前排痴狂的陆容："没空。"

经纪人："……"

霁温风："对了，他能转学吗？我不想见到他。"

经纪人："……"

他家小米黄做了什么得罪了霁家的霁温风？

中场休息时，经纪人跟杜米黄说了这个消息。杜米黄带着舞台妆愣在原地："不至于吧？我上次根本没跟他说上话。而且如果他这么讨厌我，为什么又要来我的演唱会？"杜米黄想来想去都想不通。

"我们不能得罪他。"经纪人严肃地道，"现在市场不景气，霁氏的广告代言不能丢。"

杜米黄问："那怎么办？"

经纪人道："已经打听出来了，霁公子坐在内场 VIP 位置，一会儿你要不邀请他一起上台互动？"

杜米黄虽然只有十八岁，但在娱乐圈摸爬滚打，见多识广，立刻否决了经纪人的提议："不行，这样明天热搜就是我为了代言故意讨好霁小公子，就有反面话题了。"

经纪人道："那就多对他笑几次，冲他的方向喊'我爱你们'。"

杜米黄："这样也容易招黑。"

经纪人摇摇头："因为是冲着一堆人笑，不会特别明显。藏好一滴水的最佳办法是把它融入海洋，藏好一个人的最佳办法是把他融入人群。没有人会注意到你是在冲他单独示好。等演唱会结束以后，你可以偷偷加他的微信号。"

杜米黄迫于生活压力接受了经纪人的建议。没办法，偶像明星也是要吃饭的，"他到底坐在哪儿？"

经纪人："内场 VIP 区，左侧第一排 46 号。"

霁温风回来，陆容占了他的位子，因为他的位子更靠近舞台，霁温风只好在一排 47 号的位子坐下。

下半场开始以后，陆容忍不住怀疑："这个明星特别关注我。"

霁温风嗯了一声，表现出不屑一顾的样子。

陆容认真地盯着舞台上那个帅气的身影："他唱歌的时候一直冲着我笑，还冲我的方向说了三次我爱你，是看着我的眼睛说的。"

霁温风："在场的所有女人全这么想。"

话音刚落，杜米黄的手就垂落在陆容面前，手里拿着手机，屏幕上是他的微信二维码。他就这样用一个夸张的下蹲动作递出了微信二维码，扶着耳麦对眼前的陆容打招呼："这边的朋友们你们今晚过得好吗？"

经纪人告诉他要跟霁小公子搞好关系，演唱会不是握手会、见面会，但是他要给霁小公子这个殊荣，要在保安到来之前跟他握个手，顺便把自己的微信二维码交到他眼前。

霁温风："……"

陆容对霁温风道："我告诉过你了，他很关注我。"陆容扑上去拿出手机要跟杜米黄扫码。

霁温风再也受不了了，拽住陆容的手强行把他带离了现场，不由分说把他带到了出口。

陆容："要来看演唱会的不是你吗？"

霁温风强硬地说道："快回去整理我的衣柜。"

陆容看着身后的热浪怅然若失，他的第一次追星和现场演唱会就这样结束了，他都没过瘾。

"你有办法拿到他的微信吗？"陆容不甘心地问。他很想交个明星朋友摸一下娱乐圈的水，问一问开经纪公司挣不挣钱。霁温风是霁家的公子哥，也许跟这位大明星有交情。

霁温风面色不善地道："没有。"

杜米黄的经纪人恰到好处地拿着他的手机来了："霁公子，刚才小杜说你们没扫上……"

霁温风以迅雷不及掩耳之势夺过手机啪的一声扔在地上，冷漠地对经纪人道："告诉他，如果他来见我，见一次打一次。"说完霁温风拎起陆容就走。

陆容坐上了车："什么小杜？什么学校？"他至今都不知道自己追的星是哪个。

霁温风一踩油门，绝尘而去："你不会想知道的。"

演唱会后台。

杜米黄对着摔碎了的手机道："他真的这么说的吗？"

经纪人亦是对着摔碎了的手机道："没错。"

杜米黄难以置信地摇摇头："在现场的时候，他明明表现得很热情。"他怎么一转眼就翻脸呢？

经纪人把手搭在他的肩头，道："霸道总裁都是这么无情的。"

"我不相信。"杜米黄回忆着陆容在前排冲自己挥舞荧光棒的身姿，突然记起了一个细节，"在台前，他原本已经把手机拿出来了，但突然被他的朋友拉走了。"

经纪人想起了霁温风身后没有存在感的陆容："嗯……他的确是跟朋友一道过来的。这么说起来，其实不是他不想跟你结交，是有人从中作梗。"想不到那个白白净净的男生看上去纯良无害，其实是个高手。

陆容没有看完人生中第一场演唱会，坐进副驾驶位的时候已经调整好了心态。

陆容："今天的安排让我得出了一些经验教训——随性而为也没有什么好的。跟着你走，今天既没有整理完衣柜，也没有玩得很开心。不是所有人都能随随便便走进一个演唱会还留下美好的回忆。"他掏出了笔记本，以胜利者的目光望着霁温风，"以后还是好好安排周末吧！"

霁温风道："今天还没结束。"他上了高速公路。

陆容惊得差点儿跳起来："你要做什么？！"

霁温风降下车窗，任夜风吹起他的碎发，转头对陆容道："我要让你永生难忘。"

去看流星雨

两小时后。

陆容坐在副驾驶座上："我已经很永生难忘了。"

他生平第一次，坐没合法驾驶证的人开的车上高速；生平第一次，在空无一人的路段飙车；生平第一次，在黑夜里走盘山公路到海拔五百米的高山上，在每一次转弯的时候担心自己的人生已经到了尽头。11点过了，他还没有躺在自己的床上，他的生物钟要崩溃了。

霁温风："下车。"

陆容下了车，感觉很冷。他在一个完全陌生的山头，这里手机没有信号，周围荒草丛生，还起了雾，脚下是一片茶树。如果霁温风在这里把他抛尸，等霁温风过完挥金如土的一生平安老死，也不会有人发现他的尸体，确实让人永生难忘。

霁温风下车打开了后备厢，拿出一个帐篷，铺好了防水垫，将帐篷搭在了空地上。陆容还从来没有野营过，但是他不想在霁温风面前表现得太兴奋，尽量用平淡的语气问："我们今天晚上住在这儿？"

霁温风把软毯丢在他怀里："随便。"

陆容："……"

霁温风随后拆了后备厢里的新货，陆容连忙阻止："这是桌布。"

"是吗？"霁温风当着他的面拆掉了包装，摊开，铺在了满是碎石和泥土的地面上，"为什么不能当野餐垫？"

陆容："我们为什么要在半夜 11 点跑到这个鬼地方来野餐，这里连灯都没有？"

话音刚落，霁温风从车后座里搬出一盏风灯挂在树枝上，又搬出一台天文望远镜，手里还抓着一个三脚架。

陆容："……"

陆容忍不住抱着小毯子上前观察他调整望远镜。霁温风调好口径，将望远镜对准了狮子座，让陆容来瞧。陆容第一次看到星空："天上有那么多星星吗？"声音中难掩兴奋。

"这里没有灯，裸眼就能看到不少。"霁温风看着抱着小毯子看望远镜的陆容。

陆容抬起头，蓦然发现这里确实空气清新，天上有很多星星，没有灯也不黑。

霁温风去后备厢里取了个野营炉，放上了锅，拧开桶装水开始下方便面。陆容拿着望远镜看了一会儿，跑过去把小毯子铺在了野餐垫上，挤到霁温风身边，接替了霁温风的工作。霁温风不知道怎么煮才好吃，这是陆容的强项，他把面加倍，又去后备厢里拿了两个鸡蛋。

方便面刚煮好，霁温风就叫道："抬头。"

陆容端着热腾腾的纸质饭碗抬头，空旷辽阔的天空中划过一颗颗绚丽的流星。

"你可以许愿了。"霁温风站在夜色里，让出了自己的望远镜，守候在一边，眼神倨傲又骄矜。

陆容和霁温风坐在桌布上，吃着方便面，手边一人一瓶啤酒，热气腾腾的炉子里还在煮着关东煮。

陆容向他道歉："对不起，我说今天一点儿也不开心。其实去鹿苑的时候就很开心。"

霁温风："嗯。"

陆容："去看电影的时候也很开心。"

霁温风："嗯。"

陆容："去看演唱会的时候更开心。"

霁温风："这段略过。"

陆容："还有鼎鼎大名的狮子座流星雨。百闻不如一见。"

霁温风："就这些？"

陆容："你是对的，有时候根本不需要什么计划，随心所欲的周末也不错。"

霁温风俯过身，掏出他口袋里的随身笔记本，奋力一挥丢下了山，然后给陆容开了一罐啤酒。陆容斯文地抿了一口，突然想起什么，目光紧张地投向霁温风，只见霁温风随手拎起一罐单手打开，仰头就灌了半罐。

陆容："你喝了酒，我们等会儿怎么回去？"

霁温风无所谓道："这有什么酒精含量。"

陆容警告他："我勉强可以接受你无证开车，但这已经是底线了。酒后驾车，你就是人渣。"

霁温风："又来了。"

他往桌布上一躺，慵懒地枕着手臂望着天空："我可没说我要酒后驾车。"

陆容开始计算："那你起码三小时以后才能开车。那么我们要早晨 5 点才能到家。最多睡两小时就要去上学……"

他还没算完，就被霁温风拽着胳膊，两个人一同仰倒在野餐垫上。

陆容挣扎着要起来："我的啤酒洒了！"

霁温风随手把啤酒丢下山："没事。"眼睛睁开一条缝，打量着陆容凝重的表情，"你是典型的焦虑型人格。"

陆容："……"

霁温风："记住，车到山前必有路，没有什么解决不了。"

陆容有些低落地说道："那是你们这种人。普通人可没办法打个电话就能订到鹿苑的位子，花两倍的价钱去小厅看电影，看到哪个偶像明星在开演唱会就买 VIP 票去最前排看演出，也不会开两小时的车去山顶用这高倍的镜头看流星雨……"他突然住嘴了，脑海里把今天的行程串联起来。

霁温风"嗯"了一声。

陆容猛地坐了起来，望着霁温风："今天的出行安排你之前做过规划，对不对？"

霁温风："……"

陆容："不然你怎么知道今天凌晨有狮子座流星雨？"

霁温风狡辩："我刚看到的推送消息。我有这个等级的望远镜，加几个天文爱好者社群也说得通。"

陆容看破了他的狡辩，开始猛烈进攻："这个等级的望远镜随随便便丢在后备厢？"

霁温风道："那又怎样？"

　　陆容："刚回到国内就知道这个犄角旮旯可以看流星雨？"

　　霁温风继续狡辩："天文爱好者社群刚在群里分享了观星地点。"

　　陆容："明知道开车去超市，还在后备厢塞满帐篷、野营炉？"

　　霁温风："我又不知道你会买这么多东西。"

　　陆容："那关东煮和方便面怎么解释？你甚至在超市里买了一次性餐盘和竹筷！"

　　霁温风不说话了。

　　陆容意识到这是真的，道："你出门的时候就决定好今晚来看流星雨了。"

　　陆容把今天所有时间的行程安排一列："吃饭、看电影、看演唱会、看流星雨，完美——你把电影看完去体育馆堵车的时间都提前算进去了。老实说你做了多久的规划？"

　　霁温风狡辩："可你很开心。"

　　陆容躲进了帐篷里，拉上了拉链："你跟我明明是一样的人，你还要立个随心所欲的人设来鄙视我。"

　　霁温风手插着裤袋看着面前小小的帐篷，沉默了半晌，蹲了下来："我确实是个随心所欲的人。"

　　面前的拉链纹丝不动。

　　霁温风："我这次也确实计划了很多。"他昨天晚上查攻略查到 12 点。

　　面前的拉链拉下了一点点。

　　霁温风："想知道为什么吗？"

　　拉链又往下拉了一点点，霁温风看到了陆容审视的眼睛。

　　霁温风："因为这是我们第一次一起过周末。"

　　霁温风原本打算让陆容整理一下衣柜，然后带他出去玩，当作奖赏。可是陆容完成得太好了，霁温风忍不住想，他到底是经历了什么，才变得那么多才多艺？这么完美，这么……焦虑不安。

　　拉链全部拉开了，陆容在帐篷里默默看着他。

　　霁温风朝他伸出了手："本来可以带你去更远的地方，可惜只有一天。"

　　陆容垂下眼睛，沉默了半晌，看向别处："又不是只有这一个周末。"说着他抓着霁温风的胳膊从帐篷里爬出来。

　　霁温风拉他起来，去煮关东煮。两个人一边喝啤酒，一边吃关东煮，天上还有依稀划过的流星。

　　"你刚才许愿了吗？"霁温风问道。

陆容："流星雨只是陨石坠落大气的天文现象……"

雾温风："宁可信其有，不可信其无。你又不是我，想要什么都能轻易得到。"

陆容："……"

雾温风喝光了一罐啤酒，在流星出现的时候猛地掷了出去："我要陆容在以后的每一天都给我整理衣柜！"

陆容："……"

雾温风把半罐啤酒递给他，陆容在他的眼神催促下喝完，学着他的样子掷了出去："我要雾温风刚才的愿望绝对实现不了！"

雾温风不悦道："就这个吗？"

他给陆容开了罐新的，递给陆容，命令道："再许一遍。"

陆容喝了一半喝不下了，摇摇晃晃地掷了出去："希望……雾温风每个礼拜带我去鹿苑！"

雾温风骄矜地说道："鹿苑也就马马虎虎，以后会有更好的。"

陆容虽然半醉半醒，但隐约觉得他摸到了许愿的套路。

之后，山头上此起彼伏响彻着两个人的心愿——

"我想要一辆新的自行车！"

"我要跟陆容去更远的地方！"

"我想要一个新电脑！"

"我要我爸和方姨白头到老，永远不离婚！"

"啊！"山底下传来一声尖叫，随后是一顿咒骂，"谁乱扔啤酒罐！"

陆容、雾温风："……"

当警车来把两人带走的时候，雾温风对陆容说："这不是计划好的。"

陆容跟他并肩坐在警车后座，直视前方："我知道。"

警察回头："你们还计划了什么——你的手铐？"警察惊恐地拔出了手枪。

陆容一低头，发现他下意识地把手铐给解开了，在众人惊讶的眼神中解释道："不好意思……习惯了。"他有一段时间学过怎么挣开手铐。

两人在警察局里花了九牛二虎之力解释自己没有犯罪记录，卡宴不是偷来的，他们也没有开车，是他们的叔叔老宋带他们去看流星雨，但叔叔不知道跑到哪里去了。最后他们俩被老宋保释出来，送回了家。

雾温风："你不提我们被拘留的事，我们也不提你翘班的事。"

老宋："成交。"

小鱼饼试吃大会

陆容和霁温风从 H 市的警察局回来，下午才去上学。霁温风没来上课的事情全校皆知，而陆容没去上学的事，连同班同学都没怎么注意。注意到陆容消失了的人除了他的同桌郭靖，就是前排那个女生。女生看着陆容一夜未睡的黑眼圈，目光如炬："告诉我，你干什么去了？"

陆容不说话，毫无存在感地坐下来，准备英语测验。

女生："你不说我也知道，今天早上霁温风也没来上课。"

陆容："……"

这个时候女生的前桌灌完钢笔墨水，发现纸巾用完了，走到陆容面前问："陆容，你有多余的纸巾吗？给我一包。"前半句问话完全是礼貌使然，陆容肯定有多余的纸巾。

果不其然，陆容打开抽屉，从里头掏出一小包手帕纸，朝他竖起一根手指。女生的前桌从口袋里翻出一个钢镚，一抛一接，啪嗒一声按在他的桌面上。陆容伸手盖住那枚一元钱硬币，往后一收，硬币就消失不见了。

前排女生的前桌拿着纸巾心满意足地转过去了。

如果说她对这个沉默寡言、注意力飘忽、看上去智力有点儿问题的同班同学有什么印象的话，那就是：陆容永远有多余的纸巾。这是（8）班同学入学半年以来的共识。很方便，一元钱一包。

女生摇摇头："至于吗？"

陆容亦是摇摇头，这个女人根本什么都不懂。超市里大减价买一送一，折算下来这种小包手帕纸成本才一角钱左右，而他卖出去是一元钱，关键是客户根本不会觉得贵。他光是坐在教室里卖这种小包手帕纸，一个月就能挣一百多元钱。

女生望了一眼前桌的纸巾，发现是不同的品牌不同的花色："你昨天去进货了？霁温风陪你去的吗？"

陆容左右环顾，双手交叉着摆在桌上，郑重地对前排女生道："以后不能提他的名字。"

爱看热闹的女生："……"

英语老师拿着一沓厚厚的试卷走进来。

陆容彻夜未眠，又被女生搞得头疼，接下去的考试只能靠猜。所有科目中只有英语他真的搞不定，他也不明白为什么他的语言天赋如此糟糕，他的现代汉语明明还行，但是换成英文就不行了。

匆匆上完下午的课，霁温风给他发微信，说老宋又翘班了。老宋仗着替他们保释，把宾利开到水库去钓鱼，一时半会儿回不来。他们晚上得自己打车回去。

陆容想想和霁温风在学校门口碰头然后一起打车会引发的"滔天巨浪"，提出分头行动的建议，霁温风去超市把昨天没采购完的东西买完，他去菜市场买菜。

霁温风："你就不能去超市买吗？"

陆容答非所问："谢谢你昨天带我出去玩，我要给你做好吃的。"

霁温风："哼。"

陆容："顺便再给我带点儿低筋面粉。"

霁温风："OK（好）。"

陆容攥紧了手机，淡然地塞进裤兜里。他现在慢慢摸索出对付霁温风的方法。

陆容去菜市场买了试验小鱼饼的各种材料，去超市与霁温风会合，两个人一道打车回家。

进了家门，霁温风先洗澡，陆容撸起袖子、戴上围裙走进厨房里，负责烧饭的阿姨果然今天也不在，霁温风为了让他下厨真是豁出去了。

陆容杀鱼、洗净、打浆、和面，下油锅炸了两次，做了几个小鱼饼端到霁温风房间。

闻到小鱼饼的香味，霁温风眼睛一亮，依旧酷酷地说："这是什么？"

陆容不跟他废话，把盘子往茶几上一搁，盘腿坐下。

霁温风脸上不情愿，却拿起筷子夹了一个，咬了一口就被烫坏了。他正要发作，陆容给他倒了一杯冷水，交到他手里："慢慢吃。"

霁温风愣了一下，又安安静静地吃了起来。

陆容慈祥地问："好吃吗？"

霁温风傲娇地说道："马马虎虎。"

陆容："是哪里不好吃呢？"

霁温风仔细想了想："有点儿淡。"

陆容："还有呢？"

霁温风："面皮太厚。"

陆容："嗯，还有呢？"

霁温风："太烫了。"

陆容："好的。我用一下你的洗手间。"他走进洗手间坐在了马桶上，思考了一下霁温风刚才提的建议。从厨房端到霁温风的卧室用了一分钟，食用时间起码要推到三分钟以后；盐要从 35 克加到 50 克，面粉从 250 克减到 200 克，可是面粉少了意味着鱼肉要多，得换一种鱼肉控制成本……

霁温风："你掉进坑里面了吗？"

陆容做好了笔记，起身冲了下马桶，走出门，道："我给你整理衣柜。"

霁温风看了他半晌，扭过头："随你。"

陆容走进霁温风的更衣室，扔了他不要了的睡衣，拆了他新买的衣架和裤架，将衣柜分成干净和穿过两部分，按照衣服长短、面料厚薄都挂起来。短裤袜子都摆在干净的抽屉里，反季节衣服叠起来套袋放在新买的收纳箱中。

"穿过的裤子两折，挂在可分离式裤架上。"陆容做示范，"干净的裤子这样卷起来，放进抽屉里。"

霁温风："谁家这样叠裤子。"陆容叠过的裤子，都是长短相同的桶状，整齐得不得了。

陆容知道不是所有人都像自己那么心灵手巧，大度地说道："你不会叠我给你叠——干净区取，穿过区放，放的位置不能乱，我会来检查。"

霁温风不知道事情怎么就变成了陆容要来检查，抬高了音调："这里是我的更衣室。"

陆容："你饿了吗？我去给你做饭。"

霁温风："好吧！是左边取，右边放？"

陆容："没错。内裤袜子在这里，按照我摆的顺序一天一换，七天一轮。"

霁温风微微一惊："星期几穿哪条都有规定？"

陆容："是这样的。内裤一个月就得换一次，可你根本不知道哪条穿到了一个月。按照星期轮换的话，三十个星期就可以全部扔掉了。七条同时轮换也可以避免梅雨季节没有内裤可穿的窘况。"

霁温风竟然觉得他说得有几分道理："那袜子……"

陆容："你只穿运动鞋，我就按照体育课排课安排你的袜子。你们（1）班一、三、五有体育课，所以一、三、五穿专门的篮球袜，其他时候穿运动短袜。"

霁温风蹙眉望着一抽屉的内裤袜子，觉得自己的人生受到了束缚："你肯定有强迫症。"

陆容："你饿了吗？我去给你做饭吃。"

霁温风觉得做个强迫症也不错："是从左到右轮着来？"

陆容："真聪明——来，多吃一个。"

霁温风吃着小鱼饼站在自己干干净净的更衣室里，努力复习着陆容给他定下的穿衣规则。陆容知道他需要一点儿时间消化，轻轻退出了他的房间。

他发现刚才他扔出来的霁温风的睡衣不见了。

这样想来，昨天他从霁温风房间扔出来的所有闲置物品，也都不见了。

它们去哪里了呢？

大少爷，小少爷偷了你的衣服

陆容想起大宅中的人员配置：烧饭阿姨回家了，扫地阿姨姓郑，最近也请假回家了，只有专门负责洗涤的洗衣阿姨在家里工作，扫地阿姨把清理楼梯以及两个少爷房间的活儿交给了她。陆容觉得应该是她。

他下到洗衣室，洗衣阿姨正把穿着肉色丝袜的脚搁在茶几上看电视。阳台上果然堆着小山似的霁温风的衣服，还有闲置的各种奢侈品。

陆容道："阿姨好，昨天走廊上的那些东西，您收起来了吗？"

洗衣阿姨目光缓缓投向他，身体紧绷。陆容从她仇视的目光中意识到：她也贪图霁温风的闲置物品！

这是他靠自己的勤劳智慧从霁温风房里清理出来的，他绝对不会把这批闲置物品拱手让人。

洗衣阿姨显然也知道霁温风的闲置物品价值惊人，冲着陆容露出了狰狞的笑容："少爷扔在外面，我以为少爷不要了。"

陆容脑海里进行了一番推演。如果他现在顺势说这只是他们整理衣柜的时候在外面放一放，洗衣阿姨势必要给霁温风拿回去，霁温风一看到这些就会说："扔掉的东西拿回来做什么？你去处理掉。"这批货就名正言顺地归了洗衣阿姨。

看来他必须承认这是霁温风不要的："没错。"

洗衣阿姨从他犹豫的神情中猜到了事情的真相，心想，只要无主，谁捡到就是谁的！毛孩子不懂规矩，还想抢她的货："少爷不要的东西，我会去处理掉。"

陆容想了想，如果他现在说，这些东西是霁温风给他的，自己对这些

东西有主权，洗衣阿姨势必去找霁温风对质，霁温风会怎么想？

不，他绝对不能说。

如果他不能说是霁温风送他的，那该怎么办呢？

陆容略一思忖，不再与她纠结这个所有权问题："好吧！"

洗衣阿姨自以为赢得了胜利。

陆容："对了，小风哥找您过去。"

洗衣阿姨："找我？"

陆容："嗯，他房间有换洗衣服。"

洗衣阿姨觉得有诈，大少爷在的时候从来不允许他们进他的房间。她拒绝道："我明天会过去收的。"

陆容："他的书架也要擦。"

洗衣阿姨压根不信，大少爷从来不擦书架，不过她不能拒绝主人家的要求，又拒绝道："我不是清洁阿姨。"

陆容耸耸肩："你可以跟他去说。"说罢陆容转身就走。

洗衣阿姨想来想去，还是起身前往霁温风的房间。在这座大宅里，洗衣阿姨唯一怕的人就是大少爷，因为大少爷眼高于顶，神秘莫测，脾气不好，谁都不敢惹他。在这里干活还是很清闲的，她不想失去这份工作。

洗衣阿姨离开以后，背后黑黢黢的走廊里悄无声息地浮现出一个身影，正是陆容。陆容给霁温风打了个电话："我刚让阿姨过来擦一下衣柜和书架。"

霁温风很不喜欢别人进自己的地盘，沉默着表达自己的愤怒。

陆容放软了声调："我正在给你做饭。"

刚好洗衣阿姨敲开了霁温风的门，笑容可掬地道："大少爷，小少爷说……"

霁温风道："麻烦去擦一下衣柜，还有书架。"

洗衣阿姨："……"

陆容在他耳边叮嘱："你让她擦仔细点儿。"

霁温风扫了一眼进了他卧室的阿姨："麻烦仔细擦。"

陆容挂掉了电话，从容地抱起霁温风的闲置物品，搬进自己隔壁的客房衣柜里，将门小心锁好，嘴角扬起笑容。

霁家大宅是个弱肉强食的地方，走廊上的东西谁捡到就是谁的。是他大意了，他扔下整理了一半的房间跟霁温风跑出去玩，跟洗衣阿姨说理没有用。

那么洗衣阿姨擅自离开去擦霁温风的书架，导致在阳台上的闲置物品不见了，也怪不得别人。他只是取回自己靠勤劳智慧从霁温风房间整理出来的破烂罢了。

陆容掸掸手，淡定地下楼做改良版小鱼饼。

陆容第二次带着小鱼饼回到霁温风的房间，洗衣阿姨还在擦书架。她见到他，愤愤地瞪了他一眼，也不知道这个小兔崽子跟大少爷说了什么，大晚上发神经要擦书架。

她刚才就觉得不对劲儿，中途借着要换工作手套的由头，赶回阳台看自己的货，果然已经被搬空了！这个小兔崽子，竟然敢跟她玩调虎离山！

小小年纪看着纯良无害，竟然会这么干。新太太看着是个傻白甜，养出来的儿子可真不一般！

洗衣阿姨在心里恨恨地骂他们母子俩。

霁温风正在做作业。陆容在他身边坐下，把盘子推到霁温风面前："来，吃。"

霁温风："我今天晚上已经吃了三个了。"

陆容："尝尝这个，我新做的。"

霁温风勉为其难地咬了一口，陆容问他："感觉怎么样？"

霁温风："比上回有滋味。皮脆肉烂，小有进步。个头也合适，刚才那盘太大了。"

陆容："觉得哪里有问题呢？"

霁温风："不烫嘴，但有点儿凉。"

陆容点点头："下次会更好。"

霁温风觉得自己有必要跟陆容谈一谈这个问题："晚饭只有这个？"

陆容道："我只会做这个。"

霁温风："……"

这是什么奇怪的厨艺技能？他不会做家常菜，倒会做小点心？

陆容恳切地望着他，随即低头道："你不喜欢吗？"

霁温风："还行。"

陆容笑道："我下次学新的做给你吃。"

霁温风淡淡地"嗯"了一声，自觉地夹起剩下的两个，优雅地吃完了。

洗衣阿姨看在眼里，胆战心惊。这是什么人，把大少爷驯成这样，新太太母子俩有毒吗？！

洗衣阿姨心中生出一股对抗黑恶势力的正义感、责任感和使命感，混杂着她对小少爷抢那批货的怨念，在擦完书架以后偷偷跟大少爷举报："我看到小少爷偷你东西！"

那批货虽然是大少爷不要的，可她从小少爷的言行举止中分析，大少爷也没有给小少爷。她进可以诬陷他偷，退可以说自己看见小少爷抱着衣服出去，不知道前因后果所以想多了，横竖她都是霁家的忠仆。

霁温风蹙起了眉："他偷什么？"

洗衣阿姨信誓旦旦道："衣服。"

陆容这个晚上成果颇丰。他把上个礼拜遗留的问题——霁温风的衣柜、书架搞定；摸索了半个晚上，改进了小鱼饼配方；还把霁温风的闲置物品抢了回来。

他大半夜躲在隔壁客房里，把霁温风不要的东西在网上扫了一遍，就没有一千以下的衣服，啧啧，他发财了。还有各种香水钢笔之类的，查了款式和价格，通通摆到二手网上去，以全网最低价抛售。

第二天他一起来，霁温风的一件潮牌卫衣已经被人拍下了。

陆容心里爽，可是他突然想到一个问题，该怎么寄快递呢？

其实可以胆子大一点儿，把快递叫上门，衣服包好寄出去，但是很容易被抓包。在这个弱肉强食的霁家大宅里，可有一个洗衣阿姨在一旁虎视眈眈，他很危险。

那么他势必要带到外面去寄。

可自己怎么带出去呢？霁温风跟自己坐一辆车。如果放到书包里，鼓鼓囊囊的，他肯定要检查；放在手提袋里，霁温风一眼就会看到。

陆容看着手里的潮牌卫衣，突然有了一个大胆的想法。他走到卫生间，把潮牌卫衣套在了校服衬衫的外面，再在外面穿上校服，把拉链拉到顶，竖起来，完美。他身材消瘦，校服又宽大，多穿一件衣服根本看不出来。

陆容就这样背着书包，淡定地出门，左右瞧瞧没有人，锁好了客房的门锁，钥匙藏进了裤兜里。他觉得现在这个临时仓库不是特别安全，洗衣阿姨在自己的房间找不到货，肯定会全屋地毯式搜索，不知道一把小小的锁头能不能挡住她。他得趁人不注意，尽快把这批货转移。

陆容心里思索着把货放到哪里去，走到门前，坐进了老宋的车里。他从后视镜注意到老宋脸上有个巴掌印，嘴角也被咬破了。

"你真的是去钓鱼吗？"陆容问。

老宋抽了一口烟，慢慢地冲着空中吹气："在 S 城，每个人都有自己的秘密，比如，你为什么要在 30 度的天气把拉链拉到顶。"

陆容："让我们对彼此的秘密保持沉默吧！"

老宋："成交。"

霁温风一早吃完陆容蒸的奶油小黄包，走到车前，拉开了车后座门，看到陆容拉起来的拉链，微微一愣。

霁温风想到昨天洗衣阿姨信誓旦旦地跟他讲："小少爷偷了你的衣服！"

这个人莫非是把衣服穿在里面了吗？！

霁温风冷静了几秒钟整理澎湃的心潮，缓缓坐进车里，静静地消化了半刻，扭过头盯着陆容，危险地眯起了眼睛。

第九章

哪件衣服？

Chasing the wind

陆容坐在车后座听英语。他的英语实在太差，他想利用每天上下学时间多记一点儿单词。

车才开出小区，霁温风就摘掉了陆容的耳机："在听什么？"他听了两句发现是英文，瞥了一眼陆容，"你就听这个？"在他听来这是幼儿园水平的对话加养老院的语速。

陆容知道霁大少爷是在美国长大的，把耳机抢回来塞进了耳朵里，望着窗外继续他的英语训练。他对他们之间的差距心知肚明，没有什么羡慕嫉妒恨，人跟人生来就是不一样的，他很小的时候就知道了。

他还没听几句，霁温风又摘掉了他的耳机："我可以教你。"

陆容不太相信地转过头看着他。他们俩成天吃喝玩乐，什么时候跟学习搭过边？

霁温风面对他充满质疑的目光，淡然地"嗯"了一声，成竹在胸。

陆容心想，难道霁温风成绩不错？

他回忆了一下，霁温风在超市里求抽屉容量最优解的时候，计算能力超强；数学好，理化生应该全没有什么问题，看他那聪明样；而英语？英语是他的母语，唯一有可能比较差劲的是现代汉语。

除了英语，陆容其他科目都可以想考几分考几分，对霁温风的学习能力只有好奇，没有企图。不过如果霁温风愿意在英语上帮他一把，那也不错。

只是成绩不错不意味着他会教吧，陆容问："你打算怎么教我？"

霁温风道："以后在家只能说英语。"

陆容："……"

霁温风："我还要收点儿学费。"

陆容身体紧绷，又到了霁温风作妖的环节，不知道大少爷今天又要"作什么妖"。

霁温风淡淡地瞟了他一眼："我教你一句英语，你就要脱一件衣服。"

陆容想，坏了，霁温风是不是知道自己把他的衣服卖了？

老宋："……"

老宋从后视镜里看了霁温风一眼，警告道："这个，我必须告诉霁先生。"

陆容扒住了他的椅背："千万别！"

老宋的眼神从霁温风身上挪到陆容身上，想，敢情你们是"一个愿打一个愿挨"啊！这个城市里果然有太多拥有秘密的人。

陆容怀疑霁温风知道自己偷偷穿着他的衣服带出家门妄图卖掉，警觉地往后坐了坐，时刻提防着霁温风冲上来拉开自己的拉链："这个学费我交不起。"

霁温风的眼神落在他的领子上："是吗？"

陆容戴上耳机继续听英语，望着窗外，用背影表示不想拜他为师。

霁温风改换了策略，对老宋道："开热空调。"

老宋："现在是秋老虎季节。"

霁温风："我不想说第二次。"

老宋碍于霁温风的淫威，把温度调高，车里很快就变得又闷又热，陆容的脸红扑扑的，鼻子上沁出细汗。

霁温风凑到他背后，摘掉了他的耳机，在他耳边说："不热吗？"

陆容："……"

霁温风随意地倒在车后座上，望着陆容的眼睛，缓慢地拉开了他的校服拉链，一点儿一点儿拉到底，敞开了外套，扯出了衬衫，露出一点儿结实的腹肌。

陆容："……"

老宋启动了车载蓝牙："喂，110吗？我要报警，这里有人触犯法律。"

161

霁温风伸手搭在陆容的肩膀上："大热天，你裹那么严实干什么？"说着他就去翻陆容的校服领子。

狭小的空间，陆容躲无可躲，只好抬手抓住了霁温风的手腕，禁止他偷看脖子的行为。霁温风随即反扣住陆容的手，把陆容拽到眼前，要翻看陆容的袖子，校服里头到底穿着他哪件衣服。陆容整个人被拽了过去，即使失去了平衡，四根手指依旧牢牢扣住自己的袖子不让他得逞。

老宋从后视镜里看，就是一场兄弟厮杀的惨剧。

老宋踩了急刹车，打开了陆容那边的门锁，沉声道："快跑！"

两个少年俱是一头撞上了前排座椅。陆容二话不说推开车门跌跌撞撞跑了出去，霁温风一定是从洗衣阿姨那里听说他捡了那些闲置物品，但不能确认，刚才差点儿就穿帮了，好险。

霁温风眼神一厉，望向老宋："你干什么？"

老宋抽出一支香烟，在点烟器上淡定地点燃，双指夹起，深吸了一口，缓缓吐出："你们这样下去是不成的。"

霁温风："……"

他只是想知道陆容穿了他哪件衣服而已。

陆容跑进学校就去卫生间换下了衣服，塞进书包里走进教室，问郭靖要了个黑漆漆的菜市场塑料袋，把潮牌卫衣塞了进去放在脚边。后来霁温风上楼的时候故意从（8）班门前走的，眼神犀利地盯着陆容，希望目光能够穿透他的校服外套看穿他穿着自己哪件衣服。霁温风看着教室里坐着的陆容，殊不知教室里坐着的爱看热闹的女生正看着自己。

爱看热闹的女生："你今天早上又跟霁温风怎么了？"

陆容把脚底下的衣服往里头一踢，防止霁温风看到，没理会爱看热闹的女生。

爱看热闹的女生揣摩了一下霁温风锐利的眼神，又揣摩了一下陆容紧张的神情，思考了几秒钟，得出了答案："你是不是偷偷把他的东西拿走了被当场抓包？"

陆容纳闷，你是神婆吗？

陆容本以为到了学校霁温风就该放弃了，然而没有。两节课后，周围的同学全部在传，说不知道谁得罪了（1）班霁温风，霁温风带着人堵在厕所门口，已经等了整整两个课间了。

"这个倒霉鬼一上厕所，就会被打。"同学A信誓旦旦道，"霁温风下了课守在厕所门前根本不走！"

陆容猜测，霁温风在等他上厕所。只不过，他已经把衣服脱了。

陆容起身，低调地出门上厕所。人确实有三急，而且他也想验证一下自己的猜测。

城南大学的教学楼，在连接三幢教学楼的走廊中间设置了两个厕所，分别位于第一、第二教学楼和第二、第三教学楼的中间。霁温风所在的教室位于第一教学楼，陆容所在的教室位于第二教学楼，所以霁温风守着的是第一和第二教学楼中间的厕所。

陆容走到走廊分岔口，左右两边都有厕所。左边的厕所人山人海，右边的厕所基本没人。原因是霁温风和他的跟班倚在厕所外面谈笑风生，附近的女生，哪怕是远在第三教学楼的，都跑来这里上厕所，有的一个课间还来两趟，希望吸引霁公子的注意。然而霁公子只是淡然地看着厕所人来人往，谈笑风生。

"他在等谁？"所有人都在猜测。

当陆容在走廊里现身的时候，霁温风立刻像响尾蛇似的直起了身，朝他的方向望去。陆容受不了霁温风这个敏感度还有周围人齐刷刷的目光，连忙转身朝右侧的厕所走去。他不用再试了，霁温风绝对是在等他，他现在唯一的心愿就是趁霁温风还没闯进来之前上完厕所。

陆容的心愿没能实现，他刚把手放到拉链上，霁温风就跟了进来。

霁温风走到他身边站定，偏过头，盯着他。

陆容心中暗笑，缓缓地、缓缓地拉开了拉链，露出了里头的白衬衫。

霁温风眉头一皱，怎么会这样？陆容难道没有偷穿他的衣服？

霁温风期望落空，眉头紧锁，心不在焉地走了。

目睹这一幕的（8）班班长方长走过来拍拍陆容的肩膀："好样的。"

陆容盯着他拍过自己的手，他应该没有洗手。

等陆容回教室的时候，所有男生都围上来，亲切地拉着他的手、拍着他的肩膀，夸他好样的，说话间不由自主地盯他。陆容问李南边这到底是怎么回事，李南边看了他两眼，一脸我也不知道此事该不该说的模样："你真的想知道吗？"

陆容："说。"

李南边："方长说你特别，霁温风站你身边一看，被吓跑了，给我们（8）班的男生长志气。"

陆容："……"

163

紧张活泼的眼保健操

在厕所挫败了霁温风以后，陆容以为他总该放弃了，事实并非如此。霁温风不是一个面对挫折就止步不前的男人。

霁温风深信陆容穿了他的衣服，掘地三尺也要验证这一点。在厕所里期望落空以后，他的确怀疑了一会儿人生，但他很快想到，陆容应该是把衣服脱了。一定是他今早在车里打草惊蛇，陆容先跑到学校把衣服脱了，这才敢来厕所见自己。

那么他脱下来的衣服会藏到哪里呢？他总不至于"毁尸灭迹"吧。

霁温风坐在位子上，观察了一下眼前学校统一的课桌。最上头是掀盖式抽屉，底下是可以搁物品的横档，底下是桌脚。

霁温风觉得自己有必要去一趟（8）班。

第三节课后，广播里响起眼保健操的音乐声，陆容乖乖地闭上了眼睛，坐在课桌前，准备享受这段好不容易得来的闲暇时光。

跟普通学生不同，陆容非常喜欢眼保健操。闭着眼睛，什么都不用想，跟着节奏把手指按在眼睛边上，舒缓地按摩，难道学校里还有比这更快乐的事情吗？他不用上课，不用考试，不用考虑"全员恶人组"这个月的收益，也不用应付霁温风，眼保健操时间之于陆容，就是老男人开车回家后静静地坐在驾驶室里听歌的放松时间。因为大家都闭着眼睛，谁也不会注意到他，这就成了他一个人的冥想。

然而今天陆容没法进入冥想，因为耳朵边上总有嗡嗡嗡的声音，大家都在窃窃私语。

女生A："今天是（1）班检查眼保健操，你看（1）班有戴着红袖标的人出门了。"

女生B："你说来检查我们的会不会是霁温风？"

女生C："真的是他！他来了他来了！"

陆容想不到霁温风竟如此执着，为了那件衣服，不惜亲自赶到他们（8）班检查。

女生A赶紧掏出抽屉里的粉底给自己扑了层粉："霁温风进来的时候，我的皮肤一定是最清新的裸妆，同时也在阳光中闪着微微的珠光，这样他就会觉得我是（8）班最闪亮的女人，又不知道我为何如此闪亮，直男都是这样的。"

女生 B 拿出了亚光豆沙色口红给自己描了一圈，确保除英语老师之外的直男老师绝对看不出她涂了口红，又莫名觉得她唇色浅淡可爱："姐可妹亦可。"

女生 C 拿出了发卡把刘海别了上去，确保自己闭上眼睛的时候会露出清秀饱满的额头："你说，我们闭着眼睛做眼保健操的时候，霁温风会不会偷偷进来，在我们桌子上放小纸条，约我们中午去食堂吃小鱼饼？"

众女生："啊——"

陆容："……"

爱看热闹的女生神秘地往身后看了一眼："会吗？"她很好奇霁温风私底下是不是这种浪漫的性格。

陆容真想去买个鸡笼把班上的女生全关起来。

这个时候班长方长发话了："他才走到连廊刚拐弯的地方，也有可能去第三教学楼检查，你们用不着那么兴奋吧！"

众女生："你就是嫉妒他。"

方长："休得胡说八道，我玉树临风、风流倜傥，为什么要嫉妒他？！"

众女生："你一提到霁温风就气急败坏，这还不是嫉妒吗？"

方长纠正道："这不是嫉妒，这是 battle（对战）！"

陆容偷摸把衣服踢到前座的女生椅子底下，防止霁温风一进来仔细检查他的座位，确认衣服安全以后，用余光扫了方长一眼。方长作为（8）班班长，对刚来学校就成为（1）班班长的霁温风羡慕嫉妒恨，有危机感，要对战，这点可以利用。

做完这一切，他默默地做起了眼保健操，在霁温风赶来之前，大概可以好好把第二节做完。人只有一双眼睛，近视了很难救回来，陆容一直很注意用眼健康。

霁温风原本想偷偷潜入（8）班，检查陆容的课桌，可是所过之处，所有学生都不好好做操，手指胡乱放在脸颊上乱按，偷眼看他。身后的副班长给每个班扣了 10 分。

他还没走到（8）班门前，就听到叽叽喳喳声音，副班长冷笑一声："扣 10 分。"

霁温风："先等等。"

他扯了下校服领带，出现在（8）班门前。

顷刻间，（8）班鸦雀无声。但女生 A 的珠光粉底、女生 B 的豆沙色口红和女生 C 的发卡那么光彩夺目，熠熠生辉。

霁温风："……"

副班长："有备而来。"他在（8）班一栏中写下"女生化妆"四个大字，扣 30 分。此外，还有桌面不整齐，扣 20 分；检查前喧哗，没有组织纪律性，扣 30 分；检查时鸦雀无声，极端狡猾，扣 30 分，总分：-10。

如果连女生都有时间化妆，陆容一定有时间把衣服转移，霁温风开始觉得以校草的身份在校园里行走实在太不方便了。

副班长扣完分就要打道回府："可以了，这个月没有任何班级的总分能超越我班。"他就是这样一个有班级责任感的男人，不想霁温风却走进了（8）班教室。

副班长："……"

他们从第一教学楼的最远端冲到第二教学楼的最远端，中途还从来没有进过任何一个班级。

副班长默默地跟在霁温风身后进了（8）班，看着他背着手慢慢严肃认真地巡视的背影，想起之前霁温风把自己叫到厕所外面谈了两个课间的班级文明建设，莫非他当时真的在等人，而这个人就是（8）班的……

霁温风丝毫不知道自己的新下属在盘算什么，慢慢在（8）班教室里踱步，盯着陆容的位子。踏板上没有东西，地上也没有东西，会不会藏在课桌里？

他悄无声息地走到陆容身边，试图掀起他的课桌板。

陆容正在做第三节眼保健操，感觉到霁温风的气息，气沉丹田，双肘撑住桌面暗暗使力，死也不让他抬起。

两人悄无声息地角力，让前排爱看热闹的女生心生好奇。她回头看一眼会被扣 10 分。她焦虑不安，就扭动身体；扭动身体，就碰到了底下的衣服。塑料袋响起了簌簌的响声。

霁温风、陆容、爱看热闹的女生："……"

霁温风心道，找到了！

陆容心道，不好。

爱看热闹的女生想，他居然把东西藏在老娘脚底下！

霁温风弯腰。

说时迟那时快，陆容临门一脚就把衣服踢给了郭靖！

郭靖纳闷，大家在玩什么，突然把球传给我？

霁温风伸出长腿要把衣服包钩回来，陆容踢了郭靖一脚，郭靖用仅剩的右腿把衣服包往右侧一踢！

副班长正站在原地，脚下突然滚出来个菜市场塑料袋，里头鼓鼓囊囊的。

副班长拿出了纸笔："地上有垃圾，扣10分。"

陆容心里一凉，大势已去。霁温风看了一眼仍在静静地做眼保健操，但全身心写满了"败北"的陆容，大获全胜地走向副班长："是什么垃圾，打开来看看。"

陆容觉得，他怕是要被当众处刑。

正当副班长弯腰想捡的时候，一只手伸出来，按住了塑料袋，捡了起来。

方长："这不是垃圾，是我掉的。"这帮（1）班的疯狂给（8）班扣分，作为班长的方长忍无可忍。

霁温风死死盯着塑料袋："打开。"

方长："凭什么？你们检查眼保健操，还翻私人物品吗？"

副班长冷冷说道："我们怀疑是垃圾。"到底是什么东西让新班长如此在意？他也很想知道。

方长大义凛然地把塑料袋塞进了自己的衣服里，叉腰道："我们古文课演话剧，我扮演怀孕的杜十娘，这是我的道具，我怀孕了。"

霁温风和副班长看着方长隆起的肚子："……"

方长走到副班长面前，眼对眼、鼻对鼻、挺着肚子道："谢谢你捡到我的宝宝！另外，我也要提醒你一句，我们（8）班也会轮到检查眼保健操的时候。"

副班长："拭目以待。"

方长无理取闹装孕妇，霁温风无语，带着副班长走了。方长赢了霁温风，雄赳赳气昂昂，像只骄傲的大公鸡。

（8）班的人："干得漂亮，杜十娘！"

陆容更是忍不住为他鼓掌，以后再也不说"来日方长"了。

方长走到垃圾桶前，踩开了桶盖，把塑料袋丢了进去，警告道："下次不要再随地乱丢垃圾。"

后来中午的时候，陆容去学校门卫室寄快递，把塑料袋打开，快递小哥赞赏道："你这衣服挺好看的，就是有点儿味道。"

167

陆容："是吗？"他捧起来放到鼻下闻闻到底有没有沾上垃圾桶里的馊味。

霁温风刚好路过门卫，经过窗口时看到陆容手里捧着他的衣服，拿到鼻尖着迷地闻。

霁温风一愣，露出了微笑，他就知道，陆容一定是拿了他的衣服。

第十章

为什么会有人喜欢站在厕所外头开会？

（1）班副班长名叫令仁，之前就是班上的三好学生，有极强的班级荣誉感和组织管理能力，因为忌惮赵一恒，没有竞选班长，只在班里当个临时的纪律委员。他这个纪律委员干得极为出色，渐渐变成了（1）班名副其实的班长，在霁温风没有空降以前，是（1）班的实权派。

霁温风空降以后，赵一恒气得跳脚，而真正手握大权的令仁淡定自若，他对霁温风印象不错。虽然目前对于这位新班长的所有信息资料都未知，不过令仁却为霁温风强大的气场所震慑，觉得霁温风做（1）班的班长比赵一恒好，他甘愿当二把手。

霁温风上学之后几乎天天请假，礼拜二总算按时到校，到校第一件事就是把令仁叫到厕所门前，跟他做了一次谈话，向他了解（1）班目前的情况，提出了精神文明建设的宏伟目标。

虽然这次谈话一直有点儿味道，不过令仁还是十分满意的。

从目前的接触中，令仁感到霁温风是个好班长。霁温风对班级未来的发展有规划、有想法，不像赵一恒，没啥想法还什么都想抓在手里。霁温风对他这个副手也表现出高度的信任与友好，还邀请他中午一起去食堂吃饭。

令仁心想，我成了霁温风的自己人。

霁温风是校草，在学校中风头正盛，即使随意往厕所门前一站，都能为厕所引来大量的流量，令仁在周围同学羡慕嫉妒恨的眼光中感到与有荣焉。他成了霁温风转学以来第一个亲信、知己、密友，将在未来跟霁温风一起吃饭上厕所。他的确失去了当（1）班班长的机会，但是他在学校中的地位反而上升了。

令仁对这个现状十分满意。

可是，他注意到周围有人在窃窃私语，说霁温风在厕所外面是在等别人，这让他有点儿危机意识。城南大学怎么会有人比他令仁拥有跟霁温风更深的羁绊呢？

霁温风在厕所门外跟他谈了两个课间，没有动弹，令仁一直观察着霁温风的表情，霁温风没有因为任何人出现而变色。令仁的心渐渐放松，也许根本不存在霁温风等的那个人，霁温风只是单纯喜欢站在厕所外头开会罢了。

等一下，为什么会有人喜欢站在厕所外头开会？

令仁在第二堂课上思考了一下人生，勉强说服自己是个人就会有点儿癖好，像霁温风这么完美的贵公子，即使喜欢在厕所外面谈人生又怎样呢？不能因为这个喜好就否定他的完美。令仁花了四十五分钟给自己洗脑，在第三堂课下课以后行尸走肉般跟着霁温风继续去厕所门前开会。

这次的会议没有持续多久，霁温风就像响尾蛇一样竖起了上身。令仁顺着他的目光望去，走廊上只有几个路人甲的背影。霁温风却像丢了魂，匆匆赶向另一个厕所，把自己丢在身后，连个招呼都不打。

"不好，有情况。"令仁心中警铃大作，这个学校里莫非真有一个人跟霁温风拥有更深的羁绊？

令仁跟了上去。霁温风健步如飞，已经走进了厕所，那个人一定在厕所里！

他赶到门前的时候，霁温风已经怅然若失地出来了。

霁温风看到他，才回过神来："刚才讲到哪里了？"

令仁："讲到每周的活动安排。"

霁温风："自由活动。"

令仁再次感慨，霁温风会是个好班长。这坚定了他想要在厕所里一探究竟的念头。谁夺走了他们新班长的目光？

令仁把头探进厕所。

方长迎面走来。

令仁是（1）班纪律委员，方长则是（8）班的班长。全年级实力最强的四个班级是（1）班、（2）班、（7）班、（8）班，每回开全年级班长会议，四个班长之间都火花四溅。他们俩早已是死对头了。

令仁皮笑肉不笑："哟。"

方长："呵呵！"

令仁："来日方长。"

方长："令仁恶心。"说着他作势呕了一声。

令仁想，为什么他要和这样的人共享"名字很有梗"这样的人设，每次见面都要这样来一遍，有意思吗？

"听说你被赶下台了，呵呵！"方长甩了甩手，"你们的新班长，也没有什么了不起嘛！"

令仁优雅地用中指顶了下自己的细边眼镜，对方长流露出不屑的表情，转身就走，跟上了霁温风的脚步。

转头之后的令仁神色很凝重，凝视着新班长宽阔的肩膀，在心中暗暗想：莫非霁温风很在意（8）班的方长？

他身后的厕所，放完水的陆容拉起裤子拉链，默默地走出了厕所，毫不起眼。

第三节课后是眼保健操，霁温风和令仁去检查，霁温风果然直奔（8）班。令仁越发怀疑他是冲着方长去的。他实在不明白为什么霁温风会注意到方长，方长只是一个碎嘴婆子。

霁温风进了（8）班的门，缓缓踱到陆容身边站定，从令仁的角度看不出他在掀陆容的课桌板。令仁一时间搞不清楚霁温风在干什么，方长离得很远。

这个时候，爱看热闹的女生踢到了脚下的塑料袋。

霁温风的眼神猛地投向了她！

令仁想，莫非他之前都搞错了？霁温风其实看上（8）班的这个女生了？

很快，霁温风、陆容和郭靖开始争夺塑料袋，塑料袋滚到了令仁脚下。他弯腰想捡，半路杀出个方长，把塑料袋捡走了。

结果方长居然说那是道具，霁温风也没有深究，直接走了。

令仁奇怪地望向霁温风，方长这样显然心里有鬼，为什么不追查？

走到走廊上，令仁汇报道："（8）班扣120分。"

霁温风让他把这些乱七八糟的全划掉："算了。"

· 171 ·

令仁很生气，可对霁温风也无可奈何。

令仁从窗外走过，没有注意到坐在爱看热闹的女生身后的陆容做完了眼保健操，面无表情地睁开了眼睛。

令仁中午没有跟霁温风一起去吃饭，霁温风来找他，他冷眼相对："我不去。"

霁温风自顾自吃饭去了，身后跟着班里大部分男生和几乎所有的女生。

令仁意识到霁温风是（1）班领头羊，得罪他没好处。令仁试图与他重归于好，打算把新买的邮票送给霁温风。

令仁去门卫收发室拿快递，方长也在那里，看到他就说了一句："哟，令仁恶心。"

令仁从前看到他的样子就来气，今天不知为什么，心情有所好转，打趣道："孕妇不要口出狂言，对宝宝不好。"

霁温风从窗外走过，看着方长身后捧着他衣服在闻的陆容，愣了一下，露出了微笑。

令仁："……"

他当机立断撕碎了邮票，什么重归于好，不可能的。他走到门外，把霁温风叫到一边，跟霁温风进行一场男人间的谈话："他是我的朋友，你不准找他麻烦。"

霁温风没太理解他的话："什么？"

令仁向他严正声明："只要你不……我就会是你忠诚的副手。但如果你要跟我抢朋友——霁温风，我动不了你，但让你感觉事事掣肘，还是做得到的。"

霁温风看了眼不远处的陆容，再看看令仁，面色转冷，上前一步居高临下地释放着压迫感，轻蔑地笑道："你要跟谁抢人？"

令仁抗拒着他霸道的目光，努力把身体绷直。

霁温风警告似的拍拍他的肩膀："想抢人，就放马过来吧！"霁温风把话撂下，手插着裤袋缓步走开，从身姿到气场都无懈可击，让令仁绝望。

等走到令仁看不见的地方，霁温风立刻拿出手机给陆容发消息："不准跟令仁来往。"

陆容纳闷了，令仁是谁？

令仁心事重重地去收发室捡邮票碎片，与抓着手机一头雾水的陆容擦肩而过。

安插在霁温风身边的奸细

陆容被霁温风恐吓不能与令仁来往，完全摸不着头脑。霁温风却把这件事当作红色预警，当天回家就让他写保证书，保证书内容是："和令仁说一句话罚十万元钱。"

陆容签完名，把保证书递给他："这个令仁是放高利贷的吗？"他只能想到这种狠角色。

霁温风收起了保证书："比这还严重。"

比高利贷还严重，难道是网贷？陆容只能想到这个。

霁温风将保证书放在衬衫口袋里："总之，他是你这类人最不愿意碰到的那类人，我听说他现在盯上你了，你好自为之。"

陆容完全不知道对方说了什么。

霁温风走到门前转过身来："对了，以后我的衣服都归你洗。"

陆容面沉如水："你说什么？"

霁温风却摆出了施恩的架势，给了他一个"我俩心知肚明"的眼神："不用太感谢我。"

陆容虽然不知道霁温风在想什么，但从他心满意足加施恩于人的表情中猜测出霁温风可能误会了，无语地把他的衣服抱去洗衣间，嫌弃地全部丢进了洗衣机，默默地看着它们旋转。

这个时候，洗衣阿姨进来收衣服，两个人在洗衣间狭路相逢。从洗衣阿姨厌恶他的程度来看，她还没找到那批货。陆容盯着旋转的洗衣机心想，得想个办法赶紧把货运出去。

陆容已经想到了临时仓库地点，他和方晴之前住的筒子楼现在闲置着，他打算把货运到家里。

问题是怎么运？

方晴和霁通还要大半个月才回来，这期间他和霁温风一起看家，还有一个洗衣阿姨在一旁虎视眈眈，家里大大小小的事都逃不过他们俩的眼睛。他必须等霁温风和洗衣阿姨都不在家，而他刚好独自在家的时候，叫辆车把东西全搬走。他在家的时候不是晚上就是周末，他不想再逃课了。

思路有了，接下去就是搜集情报、制订计划。

洗衣阿姨那里，他下楼找老宋聊聊，作为司机，老宋应该对霁家大宅的关系了如指掌。

老宋正打算开着宾利出门玩，看到陆容穿着拖鞋下来，老宋点燃了一支烟。

陆容一上来就打蛇打七寸："霁叔叔知道你在车里抽烟吗？"

老宋身体一僵，把手垂到窗户外面，弹开烟灰，望着陆容："说吧，你想要什么。"

陆容："洗衣阿姨的全部情报。"

老宋："王秀芳，女，五十三岁，153厘米，53千克，邻村人，做事麻利、手脚不干净、性格泼辣，育有两子一女，不想替他们看孩子，也不想应付自家老头，常年住在霁家大宅里吃香的、喝辣的不回家。爱好：打麻将，溜冰，追古偶和大女主剧。"

陆容："她一般在哪里打麻将？"

老宋："网络麻将。"

陆容："她一般在哪里溜冰？"

"这可就不好说了。"老宋倒在驾驶座上，陷入了回忆，"她看不起旱冰场，只有来自真正室内冰场的邀约她才会出门。"

"邀约？"陆容去溜过几次冰，没有人邀请他，都是付钱进去的。

老宋道："王秀芳是S市女子溜冰大赛五十岁以上组的冠军，想要挑战她的人数不胜数。只有强者的挑战才会让她拿出自己的溜冰鞋大战一场。"

陆容"嗯"了一声："这个周末王秀芳会收到强者的邀约去市区的溜冰场溜冰，你可以送她过去吗？"说着他掏出一盒瓶女士香水。

老宋扫了一眼他手里的货："你凭什么觉得我需要这个东西？"

陆容："你去过水库以后车后座有亚麻色长发，我和霁温风都是短发，这是其一；其二，你的手机屏保是你跟一个短发女子的合照，穿着你现在的这套制服，说明是近期拍的，这个女子跟你年龄相仿身材走样也不化妆也不可能短时间内去烫个时髦的亚麻色长鬈发，她应该是你的妻子；其三，你脸上还有伤。综上所述，你周末开着霁叔叔的车跟别的女人去了水库回来被你老婆打了。"

老宋瞪大了眼睛。

"我看到你昨天睡在车里。"陆容说罢，强硬地把香水塞到老宋手里。不管是哄老婆还是哄女朋友，他觉得老宋都需要。

老宋用要杀人的眼神收下了女士香水。

"周末送完王秀芳以后开回来，还有别的任务。"陆容吩咐。

老宋："我不能随便用霁先生的车帮你干活。"

陆容："我手里还有没爆的料，比如，为什么亚麻色长鬈发不是掉在副驾驶位上而是在后座上。"

老宋双手捏住帽檐，微微往下一压，道："从此以后，你就是我的老板。"

陆容道："这样迟早出事，好自为之。"老宋表示会认真考虑。

陆容搞定货车司机和洗衣阿姨，敲开了霁温风的房门："你周末有什么安排？"

霁温风闻言，身姿傲慢地倚在门框上，望着陆容啧啧两声："就这么等不及吗？今天才周二。"

陆容"嗯"了一声："知道了。"

霁温风的意思是周末又要黏着他，难道霁温风就没有别的事情可做吗？

陆容转身要走，霁温风叫住了他，眉梢一挑，问道："衣服洗得还开心吗？"

陆容完全不明白霁温风在想什么，但看他的表情，知道不是什么好事。陆容觉得有必要给霁温风安排点儿别的事情做，好让他别这么成天神经兮兮地作妖。

陆容打电话给邓特："现在方便说话吗？"电话那头很喧哗，还能听到肌肉猛男吆喝的声音，邓特大概是在拳馆。

邓特一接到陆容的电话，立刻跳下拳台跑到外面，故作镇定地说道："嗯。"

陆容："你还记得霁温风吗？"

邓特："不记得了。"

陆容："他是我们的校草，（1）班刚转来做班长的，大家管他叫'音乐喷泉'。"

在陆容的循循善诱下，邓特终于记起来了："他左边耳朵背后有颗痣。"

陆容想，邓特的记忆力也有一点点问题，不过问题不大。陆容把自己的计划跟邓特一说，邓特表示一定会全力支持。

第二天霁温风上学的时候，在体育课上偶遇邓特。礼拜三的体育课（1）班和（6）班一起上，邓特生平第一次加入了篮球队，在第三次抱球跑的时候终于吸引了霁温风的注意力，也让霁温风想起了铂悦龙湖那一仗。

霁温风对邓特印象不错："你是（6）班的？"

邓特从刘海后面用仅剩的右眼定定地看着他。

霁温风扫了眼他结实的肱二头肌："你是……"

"练拳的。"邓特酷酷地道。

"学校有拳击部？"霁温风很感兴趣。

邓特摇摇头："我在附近的拳馆训练。"

当天晚上，霁温风跟陆容发微信说晚上不回来了，随后发了几张在拳馆的图片。陆容摆脱了霁温风，微笑着把手机丢在一边，低头做作业，做了五分钟作业突然想起了什么，抓起手机打给霁温风："如果他们让你办卡，无论如何不要办。"

霁温风："……"

陆容："你办完了是不是？"

霁温风："……"

陆容："年卡多少钱。"

霁温风："……"

陆容："你办了不止一年是不是？"

霁温风想，为什么他一句话不说陆容就可以推测出那么多信息？

旁边的邓特看着霁温风凝重的神情，觉得自己有义务澄清一下，冲话筒里的陆容道："五年的卡，真的很划算。"

陆容抓狂了："霁温风，你在城南念大学也就四年。"

霁温风挂掉了电话，责备地看着邓特："你把他逼疯了。"

邓特酷酷地说道："对不起。"

霁温风慷慨大度地接受了他的道歉，又觉得这不全是邓特的错，心中有点儿惭愧。

"他是我……"霁温风向邓特介绍道，说到这里他突然说不下去了。

陆容是谁呢，同学？他在（1）班，陆容在（8）班，让一个（8）班同学干涉自己购买拳馆五年卡的自由？不行；朋友？让一个朋友干涉自己购买拳馆五年卡的自由？不但不行，也许邓特还会有样学样。

霁温风话说一半走神了，邓特忍不住问："是谁？"他听出电话里的声音是陆容。无事不登三宝殿的陆容特意找自己，叮嘱自己要跟霁温风搞好关系，吸引他的注意力，邓特心中充满了疑问。现在自己又听见陆容打电话给霁温风，不让他办健身卡，这到底是为什么呢？

霁温风神情尴尬地摇摇头，走开了。

邓特："……"

邓特无语道："到底是谁？"

霁温风打完拳回家都没有告诉邓特陆容是谁，邓特当天夜里失眠了。

好奇心杀死了邓特。

他的小助理要跟人跑了

陆容一方面将邓特安插在霁温风身边，另一方面着手在王秀芳身边安插人手。他先找到了老B："有没有溜冰高手介绍一个，必须是溜真冰的，旱冰的不算。"

老B："学长，您说的不就是我吗？"

陆容："你怎么还有这技能？"

老B喝了一口可乐："以前，我可是个'不良'少年。"

那时候前任风云人物还在，他还是"全员恶人组"里一个典型又不起眼的混子。他打架、烫头，然后去KTV、溜冰场、网吧等场所花天酒地。

老B回忆起那段旧时光，当时他们恣意张扬、嚣张跋扈，这一切都仿佛是上辈子的事了。

现在他只是数十个代打群的管理员，经营着几家网店，上对甲方下对乙方，哪方都是爷爷，赔着笑脸日进斗金。

老B就着可乐回忆完他的光辉岁月，脸上挂起沧桑的笑容："说吧，什么事儿？"

虽然他的生活不再像以前那样，但是他口袋里有了钱，这一切都是陆容给的。陆容有事，他两肋插刀。

陆容："没什么大事，就是周末约个溜冰高手过招去。"

老B："谁啊？"

陆容问老宋要来了王秀芳的微信，甩给了老B："就她。你去加她，跟她混个脸熟，约她周末出来溜冰。"

王秀芳的微信昵称是可可西里的芬芳，简介性别为女，微信头像是个手绘少女，长发飘飘、媚眼如丝。老B兴奋了："我可以。"

陆容："她是高手，万事小心。"

老B感慨，陆容真是他的再生父母，不但给他工作，还给他介绍溜冰少女。哇，溜冰少女，多么酷炫。老B想象着她有一头轻盈飘逸的秀发，在溜冰场上身姿灵动却眼神冷酷，尖媚的眼角挂着一颗泪痣，在冰上旋转。

老B挂掉陆容电话以后立刻给王秀芳发了好友申请，备注是：美女，求加。

王秀芳正两脚搁在茶几上看古装偶像剧，随意扫了一眼，冷漠地略过。老B的头像是他穿着黑色背心露出文在右背肩头的青龙，肱二头肌发达，在灯光下油光锃亮，整个头像都散发着求偶的气息。配合着那句敷衍的"美女，求加"，王秀芳觉得他只是一个无情无聊的猥琐男人，头像还是网上搜的。

老B见她没有回应，又申请了一遍："高手，求加，朋友介绍。"

王秀芳看到"高手"二字，心中起疑，这人莫非是溜冰圈的？溜冰的菜鸡都这么称呼自己。再加上"朋友介绍"四字，越发怀疑是哪个中老年姐妹介绍给她的。

这人认识自己，至少听说过自己，还是溜冰圈的，说不准头像上这油光锃亮的青龙膀子真是他自个儿的。

王秀芳兴奋了，这是个精壮的男人！

不过王秀芳毕竟是高手，不能这么轻易被一声"高手"和"美女"还有精壮锃亮的青龙膀子打动。她看了一眼墙上的挂钟，继续看电视，时不时扫一眼屏幕，没有新的邀请发过来。

等一集电视连续剧放完，王秀芳随意地点了通过，距离申请时间过去了二十三分十七秒，表达了她的随意和漫不经心。

对面立刻就说话了："高手，听说你溜冰溜得很不错，想跟你切磋切磋。"

王秀芳心中嗤笑，不错？她可是王者。

可可西里の芬芳："你从哪儿听说的？"

老B："就一朋友。"

老B："他说你是真正的强者，我一定比不过你。"

老B："我可不服气，我怎么能输给一个女人？"

老B："还是一个这么美的女人。"

王秀芳嘴角疯狂上扬。

她走到镜子前面，涂上了大红唇，对着镜子邪魅一笑，回到位子上坐下，捧起手机。涂上口红，她就仿佛穿上了战甲。

王秀芳："说吧，什么时候约？"

老B："周末，看你什么时候有空。"

说着他把常去的溜冰场的地址发给她。

王秀芳觉得有点儿远。

她下楼，走到停车场，老宋正在车后座铺床，无家可归的他今夜也打算在这住一晚上。

王秀芳："老宋，周末我要进城……"

老宋答得飞快："我送你。"陆容早就通知他这周末要把王秀芳送进城了。

王秀芳眯起了眼睛。老宋这个自私自利的懒鬼什么时候这么乐于助人了？她试探道："路有点儿远。"

老宋真诚地望着她："没关系，包接送。"

王秀芳一头雾水地上楼，竟然从老宋身上感受到了同事的温暖，太阳打西边出来了？

她走进卫生间洗脸刷牙准备睡觉，突然从镜子里瞥见了自己的大红唇。

王秀芳邪魅一笑："呵呵！"

她终于知道为什么今夜老宋如此殷勤了。原来如此。

老宋平日里对自己爱搭不理，今天她涂了大红唇他就爱上了自己！

手机还在不停振动，她扫了一眼，全是老 B 发的消息。

她王秀芳，果然徐娘未老啊！

王秀芳洗完澡，捏着手机回屋睡觉，没有发现身后的阴影里，浮现出陆容的身影。陆容刚刚接到老 B 的报告，说约成功了。他也收到了老宋的报告，周六下午 1 点钟会准时送王秀芳进城。一切顺利。

这件事还带来了一些额外的影响，比如说，王秀芳睡觉的时候抱着手机嘴角疯狂上扬，手指打字不停，被抢了货的阴郁一扫而空。

虽然不知道具体发生了什么，他也不想知道，但是一切都在按照计划进行。

王秀芳这里已经搞定了，接下去就是霁温风那里。王秀芳出门的时候霁温风也必须出门，最好一整天都别回来。

陆容吩咐邓特，让他邀请霁温风星期六下午去打拳。

邓特："为什么？"为什么组里分派给自己的任务是跟霁温风做朋友？他不是对霁温风有什么意见，霁温风昨天打完拳还买了一份鸡胸肉沙拉给他，拳馆的鸡胸肉沙拉可要四十五元钱一份，他从来没有自己买过。有了鸡胸肉沙拉的助力，他相信这个月他又会增肌 3 千克的。可是，这样一来，他觉得自己是个工具人。

梁闻道、李南边、颜苟，他们都在为"全员恶人组"积极创收，而他，只是在跟霁温风打拳、吃鸡胸肉沙拉。邓特觉得自己大材小用。

　　陆容从邓特低沉的语气中感觉到他的失落和沮丧。他安抚邓特道："你的工作很重要。"

　　邓特沉默不语。

　　陆容："上次我们在铂悦龙湖打完一架，你还记得吗？之后……"

　　邓特酷酷地道："不记得了。"

　　陆容："就是上个礼拜六，农大的那帮人伙同赵一恒来围殴我们，霁温风出手相帮的那次。"

　　邓特想了想，猛地睁大了右眼："农大的问题学生。"

　　陆容："对。"

　　邓特："他……"

　　陆容："他怎么了？"

　　邓特："他的相机盖上磕了个豁口。"

　　陆容觉得闯王的记性的确有点儿问题，问题不小，不过现在先放一放，他要管的事情太多了。

　　陆容："总之，那之后我们和霁温风不打不相识，霁温风还跟我举行了亲切会晤。"

　　邓特："然后呢！"

　　陆容沉默了。

　　然后？

　　说真的，他没想好怎么编。

　　他搜肠刮肚想起来一个通知："学校通知学生会要换届，霁温风有可能去竞选学生会主席。如果他成功当选学生会主席——这个概率是很大的——'全员恶人组'存在与否全凭他一句话。他要搞我们，我们就得死。"

　　邓特："是吗？"现任学生会主席根本不知道"全员恶人组"的存在，他还跟李南边买作业呢。

　　陆容用坚定的口吻增加自己的说服力："而要是他站在我们这一边，我们就能借用他的职务之便积极创收——他现在愿意跟你做朋友。"

　　邓特眼神黯淡了："你把我……送给他？"

　　陆容："不要说成这样。"

　　邓特黯然道："你说的，我都会做到。"说着他就要把电话挂断。

　　陆容深谙驭下之道，知道邓特有了心结，如果心怀芥蒂是不能把事情办好的。他叫住邓特："等等。"

　　邓特安静地听着他说。

陆容："听着，闯王，我只是希望组里有个人能跟霁温风搞好关系。李南边那么精明市侩，霁温风不会喜欢他的；梁闻道是学神，太高傲了，霁温风也很高傲，两个高傲的人做不成朋友；颜苟只能跟人打字交流，在霁温风眼里是个怪胎。咱们组里就剩下你了。"

邓特："还有你。"

陆容装模作样苦笑两声："霁温风根本不喜欢我，不可能跟我做朋友的。"

邓特酷酷地说道："他瞎了。"

陆容听他没那么沮丧了，打出一记重拳："闯王，咱们这几个人里，你是最可爱的。"

邓特手中的手机啪的一声掉了，摔坏了。

陆容听着电话那头的忙音："……"

门外的霁温风攥紧了拳头。

他饿了，想让陆容去给他做小鱼饼，刚想叩开陆容的房门，却听见陆容跟人打电话说"霁温风根本不喜欢我，不可能跟我做朋友的"，还对那个人说，"你是最可爱的"。

陆容为什么会觉得自己不喜欢他，不可能跟他做朋友？

对面那个人又是谁？能比他还可爱？是令仁那个浑蛋吗？

半小时以后，邓特用老 B 的手机给陆容发微信："我去。"他跑了半小时到老 B 那里，翻到了陆容的微信，因为他不记得陆容的电话号码。

陆容："靠你了。"他把霁温风的电话号码推给了邓特。

邓特用老 B 的电话打给霁温风："周六下午打拳去吗？"

霁温风："不去！"

邓特酷酷地道："为什么？"陆容明明说他是最可爱的，霁温风为什么不跟他出去？

霁温风心不在焉地回道："我的小助理要跟人跑了。"自己得把他看紧。

邓特一字一顿地重复："小，助，理。"

霁温风："嗯。"

为什么霁温风家里还有小助理？邓特百思不得其解。

邓特当天又失眠了，好奇心杀死了邓特。

第十一章
我霁温风究竟哪里比不上他

Chasing the wind

　　第二天早上起来，陆容穿着睡衣拉开窗帘，在洒满阳光的阳台上伸了个懒腰，撑着腰杆左右摇摆，做了扭转运动，又伸长手臂做了左右侧展运动。拉伸完了以后，他拿着牙缸和毛巾脸盆下楼去厨房。

　　这几天做饭阿姨不在，一般他会先烧水，给自己和霁温风泡一杯蜂蜜柠檬茶，再做早饭。烧水的间隙他会洗脸刷牙，这样最省时间。

　　但是今天他搭着毛巾、举着脸盆、脸盆里放着牙缸走进厨房的时候，发现霁温风竟然已经在那里了。霁温风不但已经在那里了，还烤好了面包、煎好了鸡蛋，在热牛奶："昨晚睡得好吗？"

　　陆容有点儿蒙，发生了什么？为什么霁温风会在厨房里？霁温风是被"魂穿"了吗？

　　霁温风把蜂蜜柠檬茶递给他："快去洗脸刷牙，回来吃饭。"

　　陆容晕晕乎乎地喝完早茶，晕晕乎乎地上楼洗漱，整理完书包下楼，霁温风已经坐在餐厅里了。

　　他一边看报纸，一边咬着三明治，看似漫不经心地询问坐在对面的陆容："你在学校里怎么样？"

　　陆容："挺好的。"

　　霁温风："我记得你是英语有点儿吃力？我可以教你。"

陆容对昨天被困在车后座的一幕记忆犹新："你的学费我交不起。"

霁温风看了他一眼："免费的。"

见陆容满脸写着不相信，霁温风喝了一口牛奶："谁叫你是我的小助理。"他把"我的"二字咬得相当重。

陆容："……"

霁温风装模作样翻了一页报纸："除了学习外的其他事呢？"

陆容："你指什么。"

霁温风："你想不想当班长？"他跟褚仁良打声招呼，让陆容当（8）班班长，易如反掌。

陆容："我不想。"

霁温风"嗯"了一声，表示了解。

霁温风放下了报纸，双手交叉，严肃地直视着他："在人际关系上，有什么需要帮忙？"

陆容："我很好，谢谢！"

霁温风尽量云淡风轻地道："是吗？有没有什么人缠着你，让你不得不夸他很可爱？"

陆容："……"

霁温风觉得自己的话很有歧义，改口道："不是你真的觉得他很可爱，是他强迫你称赞他很可爱，你为此很烦恼。"霁温风始终不相信陆容在电话里夸令仁很可爱，陆容一定是被逼迫的。

陆容默默地看了霁温风半晌："哦，那倒确实有一个。"霁温风还强迫自己夸他很帅。

霁温风满脸写着"我就知道"的表情："他那么下流无耻，你可以用我教给你的办法应付他。"

陆容想不起来，霁温风教过他什么方法对付霁温风。

霁温风循循善诱："你可以告诉他，（1）班霁温风是你朋友。"

陆容无语地看着霁温风，然后起身离开。

霁温风交涉失败，心烦意乱地靠在椅背上——为什么陆容就不能跟该死的令仁断绝关系。自己对他还不够好吗？霁温风决定给陆容更多。

陆容当晚回家的时候收到了一辆山地车和某品牌手机三件套。

他先跳上山地车在门前空地上骑了一圈，然后丢下车子，欣喜若狂地拆了箱子，爱不释手地把手机三件套一股脑抱在怀里："这是给我的吗？"

霁温风手插着裤袋在一旁看他的兴奋劲儿,嘴角微微上扬:"嗯。"

陆容要给霁通打电话:"得谢谢叔叔,他在外面度蜜月还记得给我带礼物。"

霁温风抽走了他的手机:"不是他买给你的。"

陆容:"是我妈吗?是那也是花他的钱。"

霁温风:"我买的。"

陆容手里的手机三件套掉了。霁温风顺势接住,心满意足地享受着陆容大吃一惊的表情。

陆容皱起了眉头,觉得事情并不简单:"是你?为什么?"

霁温风将目光投向别处:"因为你是我的小助理。"

他不想让别人把自己的小助理抢走。

陆容直勾勾望着他,仿佛在说"只是这样吗",霁温风清了清嗓子,严正声明:"没什么大不了,好好听我吩咐,我会给你更多。"说完他漫不经心地走了。

走到门前,霁温风转过头来,冷冷地说道:"别以为我有多在乎你,这只是例行福利。"

陆容想,他还真是有够傲娇的呢!

莫名收了一大堆礼物的陆容给邓特打电话:"你昨天约了霁温风没有?"

霁温风突然发神经,令人摸不着头脑,如果说最近发生了什么事,那只有邓特约他周六去打拳。

邓特:"约了。"

陆容问:"那霁温风答应了吗?"

邓特沉默半晌:"答应了。"

"干得漂亮。"陆容收线以后,他自言自语:"原来如此。"

邓特约了霁温风去打拳,霁温风原本决定周末跟他出去玩,临时改为和邓特出门,这样一来就势必要放他鸽子。霁温风良心未泯,对放鸽子心存愧疚,妄图用金钱补偿他。

"妙啊!"陆容心想,一箭双雕。他将山地车推进了地下车库,三件套搬到了卧室里。这些都是好东西,他不卖了,要留着自己用。

邓特放下电话,继续给霁温风打电话:"周六,打拳,去不去?"

霁温风:"你昨天问过了。"

邓特:"去,还是不去,一个字。"这是一个陷阱,一个字,他只能说去。

霁温风："不去。"

邓特觉得，霁温风看破了他的陷阱。

邓特："为什么？"

霁温风："我要陪我的小助理。"

邓特问出了困扰他一整夜的问题："你家为什么有小助理？"

霁温风没回答。

邓特："吃得多吗？"他也一直很想养点儿什么。

霁温风："他是人。"

邓特酷酷地"哦"了一声，顿了顿，问道："吃得多吗？"

霁温风："我们还是聊打拳吧！"

邓特："周六，打拳，去不去？"

霁温风："不去。"

邓特放下电话，自言自语地道："完了。"

他没有成功约霁温风去打拳，陆容交给他的任务他根本没有完成，但是他在陆容那里说了谎，他欺骗了陆容。

邓特从不说谎。这次他的任务只是跟霁温风打打拳、再受他邀请吃鸡胸肉沙拉而已，如果连这样的小事都完不成，陆容该对他多失望？他还能继续心安理得地待在"全员恶人组"里，称自己为风云人物团体的一员吗？不能了。

邓特一定要完成这个任务。

他抓起电话，继续骚扰霁温风："周六，打拳，去不去？"

霁温风默默地挂掉了邓特的电话，并且把手机号拉进了黑名单，他有点儿后悔跟邓特在同一个拳馆买了五年的 VIP 钻石金卡。当时如果他听陆容的话就好了。

接下去几天里，霁温风都待陆容如春风化雨般柔和。陆容照单全收，等待着霁温风开口告诉他双休日要放他鸽子，到时候他就大度地原谅霁温风丢下他去打拳，皆大欢喜。

可是等到星期五早上，霁温风突然让他准备好泳裤："放学之后我们直接去 H 市的温泉酒店。"

陆容摸不着头脑："今天去，明天早上回吗？"

按照计划，明天下午霁温风还要跟邓特去打拳。

霁温风："怎么可能，我们要在那里过完一整个周末。"

陆容无语了，邓特骗他。

陆容上学之后迫不及待地把邓特叫到了天台："你明天下午跟霁温风去打拳？"

邓特："嗯。"

陆容冷冷地道："撒谎。"霁温风明天下午明明要跟自己去温泉酒店。

邓特："……"

陆容质问："为什么没有约他？"

"约了。"邓特永远是那副酷酷的样子，"他不来。"

陆容："那你为什么不早告诉我？"

如果邓特及时告诉他，他还有时间应对这个突发情况，可是邓特拖到现在，甚至现在都不肯说实话，他要是不多问一句，明天这个时候王秀芳坐着老宋的车出门，霁温风全看到了，到时候怎么办？！见陆容动怒了，邓特默默低下了头。他背着旧书包，穿着脏脏的校服，厚重的刘海下面是躲闪的眼神，盯着自己的鞋尖。

陆容看着一米八七的闯王自闭症发作站在自己面前，再有火气也消了，问他："你有什么想解释的吗？"

邓特别扭地不肯说话。

陆容："你不说我就走了。"

邓特挨了一会儿，拿出了老B的旧手机，上面全是红色的拨出电话，直到五分钟之前还在骚扰霁温风。

陆容一愣。

"我以为，会成功。"邓特偏过头看向广阔的蓝天，"我不想……让你失望。"

陆容从来不强人所难，态度最要紧，他安慰地拍拍邓特的肩膀："你努力过了，是我不好，对你大喊大叫。"

邓特松了口气。

铃声响了，陆容赶着去上课，刚拉开天台门把手，就听见邓特在身后幽幽地问道："那我，还是，最可爱的吗？"

陆容回头，邓特双手插着裤袋，酷酷地看着他。

他会说谎，是怕陆容不要他。

陆容："是的，你还是最可爱的。"

邓特彻底安心了，那张苍白阴郁的病弱美少年的脸上浮现出微笑。他转头迎着朝阳，迎着风，发誓下一次一定要成功约到霁温风——为了学长。

霁温风检查卫生从（8）班门前经过的时候，听见窗前的方长兴高采烈地跟人八卦："刚才我在去天台的楼梯打扫卫生时，听见陆容跟人在天台说'你是最可爱的'。"这个礼拜去天台的阶梯归（8）班打扫，没人愿意去，方长只能自己上。

爱看热闹的女生从千里之外赶到方长面前，警觉地问："陆容跟谁说的？"

方长："没看见。我就听见他说，'你是最可爱的'。"

爱看热闹的女生："这么重要的历史时刻，你竟然没看见，你是猪吗？"

方长抱着扫帚辩解道："他下来了！我赶紧跑了。"

霁温风捏碎了手里的检查卫生表，斜眼看向一旁的令仁。令仁今天来晚了，原来是跟陆容在天台。

霁温风冷眼瞧着令仁，心中暗想：我霁温风究竟哪里比不上他？

陆容亲自出马了

霁温风把检查卫生表单丢给令仁，转身上了天台，遇到顺路拐去卫生间刚洗完手出来的陆容，与他擦肩而过时低沉命令："过来。"

陆容刚下天台，又上天台，这次他是来挨训的。

根据他的观察，霁温风走路速度比寻常要快，举止透着烦躁，打开天台门，先径直走到天台边缘，双手撑着扶手试图平复一下情绪，没平复下去，转身直接向他发难："我不许。"

陆容："……"

霁温风不许的事情太多了，陆容一时半会儿不能确定他不许的是什么，所以问道："你不许？"

这样能让霁温风感受到他的抗拒，既稳固了他桀骜不驯清高小助理的人设，也能引诱霁温风把"不许"的这个事继续补充完整。

霁温风果然雷霆大怒，走到他身前站定，一掌撑在他的脸旁："你以为呢？你以为我会不管不顾让你随心所欲，对你的所作所为睁一只眼闭一只眼？"

陆容心下大骇，难道是他把霁温风的闲置物品倒卖的事情败露了吗？

他羞愤地走到一边，眺望着远方，不与霁温风眼神相触。这对他来说何尝不是伤自尊的事情？他也想像霁温风这样生来要啥有啥，不必为钱发愁。可他不是。这么多年来他已经习惯性地赚钱、攒钱，也养成了节约的习惯，他不能就这么眼睁睁地看着霁温风的衣服扔到走廊里或者落到王秀芳手里。她只会论斤卖给小贩，糟蹋了这些潮牌，但是他就不一样了，他会把衣服洗干净熨平拍图精修上传到二手网站，卖给有需要的人，让这些闲置物品发挥最大的功用，顺便也卖个好价钱。

他知道霁温风肯定不齿这种做派，多么斤斤计较。他们同住在一个屋檐下，名义上都是霁家的少爷，可自己居然捡他的破烂去卖钱！

陆容完全不想让霁温风知道。他也承受不起霁温风此时锋利的目光。他以为他已经修炼得能对别人的目光泰然自处，但是此时此刻，他竟然破天荒地羞耻起来。

霁温风看他久久不回话，拎着他的胳膊把他拽到眼前："怎么，哑巴了？"

陆容倔强地想甩开他的手，没有成功。

虽然陆容是拒绝的姿态，但霁温风莫名从他的举止中感觉到一丝娇气，气消了一大半，眯起眼睛质问："知道错了吗？"

陆容为自己辩解："这也算不上什么错。"他只是废物利用罢了。

霁温风沉下了脸："什么意思？你还打算继续跟他来往？"

陆容纳闷，什么来往？跟谁来往？陆容敏锐地感觉到这又是一场错频对话，猛地回过头盯着霁温风，想从他脸上看出花来。霁温风找他训话，不是关于他倒卖闲置物品，一定是发生了什么他不知道的事，他必须处理得很小心，因为他也不知道，这些他不知道的事情会不会牵涉他倒卖霁温风的闲置物品。陆容现在的状况就像是在冰面上溜冰，他知道有地方裂开了，但不知道具体是哪里。

霁温风眼见陆容陷入沉思的模样，拉长脸不悦道："这个还用想吗？我才是你最该关注的人。"

陆容一手抱臂，一手顶着下巴，盯着近在咫尺的霁温风，顺着他的话不住点头，大脑飞速运转，霁温风到底在说什么？

霁温风看着他这副模样，漂亮的凤眼猛地睁大了，露出难以置信的表情，随后一张俊脸冷得像结了冰，面沉如水地冲他摇摇头："你甚至都不知道我在说什么。"

他狠狠摔门而去："等着转学吧你！"

陆容摊摊手，雾温风的心思好难猜。

陆容逃课了，在洗手间给所有与他有过节儿的其他风云人物打了个电话："最近你有约我打架吗？没有？真的没有？你没来城南找我还被一个姓雾的看见？确定？"

农大的问题学生反应尤为激烈："嗯，我找过你，想跟你单挑，让我想想是什么时候……姓陆的，我现在还在医院！知道为什么吗？！因为你手下的闯王和另外一个闯王在铂悦龙湖揍了我整整半个钟头。你口口声声说你手里只有一个闯王，结果呢？！你有两个！"

陆容："好的，知道你没来过了。"

他坐在卫生间，冷漠地挂掉了电话。他给道上想打他的人全打了电话，没有，没有人找过他，那是不是邓特说漏了什么。

他给邓特发微信。

陆容："邓特，你这几天每天晚上跟雾温风在一起，你有没有跟他说起过什么关于我的事？"

邓特："没有。"

陆容："你确定吗？你再仔细想想，你跟他待在一起都聊什么？"

闯王记性不太好，陆容实在不敢轻易相信他说的"没有"。

邓特仔细想了想："除了打拳，我们聊过几句他家的小助理。"

陆容："哦，你们还聊他家的小助理了，呵呵！聊他什么？"

邓特："学长，为什么雾温风可以有私人助理？他还是学生。"

陆容："嗯，没错——你们具体聊他家小助理什么了？"

邓特："就是一些很普通的话题。一天要喂几顿饭，一顿饭吃多少什么的。我也想拥有一个，想向他了解一下情况。"

陆容："不能。"

邓特伤心欲绝，就像第一次被爸爸妈妈拒绝在家里养小狗，后来没有再回他微信。

陆容坐在卫生间，将手搭成金字塔形默默抵着嘴唇——不是在校门口堵他的同行，也不是邓特，跟他来往的到底是谁？为什么他什么消息都打听不出来？

陆容觉得这道题太难了，向雾温风投降，给他发微信："到底是什么事情让你这么抓狂？"

雾温风："呵呵，到现在你都不知道自己错在哪里？"

　　陆容彻底失望了，再这样下去霁温风真会让他转学的，霁温风做得出来。

　　陆容在城南奋斗，他的所有事业都扎根于此，他不能就这么离开城南去新的地方发展。他又不能带着"全员恶人组"一起转学，他现在的处境就像是人到中年再无人生可回头却突然惨遭解聘的CEO（首席执行官）。

　　在这危急时刻，陆容想到了一个人，一个可以帮到他的人。他冲进教室，在位子上坐下，点了点前排爱看热闹的女生的背。

　　爱看热闹的女生转过身来："吵架了？"

　　陆容无奈地摇摇头，绝望地垂下了眼睛。

　　爱看热闹的女生警觉起来："这么严重？"

　　陆容郑重地点点头。

　　爱看热闹的女生："严重到什么地步？"

　　陆容："他要我转学。"

　　爱看热闹的女生倒抽一口凉气，抓住了他的手："容容，我舍不得你。"

　　陆容默默点头，领受了她的好意。

　　爱看热闹的女生立刻进入一级备战状态："我们俩分开不要紧，关键是你转学了你与霁温风也会分开。"

　　陆容："嗯。"

　　爱看热闹的女生迅速说道："到底怎么了？汇报一下情况。"

　　陆容："他怀疑我和别人做朋友，但我不知道那个人是谁。"

　　爱看热闹的女生："他怀疑你和别人做朋友，你竟然都不知道那个人是谁？换作我，我也会疯掉。转学还是轻的。"

　　陆容瞪大眼睛看着对方，为什么霁温风的思路会和女人一样难以理解？

　　爱看热闹的女生跟他解释："这说明你不够关注他，让人有可乘之机！他一定早就发现你们两人之间有联系了，你还把错怪到他身上。他一定提醒过你，严正地提醒过你很多次了。"

　　令仁刚好从窗外经过，拿起纸笔在（8）班一栏上写着："有人交头接耳，扣10分。"他就知道这时候大家都会像脱缰的野马。今天他做主，纪律检查两遍，踩着铃声检查。

　　方长隔着窗户看到令仁又扣分，大怒："令仁，你不要欺人太甚！"

　　陆容猛地惊醒："令仁！是令仁！"

　　在这铃声大作、教室喧嚣、方长和令仁对峙的嘈杂声中，陆容灵光一现，霁温风提醒过他的，跟令仁说一句话罚十万元钱！

"我说吧，他提醒过你的。"爱看热闹的女生在一旁"慈爱"地看着他，"快去跟他解释清楚吧！"

陆容看着窗外戴着细边框眼镜、散发着精英禁欲气息的令仁，完全不知道从哪儿开始解释。

毕竟，他在二十秒之前刚认识令仁，而令仁甚至都不知道学校里有他这号人。

诸君，我喜欢"战争"

方长看到令仁拿着笔记本、戴着红袖标在走廊里晃悠，撸起袖子跑出来跟他吵架："你怎么这样？！这么多班你就盯着我们（8）班扣，我得罪你了吗？"

自从霁温风放过了方长，令仁就觉得方长格外顺眼。他把圆珠笔一撅，背着手走近方长，镜片后是一双精明的眼睛："你说呢？"

方长觉得今天的令仁怪怪的，往后退了一步，外强中干地道："我说你恶心，你不也老是说我吗？！个人之间的口舌之快，不要上升到班级层面！我们（8）班以后也是会检查的，你这样小心我去一次扣一次！"

令仁突然问道："周六有空吗？"

方长警觉回道："你要我们班去操场上拔草？"

令仁"啧"了一声："我是在问你周六有没有事。你是智障吗？这么简单的问题都理解不了？"

方长"哼"了一声："你干吗？！我要做作业。"

令仁："做完作业呢？"

方长："看书。"

令仁："什么书？"

方长回答道："为什么告诉你？"

令仁："跟我去打桌球。"

方长："不去！"

令仁翻开笔记本开始给（8）班扣分。

方长连忙按住他的本子："去去去！大家都是球友，不要这样子嘛！"

令仁嘴角上翘，写下时间地点撕给他："迟到一分钟扣 10 分。"

方长："……"

在令仁约方长的同时，陆容给梁闻道发信息，问他跟令仁熟不熟。梁闻道、令仁还有霁温风都是（1）班的。

梁闻道回复说还行。

陆容心中一定，梁闻道说还行，那就是关系不错。

梁闻道性格非常傲娇，对于他不认可的人，他看他们的眼神都像是在看白痴。对于他认可的人，他看他们的眼神就像是看自家白痴。

梁闻道觉得整个年级里唯一一位能在智商上跟他齐平的人就是陆容。陆容的情商很高，会揣测人心，而情商从本质上来说就是智商，所以他心甘情愿在陆容手底下办事。陆容的聪明显然跟他不在一个领域，他注定会成为一个伟大的数学家，而陆容是人精。

陆容问他："令仁这个人最近有什么动静吗？"

梁闻道回道："你到底要问什么？"

梁闻道不喜欢这种泛泛而谈的问题，陆容问出这种问题简直侮辱他们俩的智商，聪明人打交道就应该直奔话题中心。

陆容知道他脾气上来了，不再跟他迂回，直接说道："去问问令仁的感情问题，以及他和霁温风的冲突。"

梁闻道看着屏幕上的那行字，面露惊诧。这个问题确实很具体，但是超纲了。这让他怎么问？

学神梁闻道慌乱了一秒，冷静下来，他喜欢挑战。

梁闻道放下手机，令仁刚好走进教室。

令仁刚跟方长吵过一架，心情大好。不过对上霁温风冰冷的目光，他就炸毛了，戒备地挺直了修长的身板。

教室里以站在正门口的副班长和坐在位子上的班长为核心，诞生了两股低气压风旋，空气对流，风暴滔天，教室温度极速下降，即使是梁闻道也打了个哆嗦。

梁闻道走到令仁身边，令仁刚回到自己位子上坐下，眼神还黏在霁温风身上，要与他决一死战。

梁闻道挡住了令仁的视线，中场喊停："你们俩怎么了？"

令仁默默地坐在那里，难以启齿。

梁闻道使了个眼色，令仁的同桌难以承受教室里气场最强的三个人眼神在自己身上聚集，连忙起来让座。梁闻道坐下，压低声音道："你们两个合不来，想想我们班会变成什么样子。"他知道令仁最在乎班级荣誉。

令仁禁欲冰冷的脸上浮起一丝气恼，他对梁闻道说："我们俩的事没法解决。"

梁闻道："为什么？"

令仁扫了他一眼，目视前方，冷冷道："他跟我抢朋友。"

梁闻道："……"

令仁把梁闻道视作好友，才跟他说心里话。梁闻道从前是、现在是、未来也会是班里的学习委员，在霁温风还没来的时候，（1）班全靠他们俩镇场子。等梁闻道第一次月考成绩下来，令仁就不只是喜爱他，而且很尊重他——他是神仙吗？能考出这个分数。

令仁当时问梁闻道："为什么？"为什么他可以做到几乎全科满分？

梁闻道轻描淡写道："你拿到一张试卷，做选择题第一题是什么感觉？"

令仁："送分题。"

梁闻道："你是不是瞄一眼就知道答案，根本不用想？"

令仁："是。"

梁闻道矜持地点点头："整张卷子对我来说都是这样。"

令仁不太相信："难道大题也……"

梁闻道打断了他的话："是的。"

关键是如此天才的梁闻道每天都坐在那里做作业，每天做各种作业，一刻不停。他有天赋，又努力，令仁觉得梁闻道是个令人尊敬的男人。

他以为作为学神的梁闻道不食人间烟火，没想到他和霁温风的矛盾被梁闻道看在眼里，心中一暖。他说出那句"他跟我抢朋友"后，打开了话匣子，转过身面朝梁闻道倾诉："明明是我先来的，班长也好，方长也好，可是霁温风一来，什么都抢走了。我觉得他好像是故意针对我。"

梁闻道："方长？你们两个都想跟（8）班的方长做朋友？"

令仁用修长的中指顶了下自己的金丝眼镜，陷入了对方长的回忆之中："从前只觉得他欠，等我感觉他有可能成为霁温风的朋友后，才觉得他也挺顺眼的。"说着令仁又狠狠瞪了一眼霁温风。

霁温风的眼刀一刻不停地洞穿令仁的心脏，令仁瞪了一眼就麻溜地转过头来。

最多一秒钟，他最多只能在霁温风的目光中撑一秒钟。

恐惧加深了他的愤恨，他说道："现在方长已经被霁温风迷住了。"

梁闻道："他是真欠。"

"我试探过霁温风，霁温风根本就不是真心想跟他做朋友。他这样最后什么都得不到。"令仁那天和霁温风一番争执，霁温风嚣张地让他尽管去找方长，笃定了方长不会理会令仁。比起跟霁温风争强斗狠，令仁站在旁观者的角度更能冷静地看清楚两方的关系。方长对上霁温风没有任何胜算，霁温风只是在享受他的付出。

令仁攥紧了手里的扣分单，他要阻止这一切。

一旁的梁闻道在他进行大量心理活动的同时已经给陆容发了信息："问出来了。令仁和霁温风同时想跟你们班的方长做朋友。"

陆容："你确定？"

梁闻道："正主都说了，还能有假？"

陆容："……"

梁闻道："总之，令仁为了这事儿跟霁温风叫过板，霁温风根本不在乎。"

陆容："知道了。"

放下手机，陆容双手搭成金字塔形抵在唇间——这都哪儿跟哪儿。

他在脑子里迅速画了人物关系图：霁温风以为自己对他有看法，而令仁和方长可能想了点儿什么。但令仁和霁温风发生了一场鸡同鸭讲的对话，导致令仁以为霁温风想跟方长做朋友，而霁温风以为令仁对自己有想法。结果就是霁温风让自己签了保证书，而令仁，他要去挑战全年级最强大的霁温风。结论，（1）班的人都是神经病吗？

是时候解开这团乱麻了。

陆容给梁闻道发了条信息，放下手机，扬起了腹黑的微笑——诸君，我喜欢"战争"。好戏，要开场了！

梁闻道收到陆容的微信，满脸黑线地告诉身边的令仁："有个劲爆的消息。"

令仁高度警觉："是什么？"

梁闻道："霁温风要带着他去 H 城的温泉酒店共度周末。"

"太过分了。"令仁气得发抖，"太过分了。"

他前脚刚约了方长打球，霁温风后脚就把方长约到 H 市去住什么温泉酒店，霁温风是故意的。况且这根本不是同一个数量级、同一个年龄段的较量，霁温风动用了自己的"钞能力"！

令仁一拍桌子站了起来，转身朝霁温风发出了严正抗议："霁温风，我要去报警！"说完他就跑了出去。

教室里鸦雀无声，（1）班众人遥望着副班长怒气冲冲地冲出教室的背影，转过头来齐刷刷地望着班长。他们也感觉到了最近几天正副班长之间气场不对，班长虎视眈眈，副班长一脸屈辱。班长到底对副班长做了什么，可以上升到这种地步，让一贯隐忍内敛的副班长无奈报警？

霁温风没有任何解释，冷着脸追了出去。

（1）班众人："哦！"

梁闻道自以为知道内情："不是你们想象的那样。"

一场"史诗级"的对峙

霁温风追上了令仁，转身拦在了他面前："你去干什么？"

令仁正义凛然道："阻止他周末跟着你去温泉酒店。"

"你怎么知道我们周末要去温泉酒店？"陆容竟然连这种事都告诉令仁，霁温风火冒三丈，"我们去哪儿跟你无关。"

"跟我无关？"令仁冷笑，"他可是刚答应我周六要跟我去打球。"

霁温风攥紧了拳头。他想起今早当他告诉陆容周末要去 H 市温泉酒店的时候，陆容没有高兴，反而愁容满面。这就说得通了，陆容早就约好了跟令仁出去。

霁温风霸道地拦在令仁面前："你们的活动取消了，他得优先考虑我。"

令仁瞪圆了眼睛："霁温风，你太龌龊了！"

霁温风欺近他，压低声音道："我看龌龊的人是你，去温泉酒店当然就是泡温泉，你以为呢？再说我俩又不是第一次去了。"

令仁倒抽一口凉气："你们俩不是第一次去了？"

霁温风邪恶地"咧"了一下唇角："上个礼拜我们就在铂悦龙湖。"

令仁想起群里那些疯传的霁温风结婚照，镜片都要掉了："当时跟你在铂悦龙湖的人难道是他？！"方长穿女装竟然那么好看？！简直判若两人！

霁温风冷酷无情地粉碎令仁的梦想："没错。"

令仁追问："那么，你根本没有双胞胎弟弟？"

霁温风："没有。"

令仁颤抖着双手取下了金丝眼镜，妥帖地放到裤兜里，然后突然暴起，失控地揪着霁温风的领子把人按在墙上。

霁温风极尽嘲讽："我想要完成的事情都要尽全力完成。"

令仁甩开他，神情恍惚地快步朝（8）班走去。

霁温风从背后按住了他的肩膀，低沉道："还敢去找他？"

"这根本就说不通！"令仁暴躁地一把甩开他的手，深沉内敛的令仁每个字都是从牙缝里挤出来的。

这时候，邓特刚好从旁边经过，问霁温风："周六，打拳，去不去？"

霁温风："不去。"邓特问了他三百遍了，为什么就是不肯放弃？

邓特酷酷地走了。他打算等会儿再来问一遍。

等邓特走入（6）班教室，令仁继续跟霁温风对峙。

两人的视线在半空中胶着。

"去吧！"霁温风骄傲地松开了手，"去问他到底是跟我去温泉酒店，还是跟你去打球。"

令仁高傲地道："我也是这么想的。"

令仁大步向前，霁温风在他身边步步紧逼。令仁挤着霁温风边走边问："你干什么？"

霁温风："我要亲眼见证副班长被拒绝的一幕。"

令仁加快了脚步，霁温风始终挡在他身前半步，两个人越走越快，就这样黏在一起冲进了（8）班教室。令仁用力推开了（8）班的大门，大门"砰"的一声撞在墙上，白灰簌簌落下。

令仁沉声道："周六跟我去打球还是跟霁温风去 H 市温泉酒店，方长，你自己选！"

方长正在课桌里掏课本，闻言"啊"了一声，扳着课桌板伸长了脖子，蒙头蒙脑地看着站在教室门口（1）班的两位宿敌。

教室里鸦雀无声。

霁温风原本气势汹汹、霸道又不失紧张地盯着教室中央的陆容，在听到"方长"两个字从令仁嘴里冒出来后，缓缓地转头一脸蒙地看向令仁。他迅速意识到哪里搞错了，退了一步，谦让道："还是让他跟你去打球吧……"

霁温风的谦让被令仁视作挑衅："你以为他一定会选你吗？！"

他们俩冲进来的时候，陆容正在卖手帕巾，此时交易完成，不轻不重地将课桌板放下，静静地看着霁温风。

霁温风立刻冲他解释："我没有要跟那个什么方长去温泉酒店。"

方长亦是放下了课桌板，重重的一下，砸得所有人心脏一抖。他气急败坏地看着霁温风："那个什么方长？"他知道霁温风是风云人物，可他好歹也是城南大学有头有脸的人，怎么到了霁温风嘴里就变成了"那个什么方长"？霁温风还是跑到（8）班、他的地盘来说的，太过分了！

令仁指着霁温风提醒方长："我就说他不可能跟你真心交朋友，你如此欣赏他，他却连你的名字都记不住。"

（8）班众人："哦！"

方长腾地涨红了脸站了起来，撑着桌子对令仁喊道："你说什么？！"

陆容看了一眼火冒三丈的方长，目光转回霁温风身上，好整以暇地双手交叉，摆在课桌上，用眼神示意霁温风，你说，继续说，我听着。

霁温风彻底无语，事情怎么会变成这样子呢？

方长眼见班中越来越乱，拍着桌板捍卫自己的尊严："肃静！肃静！我没有要跟霁温风去温泉酒店！"

霁温风赶忙跟陆容解释："我也没有约过他。"

令仁阴阳怪气地道："呵呵，反正你们都去过了。"

陆容配合地把嘴张成 O 形，不敢相信地看着霁温风。霁温风轻轻摇了摇头，不是，不是他说的这样。

方长抓狂："什么时候？我怎么不知道！"

霁温风插嘴："我也不知道。"

"这种时候就忙着推脱了？在我面前你可不是这么说的。"令仁转过头冲着霁温风冷笑，"霁温风，你敢做不敢当！"

陆容怀疑地看着霁温风，你跟令仁单独在一起的时候到底说什么了？

霁温风不敢再接陆容的目光，看向窗外的风景。

方长接茬："推脱什么？"

"他都承认了，你还想怎么狡辩。"令仁指了指霁温风，"你们上礼拜五在铂悦龙湖参加婚宴，还搞换装游戏了。"

教室内鸦雀无声，众人齐刷刷看向方长。

长久的寂静后，爱看热闹的女生率先发话："想不到啊，方长。"

众人起哄。

"什么乱七八糟的！"方长涨红了脸，爬到桌子上把书卷成了圆筒放在嘴边大吼道，"同志们！我宣布，这是（1）班的阴谋！（1）班的两位班长串通好了唱双簧来败坏我方某人的名声！大家不要中了他们的奸计，要相

信我！不要给他们可乘之机！"

顾逸君来上课的时候，正撞上这场"史诗级"论争。

班里一片喧哗，（1）班的正副班长堵在门口，班长方长在桌子上大喊，全班同学在起哄。

顾逸君捂住了胸口。

他无奈地把他们三个都请到办公室里："怎么回事？"

令仁抱着手臂冷漠告状："霁温风邀请方长去温泉酒店。"

顾逸君大吃一惊。

方长气得脸红脖子粗："霁温风没有邀请我去温泉酒店！"

霁温风："嗯，我没有。倒是令仁，他请方长去打球。"

顾逸君出言提醒："打台球是绿色健康的休闲方式，跟去温泉酒店不太一样。"

霁温风："……"

方长发脾气了："我谁都没答应！我周末只打算在家里看书，好嘛！"他们真是莫名其妙。

令仁在一旁火上浇油："霁温风还跟方长搞了那一出，这都过分了吧。"

顾逸君大吃一惊，他长这么大还没谈过女朋友，霁温风都可以有朋友配合他扮演，真是人比人气死人。

方长："你不要再胡说八道了！"

令仁："所以才说你们过分了。"

方长抓狂："我没有跟他……"

霁温风："嗯。"他甚至不知道方长叫什么。

顾逸君转向令仁："你的指控，全不成立啊！"

令仁："他们说谎！"

霁温风："我根本不认识他。"

方长："你以为我认识你吗，霁温风？！"

顾逸君敲桌子提醒自己的班长："你这不是认识他吗？"

方长抓狂："我只知道他的名字！"

三人总算吵完了，各自喘了口气，齐刷刷看向令仁。

顾逸君："令仁，所以你到底在吵什么呢？"

令仁看着眼前清清白白的方长和霁温风，怀疑这一星期以来他和霁温风的敌视、胶着都真实存在吗？令仁突然想到一个可能性，从他踏入（8）班教室以后世界就变了。

"只能这么解释了。"令仁一捶手心，想通了。

"想通了就回去上课吧！"顾逸君打发了三人。

霁温风从老师办公室里出来的时候，陆容正好从厕所回来，两人狭路相逢。

擦肩而过的时候，陆容四顾无人，把裤兜里的泳裤掏出来丢在霁温风身上："你一个人去温泉酒店吧！"

霁温风捏着他的泳裤："……"

霁温风将泳裤揣到自己裤兜里："你听我说。"

陆容手插着裤兜走回了教室，姿态从容，步履轻快。

遇到误会，弱者才哭着解释，强者让对方自己看清误会，然后跪着道歉。

这次他又大获全胜，扳回一局。

城南大学果然只有他才是唯一的王者。

霁温风回头看着他的背影，不知道该说什么。

邓特经过霁温风身边："周六，打拳，去不去？"

霁温风收回了目光："不去。"

"为什么？"邓特用仅剩的右眼看着他，"我听说，温泉酒店，泡汤了。"

霁温风："……"

令仁跨出办公室就看到邓特纠缠霁温风的一幕："难道是他？！"

霁温风手插着裤袋，忧郁地眺望远方。

第 十 二 章
陆容发起了游戏

Chasing the wind

当天晚上，老宋把两个小的接回家，发现他俩吵架了，坐在车后座谁都不说话。老宋仔细观察了一番，小少爷淡定从容地自顾自听英语，大少爷满面寒霜地坐在一边，气场还是那么强，但时不时变换双腿叠放的上下位置出卖了他内心的焦虑。老宋凭经验猜测，是大少爷的错。

陆容下车以后，老宋叫住了霁温风："你得向他妥协。"

霁温风："我为什么要妥协？"

老宋："你不这样做，冷战就会持续很久。"

霁温风微微一笑："我们根本没有冷战。他怎么敢跟我冷战，我叫他干什么他就得干什么。"

老宋耸耸肩："那他永远不会跟你和好。"

霁温风："我为什么要跟他和好？他只是我的小助理。"

老宋"哦"了一声，从副驾驶座上把一束包装精致的紫色风信子递给霁温风，是霁温风早上打电话让他订的，花语是对不起。

霁温风："我是买来插花瓶的。"

老宋："哦。"

霁温风："你不会以为我是买来送给陆……"

老宋："编，继续编。"

霁温风捧着花溜下了车。

当陆容在厨房里做小鱼饼的时候，霁温风在校服衬衫左边胸口口袋里插了一枝紫色风信子，大步流星地冲进去："明天跟我去温泉酒店。"

"哦，因为方长不跟你去了，双人旅行的另一半有空缺是吗？"陆容解下了围裙，扔在餐桌上，转身就走。

霁温风求和失败，还不得已炸起了小鱼饼。

当陆容在霁温风卫生间里提着洗衣篓装脏衣服时，霁温风拉开淋浴房门想说什么。

陆容掏出洗衣篓里的脏衣服扔了他一脸，转身就走。

霁温风再次求和失败，还不得已捡起了地上的脏衣服，自己拿去给王秀芳洗。

当陆容在书房里做作业的时候，霁温风推开门冲进去："我可以提前给你发零花钱。"

陆容丢下钢笔起身就走，霁温风快走几步赶在他回房之前将他拦住："我说了，这是一个误会，我不认识那个什么方长。我本来就是要跟你一起去。"

陆容看了他半晌，云淡风轻地道："好吧！"

霁温风小小地松了口气，连忙绷住，高贵冷艳地说："你现在可以去整理行李了。"

陆容："我不去。"

霁温风不解地蹙起了眉。

"百口莫辩的滋味不好受吧？为自己没有做过的事背锅的滋味不好受吧？不论怎么做对方都不听的滋味不好受吧？"陆容步步紧逼，几乎贴上了霁温风的脸，霁温风从他近在咫尺的双眼里看到了复仇的火焰。

"你这还是轻的呢！"陆容云淡风轻地越过他打开房门，"至少，没人威胁你转学。"

"砰"的一声，房门在他面前关上。

霁温风想，这人真记仇。陆容竟敢跟他记仇。因为他早上在天台冤枉了陆容，陆容就要原数奉还。性子好野，他到底还记不记得他们俩谁是老板？他反了天了……

邓特偷了师父的手机给霁温风打电话，因为手机是偷来的，声音压得特别低："周六，打拳，去不去？"

霁温风："不去。"

邓特酷酷地说道："为什么？"

霁温风看了看紧锁的房门："我死了。"钱都不能打动陆容，山穷水尽，走投无路。这事都怪那个什么方长。那个什么方长真欠。

陆容进了自己的房间，遗憾地"啧"了一声，霁温风居然要提前给他打零花钱，刚刚差点儿忍不住，天知道他花了多大的毅力、多坚定的自制力才忍住没原谅霁温风。

他的确想小小地惩罚一下霁温风，不过霁温风也早已为自己的傲慢自大和强烈的占有欲付出了惨重的代价。陆容现在装出一副很生气的模样，只是为了取消明天的温泉旅行计划，熬过今晚就好。

陆容在房间里囤了点儿面包，第二天一早起来在卧室里用完早餐，近10点钟才开门出去。温泉旅行绝对来不及了，高傲的霁温风在他这里吃了一晚上的闭门羹，也绝对会几天之内不说话也不出现在他面前，假装对他毫不在乎，这样下午的计划就能顺利实施……

他穿着拖鞋下楼，发现霁温风拿着笔记本坐在飘窗上等他，旁边摆着一束紫色风信子。见到他来，霁温风抬头，俊美无俦的脸上洒满了阳光："昨天失眠了？"

陆容想，高傲的霁温风呢？！死不认错的霁温风呢？！在他把围裙、脏衣服、钢笔摔在霁温风面前以后，霁温风还能这么心平气和地跟他说话？！

霁温风见他愣在那里，眼神落到电脑屏幕上："温泉酒店去不了了，看电影、音乐会、话剧都还来得及。中午我订了鹿苑，你还有一小时换衣服。"

陆容再次想，怎么会这样？温泉酒店之行泡汤了，可是霁温风还是要跟他一起行动？事情怎么会变成这个样子呢？陆容拨弄了一下乱发，穿着单薄的睡衣抱着胳膊道："不……我今天想一个人静静。我们还是暂时不要一起行动为妙。"

霁温风头也不抬地说道："不要触碰我的底线。"

陆容："你的底线是什么？"

霁温风淡淡地道："二十四小时。"

陆容糊涂了："什么二十四小时？"

霁温风深深地看了他一眼，合上了电脑，走到他面前站定，缓慢且清晰地宣布:"我允许你偶尔发发小脾气,对我不理不睬,但不能超过二十四小时。"

陆容:"发脾气就是因为……生气。气什么时候消是一个自然的过程。"

霁温风:"你不能这样。"

陆容:"为什么?"

霁温风慵懒地走过他身边,揉了揉他的脑袋:"因为你的零用钱归我管。"

陆容行尸走肉一般回到房间……霁温风今天不会放过他了。

他花了半小时整理乱糟糟的心绪,多喝了两杯锡兰红茶,最终慢慢镇定下来,从霁温风的魔咒中逃脱。理智回到了他的大脑,他突然有了如何对付霁温风的主意。

他将目光投向了一旁崭新未开封的某品牌三件套上。

霁温风穿戴整齐,站在车边等陆容,和洗车的老宋闲话家常。

霁温风:"今天的行程是先去鹿苑,然后泡个室内温泉,再去听场演唱会。"

老宋偷偷瞄了眼陆容的窗户,二少爷那天可不是那么说的,他让自己送王秀芳去城里溜冰,再回家运一批货。

老宋试探道:"是和二少爷吗?"

霁温风:"当然。"

老宋:"你们不是吵架了吗?"

霁温风像是听了什么笑话,脸上摆出不屑一顾的表情:"吵架?他敢跟我吵架吗?"

老宋恍然大悟:"送花真的有用?"

霁温风点点头:"没错……不,我说了我是去插花的!不要乱嚼舌根。"

老宋凭经验判断,大少爷把小少爷哄好了,不然大少爷不敢在外面这么胡说八道。

就在老宋默默看霁温风装的时候,窗台上响起陆容的声音:"我们?我们和好了?"

霁温风原本倚在路灯杆上,闻言与老宋对视一眼,抬起了头,望向了陆容的窗子。

陆容穿着睡衣随意抓着头发,在房间里走来走去,跟人打电话:"不不不,是他求我和好的……没错,就是那个霁温风,我没说谎。哈哈,你没

想到吧！"

老宋、霁温风："……"

老宋向霁温风投去好奇的目光，霁温风用眼神回应他，再看，你就是个死人了。

陆容声音轻快雀跃地说道："他昨天回家就求我原谅他，一晚上都围着我打转，早上起来之后就约我出去玩……我不知道他在外面等了多久……哦你说得有道理，他有可能确实在那个飘窗上等了一晚上哦！"

老宋："他说的……"

霁温风冷酷无情道："都是假的。"他也就等了几小时。

霁温风面色铁青地望着陆容的窗户，吩咐老宋："今天的行程全部取消。"说完他走上楼，一脚踹开了陆容的房门，在陆容惊慌失措的表情中冷冷地宣布："我今天有事，你一个人请自便。"

陆容装模作样地把手机背在身后，问他："那鹿苑……"

霁温风："没有了。"

陆容："音乐会……"

霁温风："取消。"

陆容："温泉酒店……"

霁温风斩钉截铁道："再也没有了。"

陆容："下个礼拜呢？"

在陆容期待的眼神中，霁温风傲娇地望向窗外："看你表现。"说完他就冷酷无情地离开了。

霁温风刚出门，邓特的电话就打过来了："下午，打拳，来不来？"

霁温风："来。"

邓特"哦"了一声，挂掉了电话，半分钟以后，他的瞳孔放大了——刚才霁温风说来！

邓特走到墙边，在墙边画上最后一笔，露出了心满意足的微笑，这张纸上有六十多个正字，正是这个礼拜他打给霁温风的电话。

"小师父，你在笑什么？"拳馆的小徒弟走过来仰着头问他。

邓特酷酷地用仅剩的右眼盯着小黑板："原来努力真的会有结果。"

陆容目送霁温风坐着老宋的车离开，放下了背后那只没有开封的崭新手机。

他刚才没有给任何人打电话，也不会与任何人说霁温风的坏话。

正在服役中的旧手机里传来了邓特的微信："我约到他了。"

陆容嘴边浮起了微笑。

见光死

老宋把霁温风先送到了拳馆。

邓特张口问道："你……"怎么改变主意了？

霁温风阴着脸从他身边经过："如果你什么都不问一会儿请你吃鳗鱼饭。"

邓特乖乖闭上了嘴，沉默地跟霁温风一起去打拳。

鳗鱼饭要八十元钱一份。

老宋送完霁温风，折回来把王秀芳送到了溜冰场。

老B周六一大早就赶过去了，放下他几个网店的生意不做，连午饭也只是在那里买的盒饭，在那里等王秀芳。经过几天的聊天，老B已经认定王秀芳是他的灵魂伴侣，他们有共同的兴趣爱好、相符的三观、相投的脾气，他今天打算来跟她溜冰，烫头，然后告白，摆脱单身状态。

颜苟也很喜欢溜冰，听说老B要来溜冰，央求他把自己带来。老B年纪比这群新组员要大一些，社会经验也丰富。"全员恶人组"上届组员除他以外都大学毕业了，只剩下他一个人留在城南大学附近，他有一种被"托孤"的感觉，平时对弟弟们有求必应。他此时趴在冰场边上，一边盯着颜苟溜冰，一边等王秀芳。

指针指向1点，那是他们约定的时间，老B心痒难耐，给王秀芳发了一条微信："到哪儿了呀？"

可可西里の芬芳："我已经到了。"

老B嘴角上扬，这时一个穿鲜红色外套的大妈趴在了自己身边。

周六室内溜冰场人很多，还有几个教练带着小孩子在里面训练，大人们都在外圈看着，靠大路这边人挤人。老B一直给王秀芳占着位子，此时见一个重磅炸弹抢占了王秀芳的位子，提醒道："这里有人。"

王秀芳质问："人呢？"

老B："刚去上厕所了。"

王秀芳："那你还占着茅坑不拉屎？"

老B："她一会儿就回来。"

王秀芳："这块地儿写着是你家的吗？你是买了还是租了不让人站啊？年纪轻轻怎么净做没素质的事。"说着她翻了个大大的白眼。

老B闯荡江湖多年，拿板砖拍过人，跟风云人物干过架，撕过的甲方乙方无数，他的一生就是战斗的一生，可是中年妇女？她们战斗的一生比他战斗的一生要多很多年，他实在干不过。在中年妇女面前他总觉得自己回到了婴儿时代，赤裸、幼小又无助，很凄惨。他只好往旁边缩，对着屏幕想些快乐的事。

老B："你在哪儿，穿什么衣服？"

王秀芳打字不方便，再说这都要奔现了也不用再遮遮掩掩，切换成语音说："我就在溜冰场边上，穿鲜红色衣服的。"

同一时间，可可西里的芬芳发来一条语音。

老B猛地转过头看着王秀芳。

王秀芳："看什么看？！还想叫我让位子吗？！你死了这条心吧！"

老B捂住手机往后退了一步，又往后退了一步："不敢不敢……"

王秀芳翻了个大大的白眼，继续对微信里的老B喊："B同学，你在哪儿呢？"

老B的微信里又传来一道消息提示音，王秀芳回头，怀疑地望着他。

老B赶紧把手机贴在耳畔："哦哦，我在加班，我这就回来，媳妇儿，你别着急……"

王秀芳心想，又是一个渴望自由又无处可去的人，呵呵！

老B走到对面奶茶店里拉下帽子给陆容打电话："喂！学长！"

陆容正在打包霁温风的闲置物品："我正想打给你呢，你跟高手见面了吗？"

老B嘶声尖叫："你没有告诉我她是这样的高手！"

陆容："她水平不够高吗？我听说她是S市五十岁以上组溜冰冠军。"

老B咬牙切齿道："你没说五十岁以上组！"

陆容："你跟她聊上了对不对？"

老B："……"

陆容："自作孽不可活。"

老B央求："学长，我能不能不去见她？！"王秀芳现在正疯狂给他发语音，问他在哪儿。

"不行！"陆容口气一凛，他需要老B绊住王秀芳，不让她回来。

老B："我真的不能去见她！我这么精壮的年轻小伙子，她会把我弄死的！我死了对你有什么好处吗？！"

陆容想，为什么这个世界充满污浊，他还只是个单纯的少年。

陆容毕竟是个体恤下属的领导，没有强迫老B去和王秀芳见面，给老B指了条明路："你可以雇其他人替代你去。这个人肯定不能是像你一样的精壮小伙子。你跟王秀芳处对象，是你吃亏；你得找个让王秀芳觉得她吃亏的人去见她，这样她就会主动抽身，把你拉黑。让她来做这个无情之人，她甚至还会对你抱有一丝愧疚之情。"

老B绝处逢生："学长，你真是我的再生父母！"

刚好颜苟溜冰溜得累了，来奶茶店找老B，掏出手机给老B看屏幕："B同学，麻烦你请我喝一杯四季奶青大杯加双份奶霜布丁波霸椰奶五分甜加冰。"

老B看着营养不良、口齿不清、社交恐惧、气喘吁吁还戴着牙套的颜苟——他想找的人远在天边，近在眼前！

老B扶着颜苟的肩膀，指向不远处穿着鲜红色外套张望的王秀芳："那个人叫可可西里の芬芳，溜冰技术很高，你去邀请她溜冰指点你，我就给你买一杯四季奶青大杯加双份奶霜布丁波霸椰奶五分甜加冰。"

颜苟没有任何犹豫就点点头，在屏幕上打了两个字母："OK。"

他挺想找个高手指点自己。

王秀芳正在溜冰场边呼唤着B同学，却迟迟没有得到回应，她怀疑B同学已经发现了她，但他介意自己是个五十三岁的中年妇女，偷偷离开了。呵呵，天底下就没有好男人，什么从诗词歌赋聊到人生理想，都是假的。

就在这时，有人点了点她的肩膀。

她大喜过望，转过身，颜苟吸着布丁站在她面前。

王秀芳想，说好的年轻精壮的花臂男子呢？为什么是个营养不良、嘴里叼着大杯奶茶还戴着牙套的学生？等一下，他未必是B同学，有可能是卖鞋子清洁剂的推销员、向人乞讨要钱的聋哑人、相中她的美貌想请她喝一杯的路人甲……

颜苟飞快地拿出手机打了一行字给她："你是可可西里の芬芳？"

王秀芳想，真的是他。

颜苟又打了一行字："走，溜冰去。"他兴冲冲地往前走。

王秀芳面如死灰地跟在他身后进了场。

　　她以为今天下午自己可以脱离保姆的身份，到一个没有人认识自己的地方，做一个追求爱情的女人。

　　不久之后，老 B 给陆容传了一段视频，视频中，王秀芳和颜苟在冰面上双人花滑，吸引了全场的目光。颜苟一个冲刺滑向了王秀芳，王秀芳用坚强的双臂将他举过了头顶，颜苟抻直了自己干瘦的四肢双手平举，王秀芳举着笔直的颜苟在冰面上旋转、旋转……

　　陆容无情地把视频删掉，警告老 B："干得漂亮，不过以后不要给我看这种辣眼睛的东西。"

　　陆容把霁温风和王秀芳全送走以后，将霁温风的闲置物品全装在事先准备好的蛇皮袋子里，搬上老宋的宾利："回我家。"

　　老宋盯着那些蛇皮袋子："你……"

　　陆容："如果你什么都不问，霁叔叔问我的时候我就什么都不说。"

　　老宋把着方向盘，将脑袋转了回去。

　　老宋把陆容送到家里，帮陆容把东西搬回了筒子楼，陆容放他半天假，同意他去别处转转。到时候老宋按照原计划先来接自己回家，再去接王秀芳回家，最后再接霁温风回家就可以了。老宋知道小少爷接下去要处理一些家务事，就自己开车出去消磨时间了。

　　一个多礼拜没有回家，地面上铺着薄薄一层灰。陆容把所有的蛇皮袋拖到自己房间里，打算以后来这里慢慢清点，慢慢上新。霁温风的闲置物品终于搬回来了，他心里放松了不少，拿着拖把抹布把地拖了一遍，桌子擦了一遍。擦着擦着他突然产生了一个大胆的想法，因为他和方晴离开带走了不少随身物品，家里既冷清又空旷，变成了闲置房产，他完全可以把这个房子租出去。

　　筒子楼地段好，市中心，外表老旧，但他们前几年搬进来的时候重新装修过，完全不像是 80 年代的房子。他囤货只需要一个房间，有单独的门锁，另一个房间连同客厅、厨房、卫生间、阳台刚好是个适合独居的一居室，能租好几千元钱呢！

　　陆容当即带上房产证和方晴的身份证出门了。方晴有三张身份证，都是原先的遗失了去警察局补办最后发现遗失的那张就在某件衣服口袋里，倒是方便了陆容办手续。陆容走进了小区不远处的房产中介，熟门熟路地把房源信息放了上去，交出了备用钥匙。

第 十 三 章

专家惨遭翻车

Chasing the wind

邓特好不容易约到了霁温风，霁温风却情绪失控，连续直拳打了三分钟都没有歇。邓特的师父按下沉默且暴怒的霁温风，把他拖到场边，强行让他休息，又把邓特拉到一边，问邓特，霁温风是不是遇到了什么事儿。

邓特郑重地"嗯"了一声："他请人去温泉酒店，惨遭拒绝。"

教练想，现在的学生都那么会玩吗？

教练："你是他好哥们，你劝他看开点儿。"

邓特："嗯。"

邓特走到霁温风身边坐下，跟他进行兄弟之间的谈话："被拒绝，不要伤心。"

霁温风闻言蹙着眉盯了他半晌，阴沉地转过了脸去，目视前方傲然道："是我不带他去。"

邓特："是吗？"他听到的好像不是这样。

霁温风不想解释那么多，站起来，戴上了拳套："继续。"

邓特："还要？"霁温风从上午打到下午，远远超出正常的训练时长，他就从来没有见过霁温风那么拼命。

霁温风："我今天晚点儿回家。"

邓特微微一歪脑袋："那小助理呢？"霁温风往日里在拳馆待不了一个

钟头就要回家，说家里有事儿脱不开身。

既然谈到了陆容，霁温风神情越发冷酷："他今天做错了事，我要惩罚他。"

邓特的心揪了起来，他想起网络上那些惨无人道的虐猫视频："什么惩罚？"

霁温风冷冷道："我今天一整天都在拳馆打拳，不回去了。"

邓特："那它？"

霁温风："留在家里。"

邓特紧张地问："有饭吃吗？有水喝吗？有电视吗？"

霁温风："当然有，你在想什么？"

邓特沉思片刻，抬头问霁温风："那到底是什么惩罚？"

霁温风："这是一种心理上的惩戒，一种羞辱。我对他太好了，让他以为我很关心他，成日张扬跋扈为所欲为，我要告诉他，他没这么重要。"说着他狠狠打了一拳眼前的沙袋。

邓特思索了一会儿："你不在乎它，当初又为什么要对它那么好？"

霁温风："我只是有兴致逗逗他，从现在开始，我要冷落他，让他清楚我们之间只有我有主导权。"

邓特脑海里浮现一只坐在窗台边孤单寂寞的猫，心生怜爱，满脸不舍："它现在，一定很难过。"

"他最好是这样。"霁温风想到自己取消今日所有行程时陆容的神情，心情稍稍有所好转。

邓特："可是，铲屎官的义务，就是让它开心。"

霁温风："我说了，他是人。"

邓特："不管是什么，你就不能叫它难过。"

霁温风微微一怔。

邓特无数次抱回家的小猫小狗都被爸爸扔出去了，而霁温风居然身在福中不知福，邓特看霁温风的眼神充满惋惜和谴责："它很难过，你也不开心，你今天打拳就是在发泄。你们，一起难过。"

霁温风沉默了几秒钟，站了起来："走吧！"他摘下了拳套，把自己的东西整理好，示意邓特跟上。

他真想不到邓特竟然是个心理辅导专家。邓特说服了他，他要回去了。

他走出拳馆，邓特特意嘱咐霁温风："回去，安抚一下它。"

霁温风这个时候又反悔了："我觉得我还可以再晚一两小时。"陆容说了很过分的话，践踏了他的自尊心，虽然他一点儿也没有受伤，可是陆容理应得到惩罚。

邓特："……"

霁温风："他做了很坏的事，我那么轻易原谅他，我会失去威信。"

邓特问："有把猫砂盆里的猫屎全部翻出来弄得满地都是那么坏吗？"

霁温风："比这还严重。"

邓特紧了紧拳套："好吧——我们干什么去？"

霁温风想了想，他最近打算在学校附近租个房子，午休的时候可以出来休息，现在正好把这个事情办妥。他跟邓特找了最近的房产中介。

房产中介工作人员："请问你想租什么样的房子？"

霁温风："离城南大学步行五分钟的公寓楼。"

房产中介工作人员："我们手里刚好有这么一套房源，刚刚注册，新鲜热乎。"说着，工作人员拿出了陆容家的钥匙，冲他一眨眼。

最近陆容和方晴搬走了，老王失去了人生目标。他们一个是他的老板，一个是他的梦中情人，老王仿佛同时经历了失业和失恋，人生过得颓靡至极，每天窝在沙发上抽烟喝酒看电视。

失去方晴的痛苦过了几天很快就好了，只在心底隐隐作痛，毕竟他从来不曾拥有过方晴；可是失去陆容的痛苦，却一天比一天更浓烈：这个小崽子骗走了自己不存在的公司的 10% 的股份，说半年回本一年入店面三年开连锁，现在跑得没影了，对他的不存在的事业造成了毁灭性的打击。

"是不是连这个小崽子都不要我了？"老王想起来又怨又恨，感觉自己被玩弄了感情，果然像他这样的人不会有人真心相待的，越发自暴自弃。

老王这天去小超市买泡面的时候，正巧遇到陆容登记好房源回家。老王看到陆容，先是大喜，他没有忘记我；又是大忧，自己这段时间根本没有好好工作，胡子拉碴，仅剩的几缕头发没剪，不修边幅。

眼见陆容迎面走来，老王背过身拎着泡面走上隔壁的楼道假装自己是另一幢楼的住户，走过拐角埋伏起来偷偷观察陆容的动向。老王眼看陆容要经过他们这个楼洞，陆容的电话响了。他停下了脚步，接起了电话："嗯，是我——这么快？好的，方便，我在。2点？可以。"他跟中介敲定好看房时间，头也不抬地冷冷一声"下来"，老王灰溜溜地转身下楼跟在他身边。

"最近干什么了？"陆容问。

老王："没干什么……"

陆容摸出了手机，发了一条新闻给他，老王点开来一看：×地女青年因为太懒活活在楼梯间饿死……

陆容："清醒点儿了吗？"

老王："嘿嘿，清醒了。"一个多礼拜没见，连小陆同志骂他的声音都犹如天籁啊！

陆容又给他发了点儿方晴和霁通的结婚照："刺激吗？"

老王心中被勾起了失去方晴的痛："老板，我想学炸串。"

陆容"嗯"了一声，将他让进了家门，拿出口袋里早已完善的小鱼饼配方，交给老王，老王发现里面的步骤精确到几分几秒。

陆容："我今天带着你做一遍，你熟悉一下流程。能够熟练操作以后，再考虑批量化生产的标准化流程。"说着他打开塑料袋，把准备的食材拿出来，系上围裙。

老王热泪盈眶，系上了围裙，陆容没有忘记他，还想带他一起创业，他也要拿出干劲来呀！

陆容做了一遍示范，让老王自己慢慢摸索。他把刚出锅的小鱼饼递给老王，走到自己的房间门前打开门，指着那些蛇皮袋："这是你的另外一个业务。"

老王思绪万千："老板，我这么不争气，你竟然还同时把两个业务交给我，我真是……"

陆容神秘地拉开一个蛇皮袋，把里面的货翻出冰山一角展示给老王："这批衣服鞋子还有奢侈品价值不菲，我已经全部在二手网上新了，我平时上课回复不及时做不了客服，没法跟他们讨价还价，也没时间老往家里跑打包发货，你上我的号负责卖东西，人工费给你抽10%，可以吗？"说着他把自己的二手网站页面展示给老王。

老王迎面就看到一双标价3777元、十四人想要三千人浏览的二手球鞋，当即点头如捣蒜："可以可以！"这卖出一双就是377元，发财了。

正在这时，陆容的手机又响了，房产中介工作人员告诉他，他们快到了。陆容走到客厅开门，在筒子楼的楼道里竟然听见了霁温风的声音。

霁温风："这里还是算了吧！"

房产中介的工作人员："小哥你不要看外面破破烂烂，里面可干净了！而且隔音好，特别有私密性，你锁个人在里面他喊破喉咙都逃不出去！"

霁温风一听就来劲儿了："是吗？！"

陆容想，这什么神奇的卖点？！为什么霁温风还一脸很感兴趣的样子！最重要的是——为什么他好不容易把这批货运回家里，霁温风却跟到了家里啊？！

陆容退回家中，看了看堆满蛇皮袋的卧室，还有在那里满脸发财梦地抚摸着霁温风衣服的老王，当机立断关门落锁，无论如何不能让霁温风看到他的灰色产业。

老王莫名其妙被关了起来，拍着门："陆容，陆容，你把我关起来做什么？！"

陆容："闭嘴。一会儿不要出声。"

他听到走廊里有三个人的脚步声，猜测跟霁温风一起来的人有很大的可能是邓特，立刻有了主意怎么对付霁温风。虽然他要对不起邓特，可是为了"全员恶人组"的本月流水，只能牺牲闯王的名节了。

当霁温风带着邓特在房产中介工作人员的引领下踏入陆容家的门，跟陆容面面相觑的那一瞬间，陆容假装震惊了。

他将震惊延迟了几秒钟，脸上接连出现了伤痛、怨恨、心碎的表情，整个表情极为丰富，节奏掌握得非常好，充满感染力。

最终，他颤抖着的唇蹦出一句极有穿透性的话："你竟然背着我带别的朋友来租房！"说完他就推开霁温风和邓特跑了出去。

两大影帝激情飙戏

陆容一路跑到楼下，扶着树站好，摆起了忧伤的 pose，内心深处开始后悔自己挑的剧本有点儿太狗血了。要是他刚才说"你居然想租我家的房子"就好了，这样一来，就是霁温风花钱租了他家的房子，矛盾冲突从狗血变成了阶级对立，凸显霁温风仗着有钱为所欲为，不顾他和方晴的心情强行占屋羞辱他们娘俩。

明显后面一个剧本好多了，陆容悔不当初。可是说出去的话泼出去的水，现在也没办法强行改剧本了。他只能努力让自己入戏，扮演好这个角色。

他刚找到一点儿感觉，霁温风就追了出来。

霁温风一把扯住他的胳膊，将他拉到面前，低沉道："事情不是你想的那样。"

陆容想，虽然不是很想继续但是效果也还行。

果然不论是多狗血的剧本，霁大少爷都会一秒入戏配合他一起演下去呢！陆容强烈怀疑，他和霁温风双双报考戏剧学院都能因为演技太好免试录取。

陆容甩开霁温风的手，咆哮道："那是怎样？！"

霁温风望着他的眼睛，沉声道："我只是想租个房子午休。"

陆容推开他。

霁温风一掌撑在他背后的树干上，居高临下地告诉他："你不能拒绝。"

陆容觉得，这台词他……他接不下去了，太狗血了！

陆容自愧弗如，垂下了脑袋，沉默意外地达到了表现他此时内心乱如麻的效果。

但是陆容绝不是轻易认输的人，霁温风祭出了泼天大狗血，他也迅速搜索了一下这些年来跟方晴一起看过的狗血电视剧台词，锁定几个名场面后抬头激动地说道："那今天的事怎么解释？你取消一切活动，结果在外面看房？"

霁温风看着陆容怨气冲天的脸，原本凝重的表情松解了，眉峰不再紧蹙，审视地打量陆容几眼，眉峰一挑："你？"

陆容赶紧背过身去扶着树干。

霁温风轻笑了一声，在背后解释道："我跟他一起打拳。"

陆容："是啊！"

"他跟你不一样。他是我的普通朋友，你却是我的……"霁温风的话戛然而止，陆容的耳朵动了动。

霁温风在他耳畔说："小助理。"

陆容觉得，论演技果然还是霁公子你更胜一筹，陆容甘拜下风，告辞！

陆容又反身往家里跑，意外地表现出了复杂的心情。

邓特和房产中介工作人员呆呆地站在陆容家门口。

邓特搞不明白事情为什么会变成这样。自己陪霁温风来看房，结果迎接他们的是学长，学长看到他俩喊了一声就跑了，霁温风紧随其后追了上去……

邓特站在原地思考了半晌，学长那句话是对我说的吗？他不喜欢我陪别人看房吗？这到底是为什么呢？不是他让我陪霁温风的吗……啊，窗外有只可爱的小猫咪！

邓特津津有味地看了一会儿趴在树上的小猫咪，等小猫咪跑了，已经把之前的事忘了。

房产中介工作人员凭借多年的社会经验判断自己卷入了一场战争，但因为主角三个看上去都是学生，他对自己引以为傲的直觉也不那么确定了。

房产中介工作人员看了眼敞开的大门，找回了自己的职业素养，对身边的邓特扬起职业的微笑："要看房吗？"

邓特酷酷地说道："好吧！"

房产中介工作人员带着邓特在陆容的房子里参观起来。

邓特："这个房子隔音效果，真的好吗？"

房产中介工作人员自信地一笑："我说了，你在这里囚禁一个人，他喊破喉咙都不会有人听到。"

老王正在陆容的卧室里左右徘徊。他不知道陆容为什么突然把他关起来让他不要出声，外面好像有两个陌生人在走动。他吃完了三个小鱼饼，盐加得有点儿多口干舌燥，屋子里又没水，他用力敲了敲门："有人吗？"

邓特、房产中介工作人员同时吓得变了脸色。

邓特："这里，真的，囚禁了人。"

房产中介工作人员："我就说这里隔音好。"

房产中介工作人员走到陆容的房门外，握着门把手，耳朵贴在门板上，隔着门板和老王喊话："你还好吗？！"

老王："我好渴！"

房产中介工作人员惨白着脸对邓特说："里头的人不知道关了多久，都好几天没喝过水了……听着，我们得赶在那个房东回来之前解救他。你的那个朋友跟房东认识，说不准他们是一伙的，他们也许会把我们杀人灭口！"

邓特酷酷地说道："学长不会杀我。"

房产中介工作人员哭丧着脸道："你跟他们也是一伙的？！没错……"他想了想，郑重其事地按住了邓特的双肩，"小伙子，我知道这件事你不是主谋。你的人生刚刚开始，如果你现在帮我把里头的人救出来，还能回头。快跟我一起找钥匙。"

邓特一头雾水，但是他知道钥匙在哪里："钥匙在学长手里。"陆容做事妥帖，随身带钥匙而且从来不丢。

这时候，楼道里传来了陆容的脚步声。因为霎温风跟在他身后，两人的脚步声格外紧促，一下一下踩在房产中介工作人员的心上。

老王："好了没有？！"

房产中介工作人员汗如雨下，冲上去试图撞开房门，但没有成功。

邓特酷酷地扫了他一眼："非得弄开吗？"

房产中介工作人员抱着脱臼的胳膊坐在地上喘息："来不及了，快！"

邓特摇头："我不能背叛学长。"

房产中介工作人员："你想以后去监狱里看他吗？一个月只能一次哦！"

邓特："让开，我来。"

他退后几步，从口袋里摸出爱看热闹的女生送给他的粉红色发卡，夹住了自己的刘海，露出了被封印的左眼，然后上前飞起一脚！

"砰"的一声——陆容回家的时候，正巧目睹邓特踹开了他的房门，整个房门从铰链上脱落，轰然倒地，露出了里面胡子拉碴、头发稀少、啤酒肚、抠着鼻屎、穿着背心人字拖的老王。

霁温风随后出现在他身后："这个男人是谁？他为什么会在你的房间里？"

陆容："……"

老王小心翼翼地跨过倒塌的门，上前与霁温风握手："我是隔壁老王。"

霁温风看陆容的眼神简直要杀人。

老王意识到他误会了，赶忙解释："我住隔壁，我姓王。"

霁温风愤怒地说道："我知道隔壁老王是什么意思。"说完他转身就走。

陆容深深地叹了口气，追了下去，边走边喊："等等，你听我解释！"

屋子里又只剩下邓特、老王和房产中介工作人员三人。

房产中介工作人员率先打破了沉默："要看房吗？"

老王："好吧，我去做小鱼饼给你们吃。"

虽然倒了一扇门，但是屋子里充满了温馨的气息。

霁温风要追陆容很容易，陆容要追霁温风同样很容易，因为霁温风也跑到刚才陆容停下来摆 pose 的树下摆起了 pose——他揍了树一拳，胸膛起伏地撑着树干平息怒火。

听到背后的脚步声，霁温风转过身来沉声道："我还想为什么我一来你家，你就忙着冲我发难、把我引开！"

陆容原本只以为霁温风是个心思敏感的，现在看来是他太天真了。

见陆容沉默，霁温风冷笑一声："我还幻想你今天会在家里好好反省，滚吧！"说罢他径自离去。

陆容被逼到了绝境，头脑飞速运转。他绝对不能跟霁温风说老王是他的合伙人，还是那批闲置物品的零售商，那好像……除了顺着霁温风的剧本演也没有其他更好的办法了。

他冲霁温风的背影喊道："霁温风！"

霁温风停住了脚步，却还是不肯转身。

陆容："凭什么，我跟别人见面叙旧都不可以，你不觉得你很过分吗？！"说着他从口袋里摸出眼药水往眼皮上一抹，泪如泉涌。

这样的说辞看似是讨伐霁温风，其实是把霁温风丢下他约见邓特变成了他约见老王的诱因，强行给这两件事加上因果关系，为自己的行为找到了赌气、傲娇、试探这些借口，从侧面承认了他其实因为霁温风的离去而产生了负面情绪！而且他还陈述了他跟老王只是老邻居见面，达到了强力洗白的效果！

霁温风果然转身，紧锁着眉头怀疑地望着他："你真的跟他只是见面叙旧？"

"我是故意的。"陆容不澄清自己，反而往自己身上泼脏水。他努力瞪着那眼睛，倔强地任泪水滑落，"你走之后，我故意约了他。"

霁温风从来没见过这样倔强又狼狈的陆容，陆容的凌乱反而让他镇定下来："为什么？"

"也许我想证明，我也有地方可以去吧！"陆容自嘲地笑了一下，眼神投向一旁的草地，用眼角余光捕捉到霁温风刹那触动的表情。

攻略条：30%。

陆容再接再厉，噙着眼泪仰头45度角迎着阳光哽咽却倔强地说道："我跟他，聊着妈妈和叔叔的婚礼，脑海里却想着，要是能让你看到这一幕有多好。但当你真的出现在我面前的时候，我又突然很害怕，怕你生气。"

具体的场景描述搭配上文艺小清新的风格，将霁温风丢下他与他见老王这两件事的因果关系再次加强，也呈现了他和老王具体的交流过程。最重要的是，其中细腻的心理过程，便于霁温风了解他内心的纠结与冲突，了解到自己今早做了多么过分的事！一切都是霁温风的错！

听了这番话，霁温风低下了高傲的头颅！他亦是将目光投向一旁的草地，傲娇地"哼"了一声："早上的事也是你挑的头。"

陆容暗地里勾起了唇角：攻略条60%。

此时此刻霁温风已经接受了今天下午发生的一切是个误会！当他提起

今早的事，就证明他已经相信了是他的离开导致自己凌乱纠结、信心不足，所以倔强地找了老王，也相信了自己希望又害怕被他撞破的矛盾心理，因为这在逻辑上是天衣无缝的！

情势逆转，一片大好，陆容却没有飘，知道对付霁温风要小心谨慎，步步为营。他假装茫然地抬起了头："早上……的事？"

霁温风走到他面前，面如寒霜地说："你跟别人说过什么，你自己忘了吗？"

陆容的脸刹那变得煞白："你……你都听到了？"

霁温风："我当时就在楼下。"

陆容涨红了脸。对于一个被正主撞破背后说坏话的小助理，面带窘态就是最正常的反应！而且他连装都不用装，自从他下楼以后说的每一句话都窘得突破了他的极限！

陆容就这样面红耳赤地握紧双拳，闭上眼睛用力冲他喊出了日剧风的台词："难道我说错了吗？！"

霁温风一愣。

陆容在心底里为自己疯狂鼓掌。这句话一下串联起霁温风在婚礼上说过的话，可谓草蛇灰线埋伏千里！他一下把旧账翻到了很久以前，深刻地展现了霁温风对他造成的巨大伤害，他会变成这样全是霁温风的错！他只是一朵无辜忧郁愤慨的小白花！

攻略条80%！

现在他只需要把这层意思从正面再加强一下就差不多了！成败在此一举！

陆容乘胜追击："我只是希望别人看到平凡的我如兄弟般站在你身边啊！"

沉默良久，霁温风紧握的拳头松开了。陆容感到头顶的霁温风轻笑一声，把大手放了自己的头上："好，我会给你一个解释的机会。"

陆容低头，阴险地扬起了嘴角，攻略条100%。

霁温风，全面战败！

果然人不努力一下，都不知道自己有多么大的潜力！

第 十 四 章

他们决定公开兄弟关系

陆容和霁温风演完一场大戏后，和好如初。

霁温风问道："下午想去什么地方，嗯？"

陆容略略一歪头，微笑道："修门。"

霁温风神色转冷："这事不应该你来做。"

霁温风带着陆容走到家门口，对那三个坐在沙发上吃小鱼饼的不速之客发号施令："这房子我们不租了。"

房产中介工作人员："您不再考虑一下吗？隔音效果真的很好，价钱也可以谈。"

霁温风："不好意思，我是房东。"

房产中介工作人员纳闷，现在的学生变房东的速度也太快了吧！

霁温风指指房产中介工作人员，又指指老王："你们俩把门修好。"

房产中介工作人员、老王："为什么是我们俩！踹门的人明明是他！"他们同时指向邓特。

邓特用仅剩的右眼酷酷地望向霁温风。

霁温风："不用了，自己人。"

邓特酷酷地说道："多谢！"

霁温风命令老王和房产中介工作人员："今天就修。"说完他带着陆容

扬长而去。

"听到没有。"邓特吃着小鱼饼,酷酷地凝视着房产中介工作人员和老王,当起了监工。

等老王修完门,陆容给他发来了一条微信,让他赶紧把小鱼饼的制作流程摸熟,再把二手网账号搞起来:"为了这两个项目,我可是把自己都搭进去了。"

老王:"老板你没事吧?"

陆容:"没事。就是那批货最好转移到你家。"霁温风知道他家在学校边上了,说不准天天都要去午休。

老王:"我哪有地方搁。我每天晚上还要备货小鱼饼。"

陆容:"那行吧,你怎么方便怎么来。你先跟房产中介收回备用钥匙,以后去我家发货。"霁温风的事情,他去搞定,总有办法让霁温风去不了。

老王道:"我礼拜一收拾收拾就去学校门口卖小鱼饼。"

陆容:"不着急。你先练着。"

老王奇怪了:"为啥?"

陆容:"我要让你一炮而红。"

老王:"现在卖个串还要出道做偶像啊?"

没错,陆容的思路还真是这样。

小鱼饼这个产品非常不错,可老王这外在条件,要吸引人去他的摊位上消费有点儿难度。学校门口的烤串摊竞争激烈,有陈玉莲这样的大神坐镇,有口碑、有粉丝基础,老王想分走一杯羹,不是容易的事。

陆容想彻头彻尾把老王改造一番,立个人设,让李南边先期做营销把流量和阵势先弄起来,比他自己灰头土脸在那里闷头做小鱼饼要好得多。只是人设到底怎么立,陆容还需要构思一下,做个策划。

"在看什么呢?"霁温风在他对面坐下,把批好的英语试卷递给他。

现在,霁温风和陆容正在做作业。

陆容收起了手机,试探着问道:"你刚才说……要给我一个解释的机会,是指什么?"虽说为了生意他把"自己卖了",可他还是很关心霁温风会如何对他。

霁温风抬头看了他两眼:"我会公开我们之间的实际关系。"

"具体是什么样的关系呢?"陆容转着笔问。

霁温风:"兄弟关系。"

陆容最不希望公开的就是兄弟关系，这会影响他在"全员恶人组"的威信，还会戳穿他在铂悦湖穿女装的事，后续不知道带来多少影响他闷声发大财的麻烦。

他尽力打消霁温风的这个想法："我们不是兄弟。我的婶婶嫁给了你的父亲，而我的婶婶只是我的临时监护人，我们在血缘上和法律关系上都不是兄弟。"

霁温风意味深长地看了他一眼："嗯，兄弟关系的确很不方便。"

陆容："……"

霁温风把笔一丢，慵懒地躺在懒人沙发上，眯着眼睛看着陆容："那这样一来，只能说——你是我的小助理。"

陆容："不太合适。"

霁温风坐在懒人沙发上陷入了沉思。

陆容见霁温风陷入沉思，也默默低下了头。

霁温风见他这样，安慰道："我会想办法。"

答应了陆容的事他一定会做到。他也不愿意在外面和陆容扮演陌生人。如果别人知道陆容跟他的关系，陆容会有更多的朋友，更高的校园地位，也能避免像令仁这样的角色。

陆容温顺地点点头："好的。"

他已经有了一点儿思路。他们其实应该往工作关系上努力。他迎着霁温风坚定的眼神走出房门，背过身，脸色瞬间变成老谋深算般的深沉内敛——这件事，他会帮霁温风搞定。

过完周末，陆容回到学校，思考着怎么给老王立个新人设的事情。众人拾柴火焰高，他在"全员恶人组"里发了这个问题，最能吸引大学生的是什么？

梁闻道："提供学习服务。"

颜苟："溜冰。"

李南边："买球鞋和板鞋。"

陆容："提供学习服务这个点子很好，不过我们有一整条产业链了。溜冰比较小众，请大家不要代入自己的兴趣爱好。球鞋、板鞋这个怎么说？"

李南边："我的工作号几乎加了全校同学的微信，大家在微信朋友圈里晒得最多的就是球鞋。没钱也要买，借钱也要买，失恋也要买，脱单也要买。可以成绩烂，可以长得丑，可以体育差，可以没存在感，但一定要有

名牌球鞋。因为很多款式国内都很贵，大家对物美价廉的正品代购的需求量很大。"

陆容："老李，很有市场嗅觉。颜苟，你辅助老李做一个调研，看看做球鞋代购这个市场有多大。"

颜苟："好的学长。"

陆容："那我们继续讨论一下最吸引大学生的东西。"

梁闻道："霁温风。"

陆容："霁温风可以单开一条业务线。"

颜苟："每日星座。"

陆容眼睛一亮。

他越想越觉得可行，询问几人："有没有什么人可供参考？"

颜苟、李南边、梁闻道脱口而出："你前桌。"

陆容："那个爱看热闹的女生？"

李南边："每天都有很多人围着萧竹清解情缘！"

陆容觉得自己有必要放下成见，观察、调研甚至请教一下前座爱看热闹的女生。

陆容放下手机，点了点前座爱看热闹的女生的肩膀。爱看热闹的女生立刻目光炯炯地转过身来。

陆容道："我遇到了一点儿小问题，想请教你。"

爱看热闹的女生的眼睛更亮了，她立刻道："是感情问题吗？"

陆容："……"

为什么她要在奇怪的地方娇羞

陆容想捧老王做炸小鱼饼王者，试图给老王立的人设是"神棍"。他的策划是，当人们去老王的摊位上买小鱼饼的时候，可以顺带得到一句老王的"神谕箴言"。

陆容对神棍专业有过一点儿研究，打算这样搞，把所有大学生面临的问题做个统计，并给出标准化的鸡汤答案，然后让中文系的老王自己润色一下，把简单明了的答案搞得扑朔迷离、如梦似幻、似假还真、神神道道，这基本就是街头江湖套路。然后他让李南边这边一炒作，说校门口那个卖小鱼饼的家伙很神秘，是个世外高人，能点化爱情、考试保分，老王跟其他烤串的相比，多了一个特色，也就是核心竞争点——隐居于世的人生导师。

陆容的初步构想是这样，还想跟爱看热闹的女生这种"资深神仙"取取经，他只是一个初入门的江湖骗子，爱看热闹的女生这种……在亲身经历后，陆容觉得她真是玄学界的神人。

爱看热闹的女生："只要你对银幕情侣有过研究，就会发现互动模式无非就是这么几种。只要稍微观察一下现实当中的情侣，就能辨别出他们的互动模式，腹黑攻略傻白甜，没头脑与不高兴，双向暗恋，破镜重圆，替身梗，青梅竹马，豪门恩怨，欢喜冤家，情有独钟，阴错阳差，七年之痒……"

陆容："你在报菜名吗？"

爱看热闹的女生："我在报网文标签。"

陆容把手指搭成金字塔形，沉吟良久，拿出纸笔："我已经搞清楚你的套路了。你观察一对情侣，摸索他们的行为模式，靠你丰富的经验预测他们遇到小事件时的反应，十有八九准确。而情侣类型决定命运，某种程度上，你也能预测他们的未来。"

爱看热闹的女生甩了一下自己的秀发："没错，老娘就是情感先知。"

陆容觉得老王做不了这个。这需要他浸淫一个领域多年，拥有大量的知识储备和实战经验，就像爱看热闹的女生浸淫网文界一般。

计划搁浅，陆容心烦意乱，然后将目光投向了爱看热闹的女生。

也许……他可以用这个活"神仙"？

陆容："把你的文给我看看。"

爱看热闹的女生娇羞地道："你……你在说什么？人家不写文！"

陆容想，为什么她要在奇怪的地方娇羞。

陆容装模作样叹了口气："听着，我觉得你说得很对。"

爱看热闹的女生捧住了他的双手："这年头愿意看文的人可真不多了！"她把自己的文整理好丢给他。

陆容强忍着不适感看完了。

爱看热闹的女生："崽，你怎么不去吃饭？"

陆容趴在位子上："我吃不下。"

爱看热闹的女生："你生病了吗？"

陆容："没有。"

刚巧，（1）班当晚打算去聚会，作为雾温风转学暨担任班长的庆祝仪

式。霁温风给陆容发微信，说晚上不能跟他一起回家了。

霁温风："不过别想着去酒吧，我会让老宋过来接你。"

陆容："好的。"

陆容退出与霁温风的聊天界面，点开老宋的聊天界面："晚上不用过来了。"

老宋："可是大少爷说……"

陆容："不要让我重复第二遍。"

老宋："是。"

老宋将手机放在一边，掰下了帽檐，驾驶着宾利离开了学区，驶入这座纸醉金迷的城市深处。要问老宋站在谁一边，毫无疑问是小少爷。小少爷是永远的赢家。

陆容打发了霁温风，空出了一整个晚上，点了点爱看热闹的女生的肩膀："晚上一起去吃个饭。"

爱看热闹的女生像是见鬼一样回头："认真的吗？"

陆容："当然。"

爱看热闹的女生装模作样地思考了一下，为难道："嗯……只有我们俩的话会特别像约会，如果有第三个人的话我会考虑考虑。"

陆容："就是三人局。"

爱看热闹的女生转回去。陆容先逃课去约见了老王。

老王依旧是那身装扮，白色 T 恤，肥大短裤，人字拖，耳朵后面夹着烟。

他尽力了，试图用啫喱水固定头发，可是他的头发太过稀少，只能做出四方支援中央的效果。

陆容把自己代入普通消费者的心理，确定自己绝不想去这样一位油腻、肥胖、大腹便便的大叔摊位上买炸小鱼饼，更加坚定了自己需要对老王做一番彻头彻尾的形象设计的决心。

他招招手："跟我来。"

两人一同来到霁通、方晴结婚时他和霁温风做头发的那家理发店。

洗头小哥对陆容印象颇深，这个弟弟上次带着个帅哥来洗头，结果二话不说撸起袖子当起了洗头男孩。事后，全店的洗头小哥针对此事开了个会，一致认为他技术超好，极有可能是来砸场子羞辱他们的。要不是霁温风最后照常付钱，他们都打算把陆容列为终身禁入顾客名单。

洗头小哥带着营业式微笑："嘿，你来洗头吗？"

陆容从洗头小哥手里抽了张写着"年中店庆 惊爆八折"的传单，看了眼老王："他洗。"

洗头小哥心下了然："哦！里面有空位，你们进去吧！"说着他继续站在门前发优惠券。

陆容："你们给他洗。"

洗头小哥："哦！不好意思！我以为你又要亲自帮人洗——Tony，你招待一下！"

老王一边往里走一边问陆容："你在这儿打工吗？"

陆容放下书包，在理发店的候客区做起了作业。老王很快洗完了头，被按坐在高级总监的位子上。

高级总监摸着他的脑门："先生，您这个脱发问题很严重。"

老王："以前脱发才叫严重，一抓一大把，现在已经好多了，我刚在里面洗头发才掉了几根。"

里头传来Tony暴躁的声音："水管堵死了，谁来通一下！"

老王："……"

Tony又腰叫："没有人吗？！"

店里的小哥吹头发的吹头发，没有吹头发的跑去发传单，连高级总监都假装很忙地给老王梳起了头发。

一片寂静中，候客区传来陆容气定神闲的报价："通水管五十块。"

Tony："过来吧！"

陆容丢下纸笔，从高级总监身后经过，理发店里又恢复了活泼的气氛。

高级总监："先生，您以前掉得多，现在掉得少，那是因为您的头发已经掉光了呢！"

老王："……"

高级总监："先生在家里一般使用什么样的洗发水呢？"

老王："肥皂。"

高级总监："哎呀，这是不行的呀先生。头发就好比春天里的草，头皮就是生养春草的土。土壤出了问题，草就长不出来了。你见过拿肥皂施肥的土地能变成良田的吗？"

老王："你竟然说服了我。"

高级总监："我这里给您一个治疗方案，您听一听。建议您先做个头皮护理，清洁头皮毛孔，控制油脂分泌，恢复水油平衡，让您的头皮肌肤恢

复健康水润，然后再逐步增加刺激毛发增长的生长液。这样一套下来效果都很好，一个月下来就能让您满头长满细小绒毛。这里是我们店里的客人实拍对比图。"

高级总监调出手机照片，老王看得心痒难耐。

老王心动了："多少钱？"

高级总监："一个疗程 18888 块。"

陆容通完下水道回来，从高级总监身后经过："把他的头发全部剃光。"

老王、高级总监："……"

高级总监："可是一个疗程下来效果真的……"

陆容："不要让我再说第二遍。"

高级总监："好吧。"

老王剃光头以后，陆容带着他到结账台。

结账小哥："您好，洗剪没有吹总共五十二块。"

陆容举重若轻地从口袋里掏出传单，徐徐撕下虚线印刷的八折券，优雅地推到结账小哥面前。

结账小哥掏出计算器算了算："四十一块六。"

陆容："通水管五十块，倒找我八块四，微信。"

结账小哥："……"

陆容走后，理发店所有洗头小哥放下了钩心斗角，召开了紧急会议，会议一致通过将陆容列为终身禁入顾客名单。

这个人来他们店洗头还能赚八块四，恐怖如斯。

第十五章

儒雅富商会见青年优秀作家

陆容盯着老王锃光瓦亮的脑门，甚是满意。

老王的心情却很烦躁。他的头发本来就没几根，物以稀为贵，他对自己仅存的头发珍爱无比，现在全没了："你为什么突然把我叫出来，剃光我的头发？"

陆容严肃地说道："今天要见一位合伙人。"

老王想，就校门口一个炸小鱼饼的无证小摊，还有合伙人了？

陆容："抓紧时间，我为你设计了新形象。"说着他看了一下手上四十元的腕表，行色匆匆地往前走去。

老王被陆容肃然的神情感染，也被"合伙人"三个字所震慑，趿拉着人字拖追上了陆容："这个合伙人是什么来头？"

陆容："一个年轻的作家。"

老王肃然起敬："居然是个知识分子！那我跟他有的聊。"

老王一直眼高于顶、自命清高，满身铜臭的人他是不待见的，人家也不待见他。听说合伙人是个年轻作家，老王喜形于色，他满身文学才华正无处施展，说不定可以借此机会搭上文学圈的人。

老王："他主要写什么的？"

陆容："爱情。"

老王："笔名叫什么？"

陆容正色道："人家的马甲怎么能轻易泄露给你？"

老王："哦，哦，能够理解，粉丝太多，真身暴露不好混了，保护隐私嘛——不过人家大作家怎么会跟我们合伙开餐饮？"

陆容："市场不景气，大家都在找好的投资项目。"

老王心下叹服："我们……我们居然还成好的投资项目了？"

就那么一个板车，一个煤球炉子，剁碎鱼肉裹个面粉，听陆容的口气简直能融资了啊！

陆容："我跟她说你是个成功人士，打算新开个餐饮连锁。"

老王："那……那他到底是打算怎么跟我们合伙？"

陆容："她的创作将逐步往实体靠拢，尝试 OTO（线上消费者到线下，消费者线上支付，线下享受服务）联动。"

爱看热闹的女生要是能写个三言两语印在小鱼饼的餐巾纸上，那看的人可就多了，说不定还能搞纸巾连载，带动小鱼饼的销量——这就是 OTO 联动。

老王虽然一个字都没听懂，但那么多专业术语堆在一起，听着都激动："那我是得赶紧捯饬捯饬。"

陆容领着他到方晴给霁温风订西装的店里，把早已订好的西装取了，交到老王手里，催促他进去换装。自己也进了老王隔壁的更衣室，压低声音对他吩咐："一会儿饭桌上，你就努力说她写得好，说你很喜欢她的文章。至于她问起如何合作，你就说以版权入股的形式……"

售货员奇怪地看着两个更衣室紧闭的门——怎么听起来是两个上市公司老总在更衣室接头？什么样的生意需要在更衣室接头？

老王换完一身西装皮鞋出来，整理着袖扣，转身面向镜子，镜子中的自己让他愣住了。他忍不住挺直了腰板，镜子里的人跟他做着一样的动作，老王克制住自己揉眼睛的冲动，他现在看上去简直像换了个人。他清了清嗓子仰起了下巴，心想，从前只觉得我胖，现在看上去真是胖得像个老板。

陆容从口袋里掏出一根拇指粗细的金项链，在他脖子上挂好："跟你说的都记住了吗？"

老王盯着镜中陆容的动作，屏息静气，等待金项链垂在自己的脖子上。等了许久，他都没等到。老王觉得不对，抄起金项链咬了一口，斜眼看向陆容："这玩意儿搁水里都能漂起来。"

陆容："莫泊桑的代表作《项链》讲述了虚荣漂亮的女主人公借了条项

链去参加派对的结果……"

老王在陆容喋喋不休时默默捂上了他的嘴。

他打量着镜中自己的新造型：西装笔挺，头皮光亮，清清爽爽，很有点儿成功人士的模样："不过这条假金项链拉低了我的档次，看上去有点儿像暴发户。"

陆容："拉低你档次的不是假金项链，而是你的脸。"说罢他从口袋里掏出早已准备好的浓厚八字胡，贴在了老王的唇上。

爱看热闹的女生放学后背着书包到了陆容指定的餐厅——无忌餐厅。这还是他们做前后桌以来陆容第一次请她吃饭，他平时连卖个纸巾都不给打折。

爱看热闹的女生喜滋滋地觉得这一定是因为今天她为陆容做了情感咨询，他才请自己吃饭的。

爱看热闹的女生到了指定地点，的确还有另外一个人在，不是霁温风。那人四十开外，膀大腰圆，脑门锃亮，一身名牌西服，霸气外露地将双手搭在卡座背上，衬衫散乱不羁地散开最上头一粒扣子，若隐若现地露出里头的大金链子。

其他人若膀大腰圆、剃着光头、戴这么粗的大金链子会满身匪气，而这个人竟然透露着一股知识分子的儒雅，仿佛民国穿越来的人——只因他那两抹乌黑、亮丽、粗大的八字胡！

爱看热闹的女生心生戒备，偷偷倒退，打算撤退。

陆容余光瞥见了她，追了出去："就是这儿。"

爱看热闹的女生抱紧了自己的小书包："我不去了！"

陆容："……"

爱看热闹的女生警觉地看看卡座里的老王："你没跟我说还有别人！"

陆容："当时我们不是说过是三人局吗？"

爱看热闹的女生："但你没说是陌生人！"

陆容看她惊慌失措外加失望万千的表情就明白了："呵呵，你以为是霁温风吗？"

爱看热闹的女生："不是他我就走了！我不会跟陌生男人一起吃饭的！"

爱看热闹的女生濒临崩溃的表情难得一见，陆容大仇得报，懒散地往栏杆上一靠，手插着裤袋笑道："有我在，你慌什么？"

爱看热闹的女生四下一望："正因有你在，我才慌！你在教室里连小包纸巾的钱都赚！谁知道你跟里面那个看上去像斯文败类的豪门老男人做了什么交易，你完全有可能在菜里放点儿东西把我迷晕了然后……然后等我明天醒来以后，我就失去了某样重要的东西！"

陆容耸耸肩："好吧！"他从容走向一旁。

爱看热闹的女生探头探脑地四下张望，陆容欲擒故纵不会是多叫了几个人手吧？只要她踏出楼梯一步，就意味着计划A失败，进行巧取豪夺的计划B！

爱看热闹的女生正透过护栏玻璃观察敌情，陆容拿了一杯饮料出来，递给她。面对爱看热闹的女生明显不信任的目光，陆容道："冷静一点儿。我像是跟人口贩子组织有联系，还会坑害同学的那种人吗？"

爱看热闹的女生一秒钟都没有犹豫："像。"

陆容："里头的人是我的一个远房亲戚，早年间承包工程，赚了不少钱，现在想转行。他本身是中文系毕业的，有很高的素养，听说你写书，看了一点儿你的东西，有兴趣把你的作品印在纸上。"餐巾纸上。

爱看热闹的女生愣住了，小嘴微张，脸上一副交到好运的表情。

陆容："所以，他想邀请你吃顿饭，谈谈合作的事。"

爱看热闹的女生："真……真的吗？"

陆容看爱看热闹的女生已然心动，抬手看了看表："是我考虑不周，让你贸然和陌生大叔吃饭，你有顾虑也正常。我送你回去吧！"

爱看热闹的女生："不不不不不不，人家大老远跑来放人家鸽子也不好，来都来了……"

陆容欲拒还迎："大家都不认识，到时候万一闹得不愉快就不好了。"

爱看热闹的女生一拍他的胸膛："那不是有你在嘛！"

陆容跟爱看热闹的女生一起走进餐厅时，收到了霁温风的微信。

霁温风："到家了吗？"

陆容："嗯。"

霁温风："晚点儿回来，给你带好吃的。"

陆容："不用了，我做完作业洗洗睡了。"

商场另一头，霁温风收起手机，心烦意乱地对令仁道："我得先回去了。"

令仁："今天是给你举办的派对——哦，是因为那个人吗？"

霁温风有个很关注的人，令仁从前以为是方长，后来发现这一切只是误会，这导致令仁被一个新的问题所困扰，他想知道那个搞得他和霁温风差点儿拿刀互砍的人究竟是谁，一点儿头绪都没有。

此时此刻是这么多天来这个问题第一次有所进展。

霁温风没有注意到黑暗的包间里，令仁闪闪发亮的双眼，只是有口无心地"嗯"了一声，在音乐嘈杂声中若有所思："他好像有点儿生气了。"

令仁："他究竟是……"

霁温风接过话头："是在气我回去得太晚，还是气我没有带他来？今天的派对我告诉过他了，他当时什么也没说。"

令仁装出一副很懂的样子："你根本就不该提。"

霁温风恍然大悟："对对对，提这个问题就是对他的大不敬。"

令仁从霁温风嘴里听到"大不敬"三个字真是恐怖如斯！

究竟是什么人可以把霁温风训成这样啊？

霁温风一刻也坐不下去了："我先走了。"

令仁："我送你！"

霁温风："不用了，我有司机。"

令仁眼看霁温风在（1）班人的一片哀鸿声中提前离场。

好奇心杀死了令仁。

霁温风走出门外，突然想起来这里有家不错的馆子叫无忌，他答应过要给陆容带点儿好吃的。也许陆容吃饱了就不会乱发脾气了。

他是我爸爸

陆容关掉和霁温风的对话框，落座。

爱看热闹的女生看着对面的老王，紧张又不失兴奋；老王看着对面的爱看热闹的女生，眼神充满疑惑。

这小丫头片子就是当代著名青年作家啊？她真能写爱情故事？

陆容："这就是小萧。"他给老王使了个眼色，请他立刻开始无脑瞎吹。

老王会意。

改变了形象的老王也改换了行事作风，新套装简直让他改头换面、脱胎换骨。只见他给了陆容一个安心的眼神，站了起来，一边声音洪亮地笑着，一边跟爱看热闹的女生热情地握了握手，用低沉如洪钟的声音慢条斯理地说道："原来你就是小萧啊，你好你好！哎呀，我可是你的忠实读者

啊，今天终于见到偶像，太激动了……介不介意给我签个名啊？"

陆容心里暗暗叫声"不好"，老王吹过头了。

爱看热闹的女生紧张的程度直线飙升，满脸通红："您……您看过我的文吗？"

老王："那是自然！虽然我已过不惑之年，但爱情是文学的母题，到哪个年纪都是爱看的！"

爱看热闹的女生笑不出来了。

爱看热闹的女生："想不到……叔叔思想那么前卫……"

老王做出一副天下英雄出我辈的雄壮："这不是思想前卫不前卫的问题，爱情原本就是自由的，平等的！不瞒你说，我就爱看你这种先锋爱情文学！哈哈哈！"

爱看热闹的女生从当众处刑的伤痛中恢复过来，眼神发亮，肃然起敬，果然是大家之风！

陆容假装托腮，偷偷给老王使了个眼色，让他别吹了，赶紧进入下一个环节。

老王："容容已经跟你说过了吧？这次我来呢，是想跟你谈一个合作项目——我想把你的作品，印成铅字，分享给更多人！"

爱看热闹的女生脸上的笑容慢慢散去了，她沮丧地道："叔叔，很难的。"

老王疑惑地看了一眼陆容。

陆容在爱看热闹的女生身后缓慢地冲老王摇了摇头：相信我，你不会想看的。

老王越发好奇了，决定此事待会儿再议，控制着面部表情安抚爱看热闹的女生道："不要紧，我们有别的渠道。"

爱看热闹的女生涉世未深，老王一脸信誓旦旦，就松了口气："那我需要写多少字啊？"

老王："不需要很多，咱们重质不重量！哪怕一天一句都行！"

爱看热闹的女生喜形于色，小心翼翼试探道："这样……稿费也不会特别多吧？"

这就问到点子上了。

就这个小鱼饼流动摊位现在的资金储备来看，老王根本发不出任何稿费。

老王遵循着陆容教给他的说辞，面色凝重地一拍爱看热闹的女生的肩：

"像你这样的知名作者，只给你发稿费简直是侮辱你！我要给你10%的期权！"他要给爱看热闹的女生那个不存在的期权！

爱看热闹的女生吃了一惊，她哥在某公司上班，知道期权是什么！

爱看热闹的女生彻底飘飘然了，哇，老娘果然不是凡夫俗子！

见爱看热闹的女生彻底沦陷了，老王跟陆容交换了一个眼色。

老王拿出授权合同，爱看热闹的女生签了，期待着未来一夜暴富。

霁温风步履匆匆走进无忌餐厅，饭厅服务员笑脸迎上："先生请问几位？"

霁温风："点几个菜打包带走。"

服务员："好的，这里是菜单。"

霁温风在门口坐下，开始点菜。这里的甜品不错，他很喜欢，给陆容带回去尝尝。

就在霁温风聚精会神翻动菜谱的时候，他听到不远处传来一阵儿耳熟的笑声。

霁温风猛地抬起了头，盯着笑声传来的方向。

几秒钟以后，霁温风脸色一沉，起身大步流星朝卡座走去。

陆容正在和新的"合伙人"说笑，突然感到身后一阵儿冷气。他都不用回头去看，就把勺子一丢，头痛地靠在椅背上，不会吧，霁温风又来了，说好的是去开派对了呢？霁温风一个晚上的清净都不给他？！

陆容怀疑霁温风在自己的手机里安了定位器。不然怎么解释不管去哪儿霁温风都能刚好撞上啊！

对面的老王直面霁温风，大胡子底下的脸失去了风采，胆怯地转动着小眼睛——他没有忘记这个让他在陆容家里修了一下午门的男人。

爱看热闹的女生察觉到气氛不对，默默回头，倒抽了一口凉气，霁温风！

霁温风杀气腾腾地盯着陆容的后背！

她紧张地回过头。

陆容僵硬地一点点回头，对上了霁温风阴沉的脸。

霁温风甚至都不用说什么，只需要往阴影里那么一站，然后等陆容发现他以后转身离去，就可以完美表达出"你死了"这层意思。

陆容赶紧追了出去。

"霁温风！"

霁温风听到陆容急切的声音，停下了脚步，停顿了两秒钟，转过身来愤怒地指着无忌餐馆："这就是你说的乖乖在家？"

他口口声声说在家，一抽空就跑出来见老王？！

陆容难以直视霁温风，眼神默默地往旁边扫，结结巴巴道："我……我没有……"他浑身上下都写满了尴尬。

这是被霁温风视为谎话连篇的特征——他都不敢看自己的眼睛！

霁温风冷笑一声："没有，那里面坐着的那个男人是谁？"

陆容错误地以为霁温风的意思是，他根本没认出里面坐着的是老王。他们俩只有一面之缘，老王经过这番形象设计完全大变样，他认不出来也很正常。既然如此……陆容心中一定，仰起脸无辜地对霁温风说道："他……他是我爸爸。"

霁温风看着陆容此番说辞极其无语，你当我看不出来那个男人就是礼拜天的胖秃头吗？！

他都给气笑了，这个男人真是谎话连篇。

霁温风抓住了陆容的破绽，反而镇定下来，冷笑一声："哦，原来是你爸爸。"

演，你继续给我演。

陆容乖巧地"嗯"了一声。

霁温风手插着裤兜："既然如此，我们也算是一家人了，我去跟他打个招呼，不为过吧？"说着，他大步流星地走向无忌餐厅。

陆容："……"

陆容抢在霁温风之前蹿到桌子前，盯着霁温风的球鞋，介绍老王："这就是我爸爸。"

爱看热闹的女生蒙了，这竟然是……是陆叔叔？！

老王："……"

霁温风皮笑肉不笑地伸出手："叔叔好。"

老王突然喜当爹，莫名其妙看了陆容一眼，在陆容的眼神催促下站起来，跟霁温风握手："你……你好。"

霁温风彬彬有礼地微笑着，将危险的目光投向爱看热闹的女生："你又是陆容的……"

爱看热闹的女生近距离接触霁温风，感受到他眼神中的杀气，打了个寒战，脑袋一时间短路："我……我是他亲妈！"

霁温风的笑容凝固了，你们俩是来逗我的吗？！

翻车在这里等着他呢

无忌餐厅走廊右首边第一桌卡座，气氛凝滞。

陆容和霁温风并排坐在桌子一侧，老王和爱看热闹的女生并排坐在桌子另一侧。

几人谁都没有开口，所有人都僵硬地坐在那里，眼神坦荡却拒绝与任何人对视。

谁都不知道情况为什么会变成这样，即使是霁温风。

就在刚才一瞬间，老王变成了陆容的爸，爱看热闹的女生变成了陆容的妈。霁温风狞笑着，假意接受了这种设定，欣然入座——演，你们继续给我演，我看你们能演成什么样！

爱看热闹的女生大吃一惊，连这种设定他都能信，我只好硬着头皮继续演下去了！

老王对场上的情况一无所知，悄悄询问换坐到他身边的爱看热闹的女生："这位是……"

爱看热闹的女生低声在他耳旁道："他是容容的好朋友。"

老王假装了然，"哦"了一声，然后眯起了老花眼，打量起了霁温风。

霁温风："……"

老王盯了一会儿霁温风，发现自己把这小子从嚣张跋扈盯到偃旗息鼓，心想，哈哈，我果然在气势上压倒了他！

敌弱我强，敌逃我追。老王深谙孙子兵法兼游击战法，一旦掌握了主动权，就挺直了腰板，趾高气扬地盘问起霁温风来。

老王："小伙子哪里人啊？"

霁温风："祖籍S城，在国外待了几年，刚回来。"

老王："你跟容容是怎么认识的啊？"

霁温风偷看了一眼陆容："自从他搬到我家里来以后……"

爱看热闹的女生倒抽一口凉气，瞪圆了眼睛。

老王询问陆容："所以你从家里搬出去以后，就跟他一起住？"

爱看热闹的女生扭头，双眼发绿地盯着老王，陆容的爸爸都这么说了，这肯定是真的了！

陆容："……"

陆容大脑放空，从刚才起就已经完全放弃了思考。

爱看热闹的女生脱口而出的"我是他亲妈"，陆容就放弃了。如果说，之前他告诉霁温风老王是他爹的时候，霁温风还有可能被他骗到，那爱看热闹的女生说是他妈，这就没法搞了，纵使他在场也无力回天。

即使后来大家都看似心平气和地坐了下来，陆容也直接放弃参与。在他看来，今天这场戏没演演，最后翻车避无可避。所以他只是坐在一边，眼神空洞，神游天外，静等着末日的降临。

陆容："……"

"给我来杯酒，度数越高越好，谢谢！"陆容对服务员道。

他的斜对面，老王正在扮演一个老父亲的角色，正在跟霁温风聊天。

霁温风："……"

正巧服务员端来陆容的酒，霁温风抢先给自己倒了一杯，一饮而尽。

老王继续道："你在学校里成绩怎么样？"

霁温风："还成。"

老王："还成是几分啊？"

霁温风："叔叔，我才转学过来没几天。"

老王"哼"了一声："那我们容容不能跟成绩不好的来往。"

爱看热闹的女生连忙搭腔："哎呀，别呀，霁同学是国外回来的，没来几天就在（1）班当上班长了呢，很有能力的呢！"

老王嗯一声："勉勉强强。希望你给我们容容带来好的影响，帮助他做作业……"

爱看热闹的女生目瞪口呆地看着他。

老王连忙改口："一起做作业，有问题多交流沟通，不要老想着玩，学生嘛还是以学业为重。"

霁温风又开始默默饮酒。

老王："小伙子你家里有几口人啊？"

霁温风："四口。"

老王："不是独生子啊？"

霁温风："以前是，后来我爸二婚以后……"

老王眉头一皱，觉得事情并不简单：这个男生是单亲家庭出来的啊……

老王确认道："之前一直是你跟你爸两个人过？"

霁温风："嗯。"

老王"啧"了一声。

爱看热闹的女生连忙为霁温风说话："他爸爸肯定忙于赚钱养家，那这个男孩子就比同龄人更能干，有更强烈的家庭责任感和家庭归属感。"

老王"嗯"了一声："你说得也有点儿道理。"

霁温风："……"

老王挑剔地问道："你爸爸是干什么的啊？"

霁温风："上市公司老总。"

爱看热闹的女生骄傲地说道："他爸爸还给学校捐了座图书馆呢！"

老王一改挑三拣四的模样，对霁温风肃然起敬，连跷着的二郎腿都放了下来，要不是他扮演一个含辛茹苦的老父亲，都要跪下去舔霁温风的球鞋了！

老王赶紧给霁温风满上："怎么光说不喝啊，来来来，以后咱爷俩一起去钓鱼。"

霁温风："……"

两人就这样推杯换盏喝了起来，直到酒席散了，宾主尽欢。老王带着爱看热闹的女生、霁温风带着陆容各回各家。

陆容吹着夜风，站在花坛边上，眼神空洞。

霁温风把老王和爱看热闹的女生分别送上出租车，回来阴沉着脸问陆容："这两个人是怎么回事？"

陆容猛地惊醒了，啊，果然翻车在这里等着他呢！

陆容实话实说："老王找爱看热闹的女生想做点儿小生意。我帮他们……帮他们牵个线。"

现实中的霁温风还在质问他："那我问你的时候，你为什么说老王是你爸？"

陆容头痛："你不在，我出门见老王，你会不高兴。"

霁温风就是对陆容不肯说真话、扯什么老王是他爹有所不满。听了陆容的解释，他也释然了，原来陆容不是不考虑自己的感受偷偷跑出来玩，而是太考虑自己的感受，才这样战战兢兢。

"我宁愿你说真话，也不想这样成天患得患失。"霁温风的大手按在了陆容的头顶。

"别碰我！"眼神散乱的陆容猛地回神，一蹦三尺高，一边退避三舍一边对霁温风做着手势，"不要靠近我！不要黏着我！不要跟我说话！我受够了！"说着他便拦了一辆车，对司机说："去锦城庄园！"

霁温风刚往前跟了一步，陆容就钻出来指着霁温风道："你自己叫车！不要跟我上同一辆车！"说着他上了出租车消失在夜色里。

霁温风："……"

小鱼饼，开张

陆容回家以后，赶紧锁上了门，打开了电脑，把心思集中在赚钱上。

他根据酒席上跟爱看热闹的女生签的授权合同，拿到了爱看热闹的女生的所有文档，打包发给老王，让他这个中文系大才子从中找寻爱情金句，做小鱼饼纸巾的文案。

老王一看，大惊失色，原来今天晚上跟他吃饭喝酒嫁女儿的竟是这样一位青年作家，恐怖如斯！

老王："这是什么东西？！"

陆容："先锋爱情故事。"

老王火冒三丈："这根本不是先锋爱情故事！这只是……这只是大众小说！"

陆容早就料到是这个结果。老王自诩为严肃文学最后的继承人，对市面上的所有流行作品都视为粪土。如果他知道爱看热闹的女生写的内容，他在餐桌上绝对不会对她那么客气。

所以陆容选择性地保留了一些信息，以便让老王能够真心实意进入状态，使签约顺利进行。

现在木已成舟，老王再想反悔也不可能了。

陆容："现在就流行这种文学题材。"

老王："这是快餐文学、速食文学！"

陆容发出振聋发聩的一声吼："老王，你的文学梦早在你离开报社的时候就支离破碎了，你清醒一点儿！你现在的梦想是成为城南大学卖小鱼饼的王者！"

陆容："为了这个新的梦想，我们需要从这些先锋爱情故事中大浪淘沙，找到优秀的文案。时代在进步，萧竹清知道年轻一代的想法。抛开主要内容，她写的句子还是很有韵味和神秘感的，适合传播。"

老王迟迟没有回应，半晌才突然回复道："唉！"

陆容嘱咐老王要从爱看热闹的女生的文中提炼出五十句可用的句子。明天早上在学校门口会合，老王去炸小鱼饼，他去学校门口打印餐巾纸。

给老王布置完作业以后，陆容下线，做完了作业，心烦意乱地回去睡觉。

第二天，陆容推开了房门，趁霁温风还没起床，偷偷溜出了家门，左顾右盼，从车库推出了自己心爱的自行车，骑上就跑。

天色蒙蒙亮，街上行人稀少，陈玉莲正准备开火。

远处突然传来一阵儿富有激情的电动马达声，陈玉莲抬起了头。

她望见一个西装革履、皮鞋和脑门一起锃亮、戴着一副太阳镜的男人，摆着一张酷脸，骑着一辆电动三轮车驶向了她。

两旁的清洁工纷纷让路。

陈玉莲赶紧低下了头，默默地用饭铲刮起了木桶里的糯米。

那辆电动三轮车却爬上了人行道，稳稳停在了她面前，一如男人的右腿直直撑在了地上，"砰"的一声，敲在她的心尖。

陈玉莲忍不住从他粗壮的小腿一路看到了戴着大金链子的衬衫领口。

男人邪魅一笑，下车，烧起了煤球炉子，铺好了面粉工作台，将鱼肉、面粉铺开，从口袋里掏出一双医用消毒橡胶手套，戴上。

这个人，竟是要来摆摊的！

陈玉莲在城南地头称王称霸十三载，熬死了不知道多少想从她这里分一杯羹的新人。就上回那个老王，陈玉莲就用自己的勤快、麻利、流水线工作模式以及降价活动，生生把他逼得退出市场！

可在这一刻，陈玉莲从一个此前从未见过的新人的身上，感受到了一股王霸之气！

这股王霸之气，震得她不敢上前斥责他占了自己三十厘米左右的位置，只敢偷偷把手推车往旁边挪挪。

旁边卖煎饼馃子的大叔："你……"

陈玉莲大吼："过去点儿！"

大叔："……"

天色亮得很快，街上的行人陆陆续续多了起来。这个时间点起床的都是退休的大爷大妈，他们天生热情，喜欢群居，买个早饭都要唠半小时，与陈玉莲很熟。

陈玉莲一口气卖出了二十多个粢饭，摊位前的队伍甚至开起了小型茶话会。陈玉莲一边飞速包粢饭，一边用余光瞄新来的竞争对手。

只见男人如老僧入定，把鱼糜放入面粉团子中，裹好，压扁，面无表

情地放入油锅。然后他从西装口袋中拿出一只旧怀表，开始计时。

陈玉莲："……"

男人凝神看着指针，待到了时间，将小鱼饼捞起来放在沥架上，再重复以上步骤。

陈玉莲观察了一阵儿，偷笑。这个男人，一个饼都没有卖出去。陈玉莲敏锐地发现了对方的问题，大清早的谁吃这种油炸的东西，他对早餐市场根本一无所知。

就在这个时候，一辆单车突然掠过陈玉莲的视野，单车上的少年大汗淋漓，但面容冷峻。陈玉莲一惊，已经到了学生上学的时间了吗？

她看了一下表，6点20分。

这个同学是怎么回事？！这么热爱学习吗？

陈玉莲一边机械地裹粢饭，一边留心着少年。

只见少年从非机动车道流畅地转弯，长腿一撑上了人行道，停在西装男的面前。然后，他从自行车侧面，解下了一块黑底灯牌。

西装男接过，挂到了自己的电动三轮车的右边把手上，正对着校门。

他一打开开关，灯牌亮了起来，五彩缤纷！只见中间是三个光彩夺目的大字——小鱼饼！

陈玉莲大惊！

其他做鸡蛋饼、煎饼馃子、烤玉米、烤红薯、卖粥、炸油条的小贩全部大惊！

这个男人居然还有灯牌？

西装男将U盘（闪存盘）递给少年："全在这里面了。"

少年："我去去就回。"说着他长腿一蹬，冲向对面刚开门的打印店。

陈玉莲想，他们是在做非法交易吧！

霁温风坐在车里，盯着在校门口排队买早餐的陆容。

早餐摊前人山人海。

老宋从后视镜里瞄了一眼大少爷："小少爷留在地下车库的自行车不见了。"

霁温风："……"

老宋："他应该是骑自行车上学的。"

霁温风："……"

老宋："他事先没有跟我打招呼。"

霁温风："……"

老宋："大少爷您看您要不要先去道个歉什么的……"

霁温风的眼神狠狠扫了过来，随后他下了车，重重关上车门。

他单肩挂着书包，气势汹汹地走向了陆容。

他还没过马路，三十米开外的陆容就感到了一股冷风袭来。他心烦意乱，猛地回头大吼一声："走开！"

霁温风脚底打转，转身就走，满脸冰霜、表情盛怒地走进了校门。

你的今日运程

陆容吼退了霁温风，发现周围的人全莫名其妙地盯着他，连忙低头看英语书。众人很快对他失去了兴趣，专注地在老王的摊子前排队。

今天老王第一天开张，一直在摊子前忙着炸饼，而陆容也一直忙活到现在，炸饼之外还有一系列操作。

陆容6点20分到位以后，就去学校旁边的打印店里打印纸巾。因为"全员恶人组"长期在那里复印各类试卷，老板给陆容开通了加急服务。

将纸巾送到老王那里以后，陆容又带着"全员恶人组"马不停蹄地开始造势。

邓特是最早到的。他把拳馆所有的小弟子都带出来了。小弟子年龄从五岁到五十岁不等，个个身穿"精武拳馆"的黑白训练服，额头上绑着黑色束带，上书"男儿当自强"五个字，站如松，行如风，与为首的邓特一样看起来酷酷的。

陈玉莲刚才还在得意老王架势十足，却一个饼都没卖出去，忽见一帮拳王自街边走来，手中的粢饭团都吓掉了。

想来陈玉莲摊前买早饭的人也停下了脚步，目光循着拳王们行走的路线，朝正炸小鱼饼的老王望去。

这个人一身名牌西装，手戴医用手套，一丝不苟地在板车上做小鱼饼，浑身上下都是谜。

李南边拎着他的深蓝色蓝牙音箱，走在拳王队伍的侧面，像是带队老师。

他跟着节拍点着头，走到陆容身边，眼看邓特带领众人纪律严明地排队买饼，为老王疯狂攒人气，赞叹道："效果很好，一炮而红。"

李南边弄着灯牌："你都弄了这个？"

陆容："灯牌是为了让街对面的城南学子能够看到我们的产品，从而将他们吸引过来。"一会儿，他又说道，"老李，音乐有点儿太刺激了。"

李南边耸耸肩，按掉了蓝牙音箱。

陆容拍拍他的肩膀："你是市场经理，又不是DJ（唱片骑师）。"

李南边："容容，我要跟你坦白一件事，其实我暑假兼职在夜场做DJ。"顿了顿他又道，"寒假也要去。"

李南边是在高中毕业以后发现自己对DJ这一行感兴趣的。他热衷于找寻现实生活中的各种刺激场景，在酒吧里切换适合的背景音乐增添氛围，这让他有一种做上帝的快感，仿佛他导演了眼前的这一切。

这个爱好为他提供了无穷无尽的乐趣。

陆容早就觉得李南边不对劲儿了，走哪儿都带着那个蓝牙音箱。不过他很支持每个人寻找自己的兴趣爱好和技能天赋，他会理发和通水管，凭什么李南边不能当DJ呢？

陆容："不要影响正常工作就好。"

"那是当然。"李南边掏出口袋里的手机，围着老王上下一顿抓拍。

于是，当天早上，城南大学提供学习服务产业链大大小小的群里，通通收到了一个消息——"校门口有个人在卖小鱼饼！"

小鱼饼除了限量供应，没有任何缺点。

每天中午，城南大学的食堂都因为小鱼饼发生小规模冲突，即使陆容，十有八九也会空手而归，普通学子们更是怨声载道。

校门口突然来了个卖小鱼饼的人，犹如平地一声惊雷，吸引了所有人的注意力。

"味道怎么样？跟食堂比如何？"

"多少钱一个？"

"现在还有吗？我想尝尝。"

"这个老板怎么那么奇怪？"

一石激起千层浪，李南边冲陆容轻松地点了点头，做了个OK的手势。

造势第一步——城南学子知道校门口有卖小鱼饼的，成功！

在城南大学，大家每天都起得很早，有些人不去食堂，而是选择校门口的摊位。李南边发消息时，还没到上学高峰期，大家一接到这个消息，不少学子就往老王的摊子前赶了。

眼见有三三两两的学生停下了脚步，但碍于眼前这一溜精武拳馆的拳王不敢靠近，陆容赶紧让邓特带着手下撤走。

邓特："不是你叫我多找点儿人的吗？"

他接到的任务，是带人撑场面，制造生意火爆的假象，说白了就是托儿。

现在听陆容的意思，似乎是连托儿都没有做好，邓特垂下了脑袋，看上去有点儿蔫蔫的。

陆容知道邓特又受打击了，连忙正色道："你做得很好，远远超乎我的意料了，我根本没想到你能带来这么多的人。只是你做得有点儿太好了，我们这边却没有准备好，是我们配不上你。"

邓特像是被重新浇了水的花，抖擞精神挺起了腰："没有的事，你是最好的。"

陆容稳住了邓特的心，把他揽到一边："你带的人太多，老王做不过来了，而且真正的顾客也排不到号。你们能不能先撤退，把宝贵的时间让给别人。"

如果邓特只是一个人，邓特就算饿死，只要陆容发话，他也要给别人腾地方。

可是这次他也是带着弟子出来的，他们也有难处。

邓特："我们昨天晚上都勒紧裤腰带，没吃饭，就等着来老王摊上大吃特吃。"

为了吃得香，邓特饿了小弟子们一顿。他自己饿了两顿。

陆容听了，深为感动。想不到邓特表面上酷酷的，其实那么有集体荣誉感、组织纪律性，他们"全员恶人组"的骨干果真有凝聚力！

陆容立即从老王那里抓了几个刚出锅的小鱼饼塞给邓特，道："我是不会让你们挨饿的。跟我来。"

一分钟后。

陈玉莲的摊子前被精武拳馆的拳王团团围住，水泄不通。

邓特："每人三个粢饭，加里脊肉加咸蛋加肉松加海鲜酱，谢谢！"

陈玉莲吓得瑟瑟发抖："一个十二块。"

邓特："我学长说我们团购这么多打五折，可以吗？"

陈玉莲："你学长都发话了，那还有什么可以不可以……"

于是，每天早上都来陈玉莲摊上买粢饭的固定客户，发现今天排在自

己前面的订单格外多。

他们在问了好几遍得到"还有一百个"的答案后，城南学子将目光投向了隔壁的新面孔。一个穿黑西装、戴橡胶手套炸着小鱼饼的卖家。

陆容发现城南学子渐渐被吸引到老王的摊位上，忍不住紧张起来。

李南边："要不要进行第二步计划？"

陆容："再等等。食客对我们的货到底什么评价，还没有定论，万一口感不够好，纸巾也没有用。"

他回头，紧紧盯着一边吃小鱼饼一边买粢饭团的邓特，问道："好吃吗？"

邓特："好吃。"

陆容："跟学校食堂里的小鱼饼口感相比怎么样？"

邓特用仅剩的右眼望着陆容："跟这比起来，学习食堂的就是垃圾。"

陆容微笑地冲他点了点头，回到了李南边身边。

李南边调侃道："食客反馈如何？"

陆容四下张望："我们需要调查真正的食客。"

李南边："那闯王？"

陆容："粉丝滤镜太厚。"

李南边"嗯"了一声，叫上了颜苟，一起去问其他食客了。

郭靖挂着拐跳下了爸爸的小面包车，闻到了空气中香香的油炸味道，望向了老王的摊位。郭靖是家里的独子，父母很宠他，妈妈为了让他骨折早点儿痊愈，每天都给他炖骨头汤补身子。郭靖吃得快吐了，很想尝些新的。所以他每天在家里吃一顿早饭，再来学校里假装没有吃过早饭，让牛艳玲给他出去买早饭，吃两顿。妈妈常说外面的东西不要吃，脏，可是这些东西这么香、这么好吃，郭靖控制不住自己。今天的空气中有股香喷喷又熟悉的味道。郭靖冲着虚空嗅了两下，目光锁定对面人头攒动的小摊，不由得挂着拐走了过去。他已经等不及发微信给牛艳玲让她来带饭了。

早饭摊上的陆容瞄见郭靖，哟了一声。

郭靖跟他打招呼："早上好！"

陆容退了几步和郭靖排在一起："这里在卖小鱼饼，不知道跟食堂比怎么样？"

郭靖："哇！多少钱一个？"

陆容："跟食堂一样。"这样的定价是不希望城南学子有"校门口的小鱼饼不如食堂的小鱼饼"的想法。

郭靖数了数口袋里的硬币，发现多了："那我请你吃吧！"

郭靖每天有二十元钱的零花钱，吃光用光，自己用不完就请客。

陆容轻笑了一声，把他的手指重新缩回去，包住那些硬币："郭靖，你听好，如果零花钱多了，就存起来，不要随便请客。你不知道你以后漫长的一生中会不会乞讨为生，到时候也许这几个硬币，能让你在除夕的大雪天里不至于饿死。"

郭靖："……"

陆容："我请你吧！"

郭靖："好，好的。"

两人在队伍里挪动，很快排到了前面。陆容给郭靖买了一个小鱼饼。

陆容："尝一尝。"

郭靖咬了一口小鱼饼，仔细咀嚼。陆容关注着他面部肌肉的细微动作。

"怎么样？"

郭靖："面皮比食堂厚，鱼肉不如食堂多，也不如食堂新鲜，少了点儿鱼肉天然的淡淡甜香；炸了太久，烟火气较重。不过面皮厚，面包糠裹得也厚，吃起来香脆人嚼劲儿；鱼肉够嫩，调料放得多，强烈的辛香料掩盖了鱼肉本身的味道，取而代之的是让人无法拒绝的重口味……"说到这里，他傻呵呵地笑了起来，"我就喜欢这种东西！"

陆容长松一口气。如果说雾温风代表着大少爷的刁钻口味，那么郭靖就代表着平民口味。郭靖是陆容有生以来见过最馋的人，换句话说，他是个见多识广的美食家。听见郭靖对于小鱼饼的定位以及肯定，陆容松了口气。他们在学校门口的小摊界可以活下去的了，至于重口味、高油高盐，他对小鱼饼的畅想本来就是如此！

李南边带着颜苟回来，将调查结果反馈给他："参与调查的共二十六人，有88%的人觉得味道不错，比学校里的好吃。"

"去进行第二步计划吧！"

李南边嗖地摸出纸巾，肢体语言夸张、眉飞色舞道："这个纸巾上居然有今日运程！"

陆容："……"

李南边装模作样看了自己的，又追着要看别人的，引得摊位附近的人全注意到了裹小鱼饼的纸巾，纸巾上居然印着字。

郭靖低头看向自己手中的纸巾——

"抚平轰轰烈烈的，是时间；而抚平时间的，是温柔相伴每一天。"

郭靖："说得太对了！老板再给我来两个！"

今天，他要给牛艳玲带早饭。

邓特低头看向了自己手中的纸巾——"不要觉得 TA 高不可攀，TA 只是你手中暖暖又带刺的小鱼饼呀！"

邓特回头看了眼陆容，又看看手中的小鱼饼，学长是……是小鱼饼？这样岂不是要把它供起来……

"不，学长就是学长，学长才不是小鱼饼。"邓特酷酷地想着，把小鱼饼丢进了嘴里。

颜苟求了各路神仙，仪式感十足地打开了纸巾——纸巾上冷冰冰地写着六个字，"你会孤独终老。"

颜苟："……"

陆容忙得又累又饿，吃完小鱼饼，扫了一眼手中的纸巾——"目前没人配得上你。"

陆容"呵呵"一笑，优雅地擦了擦嘴唇，把纸巾团起来，往垃圾桶里一丢。

他们周围，每个打开纸条的人或惊或喜或迷惘，但他们通通掏出了手机。城南大学的各个社交网络，炸了。越来越多的人涌向了老王的摊子……

你是人吗？这么欺负他

爱看热闹的女生走着来上学，看到学校门口有个小吃摊人山人海，不禁被吸引着走了过去。

人群中的陆容瞄见爱看热闹的女生，心道不好，立刻拍了拍李南边的肩膀："这里你看着。"

李南边做了个 OK 的手势。

陆容沉着脸朝爱看热闹的女生走去。

他们的造势颇有成效，现在全校都知道校门口有人炸小鱼饼，他的餐巾纸还可以预测今日运程。但是那个今日运程取材、提炼自爱看热闹的女生的小说。

虽然陆容会为此支付 5% 的营收作为稿费，但爱看热闹的女生知道这件事恐怕会爆炸。陆容不能让她在这个节骨眼上爆炸，必须把她引开。

爱看热闹的女生见到他眼睛一亮，用力挥了挥手。

陆容换上一副盛怒的表情，走到她面前站定，一句话不说，冷冷地剜了她一眼，绕开她走了。

爱看热闹的女生蒙了，她连去新的早饭摊上看热闹的心思都没有了，立刻掉头追上了陆容："容容，你怎么了？"

陆容："呵，怎么了？"

正巧身边有两个女生经过，拿着恋爱纸巾讨论——

女生A："'在垃圾桶里捡男友，不如在垃圾桶里捡流浪狗。'这是不是在暗示我该找个新男朋友了？"

女生B："我早就告诉过你苏友先是个渣，为什么我告诉你，你不信，那个男人给你的纸巾你就信？！你总是这样！"

爱看热闹的女生被吸引了注意力，哪里有恋爱话题哪里就有她。而且那句"在垃圾桶里……"有点儿耳熟，爱看热闹的女生忍不住转头看她们手上的纸巾。

爱看热闹的女生的视线突然被陆容挡住："你就一点儿也不觉得惭愧吗？"

爱看热闹的女生被拉回了神志，陆容还从来没有对她发过脾气："容容……"

陆容说完就跑，大步流星地往前走，爱看热闹的女生在他的引导下，三步并作两步远离讨论今日运程的女生。

爱看热闹的女生终于追上了陆容，挡在他面前："到底怎么了？"

陆容阴着脸垂下了眼睛。

不远处，霁温风跟令仁从篮球场回来，见到陆容，盯了他几秒钟，收回了目光，自顾自朝第一教学楼的侧楼梯走去。

爱看热闹的女生晴天一个霹雳："霁温风今天没有往第二教学楼的侧楼梯走！"

霁温风往常都是从第二教学楼上楼，从（8）班门前经过。

爱看热闹的女生摸着下巴，陷入了沉思："不过你就站在这里，他确实没必要绕远路。"

这时候，他们身边经过一个长得很阳光、笑起来有虎牙的男生："纸巾上说今天我就会脱单，哈哈，这种事情谁会相信嘛——"

"小凌！"一个穿制服的可爱女生气喘吁吁地追上来，"你……你可以

做我男朋友吗？！"

男生："你不是每天打我嘛……"他以为她超讨厌自己的……

女生红着脸扬起了拳头："不要胡说八道了！打……打你哦！"

男生吓得一缩："好……好吧……我答应你。"

女生捂着脸跑走了，落下了手中的纸巾。

纸巾上书——"今日，宜表白。日日，宜表白。"

男生和朋友面面相觑："好像有点儿灵……"

朋友："你先走吧，我要回去买小鱼饼了。"说着他就以百米冲刺的速度冲出了校门。

男生："哎……"

一旁的陆容和爱看热闹的女生："……"

爱看热闹的女生："我受不了了，这个学校今天有哪里怪怪的，你先等等——"说着她向男生走去，想问问到底是怎么回事。

在这千钧一发之际，陆容冲着爱看热闹的女生的背影幽幽地说道："你记得你昨天干了什么吗？"

爱看热闹的女生猛地停下了脚步，一瞬间脸色变得惨白。

陆容默默地转身走了。

爱看热闹的女生没有心情想校园怪状的事，跟在他身后，走上了三楼。

陆容勾起了唇角。

他走进教室后用余光瞥见爱看热闹的女生闷闷不乐地垂着头走向了自己的座位，远眺向校门外的老王。

这样一来老王就能安全撤退了，他用剩下的时间把爱看热闹的女生搞定。

爱看热闹的女生看着无精打采的陆容，下课之后直接去找霁温风。

正趴在课桌上的霁温风被前座敲了敲桌板："班长，外面又有女生找你表白。"

霁温风看也不看一眼："没兴趣。"

爱看热闹的女生："霁温风！"

霁温风一愣，抬起头来，脸色更加阴沉，这不是陆容那便宜"亲妈"吗？怎么，给她那个"宝贝儿子"当说客来了？

见爱看热闹的女生心急如焚，显然是知道他们吵架的事，霁温风摆上一副臭脸，懒洋洋地站起来，手插着裤兜缓缓踱到教室外头："哟，'亲妈'

大人好啊！"

爱看热闹的女生劈头盖脸就是那么一通臭骂："你是人吗？这么欺负他。"

霁温风："……"

（1）班的人议论纷纷："哎呀，班长不是平常都不理会这些递情书的女生嘛，今天怎么（8）班那个萧竹清一叫就出去了？不会是喜欢她吧？"

好啊，你这个家伙居然设计老娘帮你赚钱

萧竹清这一天都坐立不安。

虽然她骂了霁温风一顿，可又有什么用呢？而且她内心深处知道该骂的人不仅仅是霁温风，她也应该为此事承担很大的责任。

萧竹清盯着陆容倒水的背影，越发愧疚。

这时候她的微信响了，是一个经常找她做情感咨询的匿名学妹。

匿名学妹："学姐，今天我跟我喜欢的男生表白了……"

萧竹清火冒三丈。

这个学妹暗恋她性格开朗的同桌。她很在意人家，却又拉不下脸面，暗恋日久，自己折磨自己，总是对不开窍的男生发脾气。同座的阳光小正太成天遭受她的茶毒，只能谨小慎微地过日子。

萧竹清贵为城南第一爱情顾问，这种典型的"傲娇忠犬"小情侣自然不在话下。

她给学妹设计了一整套流程："你可以欺负他，但同样也要表现得最在意他，让他感觉到自己对于你的特殊性；毒舌欺负之后立刻就要施以小恩小惠，'口嫌体正直'地加一句'人家才不是喜欢你呢'！说多了，再迟钝的男生也会慢慢意识到你的口是心非。

"等你们感情升温以后，就找一个相熟的男生，故意跟他亲近，与同桌疏远，把之前属于同桌的特殊关照全转移到那个配合你演戏的男生身上。

"比如说'这支钢笔你喜欢吗？喜欢啊，那就好'。转头就送给演戏的男生，还要当面做给同桌看，事后感谢他'你们都是男生，我相信你的眼光'！

"你骤然抽身，他空虚寂寞，之前种种仿佛只是一场梦。当他意识到他不能没有你，再加上情敌的竞争，他就会找你表白了！"

这怎么看怎么都是完美的恋爱计划。

奈何女生竟然置她的箴言于不顾，擅自搞什么表白！

萧竹清本就因为陆容的事心烦意乱，此时更是一点就燃："这个计谋的关键之处就在于，你站在暗处主导一切。你万万不能走到明面上表白啊！你要设计，让他千辛万苦追到你，不然有什么意思？"

学妹："可我表白以后，他答应我了啊！我们现在已经在一起了，这不是很好吗？"

学妹自拍一张在桌子底下偷偷牵着的手发给她。

萧竹清吃了一嘴"狗粮"，发出了呐喊："可是这样，你们就是一段普通的恋爱，根本没有任何曲折的过程，他怎么会珍惜你！你以后在他历任女友中连个记忆点都没有！"

对方继续自拍一张，是短发女生和阳光小男生美颜十级大头贴。

萧竹清："……"

学妹："神仙姐姐不要担心啦，我们会很幸福的！也许爱情不需要那么多套路，喜欢就大胆说出来，幸福就会不约而至啦！"说着，她发送了一张纸巾的照片，纸巾上写着："今日，宜表白。日日，宜表白。"

学妹："希望神仙姐姐也能明白这个简单的道理，早日找到自己的爱情。谢谢这段时间的答疑解惑，我想我以后再也不需要爱情顾问了。"

萧竹清定睛一瞧："……"

坑爹啊！这个也是我写的啊！

而且我宝贵的恋爱物语为什么会被印在纸巾上，揉得皱巴巴的还有油渍？！

萧竹清回忆起今日上学时学院种种奇怪的现象，打开朋友圈刷了一遍，迅速摸清了来龙去脉，她的文被做成了每日运程，变成了新崛起的网红炸小鱼饼摊的营销利器！

萧竹清想起昨晚的授权合同，猛地回头盯着陆容。好啊，你这个家伙居然设计老娘帮你赚钱！萧竹清强压下怒火，一下课，立刻冲出了教室。

与往日不同，这次冲出教室的人在门外分为了两拨，一拨像往常一样冲向学校食堂，另外一拨直冲校门口——校门口有更多的小鱼饼！

萧竹清就夹杂在冲向校门口的人流中。她想要亲自验证她的猜想。

第十六章
一个强大的联盟正暗中崛起

老王正捧着手机跟陆容聊天。

他把手机支付宝、微信钱包截屏发给陆容："学生的钱真好赚！"

陆容轻描淡写道："谁的钱都很好赚。"

老王："我以前以为你只是在装，现在我信了，我真的信了，人家是天上文曲星，你可能是财神爷下凡吧！"

陆容："一早上也就赚了七百多还是毛利，很容易吧。"

老王："我从前开出租车累死累活一上午也挣二百块钱。"

陆容："别聊天了，赶紧炸饼，中午人不会少。这一阵儿完了赶紧回去备货，等待下午放学高峰期。"

老王刚想说让他放心，对面饥饿的城南学子已直扑他而来。

老王赶紧收起电话，戴上了墨镜，狂霸酷炫地炸起了小鱼饼。

有一些人是冲着小鱼饼来的，有一些人是冲着今日运程来的。

老王绷着脸尽量不说话，维持好自己的人设，除了问几个饼和收钱，什么话也不多说。

因为一次可以炸二十个，老王摊前的队伍流动性很大。

"几个？"老王刚送走前一个跑得气喘吁吁的小男生，紧锣密鼓地用擀面杖擀着饼，嘴里问面前的顾客。

顾客不说话，打断了他的节奏。

老王有点儿恼怒，自己只卖一种产品，连要几个饼都有选择恐惧症，现在的学生心理素质也太差了吧？

老王不悦地掀起眼皮，想催促眼前的人快点儿。

老王一看清眼前的人是谁，表情就僵住了。

眼前的人，正是萧竹清！

萧竹清鄙夷地望着他："这就是你说的欣赏我才华，要跟我 OTO 联动？"

老王冷汗涔涔："你写的那些先锋爱情文学，也就不到一千下载量，我看在眼里，急在心里。放在我们这儿，光今天早上我们就卖出一百七十多个了。三百六十五天能卖出多少你想想，是不是切切实实地把你的文字印成铅字，广为流传？"

后面的同学早就等得不耐烦了："能不能快点儿啊？"

萧竹清面色阴沉地一脚踹在老王的电动车上，喊道："这就是你说的大型餐饮连锁项目、10% 期权合作？"

后面的同学见前面的人生气了，又缩了回去。

老王机械地背诵着陆容的话："一个月回本三个月入店面半年开连锁，商标都注册好了——爆炸小鱼。"

萧竹清："小鱼爆炸不爆炸我不知道，你快让我爆炸了。"

老王不敢回嘴。

别人不知道萧竹清心有多狠、嘴有多毒，老王是知道的。老王都四十岁了，什么风雨没有经过，什么世面没有见过，可昨天看完萧竹清的小说，对她的语言功底还是颇为了解的。

老王面对着萧竹清凌厉的眼神，战战兢兢从口袋里掏出三十五元钱，姿势恭敬地双手交给她。

老王："大型餐饮连锁项目可能暂时没有达到，但是 10% 的期权，今天的分红在这里。"

萧竹清："你不会以为，区区三十五块钱就能收买我吧？"

老王："这只是上午，中午、下午还能分红两次，35 乘 3 那可就是 105 块钱。105 乘 30 就是 3150 块钱。"

萧竹清心中经过一番剧烈的天人交战，一把夺过老王手中的钞票，塞到自己的口袋里，然后抓了两个小鱼饼："不许告诉陆容我来分红过！"然后，她头也不回地离开了摊位。

她唾弃已经堕落为商业作者的自己，怨恨陆容玷污了她为爱发电的纯洁性，匆匆离开了这个让她羞耻的小摊。

后面的同学看萧竹清又是踹车又是抢钱，临走还不忘抢两个饼吃，吓得纷纷交头接耳："流氓不可怕，就怕流氓有文化呀！"

"是啊是啊……"

　

老王送走爱看热闹的女生，松了口气，一口气把二十多个饼摆上沥架："来，后面的同学吃个小鱼饼压压惊。"

城南 er："大叔，您也怕爱看热闹的女生吗？"

老王："对。怎么，有问题吗？"

城南 er："没……没有。"

爱看热闹的女生真是站在食物链顶端的女人！

　

萧竹清有了钱，就去超市买炒面，付钱时打开微信，看到了霁温风的好友申请。

爱看热闹的女生仔细回忆了一遍早上的事。

现在想来，当时陆容无疑是为了转移她的注意力，才故意说了他与霁温风引发矛盾的原因，好让她不再注意她的小说已经在校园内广为流传。

他也知道，这种做法对她说，是不可原谅的——虽然可以用钱来弥补。

萧竹清通过了霁温风的好友请求："你跟陆容到底因为什么闹矛盾？"

霁温风："还不是因为你。现在他连我都不理睬了，你说这种人可恶不可恶？"

萧竹清："对不起。"

霁温风连忙回复道："告诉我，怎样跟他搞好关系。我想从你的领域借鉴一下人际关系的技巧。像他这样的叛逆期少年真的很难相处。"

"只是作为他的'人生导师'，我觉得他有点儿不太敬重我。"

"我又不想用金钱解决，最近我的财务状况不太好。"

萧竹清："你们还是老板和小助理的关系！"

萧竹清想，她真的要帮霁温风处理跟陆容的关系吗？

萧竹清回头看了一会儿陆容整齐的书桌，书桌上摊着一本笔记本，笔记本上密密麻麻写满了字，标题是"爆炸小鱼——OTO策划案"。

萧竹清："……"

陆容精心策划，步步为营，根据她的小说编成了今日运程。紧接着，

他刻意把老王打扮一番来骗取她的信任，让她以为自己备受人赏识，顺利拿到了她的授权书。不管怎么样，陆容摆了她一道。

萧竹清不喜欢被人摆布的感觉，决定和霁温风联手也摆陆容一道。

萧竹清："要讨人喜欢其实很简单。"

霁温风："愿闻其详。"

萧竹清："八个字，欲擒故纵，收放自如。"

霁温风正在与萧竹清详细布局接下来的秋游计划，令仁跑进来问他："学长，（8）班约我们打球，去吗？"

霁温风一听（8）班，立刻放下了手机："去，怎么不去？"

理论与实践要互相结合，才会有长足的进步。

新版本霁温风强势上线，最强王者陆容何去何从

陆容中午去老王摊上视察了一下情况。

小鱼饼摊与其他竞争对手有所不同，即使是大中午也生意兴隆，老王被良好的市场反响所激励，慢慢进入了状态，有条不紊地进行着问饼、递饼、拿钱、掐算今日运程一条龙服务。

陆容对此非常满意。

为了不打扰老王的工作，陆容默默地离开了他的摊位，转而在微信上肯定了他的工作，鼓励他再接再厉，继而发布了下午的工作任务。

搞定老王这边，陆容马不停蹄地邀请"全员恶人组"在食堂吃了顿庆功宴，然后给他们一人买了一个冰激凌，吃饱喝足，优哉游哉地回了教室。散步到楼下花坛边，他遇到了方长。

方长正四处拉人："陆容，打篮球去！"

陆容："吃完饭半小时里参加体育活动会得盲肠炎。"

方长眉飞色舞道："我告诉你一个巨大的好消息，作为交换，你跟我打篮球，行不行？"

陆容："好消息就是班长大人你今天早上抽到的今日运程是——你的桃花早已在墙角独自盛开。"

方长懊恼地道："你怎么知道？！"

陆容继续向前走。

方长运着篮球帅气地后撤一步，再次拦在陆容面前："虽然本大人的恋

爱运程已经传到了你的耳朵里，但还有一个惊天的喜讯，你一定还不知道。我中午开年级组会议时，教务处长刚宣布的。"

陆容："没兴趣。"

方长："哼！那你到时候没有纸巾卖，可不要怪我没有提醒你呀！"

陆容停下了脚步："你说什么？"

方长顶起篮球在指尖旋转："跟不跟我走？"

陆容："走。"

方长担心他反悔，一路拉他到篮球场，才神神秘秘地告诉他："这周五要去动物园秋游，走着去。"

陆容："这不就是后天？为什么这么晚才通知？"

方长："提前半个月说，那就半个月无心学习；提前一个礼拜说，那就一个礼拜无心学习。那自然是越晚说越有利于大家的学习嘛，还能为什么。你是最早得到消息的，怎么样，是不是得去超市多囤点儿纸巾了？"

他要囤的何止是纸巾。

每年的春游、秋游，都是"全员恶人组"发郊游财的大好时机。

陆容目露精光，拍拍他的肩膀："谢了！"

方长："真想谢我，就好好打。这次我们要一雪前耻！"说着他指向早已在里面热身的（1）班。

陆容瞥见人群中的霁温风，轻飘飘丢下一句"我肚子痛先回去了"，转身就走。

反正情报已经到手，作为一个奸商，出尔反尔又如何？！

他一点儿也不想跟霁温风在篮球场上上演汗水淋漓、手脚并用的你追我赶。

方长嘿嘿一笑："你如果敢走，我就用班费买一堆纸巾免费发下去。"

陆容瞬间转身走到他身边："我打什么位置，您尽管说。"

方长手搭凉棚望着远处的控球后卫："我要你防霁温风。"

陆容："班长，我真的肚子痛。"

方长若有所思："再用班费买点儿什么呢？矿泉水还是野餐桌布？"

陆容："好吧，但我不一定拦得住他。"

方长："拿出自信来啊，陆容！霁温风没什么了不起！"

方长带着（8）班进场。（1）班的人停下了手中的动作，不怀好意地看着他们。

令仁："哟，来日方长。"

方长："哼，令仁恶心——这种无聊的谐音梗你究竟要玩到什么时候？！"

令仁："反正我说我的，你接不接受，随你。"

方长恶狠狠地瞪了他一眼，腋下夹着篮球，气势如虹地上前，对霁温风和令仁道："今天一定要让你们瞧瞧我们（8）班的厉害！"

霁温风的目光往陆容身上一停，微微一笑："我很期待。"

两方散开，方长示意队员们围成一个圈，互相搭着肩膀严肃道："这将是一场硬仗……"

队伍中一个叫萧逸的矮个子男生举手："队长，我有问题。"

方长："说。"

萧逸："下午就有我们和（1）班合上的体育课，为什么我们要大中午的出来跟他们打一场硬仗？"

方长"呵呵"一笑，道："体育课，场边全是女生，全给霁温风和赵一恒加油，根本不公平。现在大中午的日头毒，女生是不会出来的，对方没有啦啦队，实力骤降50%。"

萧逸："可是霁温风实力骤降50%也比我们高50%。"

方长呵斥道："休要长他人志气灭自己威风！现在听我布置：陆容盯霁温风，我们辅助陆容。"

萧逸不服气："为什么是陆容？"

方长："郭靖不在，陆容就是咱们队里最高的。"

萧逸："你是看不起我个子矮吗？！"他恨恨地甩开方长走了。

方长："我说陆容高，又没说你矮，你也太敏感了吧！——陆容，萧逸不是针对你，他只是有点儿心理障碍。"

陆容："我也有点儿心理障碍，可能要去看心理医生。"

方长不以为意："哈哈，怎么可能？就算是世界毁灭、丧尸横行，到处都血肉横飞，你还是会面色如常地在末世兜售手帕巾的，走吧！"说着他推搡了一把陆容，将陆容推上了篮球场。

霁温风这边也开完了小会，他脱下了校服外套，随意地往篮球场边一丢，轻装上阵，潇洒地跑向了发球线。

一声哨响，比赛开始，霁温风毫无悬念地从方长手里抢到了篮球。

方长落地，拦在霁温风面前："陆容，堵住他！"

霁温风扫一眼陆容："就凭你？"

原本正贴在霁温风身后的陆容猛地后撤了半步，犹犹豫豫地在距离霁温风一米开外张开了双臂。

霁温风转身脱离松散的包围圈，冲进内场灌篮得分。

方长简直气死了，走过去训陆容："你这是什么防御动作？你不如退到教学楼防他得了！"

霁温风运着球走过陆容身边，装模作样地问他："同学，你叫什么名字？"

陆容："……"

霁温风看陆容不说话，故意调侃道："哦，我想起来了，姓陆是吧？陆同学，作为我队第六人，记得一会儿过来开会。"

方长见陆容一脸屈辱，揽住了他的肩膀："感觉羞耻吗？这就对了。下回盯紧他，不要再让他这么轻易脱身。"

众人返回赛场，（1）班发球，球辗转到了霁温风手里。

方长组织调度："拦住他！"

陆容上前，挡在了霁温风面前。

霁温风眼神一沉，勾起唇角："真的要做无畏的挣扎吗？"

陆容一听，愣了片刻，霁温风趁机冲破了他的防线，运球上篮又漂亮地进了一球。

方长跪倒在地，捂住了双眼："为什么？我们的冠军之路就要终结在这里了吗？！"

萧逸从旁边满脸怨恨地经过："这就是你轻信高个子的代价。"

他扭头，朝思维混乱的陆容道："演，继续演，（1）班派来的奸细。"

陆容："……"

后来，陆容一直没有对霁温风进行过有效的防御。

当霁温风运球突破、陆容试图断球的时候，霁温风用唇语对他说："你无法阻止我……"

陆容："……"

霁温风从他身边风一样地经过，投了个三分球。

方长仰天长叹："为什么你这么怕他？！"

萧逸："队长，他已经丢了梦想。"

方长："没错——陆容，你跟萧逸换个位置。"

"不。"陆容抓起矿泉水瓶，灌了一口，冷冷地盯着霁温风。

他的确没有竞技梦想，也不知道他们区区一个班队什么时候走上了冠军之路，但是如果霁温风想用这种手段赢他，绝不可能。

很不幸，霁温风触到了他的逆鳞——在城南大学，只有他才是玩弄心术的王者！

"这一次，我一定会拦下他。"陆容眼中光芒闪动，郑重地对方长发誓。

方长："好，好吧！"

陆容与萧逸擦肩而过，走上球场，萧逸对方长发脾气："为什么不阻止他？"

方长对萧逸说："面对这样的陆容，你敢动吗？"

萧逸："……"

方长："反正我是不敢动。"

第十七章

陆容败下了阵来

比赛重新开始。

（1）班发球，陆容伸开双手，贴身挡在霁温风面前。霁温风暗中跟他较劲，两人一前一后左右乱晃。

霁温风想故技重施，可是看见陆容一脸决绝的表情，愣怔了一瞬。

令仁见霁温风突然掉线，只好把球传给赵一恒。赵一恒拒接。球在他胳膊上一弹，弹到了萧逸手里。萧逸莫名得球，大喜过望，冲进对方内场投进一球，然后像只骄傲的大公鸡嘚瑟地走过方长身边，炫耀道："我才是你的得分手。"

令仁狠狠剜了这个小矮子一眼，怒斥赵一恒："你干什么呢？"

赵一恒"哼"了一声："之前你怎么都传给霁温风？现在倒是想起我来了。"

令仁跟他没话说，转头问霁温风："你刚才又是怎么回事？我想传给你，你居然愣住了。"

霁温风回过神后，他居然被陆容决绝的表情给镇住了，把怒火都迁移到了令仁身上，瞪了令仁一眼。

令仁："……"

接下来，霁温风的目光一直追随着陆容。

令仁循着他的目光，追踪到了陆容的背影："所以是他？！"

霁温风被唤回了神志："什么？"

令仁推了一下金丝眼镜："（8）班那个姓陆的，就是差点儿让我们俩打起来的人，对不对？"

霁温风干笑两声："你在胡说八道些什么，我今天才知道他的名字……"

令仁根本不信霁温风的说辞。

球场另一边，方长揽过陆容，把他按坐下给他扇风："递水！"

陆容跷着二郎腿接过方长手中的矿泉水，淡然地啜了一口。

赛场边，（8）班再得2分，两方的比分不断拉近。

霁温风看着手中的篮球，又看看不远处的陆容，眼神逐渐清明……

中场休息结束，（8）班发球。

这次换霁温风严严实实挡在陆容面前。

然而这次陆容的决绝已经换不来霁温风的半点儿怜悯了。

霁温风姿势漂亮地投出一个抛物线，球稳稳投进了篮筐。

令仁凝视着霁温风潇洒的背影，偷看了一眼面色铁青的陆容：这真是令人窒息的操作。

班长他真的为了这个班级付出了太多太多……

霁温风重回状态。

方长急得像热锅上的蚂蚁："现在怎么办？"

陆容坐在场边，汗水从他脸侧滑落："还有最后一个办法……"

霁温风接过令仁的传球，高傲地蔑视着拦路的陆容："没有用的，放弃吧！"

陆容："想上篮，除非踩着我的尸体。"

霁温风："你以为我会被你威胁吗？"

陆容："这不是威胁，我在陈述事实。"

霁温风嘴角勾起一抹轻蔑的笑容："正合我意，让我们堂堂正正战一场。"

两人目光相触，火花带闪电，终于，到了最终决战的时刻！

霁温风一手护身，一手运球，朝陆容冲去！

陆容稳如磐石，守在原地！

"他竟然不退？"眼看陆容的面瘫脸渐渐放大，霁温风脑海中闪过危险的信号。

突然之间，陆容目露精光，猛地往后一倒。

霁温风心中大喊，不好！

两个人齐齐跌倒在地！

霁温风很快从地上爬了起来，双手撑在陆容身边："你没事吧？"

陆容抱着膝盖在地上滚来滚去："好痛……"

方长上来推开霁温风："陆容！陆容！你还好吗？！"他瞪了霁温风一眼，"即使陆容全场盯你，你也不能下这样的毒手吧！"

裁判赶过来，看到陆容这副凄惨的模样，冲霁温风掏出红牌："（1）班5 号带球撞人，红牌罚下场！"

萧逸单膝跪地滑过来握住陆容的手："我刚才错怪你了，陆容，原来你才是我方最忠诚的队员，这次干得漂亮！"

陆容疼得哇哇乱叫。

霁温风："……"

令仁手中的篮球掉了："难道我们（1）班的冠军之路，就到这里为止了吗？"

就连赵一恒都望着即将下场的霁温风。

霁温风攥紧了拳头："还没有结束。"

虽然不知道他们这个班级什么时候走上了冠军之路，但是，他绝对不会在这里倒下！陆容这些无耻的小把戏阻挡不了他！

霁温风眼神一沉，对地上的陆容皮笑肉不笑道："陆同学，对不起，来，我送你去医务室。"

陆容猛地止住了喊声。

他愣愣地看着头顶霁温风伸来的魔爪。

一方是不怀好意的霁温风，一方是同伴满是寄托的眼神，陆容咬着牙，任霁温风把自己搀扶起来。

霁温风对剩下的人道："你们好好打，我送陆同学去医务室。"

令仁："班长……"

霁温风意味深长地说道："不用再说了。"他捡起自己的背包往肩上一甩，小心翼翼地搀扶着陆容往外走。

方长和令仁凝视着两人的背影，笑道："其实比分也不那么重要嘛！"

令仁点点头："嗯，友谊第一，比赛第二。"

方长扬起了微笑："就让我来延续陆同学未竟的事业吧！"

令仁闭上了眼睛，脸上洒满了午后的阳光："我也不会轻易认输的，方长。"

不远处，霁温风扶着陆容，"呵呵"一笑。

陆容满脸警惕："你笑什么？"

"我笑你机关算尽，却一着不慎满盘皆输。"霁温风懒洋洋地在他耳边低声道。然后他对陆容踢了一脚。

霁温风的动作让陆容当场发作！

陆容愤怒地看着霁温风，然后连人带包一起推开，火冒三丈地走了。

霁温风昂首挺胸地回来，指着外头健步如飞的陆容道："他根本没受伤，我也没推他，他是假摔——我们可以继续了吗？"

我们的关系是不是越来越远了

霁温风无心打球，中断了比赛，与（8）班协商下午再战，拿起手机向萧竹清汇报了此事。

萧竹清被他的操作整窒息了。

萧竹清："他要耍阴招就让他耍啊，为什么要在这种事情上争强好胜？"

霁温风："就是有那么一秒钟想带领我们球队打进全国联赛。"

萧竹清久久不回话，霁温风颇为不安："情况有那么严重吗？"

萧竹清叹了口气。

霁温风："我们的关系是不是越来越远了？"

萧竹清稳住他的军心："慌什么，正面刚，我是你妈你怕啥。"

霁温风想，他什么时候又多了个妈。

萧竹清："这样也好。最好让他觉得你是个钢铁男。"然后萧竹清又指点了霁温风一番。

陆容回教室的路上，方长追了上来："陆容——"

陆容："……"

方长："为什么你对霁温风有那么大的意见——"

陆容："你就非得在马路对面跟我这么喊话吗？"

方长："我很怕你会打人——"

陆容身边的学生纷纷散开，离他远一点儿。

陆容："过来。"

方长："你能保证你不打我吗——"

陆容："我一般不打人。"

方长："那你为什么揍霁温风——"

路上的所有人都一脸震惊，纷纷投来谴责的目光。

女生 A："他居然敢揍我男神，太过分了！"

女生 B："放心吧，霁温风后援团不会容许这种事发生，他马上就会在学校里混不下去。"

男生甲："这哥们还没清醒过来，这个学校是霁温风的。"

陆容赶紧拉着方长离开了这个是非之地。他知道霁温风在学校的人气很高，但没有想到高成这样。

方长耐心地开导陆容："是，霁温风是很可恨。他长得那么高又那么帅，拥有可怕的力量、速度和技巧，接二连三害我们输掉了比赛——可这是体育竞技，愿赌服输。假摔还打人，陆容你有点儿过了。"

陆容："我不是因为比赛才揍他的。"

方长："那是为什么？"

陆容："我就是受不了他。"

方长倒是没想过是这个缘故："嗯……"

陆容："霁温风他对我动手动脚。"

路上行人再次朝他投来杀人的目光。

方长听到这个消息，连忙问道："他怎么对你动手动脚的？"

陆容："你刚才没看到吗？他摸我的头。"

方长："……"

方长把手放在他的头顶，胡乱揉了揉，跟他确认："这样？"

陆容："差不多。"

方长严肃地说道："陆容，这能叫动手动脚吗？"

陆容烦躁地道："方长，你为什么不信我？你每天都在被人调侃，你也很苦恼不是吗？他们老是拿这个跟你开玩笑，就跟霁温风老是对我动手动脚一样，咱们应该是一伙的才对。"

方长根本不放在心上："虽然他们每天都在这么说，但我知道他们只是跟我开玩笑。"

陆容："那令仁呢？"

方长："令仁他是我的政敌，会拿我的绰号做文章也尤叮厚非。"

陆容直摇头，方长，你知道令仁每天都找萧竹清要小说看吗？

方长："令仁从来没有对我做什么啊！"

陆容忍无可忍："霁温风踢我。"

方长："真的假的？"

陆容："千真万确，就在刚才。所以我才打了他。"

圆形小花园围绕着中心雕像分为两条小径。这时，方长和陆容已走到右边小径的出口。他们俩蓦然发现令仁和霁温风闷笑着从左边小径走来。

花园中都是一人多高的绿植，陆容刚才一直没有觉察到其他人。正在八卦的正主突然出现在眼前，他不禁疑心这两个人听见了多少。

令仁见到方长，与平常一样跟他打招呼："哟，来日方长。"

方长："呵呵，令仁恶心！"

两队人马在花园出口处会合，两两相对。

令仁拦住了方长的去路："打不过居然玩假摔，我都替你感到羞耻。"

方长："你也好不到哪里去，全场只是跟在你们班长屁股后面捡球而已，失败者不配拥有姓名。"

令仁："你说谁是失败者？"

方长："我不知道我是不是，不过我知道你是真的失败者。"

令仁上前两步："星期六晚上，一对一，你敢不敢来？"

方长："……"

令仁冷笑："我就知道你不敢。"

方长："去就去！"说完他冲陆容耳语，"你看，政敌之间只有腥风血雨。"

陆容："……"

霁温风瞥了陆容一眼，背着运动背包上前与方长道："今天除了某人，你们都打得不错。"

方长猛然被夸，高兴得找不着北，全然忘记了跟霁温风的种种过节儿："还好啦——"

霁温风："以后有机会再一起玩。"

方长："好！"

霁温风转身离去，抬脚踢了方长一下。

等霁温风和令仁走远，方长严肃地对陆容说："这就是你所谓的踢人？以前没有朋友这样踢过你吗？"

陆容："还真没有。"

"全员恶人组"里没有人敢踢他。

李南边是陆容的发小，很小的时候会有这种不敬的举动，但是在小学四年级他带着李南边倒卖玻璃珠以后，李南边就再也不敢这么做了，最多拍拍他的肩膀，还是喝醉酒的情况下。

其他人就更不用说了。颜苟进组很长一段时间不敢直视他的眼睛，见到他先鞠躬，开会只敢站不敢坐。而邓特，邓特对他用敬语，邓特用"您"来称呼他，有一次在运动馆无意间看到他赤裸着上半身在换衣服，立刻掏出小刀要切腹自尽。所以……确实没有人这样踢过他。

方长语重心长地开导他："这只是男生之间普普通通的社交礼节。"

陆容："我知道，可是霁温风对我做这种事，不是社交礼节这么简单。"

方长眉头一皱，觉得有情况。

他摸着下巴，长长地"嗯"了一声，转到陆容跟前："其实不是这些动作让你很反感，只是因为那个人是霁温风，你觉得很不对劲儿。"方长说到此处，一捶手心，眼神透亮，"这就说得通了！"

陆容："……"

陆容看了他半晌，实在槽点太多无处吐起，默默叹了口气："我怎么会跟你讨论这种问题。你星期六晚上要跟令仁对战的人。"说罢他甩掉方长快步走向教室。

给你一百块，现在就走

陆容回到教室，同班女生看他的眼神都疾恶如仇，萧竹清转着笔好整以暇地望着他："听说你在球场上把霁温风给打了？"

陆容惊讶于八卦消息的传播速度："他欠揍。"

他绕过瘸腿的郭靖，从牛艳玲身后挤进自己的位子，千辛万苦在座位上落座，交叉着双手凑近爱看热闹的女生道："霁温风今天……"

萧竹清罕见地竖起一根手指摇了摇："不用跟我讲。"

陆容想，这可真是稀奇了，萧竹清平时连霁温风今天早上跟他说再见是什么语气都想打听。

萧竹清："不用再讨论霁温风了，这个巨大的麻烦源现在已经彻底解决了。"

陆容："啊？"

萧竹清："霁温风永远不会再麻烦你了。"

陆容蹙起了眉："什么意思？"

萧竹清："如果当众打了你，你还会觍着脸去靠近他吗？"

陆容："不会吧。"

萧竹清一脸遗憾地摇摇头："这是很严重的事。"

陆容："……"

"想不到我还没教你，你就自学成才怎样才能把烦人精打发走。恭喜你。"萧竹清道。

陆容陷入了沉思。他回想起刚才在小花园里，霁温风跟方长说话，却视自己如空气，也许霁温风是真的生气了也说不准……陆容眼睛一亮，那是不是说，霁温风再也不会像个控制狂一样每天都问他去哪儿了、跟什么人在一起、还搞那该死的宵禁？他，自由了！陆容立刻掏出手机在"全员恶人组"里发布了信息，约李南边晚上去超市囤货，为接下来的秋游做准备。

颜苟："我也要去，我可以算账！"

梁闻道："陪同采购有员工补贴吗？"

邓特："我拎包，稍晚到。"

一石激起千层浪，"全员恶人组"里热热闹闹地规划起晚上的逛超市活动，陆容为自己拥有如此具有向心力的团队而感到欣慰。

萧竹清看他笑得有滋有味，抻着脖子想看他的屏幕："你是在跟霁温风道歉吗？"

陆容瞥了她一眼："你想什么呢？"

萧竹清想，陆容真难搞。不过她也没指望陆容一听说霁温风生气就道歉。他根本不是这种人。萧竹清打算让陆容慢慢体会失去霁温风的感觉，这样他才会意识到霁温风这个朋友有多重要。萧竹清转过头去疯狂跟霁温风发微信："从现在开始，不要搭理陆容。"

霁温风："……"

萧竹清："你非常非常生气，想跟他彻底决裂。"

霁温风刚和陆容打完一场酣畅淋漓的篮球，心情好得很："气什么？"

萧竹清："他当众打你。"

霁温风："就因为这个吗？"他根本没当回事。

萧竹清："他很过分，半点儿不给你留情面，你应当生气才是。"

霁温风有点儿担心："如果为了这种事情生气，他会不会觉得我很小气？"

萧竹清翻了个白眼："这两天千万不要理睬他！最好不见面，见面也当他是空气！"

霁温风看着屏幕上的话，抬头看向对面的教学楼，无聊地趴在了课桌上。他怀疑萧竹清是陆容派来折磨他的卧底。

陆容跟老宋说下课要出门跟同学玩，不用等他了，老宋吓了一跳，立马汇报给霁温风。

霁温风警惕地问道："上哪儿？跟谁？玩什么？"

老宋："小少爷没说，我现在问问他？"

霁温风刚想直接打电话给陆容，萧竹清一把抢过他的手机，用霁温风的号发了一条"别，随他"给老宋，然后把手机丢还给霁温风。

她颇为失望地摇摇头："你要忍住。"

霁温风傲娇地说道："我只是无聊，陆容不在我找谁玩？"

萧竹清："你是校草，有这么多人愿意跟你玩，你随便挑一个不行吗？就非得是陆容吗？"

霁温风觉得萧竹清可真像个妈，数落起来没完没了。不过他一个人这么早回家也确实无趣，急需要一点儿活动转移注意力。他搜罗了一圈微信联系人，拨通了邓特的电话："晚上打拳去不去？"

邓特："不去。"

霁温风："我听到你在拳馆。"

邓特："我一会儿就走。"

霁温风："为什么？"

"要去超市。"邓特给徒弟们布置完今晚的训练任务，就要去参与"全员恶人组"的集体活动。

霁温风了然，原来邓特是为秋游做准备。

屋漏偏逢连夜雨，陆容不在，闯王也不在，今晚他注定只能看几张报表上床睡觉了吗？

萧竹清将他送到车边上，盯着他上车才放心："我要去学校门口分红了，你赶紧乖乖回家做作业，别只想着跟陆容玩。你这么大个人了，得有点儿自制力。"说完她看了一眼手表，背着书包匆匆走了。

霁温风看着她转过街角消失不见，赶紧掏出帽子、口罩还有墨镜戴上，偷偷凑近了老宋的车椅靠背，警惕地张望四周："问一下小少爷他今天晚上去哪里，跟什么人在一块儿，什么时候回，就说你要去接他。"

老宋心想，大少爷这接头的阵势是怎么回事？

刚走出校门的陆容接到老宋的问话，眼神四下一扫，命令李南边、颜苟、梁闻道散开："我把要采购的东西都列成清单交给你们，你们各自领一个品类速战速决，今晚不要跟我走在一起。"

虽然霁温风自今天上午开始就没有联系他了，他跟老宋说不回家，霁温风也没有第一时间打电话过来问东问西，但他高度怀疑霁温风没那么好打发。

"全员恶人组"领命，像水滴融入大海一般散入人群，顷刻间只剩下陆容一个人。陆容背着书包，夹杂在人潮中，看上去只是一个平平无奇的普通大学生。

他将自己要去超市采购的消息发给老宋。

老宋把屏幕递给霁温风。

霁温风扫了一眼，凝视着校门口的陆容："跟上。"

老宋："……"

陆容在超市里推着推车挑选纸巾。

霁温风戴着帽子、口罩和墨镜在不远处盯着陆容。

陆容到目前为止还是一个人，暂时没有情况，就是他挑的纸巾有点儿多，湿纸巾、干纸巾、抽纸巾、小包纸巾、桶装纸巾、巨型桶装纸巾……他甚至一个人推了两车纸巾。

他怀疑陆容跟他说出来玩是骗他的，根本没有人约陆容出来玩，陆容只是来挑纸巾的。

这个时候，邓特从走廊对面走了过来，跟陆容打了声招呼。

陆容也很平静地回应了他，仿佛早就知道他要来。然后邓特接过了陆容手中的推车，跟陆容一起离开了纸巾区，向零食区走去。

霁温风万万没想到，跟陆容见面的人居然是邓特。

"他们俩什么时候搞在了一起？"霁温风从货架后面露出半张脸，凝视着他们离开的背影。他想起来，上回他跟陆容冷战出门，与邓特在拳馆泡了一天，然后出去租房子，刚巧租到了陆容家里。陆容当时跟邓特有过一面之缘，陆容还跟他大吵大闹。

那么问题就来了，为什么邓特现在和陆容说说笑笑地一起逛超市？！

霁温风忍无可忍，大步流星地跟了上去，要找他们理论。就在他快要伸手搭住陆容肩膀上的瞬间，一只手伸出来扣住了他的肩膀，把他拖到了货架后面。

正在对邓特布置明日任务的陆容突然住嘴，回过头去，背后人头攒动。

"怎么了？"邓特问。

陆容迷惑："总觉得刚才好像有人跟在我后面……"

两人推着推车走远了。货架后面，爱看热闹的女生将霁温风按在货架上。

"叫你待在家里不要出来，不要见他，不要跟他说话，不要管他的任何事，你就是这样待在家里的？"爱看热闹的女生一把扯掉他的墨镜。

霁温风神情严肃："情况有变，我们要有新的行动计划。"

爱看热闹的女生："他们只是普通城南大学学生，出门逛超市，就只是出门逛超市而已！"

"邓特的情况有点儿特殊。"霁温风犹豫片刻，还是决定和盘托出，将一切原委娓娓道来，"他有一次三天给我打了三百个电话，就为了约我周六打拳。而且他见过陆容，他知道陆容，也知道陆容跟我的关系。"

爱看热闹的女生意识到问题的严重性，道："你的担心是有道理的。"

霁温风道："我有一个想法。你去把陆容引开，我去让邓特滚蛋。"

爱看热闹的女生："好！"

陆容刚才觉得背后有人跟踪，回头又没有找到人，心中忐忑不安。他想起在校门口时老宋发给他的那条微信，明显是霁温风的口吻，保不齐霁温风就默默蹲在哪个角落里等着跳出来作妖。

为了保险起见，陆容对邓特说："我们分头行动，你先去日用品区买塑料拖鞋吧！"

邓特刚要离开，爱看热闹的女生出现了，假装跟陆容偶遇："容容！"

陆容："哟。"

爱看热闹的女生亲热地拉着陆容道："我上次吃了一种很好吃的零食，你想不想尝尝？就在那边！"

陆容："呵呵！"这样的调虎离山简直是在侮辱他的智商。

爱看热闹的女生："我过来的时候看到对面有买一送一的一次性手套。"

"走。"陆容二话不说，吩咐邓特先看好这些推车，"稍微等我一会儿，我去去就来。"

霁温风眼看爱看热闹的女生引开了陆容，从货架后面沉默地踱了出来。

邓特靠着推车，看着眼前这个打扮古怪的人。

霁温风潇洒地摘掉了墨镜。

邓特酷酷地说道："是你。"

霁温风冷冷地说道："给你一百块，现在就走。"

邓特耸耸肩："好吧！"

虽然不知道为什么霁温风突然要给他钱，不过反正学长让他去日用品区买拖鞋。

两人掏出手机互相扫完支付宝，邓特听到金钱到账的声音，仅剩的右眼光芒四射，酷酷地走了。

霁温风松了口气，邓特果然只是利用陆容报复自己。

邓特走出几步，回头嘱咐霁温风："不过在他回来之前，你得看好这些手推车。"

霁温风抱臂守着陆容的手推车，右脚一下一下敲击着地面。平时陆容逛超市的时候，自己就是管手推车的；为什么陆容跟其他人来逛超市，自己还是管手推车的？

它只是一个平凡的超市，承受了太多它不该承受的"修罗场"

爱看热闹的女生正在陪陆容挑手套，突然发现手推车旁边站着的人从邓特变成了霁温风，连忙挥手让他赶紧躲到货架后面去，不要被陆容看到。

这个时候，超市入口传来一声富有穿透力的"嘿，霁班长"，方长闪亮登场，挥舞着手臂朝霁温风走去，吸引了全超市人的目光。

爱看热闹的女生："……"

陆容抬眼，手里拿着两包一次性手套，表情玩味地回头。

果然，霁温风也许会迟到，但从不会缺席。

霁温风对上他的目光，抱着手臂冷着一张脸，充满了被抓包的羞耻和愤怒。

方长哪壶不开提哪壶："霁班长，你怎么买这么多抽纸巾？"

霁温风望着一脸单纯的方长，心中突然冒出一个主意，把手推车往旁边一踹："不知道是谁的，碍路。"

陆容拿着一次性手套和爱看热闹的女生一道回来，从容地把住自己被踹跑的手推车，冲霁温风微笑道："霁大公子也来逛超市？"表情充满着挑衅和嘲讽。

"是啊！"霁温风说着，把胳膊搭在了方长的肩膀上，"我陪他一起来

· 270 ·

的，不行吗？"

爱看热闹的女生心想，干得漂亮！

方长对眼前的修罗场一无所知："哦，其实我就是来这儿买点儿零食就要回去，我还要做作业……"

霁温风歪着脑袋，对方长一笑："说什么呢？说好了今天我请你吃饭的。"

方长喜出望外："嘿嘿嘿，真的吗？"他亦是哥俩好地把胳膊搭在了霁温风的肩膀上。

霁温风想，他跟方长同时搭住对方的肩膀，就是两个关系很好的男大学生。

霁温风把方长的手抖了下去。

方长又搭了上来。

霁温风直接把方长的手挥下，低声呵斥："别这样。"

方长："哦哦。"

经过长达十秒钟的调整与沟通，他们俩总算回到了最开始的姿势，霁温风可以居高临下地俯视陆容。

陆容静静地等着他们摆好姿势，扫了一眼霁温风搭在方长肩膀上的手，保持和善的笑意："我还有事，不打扰你们了。"

方长："一起啊！"

霁温风和爱看热闹的女生对视一眼，同时向方长投去了赞许的目光，小子，上道啊！

方长心想，为什么萧竹清和霁温风看我的眼神那么奇怪？！

霁温风懒洋洋道："这是你们班的陆同学吧？既然你都邀请他了，那也不多他一个，一起吧！"

零食区。

陆容推着两辆推车，和萧竹清并排走在前面。

霁温风搭着方长的肩膀，推着一辆推车走在后面。

令仁鬼鬼祟祟跟在后面。

方长随手拿起货架上的一包薯片，是他从来没有尝试过的山药薯片："这玩意儿好吃吗？话说都吃薯片了还在乎是山药还是土豆炸的……"

霁温风抢过薯片丢进车里："买。"

方长肉痛："我还没想好要不要买……我从来没有吃过山药薯片，你吃

过吗？"

霄温风死死盯着陆容的背影："买——"

方长："……"

陆容推着推车，云淡风轻，不以为意。

令仁捏碎了一包山药薯片。

前面陆容停下来挑巧克力，方长也顺势停下了脚步，挑选了两包巧克力，比较着货架上的价格。

霄温风看也不看，夺过他手上的两包巧克力丢进车里："买买买。"

方长干笑："我吃不了这么多……"

霄温风："拿回家吃。"

方长犹犹豫豫地说道："容易上火，还有可能会过期……"

霄温风打断他的话："我买给你。"

"你不早说！"方长兴高采烈地把整个货架上的巧克力往推车里装。

陆容不动声色地挑选着士力架。

令仁捏碎了两包巧克力。

萧竹清故作紧张地与陆容说悄悄话："怎么回事？霄温风跟方长什么时候关系这么好了？"

"我怎么知道？"陆容自顾自地整理着推车，长长的睫毛在脸上投下淡淡的阴影。然后陆容回头，挑衅地望着霄温风，一字一顿道："我跟霄温风，什么关系都没有。"

霄温风霸气外露地对方长说："你想要这个超市吗？我可以买下来送给你。"

方长："真的吗？！"他只是来逛个超市而已，突然摇身一变要成老板了？！

陆容："……"

令仁："……"

萧竹清开心说，霄温风，干得漂亮！你终于祭出了你的大招——"钞能力"！刚才陆容说出那句话的时候，我还以为你立刻就要跪地求饶，想不到你那么有骨气！

令仁默默离开。

陆容一计不成，从货架上拿着巧克力和一瓶矿泉水，径自去柜台结账。

方长沉浸在马上要拥有一个超市的美梦中，激动得不能自已。

方长："你是要把这个连锁超市买给我，还是把这单独一个超市买给我？"

方长："我以后还用上学吗？"

方长："霁班长，你喝酒了吗？"

方长："说实在话，我不知道我该不该接受……这玩意儿会倒闭吗？"

萧竹清走过来兴奋地对霁温风说："干得漂亮，容容真心实意地酸了。"

方长不知道话题怎么转到陆容身上去了，不过哪里有八卦，哪里就有他："他当然会酸。陆同学特别爱钱。当着他的面你送我一个超市对他那么努力赚钱的人来说太残忍了。"

"努力赚钱？"霁温风第一次听说这个。

"他在我们班里以卖手帕巾为生。批发两毛，卖一块。你看他手推车里是不是有很多纸巾？"他偷偷对霁温风感慨，"连秋游都忙着做小生意——"

"为什么？"霁温风皱起了眉头。他是感觉到陆容有点儿精明，也知道陆容在夜店跳舞为生，但没有想到陆容的职业还多种多样。

爱看热闹的女生用眼神警告方长不要再说下去了，可是方长背后说人小话的天性根本无法改变。他遗憾地摇摇头："陆容家里条件不太好。他是单亲家庭，只有妈妈，就特别着急赚钱。"

霁温风脸色骤变，毅然决地说道："不，陆容不是只有妈妈。"

霁温风抽出了口袋里的卡。

萧竹清手疾眼快地按住他："你确定要在这里倒下？"

说话间，陆容付完账，优哉游哉地走回来。

他绕过最后一个货架后，猛地垮下了肩膀，弓起了背，低头走到两辆手推车中间蹲下，一手巧克力，一手矿泉水，默默吃了起来。

此时的他再也没有从容优雅的气场，就像一个平平无奇、起早贪黑的小个体户，浑身上下都是生活的不易与辛酸。

霁温风再也忍受不住了，拿着卡就要冲出去给他买下整个超市。

萧竹清死死抱住他的胳膊："霁温风，你冷静一点儿！"

霁温风甩开萧竹清，大步往外走去。

萧竹清眼看拦不住霁温风了，大吼道："现在冲出去，你是想被他嘲笑一辈子吗？"

这句话点醒了霁温风。

霁温风重新冷静了下来。没错，萧竹清说得对，小不忍则乱大谋，他不能一直被陆容牵着鼻子走。

霁温风灵机一动，将卡递给方长："帮他去结账，就说是你送他的，然后请他一起吃饭。"

萧竹清松了口气，面露赞许之色。这样既解决了陆容经济方面的压力，也让方长给予他更大的压迫感。

方长乐得做这个顺水人情："密码是多少？"

霁温风："他知道的。"

这是陆容的副卡。

方长想，为什么陆容会知道霁温风的卡密码啊？！

他总觉得有哪里不太对劲儿。不，是哪里都不太对劲儿。

方长揣着霁温风的卡，仿佛抱着一个烫手山芋，不知道该怎么跟陆容说。

陆容的确很可怜，在他们都伸手问父母要零花钱的时候，以卖手帕巾维持生计。

可是陆容从不卖惨，从不要求班级捐款，甚至他是单亲家庭的事，都是有一次他妈妈跟别的同学打架，陆容去办公室领人的时候传出来的。

陆容在学校里表现得跟他们这些不知人间疾苦的小公主、小少爷没两样。

他背着人这么起早贪黑地进货，不惜在超市里坐地吃饭，也是因为他希望凭双手养活自己。

方长相信陆容有自己的骄傲，有自己的自尊，并不愿意吃嗟来之食。可霁温风又那么善良，想帮他结账，支持他的事业。他怎么说才能让陆容更容易接受霁温风的善款呢？

方长灵机一动，有了主意……方长推开一辆手推车，在陆容身边坐下，跟他促膝长谈："呃……陆容，你觉得霁班长这个人怎么样？"

陆容面无表情地转过头来，默默喝了一口水。

方长回头看了一眼不远处的霁温风，悄悄跟陆容透露："下午一起打过球后，霁班长对你印象很深刻。你那么会赚钱，还会打人，他觉得你很特别……"

陆容："说，继续说。"方长啊，让我听听你打算怎么坑霁温风。

方长摸出霁温风的卡："他说今晚你的纸巾他替你买单，你懂他的意思吧？"

陆容点点头，用力拍拍他的肩膀，拿了卡站起来走了。

方长："等会儿一起吃饭啊！他说他要请你吃饭！"

陆容拿着卡，挥了挥手，表示听到了。

方长松了口气。

方长回到霁温风身边，轻松复命："卡已经给他了，他说谢谢你，等会儿一起吃饭。"

霁温风受宠若惊。

"看到了没有？"等方长背过身去，萧竹清自负地道，"你冷他一下，让他有危机意识，他立马就会听话许多——他现在都会说谢谢了。"

"没错。"霁温风赞同她的说法。

陆容从容地推着手推车，发了条语音在"全员恶人组"里："挑完了吗？现在到收银台集合结账。"

本来他还在担心今天没带信用卡钱不够，霁温风果然在最后关头给他送来了。

霁温风可能会迟到，但永远不会缺席。

陆容：我就静静地看你们演戏

"全员恶人组"有条不紊地在结账台买单，霁温风的手机里传来卡刷爆的信息。

霁温风："……"

陆容把秋游的几桩生意跟大家简单提了提，各自分配了任务，原地解散："你们先回去吧，东西我来拿。"

他要把所有的货全搬回家。

照理说，把囤货分散、让各人带回家，等到秋游那天再带出来，是比较方便的做法。可是去年秋游就发生过颜苟和梁闻道同时忘了带货的情况，导致他们秋游后的半年，只要"全员恶人组"开会，就疯狂吃冰激凌，一直从当年秋天吃到第二年春天，吃过了整整一个冬季。他们还为此多买了一个冰柜，最后冰柜和电费加起来超过了秋游的总收入，血本无归。

所以，陆容生怕他们太兴奋，把货忘了，打算自己辛苦一点儿，全带回家去。

陆容单独叫住了邓特："你先去隔壁打电玩，一会儿帮我把这些货都装

上车。"说着他给邓特转了一百元钱，让他自己打发时间，等叫他了再过来搬货。

邓特听到支付宝里金钱到账的消息，仅剩的右眼露出光芒。

今天晚上，他已经莫名其妙赚了二百元钱了。

邓特酷酷地走了以后，陆容把大包小包提上了超长版铲车，找到了方长他们。方长一行人正在超市门口背对着他聊天。

陆容把东西卸下，叫来超市工作人员："把铲车推走。"

等工作人员推着铲车走了，他才拎着大包小包走了出去。

霁温风原本不耐烦地等在原地看手表，心想陆容也太慢了吧，他到底买了多少东西……一回头，却见陆容拎着大包小包走了过来，急忙向陆容走去。

萧竹清从背后拽住了他的校服，发出了魔鬼的声音："霁温风，你确定要这么做吗？经过刚才的实战，你应该知道直接冲上去意味着彻底失败。有更好的办法可以让你既可以帮到他，又点满他的怒气值。"

霁温风清醒过来，机智地对方长道："你们班的陆同学，东西可真多啊，他都快拿不动了呢！"

方长立刻掉入了陷阱，冲上去帮陆容提东西，还大声喊霁温风帮忙："霁班长，可不可以帮陆同学提一下东西？"

霁温风道："你求我，我自然什么都会答应。"他走过去承包了所有的苦力活，且自告奋勇地把陆容的货搬到餐厅。

萧竹清在一旁给霁温风加油鼓劲："干得漂亮！你真是一点就通！"

霁温风轻易地把一件矿泉水从手上转移到了肩上，霸气地从陆容面前经过，不经意间瞥了他一眼。

陆容："……"

一行人走进餐厅。

霁温风挑衅地望着陆容，将方长让进里座："来，方班长，今天我跟你坐一起。"

方长："……"

这可让他怎么解释……

萧竹清冷眼旁观、冷静分析：方长坐在霁温风的里边，已经给了陆容迎头一击，现在他们对面的两个位子空着。如果陆容坐到方长的对面，那么整场饭局，陆容跟霁温风呈斜对角线，他们根本没有任何互动的机会，陆容即使想挽回也难了——所以应该创造机会，让陆容坐到霁温风的对面！

陆容正打算入座，萧竹清抢先坐了进去，亲热地握住方长的手："班长，你把手给我啊，我给你看看近期的桃花——"

方长："……"

超市附近没有特别好的馆子，菜单上只有一些家常菜。霁温风故意把菜单拿给方长，手执一头假装亲密地跟他一道浏览："想吃点儿什么？"

方长冷汗涔涔，挥挥双手："不了不了，还是请陆容同学看吧！"

霁温风见方长在陆容面前不敢越雷池一步，心中越发愤愤不平，强硬地把菜单塞给方长："选。"

方长偷偷跟他耳语："陆同学每天只能吃巧克力为生，超可怜的，他都好几个月没有吃过肉了，今天就让他吃顿好的吧！"

霁温风想说，不，上个礼拜天你的陆同学还去了鹿苑，吃掉了我不少钱。

方长趁霁温风走神，夺过菜单亲热地塞给陆容："陆容，来，点点儿你爱吃的，霁班长今天主要就是为了请你呢！"

霁温风被当场打脸，瞬间炸毛："我没有！"

方长被当场打脸，疯狂圆谎："哎呀，你说什么呢？你不是说你很欣赏陆容的吗？"

萧竹清蒙了，霁温风什么时候说过这话，她怎么不知道。

霁温风雷霆大怒："我什么时候说过？！"

陆容伸手接过菜单，玩味地看了霁温风一眼，"呵呵"一笑。

霁温风撑着桌面俯身向前严肃澄清："你不会连这种拙劣的谎言都相信吧？"

陆容随意翻看着菜单，"嗯"了一声："拙劣的谎言。"

霁温风恼羞成怒："你以为你是谁？！"

方长的谎言被当场戳穿，真怕陆容甩袖就走，赶紧跟陆容解释。

一旁的萧竹清亦是在为霁温风强行辩解。

陆容目光从萧竹清、方长还有霁温风脸上一一划过，他们今天也演得很卖力呢！

菜上来了，三人各有心事，吃得索然无味、鸦雀无声。只有陆容闷头

吃饭，逛超市是个体力活，他是真的饿了。

吃完饭，方长问陆容："你这么大包小包怎么回去啊？我让霁班长送你一下吧！"

陆容反应激烈："不要！"

陆容发微信给邓特，让他过来接自己。邓特就在旁边的游戏厅，得到传唤，匆匆赶来接应学长。

霁温风现在相信萧竹清的策略是有用的，但是不能让陆容累着，他现在肯定不会跟自己一起回家，想个什么办法把他连人带货弄回去呢？

霁温风正愁着，忽然瞧见邓特从走廊那边走来。他趁陆容跟方长说话，走上去跟邓特交涉："给你一百块钱，送陆容回家。"

邓特："……"

霁温风道："专车已经叫好了，车牌号是××××× 。"说着他把钱转给邓特。

邓特揣好手机，走到陆容面前，拎起地上的袋子："走吧！"

萧竹清想，这不是（6）班的闯王吗？他怎么在这里？半路杀出来一个程咬金啊！

邓特将东西拎到车上，绕到右后车门，替陆容拉开门："学长，请。"

陆容终于体会到了风云人物的尊严，满意地"嗯"了一声，心满意足地坐进了车里。

邓特关上车门，拉开副驾驶座的门坐了进去，带着陆容走了。

车上，陆容清点着超市购物清单，仔细把秋游时可以深挖的付费项目在脑海里走了一遍，望着窗外车水马龙，眼中星光万丈："我发财了。"

秋游前备战

周四，秋游安排已经通报下来了。

早上7点30分集合，8点出发，徒步十二千米到城郊的动物园，下午自由活动。虽然徒步十二公千米让大家怨声载道，可是只要不学习，就是开心。整个学校人心浮动，上课无心学习，就期待着明天的秋游。

陆容是其中最紧张焦虑的一个，秋游对他来说是件大事。他上课写策划，下课找人聊，第一个找的人是郭靖："你确定明天不去？"

郭靖泄气地敲了敲自己打着石膏的腿："妈妈和顾老师都不建议我去。"

陆容严肃道："你想听听我的意见吗？"

郭靖歪了下脑袋："嗯。"

陆容："虽然你的腿现在还打着石膏，但我的建议是，秋游这么重要的日子，哪怕是坐着轮椅也要去。"

郭靖沮丧地道："我没有轮椅。"

陆容："你先听我说完。为什么一定要去呢？很简单。大家都去外面玩，你却窝在家里，那等我们回来的时候，我们的'梗'你已经全听不懂了，你想这样吗？"

郭靖意识到了问题的严重性。

陆容乘胜追击："你已经够边缘了，本来就跟牛艳玲没有多少共同话题，如果你秋游都没有参与，谁知道那天会发生什么事情。"

郭靖果然露出惊恐的神色。

陆容暗自一笑。

郭靖当然会惊恐，因为陆容今天提前知会了老王，当郭靖在小鱼饼摊上抽今日运程的时候，给他一张不吉利的恋爱格言——"爱情，差之毫厘，失之千里"。

郭靖看了看自己的纸巾，神情坚定地说道："我去！"

陆容："你打算怎么去呢？"

郭靖："我让我妈妈送我去动物园。"

陆容摇摇头，提前替他默哀。

郭靖："不行吗？"

陆容耐心解释："大家步行去动物园，起码走一上午，你要是坐车到动物园早早等人，那就相当于错过了秋游。而大家因为在一起走了十二千米，早已形成了各自的小团体，我们有数不清的梗，你会在接下去逛动物园的过程中融入不进去。而且我们累得气喘吁吁才赶到，你却直接空降在终点，你会吸引一大拨'仇恨'。下午的活动本来就不是你的长项，你已经因为坐轮椅被大家嫌弃，如果还不能融入集体，招人嫉恨，那你的整个秋游就全毁了，还不如不去。"

郭靖越听越惊恐："那我该怎么办呢？"

陆容："让你妈妈帮你包一辆三轮车。"

郭靖："三轮车？"

陆容："对，人力三轮车，速度很慢，可以坐两个人，后排有布帘子可以挡太阳。"

郭靖："可是为什么呢？"

陆容："为了不错过秋游路上发生的一切，你不能坐出租车这种速度很快的交通工具。而人力三轮车后座空间狭小，除你之外还可以再坐一个人……"

陆容说到此处，给了他一个心领神会的眼神，冲身边的牛艳玲努了努嘴。

郭靖恍然大悟，眼睛发亮："等牛艳玲走累了，我就可以邀请她跟我一起坐车！"

"真聪明！"陆容夸奖道，"到时候，大家都只能徒步前进，你却可以带着牛艳玲兜风，她一定会爱上你。这就把你原本断了一条腿的弱点转变成了你的优势。"

郭靖："谢谢你！"他立刻掏出手机拨通了妈妈的电话，闹着明天要租一辆三轮车跟同学们一起去秋游。

陆容原本身体右倾，与郭靖说着悄悄话，成功将他策反后，身子左倾，凑近了牛艳玲："明天郭靖想邀请你一起坐他的三轮车。"

牛艳玲没感情地说："神经病。"

陆容早就知道会是这个结果，并不多说，而是指派李南边上场："可以跟牛艳玲谈谈了。"

李南边在微信上敲敲牛艳玲："明天有个活，一天七十块，干不干？"

牛艳玲沉迷于打工，李南边一召唤她，她立刻回复："没问题，什么活？"

李南边："听说郭靖约你坐三轮车是吧？答应他。"

牛艳玲："跟他一起坐三轮车，一天七十块？"这是什么工作？她怀疑这是郭靖发布的变态任务。

李南边："不需要你跟他一起坐三轮车，你还是徒步秋游。但是需要你这样这样说……"

牛艳玲听了李南边的计划，觉得完全没有问题。这几乎就是白给她七十块钱，又不影响她正常秋游。

李南边回复陆容，牛艳玲那边已经搞定了，陆容把清单上的第一项划掉，接下去就是找老王聊工作安排了。

陆容："明天你全程开着电动三轮车跟我们一道秋游。"

老王问了隔壁陈玉莲，陈玉莲明天不上班。每年秋游学校里一个鬼影都没有，是她难得的休息日。老王本来以为他也能休息。

陆容："醒醒。陈玉莲都去休息了，就是你赚钱的大好时机。"

老王："开车怎么炸小鱼饼？"

陆容："明天不卖小鱼饼。"

他把一张售货清单发给老王，让他今天先改装一下自己的三轮电动车，回到家里把货都好好理一遍，装车。

清单内容包括且不限于——冰棍、矿泉水、各类饮料，一路为同学及时降温；

塑料拖鞋：全码数备货，一旦有人穿着不合脚的鞋痛到窒息，能及时救人一命胜造七级浮屠；创可贴：如果穿着不合脚的鞋没有及时购买塑料拖鞋，最后必将先购买创可贴后购买塑料拖鞋；晴雨伞：为树立自己好男儿形象故意不带伞，却最终忍不了暴晒的钢铁直男量身定制。

老王再次确认陆容是财神爷下凡，深挖顾客需求，熟谙消费心理。

他在陆容的嘱咐下，下楼就把电动三轮车的电瓶充满了，打算明天大干一场。

陆容把老王也安排得明明白白后，找到了老宋。

陆容："明天你全程开着宾利跟着我们秋游。"

老宋："这件事大少爷知道吗？"

陆容："不用担心，明天一早，大少爷就会亲自要求你这样做。"

当陆容正在紧锣密鼓地安排他的秋游大计时，霁温风百无聊赖地将一双长腿搭在课桌板上，一边漫不经心地看着集团财报，一边跟萧竹清聊天。

霁温风："如果我对他不理不睬，那岂不是我俩各自秋游？"

萧竹清："理论上是这样。"

霁温风冷冷道："没有陆容，这个秋游毫无意义。"

萧竹清："你错过的只是一次秋游，但你即将拯救的是整个陆容。"

霁温风对萧竹清的套路计划越来越感到不耐烦了。

霁温风拒绝了萧竹清的提议："不行，我不玩了，我现在就要去找他，我要跟他一起秋游。"

他们可要徒步十二千米，陆容走在他身边，他们就可以一直斗嘴、互怼。

萧竹清头痛："这样吧，你再忍一忍，在陆容来找你之前，你先按兵不动。"

霁温风冷冷扫她一眼："如果明天你的计划还不奏效，我就杀你祭天。"

萧竹清到校门口打印了一张独一无二的今日运程，交给老王："明天给陆容。"

老王："……"

萧竹清："陆容是不是要卖拖鞋？"

老王："呃……"

萧竹清："卖到最后三双打电话给我，我要最后三双，这是定金。"

萧竹清把钱转给老王。

老王："……"现在的大学生真难懂。

萧竹清回到座位上，云淡风轻地撞倒了陆容的水杯，水杯中的凉水刚巧淋在他的鞋子上。

萧竹清："对不起。"

陆容看了眼自己的球鞋，眯起了眼睛："你又有什么阴谋？"

萧竹清："哼哼！"

陆容手执水笔，拿圆润的笔帽那一头疯狂戳她的脊背。

萧竹清："我不会说的……"

霁温风嘴上答应了萧竹清，暗地里仍旧不老实。一下课，他就大摇大摆地晃到褚仁良的办公室里。

褚仁良的办公室在城南大学被称为"西天"，学生都是哭丧着脸来，死着滚回去。除了霁温风。

霁温风在他对面淡然落座，优雅地将左腿叠在右腿上，露出营业的微笑……他们谈了五分钟终于进入正题，话锋一转，谈到明天的秋游。

"徒步去动物园的这个点子相当好，寓教于乐，徒步十二千米的辛苦中和了动物园游览的幼稚，动物园游览的轻松活泼也给徒步十二千米增加了巨大的激励作用。"霁温风给予了本次活动策划高度评价，随后眉头一皱，捧着茶水若有所思。

褚仁良见霁温风这样立刻道："这点子来自年轻教师们的头脑风暴，完善的策划离不开各位老师的群策群力，我只是做了一点儿微小的工作……不过我们只是站在老师的立场上，拍脑袋想想，不知道学生们是否满意。"

霁温风道："徒步时班级与班级的方阵是怎么安排的？"

褚仁良："按班级顺序排。"

霁温风修长的手指一敲桌面："能否把（8）班提到（1）班后面。"

褚仁良："……"

霁温风："他们集合做操就在我们后面，我们走完（8）班走不容易混乱。"

战斗，从一早开始！

一大早，霁温风推门而出，正巧遇到隔壁房间的陆容。陆容深深地看了霁温风一眼，咳嗽着从房间里出来，下了楼。霁温风跟在他身后，两人一前一后走到餐厅。陆容穿上围裙准备早餐，而霁温风坐在位子上拿起电脑看财报。

陆容很快做好了菜，将美味的鸡蛋薄饼摆到他面前，又给他倒了一杯牛奶，自己却叼着早饭扭头就走。

霁温风赶紧囫囵吞枣把陆容给的吃完，追了上去。

霁温风赶到门前的时候，陆容已经推着红色山地车走上了山道。只见他长腿一蹬地，熟练地跨上了自行车，晨风鼓起了他的衣服，整个人都显得那么弱不禁风。大概是下坡太急，陆容又虚弱地咳嗽了两下，霁温风意识到山中的清晨确实有点儿冷。

"他有可能是感冒了。"霁温风担心地想。

要知道今天去动物园可得走十二千米呢！他从家里骑到学校，再从学校走到动物园……

霁温风当机立断打了个电话给父亲的助理白正亚："白助理，请你现在去五路街口接个人，就说是我父亲叫你去的。他一米八……对，是方姨的儿子，你上次在婚宴上应该见过他。"

霁温风知道陆容不会跟自个儿一起上学，要是派老宋过去肯定说服不了陆容，所以他就假借霁通的名义，这下陆容总不会拒绝了。

霁温风安排好陆容的出行，走到车前，老宋正在擦车。

老宋看到他来，故意喷喷两声，远眺陆容的方向："小少爷今天可怎么受得了……十二千米那么走过去，想想都吓人。这两天他脸色也不大好。"

霁温风明显露出担心的神色，可嘴上还是硬气得不得了："关我什么事。"

他略一思索，摆出一副高贵矜持的模样，"宋叔，你今天推掉一切行程，跟着我去秋游。万一我走不动了，随时到你车上休息。"

老宋心想，你身强体壮得每天都在外面打拳，你会走不动？骗哪个鬼！嘴上却连连应是。

老宋："大少爷，冰柜里要放点什么吃的防暑降温？"

不等霁温风开口，老宋就一一报出陆容采购的东西："新鲜水果，冰激凌……怎样？"

霁温风想到陆容爱吃奶油蛋糕："再在路上买个蛋糕。"

老宋："哎——要不要带几个帐篷，中午玩累了可以休息？"

霁温风只觉得老宋做事妥帖："行吧！你看着办。"说着他满意地上了车。

老宋把陆容留在门厅的货通通搬上车。

小少爷真是运筹帷幄之中，决胜千里之外啊！

陆容骑出小区，就收到了老宋的微信。

他在红绿灯路口停了下来，打开软件打算叫车。

他又不傻，今天徒步秋游，他还吭哧吭哧骑着自行车去学校。他要保存体力，今天可是"全员恶人组"的大日子，他一整天都会忙得晕头转向，体力很重要。

正当他叫车之时，一通电话打了进来，是个陌生号码。陆容接起，对面传来一个轻快的声音："请问是陆容同学吗？"

陆容："你好，哪位？"

"我是霁先生的助理白正亚。听霁先生说你今天要去秋游？你现在在哪儿？"

陆容报了地址。

白正亚："好的。请原地等我，我三分钟后到。"

陆容挂上电话，略一思索，霁通怎么派人来送他？莫非霁温风把他俩不和的事捅到霁通那里？不，不可能的，要霁温风去找霁通哭诉等下辈子吧，骄傲的霁公子可不是背后打小报告的人。

那就是霁温风假借霁通的名义，派了另一辆车来送他……

陆容愉悦地把红色山地车靠在路灯杆上，在等车的间隙跺了跺脚。昨天萧竹清把自己的旅游鞋弄湿了，他今天穿着一双其他球鞋，有点儿挤脚。正当他犹豫是否要回家换鞋时，一辆锃亮的车滑到了他身边："陆同学！"

陆容笑笑："白助理。"他搬着山地车上了车。

陆容到校以后，先给"全员恶人组"和老王开了个会，确定了今天的流程。

陆容："老王，你负责平价零售。"

老王叹了口气，给自己抹上防晒霜。

陆容："李南边，你负责给三轮车和车拉客。"

李南边："你真的搞了一辆宾利？"

陆容："当然。"

李南边："酷啊！"

陆容："颜苟，你负责算账、收钱。"

颜苟在手机上打了个字："好。"

陆容转向梁闻道："金梦露的成绩一点儿都没有起色，你要注意一下这个问题。"

梁闻道："我会借着这次秋游接近她。"

陆容："OK。"

他们刚开完会，铃声响了，各班清点人数，下楼集合。

（1）班排在（8）班的前面，霁温风作为班长，在前头举旗。

李南边很紧张："有人抢先拍了霁温风的照片怎么办？"

陆容"呵呵"一笑："我能搞到他的私房照。"

李南边："……"

陆容远远望着霁温风举着班旗的背影，觉得很好，今天霁温风也有事情做，举旗暴走十二千米可不得把他给累死，最大限度打消了霁温风作妖的可能性，是件好事。况且（1）班是领头羊，（8）班在后面那么远，每个班级五十个人，八个班就是四百人，按照每人隔一米来算，霁温风至少跟他相隔四百米，今天应该会很顺利。

褚仁良站在讲台上拿着大喇叭指挥："（1）班，出发！"

霁温风跟令仁两人在老师的带领下，率先出发，人满为患的广场空出了一块。

等（1）班离开之后，褚仁良宣布："（8）班跟上！"

顾逸君、方长、陆容："……"

方长："哎？接下来不是（2）班吗？怎么会是我们？"

"叫你跟上！你在干什么？"褚仁良一激动就脸红脖子粗，拿着大喇叭朝方长喊。

方长："……"

顾逸君赶忙点头哈腰："对不起对不起！方长，快走快走。"

方长莫名其妙地举着旗子出发了。

（8）班女生兴高采烈："这下子我们就能离霁温风近一点儿了！"

"我能看到他的后脑勺！"

"你说等会儿他扛旗扛累了，会不会回到后面来，毕竟他是（1）班最高的！"

"那他跟我们的距离就跟现在的方长差不多了！"

陆容觉得这一定是霁温风的阴谋！

老宋播放着歌，缓缓开着车。

霁温风看到家里的车，一时间觉得很羞耻，暗自让老宋开远点儿，于是老宋开着车渐渐远去了。

紧跟老宋身后，老王穿着名牌 T 恤、扎着名牌皮带、戴着墨镜口罩冰丝防晒袖套，开着电动三轮车经过队伍，电动三轮车边上拖着横幅：喜迎城南大学秋游，冰棍矿泉水瓜子花生新鲜水果劲爆折上折——买即送今日运程！

城南学子："……"

老王身后跟着坐在三轮车上的郭靖和牛艳玲。

郭靖腿受伤了，原本不打算参加此次秋游，但在陆容的游说下，闹着让妈妈给他雇了一辆三轮车。

此时大家都在顶着烈日赶路，郭靖却坐在三轮车里，跟最喜欢的牛艳玲一起兜风，郭靖感觉好极了，不禁伸出手跟大家打起了招呼："同志们好！"

（8）班人："……"

这皇帝带着皇后娘娘游街的感觉是闹哪样。

令仁丝毫没有注意到身边这一群驾车伴游的妖孽，他的注意力全被举着旗帜的霁温风夺走了："你是故意的。"

霁温风："……"

令仁："你为了他故意把（8）班调到了我们身后，你想做什么？"

霁温风赶紧道："我跟方长一点儿关系都没有。"

令仁："昨天在超市，我什么都看到了，你明明和方长招摇过市，我不会再相信你了，你这个大骗子！"

霁温风："……"

令仁慢下了脚步，没入人群中，对霁温风发出了诅咒："今天别想我替你扛旗，你就这样走到动物园吧！"

霁温风："……"

他心想，都怪我演得太好，这下说不清了。

一场完美的装酷

陆容看了眼李南边发来的消息，离开队伍，朝同班的某女生勾了勾手："卢无涧，过来。"

卢无涧走到他身边。

陆容："待会儿你什么都别说，一声都别吭，不然我不能保证你一定可以坐上车，听清楚了没有？"

卢无涧乖巧地点点头。

陆容带着卢无涧走到郭靖的车前。

陆容："郭靖。"

郭靖："容容。"

陆容："卢同学今天穿了双不太合脚的鞋子，想来你的车上整理一下鞋带再下去走，可以吗？"

郭靖白面馒头一般的脸皱成了一团，深深地为难。他古道热肠，乐于助人，可是现在牛艳玲坐在他身边，他总不好把牛艳玲赶下去。

就在郭靖左右为难之时，牛艳玲出声了："帮助同学，义不容辞。郭靖，我下去了。"

郭靖："牛艳玲同学。"

牛艳玲撑着三轮车，回头嫣然一笑："不要说再见，我会回来的。"说着她纵身一跃跳下了三轮车。

陆容搀扶着卢无涧上车坐在了郭靖的身边，然后跟牛艳玲结伴回到队伍中。

颜苟发来消息："卢无涧已付款。"截图十元到账。

陆容："颜苟你计时。三轮车一次五分钟，超时一分钟一块钱。"

颜苟："是。"

陆容收起手机，和牛艳玲顶着渐渐酷热的太阳走在队伍里。

牛艳玲对他说："我们的付出都会有回报，不是吗？"她虽然不知道陆容是谁，但她相信陆容也是这条巨大的秋游产业链中的一颗螺丝钉，跟她一样出卖苦力以换取美好的未来。

陆容一笑："谁说不是呢！"

不远处的三轮车上，郭靖打开了陆容搬上来的泡沫零食箱子："卢同学，你要吃点儿东西吗？"里头都是冰镇的棒冰、冰激凌以及饮料矿泉水等。

卢无涧抹了把头上的细汗，感受着扑面而来的凉气，忍不住诱惑道："那我要这个吧！"说着她拿起了一个冰激凌。

等她五分钟后下车时，每个礼拜都在发她卷子答案的神秘 ID 给她发来一张账单。

冰激凌 1 个：8 元

饮料 1 瓶：4 元

共计：12 元

那名为"恶人"的 ID 还在后面冷冷地说了一句："请尽快付款，否则将取消您下次预约坐车的资格。"

卢无涧把钱转了过去，重新加入了徒步跋涉的队伍中，绝望地发现离动物园还有十一点五千米。她默默打开了跟"恶人"的微信界面："我要重新预约。"

恶人："您的预约已受理，目前排号第 14 位。"

陆容手机一响，李南边发来贺电："1 号已下车，2 号预备。预约坐车业务火爆，目前已排到 14 位……"

陆容故技重施把 2 号领到三轮车边时，牛艳玲正在安抚郭靖："是的，是的，卢同学是在我的位子上坐了五分钟，还吃了你很多零食，可是当我们的同学需要帮助时，我们怎么能袖手旁观？你受了伤，我却是个健全的人，我坚决要把座位让给其他更有需要的同学，不过我也会一直陪在你身边……"

郭靖经受了牛艳玲的洗脑，瞬间对 2 号笑脸相迎，还打开了自己的冰镇泡沫箱子发出了魔鬼又天真的声音："欢迎光临！请问你有什么想吃的吗？"

陆容给牛艳玲竖起了大拇指。

牛艳玲低头在老旧的智能手机上问"恶人"："三轮车上的冷饮贩售我有提成吗？"

恶人："有。10% 的利润分成。"

牛艳玲高兴得咕咚咕咚喝了几口矿泉水，又钻进人群去拉客。

陆容看着她卖力的背影，露出了欣慰的笑容。他不歧视临时工，只要为他赚钱，他都一视同仁。

李南边向陆容汇报："豪华租车的 VIP 客户终于来了，报价多少合适？"

陆容："市场需求量少，别把人吓跑，五分钟五十元吧！"

李南边："明白。"

令仁看着对面的出价，咬咬牙转了一百元钱过去。

令仁："包十分钟。"

恶人："绝对会让你享受到霁温风的感觉。"

令仁："可是我要超越霁温风啊！"

恶人立刻撤回并发来一条新的消息："绝对会让你享受到超越霁温风的感觉。"

令仁："……"

太阳越升越高，气温也随之攀升。徒步了半小时的同学们已经筋疲力尽，怨声载道。短暂的集体休整也没有办法让大家打起精神，只有一窝蜂跑到老王的三轮车上买汽水棒冰的时候才能感受到一丝丝慰藉。

郭靖的三轮车上更是人来人往。郭靖换了十多个车友，已经不再去考虑牛艳玲什么时候会上来的事情了。他变成了一个抱着冰镇泡沫箱不断问"你要吗"的自动贩卖机。

就在这见不到尽头的漫长跋涉中，一个声音刺破苍穹。

大家的目光同时聚焦到老宋的车上。

令仁："司机师傅你能换首歌吗？"

老宋按了一下面板上的切歌键，面无表情地道："卡住了。"

其实并没有。他就喜欢这首歌，他不想换。

令仁："……"

因为这辆车是他花一百元钱租来的，他也不好强行让人家司机师傅换歌，毕竟宾利什么的他也不懂，搞坏了要赔很多钱。于是，令仁缓缓挪下了车窗，端着饮料，眼神冷淡又倨傲地出现在同学们面前。

萧竹清惊讶地发现他已经不是平时的令仁，此时此刻的他不但戴着金边眼镜，还把头发整个梳到后面变成了背头，尽显精英范。

比起背着班旗走了半小时风尘仆仆的霁温风，令仁更像百亿富豪的儿子。

令仁命令司机在（8）班前面停下，朝方长喂了一声。

令仁还没有说出酷炫的开场白，方长就忍不住哇了一声。

令仁见方长目露崇拜，沾沾自喜，清脆地打了个响指："上来。"

方长正扛旗累得要命，听闻此话立刻把旗丢给了副班长，拉开车门坐了进去。

方长先是把车内饰通通摸了一遍，然后双眼冒星星地望着令仁："令仁……震惊！"

令仁微微一笑，口袋里的手机响了，"恶人"告诉他，单人一百，加人翻倍。

令仁想，行吧行吧，二百就二百，此时的他已经骑虎难下。

方长对令仁的付出一无所知，还沉浸在政敌是个有钱人的惊喜中："你都没说过你家里那么有钱！"令仁"呵呵"一笑："真的有钱人，都是很低调的，只有暴发户才到处炫富。"

方长已经彻底相信了令仁的富二代身份，敬畏道："牛、牛——你这车里还有冰柜？！"兴奋不已地翻出了里头的冰激凌，他都快渴死了！

方长抱着草莓味冰激凌，眼巴巴地看着令仁："令仁，我可以吃吗？"

老宋："这个收费一……"一百八。

令仁打断老宋的话，对方长道："吃，尽管吃！"说着他从后视镜里对上老宋的目光，用眼神告诉老宋：什么都别说，我会付钱的！

开什么玩笑，他都花了二百块钱请方长来坐豪车了，还能因为不让方长吃几个冰激凌露馅吗？！他令仁是这种因小失大的人吗？！

方长嘿嘿一笑："令仁！你真是令人……高兴！"

令仁肉痛地看他撕开了包装："你开心就好。"

在方长吃冰激凌的时候，令仁吩咐老宋："开上去，开到（1）班那里。"

他想好了，总归是花了一大笔钱又是租车，又是请方长吃冰激凌，索性去霁温风面前招摇一把，让霁温风知道自己也不是好惹的。

于是，霁温风举着旗走在前头，突然听到一阵儿歌声。

而本应该跟自己一起扛旗的副班长坐在一辆豪车里，好整以暇地从他身边滑过，大背头、金丝眼镜、端着饮料，一派豪门贵公子的派头。

他定睛一看，还是自己的车。

霁温风："……"

老宋："……"

令仁自信一笑："霁班长，知道我家是做什么的吗？"

霁温风："这我还真不知道。"

令仁："我只想告诉你，我令氏，也是掌握 S 城经济命脉的大家族。"

霁温风："哦！"我没在圈里见过你啊！

令仁："如果你再插手我的事，我可会让你吃不了兜着走的。"说着，目光带着挑衅，把左手落在方长的背后，不太自在地生怕碰到狂吃冰激凌的方长。

霁温风："嗯，你开心就好。"

令仁趁方长不注意，用眼神告诫霁温风。

霁温风嗯嗯啊啊。

令仁给了他一个威胁的眼神。

前排老宋出言提醒："十分钟快到了。"

令仁低声吩咐："麻烦往后慢慢退去，要从容自若不要落荒而逃，超出部分我会付费。"

方长吃完了草莓味冰激凌："我可不可以再吃一个巧克力味儿的？"

令仁张望着外头，发现已经离开霁温风的视线范围了，打开车门把方长端了出去："你还是先想想怎么解释解释你跟霁温风的关系吧！"

丢掉方长后，令仁瘫在座位上，这真是一场完美的装酷。

口是心非大少爷与傲娇小助理，上线！

令仁享受着众人羡慕嫉妒恨的眼神，从车上下来。

同学 A："哇！原来那辆车是令仁家的呀！"

同学 B："令仁也有不输给霁温风的家世呢！"

同学 C："突然觉得令仁也好帅是怎么回事？"

令仁的虚荣心被极大地满足了，他关上车门，走到霁温风身边，接过了班级的旗帜。

这又引来新一轮的热潮。

同学 A："哇！他有车还跟我们一起徒步，这是什么样的精神！是怎样的班级荣誉感！"

同学 B："他甚至还帮霁温风扛起了我们班的旗帜！"

同学 C："你说他会不会请我们去他的车上坐坐？"

"我觉得这个主意还不错呢！"霁温风眯起了眼睛，冲令仁微微一笑，

"我答应从今以后不会再干涉你和方长之间的友谊，你不应该请我上车坐坐吗？"

令仁骑虎难下，笑不出来，但是又拒绝不了霁温风退出的诱惑："班长累了的话，可以去我的车上休息……五分钟。"

霁温风："谢了！"

他大摇大摆地拉开车门坐在了老板位上，开了罐可乐，啜了一口。

老宋一脸蒙，在下一个红绿灯路口偷偷发微信问陆容："大少爷坐进来怎么办？他还喝了罐可乐。"

陆容："怎么，你有命向他收钱，还是我有命向他收钱？"他说完，叮当一声，支付宝到账的信息到了。

令仁又给他转了一百元钱。

令仁："我们班长在车上，他的钱我付了，不要告诉他车的事，求你了！"

陆容："OK。"

霁温风坐在车里，喝完一罐可乐，长长地舒了一口气。他换了一个舒服点儿的姿势，歪在位子上，沉声问老宋："这到底是怎么回事？"

他的副班长，竟然坐着他的车，来他面前装酷。

其实霁温风乐见其成。如果让令仁装个小小的酷，令仁就可以不拿方长来烦他，那他挺愿意配合令仁把这场戏演完。

但是乐见其成不代表他能睁一只眼闭一只眼——他们霁家出了个叛徒，把宾利外借了。

是谁？老宋几乎想都没想就出卖了陆容："都是小少爷指使的。"

老宋自有一套生存哲学。陆容以为他是怎么在豪门里活下来的？还不是靠着见风使舵、左右横跳？他能背叛霁温风，同样也可以背叛陆容。面对霁温风的询问，他几乎没有任何负罪感就供出了陆容。

事情牵扯到陆容，霁温风并不意外。他俯身，双手抵在下巴上，陷入了沉思："他的目的何在？"

老宋自然知道陆容是在用霁温风的车赚外快，可他敢说吗？他不敢说。

这是老宋的生存哲学之二，永远不要毫无保留地投靠大少爷，因为你永远不知道小少爷什么时候能东山再起。

老宋字斟句酌："我也不大清楚。"

霁温风在老宋这里什么都问不出来，索性降下车窗。陆容早就发现了老宋这边的情况，非常老实地在队伍里深一脚、浅一脚地走路。

他比其他好好郊游的同学要累得多，指挥调度，送人上车，此时的他早已走得满头大汗。他白皙的脸颊被太阳晒得红扑扑的，鼻尖沁着汗珠，最大限度唤起了霁温风的同情心。霁温风在微信里叫他过来，陆容眼观鼻、鼻观心地跳上了车。

令仁："……"

他居然把陆容的钱也付了。

陆容坐上车就松了口气，不着痕迹地蜷缩了一下脚，他低估了这双鞋不合脚的程度，不该冒险穿底这么薄的胶鞋。

霁温风注意到他的小动作，以为他走累了。霁温风故意不说话，晾着陆容，让他休息休息，把汗晾干。

等陆容恢复了一点儿精神，霁温风才淡淡地开口："把令仁方长叫到我车上，是闹哪一出啊？"

陆容早就准备了应急预案，万一霁温风发现别人上车怎么办。他打算套用牛艳玲对付郭靖的那招。同学需要帮助，所以请他们上车来坐一下。如果霁温风不许，他就哭天抢地，难道我不是霁家的一分子吗？难道我不能请我的朋友们坐家里的车吗？说好的一家人难道都是骗我的吗？你心里果然没有把我当弟弟……霁温风迫于道德压力就只能让步。可是他万万没想到啊！令仁竟然带着方长坐着霁温风的车去霁温风面前装酷！

虽然令仁将会付出惨重的经济代价，可是陆容作为项目运营者，需要善后。陆容眼神一转，故意装出一副超凶的模样，冲霁温风吼道："对，是我故意让他们上车的！"

霁温风不解地蹙起了眉："为什么？"

陆容"哼"了一声，继续立他傲娇小助理的人设。

霁温风想起冰柜里还藏着他上学路上买的奶油蛋糕，修长的手指敲了敲扶手："给我拿一杯微醺。"

陆容打开冰柜，发现了里面的奶油小蛋糕，是他喜欢的榴梿味。

陆容愣了愣，乖乖地把微醺递给霁温风。

"里头有个过夜的蛋糕，给你了。"霁温风不以为意地假装顺嘴一提。

有榴梿蛋糕吃，陆容也不傲娇了，低低地说了一声"谢谢"，端出了包装精美的榴梿蛋糕，坐在车厢里吃了起来。

霁温风跷着二郎腿，心不在焉地翻着杂志。

车窗外，令仁把陆容乘车的钱也转给了陆容，晒着大太阳迎风流泪，他今年的压岁钱都得花在秋游租车上了……

梁闻道从（1）班退到（6）班，来到邓特身边，两个人像是接头一样并肩走在一起。

梁闻道："有件事情要请你帮忙。"

邓特眼前一亮。

同样都是"全员恶人组"的成员，梁闻道作为全年级提供学习服务产业链的项目负责人、创意总监，在组内享有极高的地位。而邓特目前只能接一些临时任务，比如，接近霁温风、让他请自己吃鳗鱼饭，跟梁闻道不能相提并论。

邓特很想跟这些人搞好关系，多为"全员恶人组"出一点儿力，博得学长的青眼相待。

现在梁闻道主动来找他，邓特赶紧抓住这个机会，酷酷地说道："说。"

梁闻道："金梦露是我们 VIP 客户，但是她的成绩一直没有起色，学长怒了，你也知道，我们的业务一直是以优质服务闻名，这样的事情简直是砸招牌。我得想个办法接近她，引起她的注意，然后疯狂给她补课。"

邓特若有所思地点点头："要我帮什么忙？"

梁闻道："你假装要揍她，我英雄救美，这样她就会看上我，我就可以趁机给她讲三角函数。"

邓特："我不打女生。"

梁闻道："那你抢她的包？"

邓特看到金梦露拿出了一包薯片："我抢她的薯片，怎样？"

梁闻道："成。"

邓特给了他一个壮士断腕的眼神："我走了。"

梁闻道："靠你了。"

第十八章
当城南风云人物吃醋的时候，天地为之变色

邓特跟在金梦露身后，思考着要如何抢夺她的薯片，是骤然上去一把抢走，还是趁人不备偷走，两种方法都有违他做人的原则。

邓特是个心中有侠义的人，他虽然武力值高，但从来不欺负弱小。当梁闻道让他扮演一个反派角色的时候，邓特的心里其实是拒绝的。

邓特回头看向梁闻道，眼神犹豫不决，梁闻道把手放在了他的脖子上，比了个割喉的姿势，邓特没有办法，那就直接冲上去抢吧，早死早超生。

就在他疾走几步，接近金梦露背后时，金梦露突然回过了头。

邓特苍白病弱的脸颊上飞上两片并不明显的红晕。两个人面面相觑，大眼瞪小眼。

一阵儿凉风吹过，他们在秋日的阳光中逆着人潮两两相望。

金梦露的脸蓦然涨得通红。

邓特在学校里名声不大好。他性格孤僻，常年不做作业，一下课就往拳馆跑，课桌里塞着两个大大的拳击手套，大家都恭敬地称呼他为闯王。

传说他帮前任风云人物打下了江山，继承了城南大学……在左眼上留下了一道骇人的刀疤，是个人狠话不多的角色。

金梦露平日里见到邓特都不敢大声说话，总是跟着闺密们一起绕道走。可是啊，女生们虽然嘴上说着闯王很危险，背地里都想要这么一个男朋友。

有什么比美少年风云人物更符合怀春少女对于初恋情人的想象？没有了！

就算是霁温风也不行！

因为坏男人才最有人气，这是亘古不变的真理！

金梦露听到背后的脚步声，原本以为是闺密要跟她开玩笑，一回头发现是闯王尾随她，对上他仅剩的右眼，心跳如擂鼓，既害怕又刺激，羞涩地问："你……你想干什么？"

邓特伸手想去直接抢走她的薯片，可是手停在半空中，五指开合，怎么都下不了手。

金梦露："你……想要薯片吗？"

邓特被戳穿了心事，酷酷地点了下头："嗯。"

金梦露递给了他："给你吧！"

邓特看着近在咫尺的薯片袋子，默默地拿了几片，塞进了嘴里。

反正梁闻道让他抢薯片，又没有说要抢几片，抢一片也是抢啊，他单方面宣布圆满完成任务。

金梦露看着邓特文静地在自己身边捧着薯片啃的样子，莫名觉得他好像一只小仓鼠，不由自主地打开自己的书包，指着里面的各种零食说："你还要别的吗？"

邓特内心深处极其害羞，摇了摇头。

"一起吃啊！"金梦露热情地掏出话梅、巧克力，拆开了跟他一起吃。

邓特拒绝不了巧克力的诱惑，接受了一大堆"投喂"。

不远处的梁闻道心想，可以啊闯王，本来还以为你脸皮薄，没想到一口气抢人家姑娘那么多吃的，很有献身精神！

梁闻道见时机成熟，冲上去推开邓特，夺回他怀里的所有零食，塞给金梦露："点一点有什么少的。"

金梦露纳闷，你是谁？

梁闻道不但抢了邓特的零食，还插着口袋，非常有气势地跟他讲："你滚。"

邓特假装故意被梁闻道推得踉跄，站在不远处说出了反派的经典台词："我还会再回来的。"眼神狞厉地转身，他酷酷地走回自己的位置上继续徒步秋游。

金梦露咬着嘴唇想，闯王，你没有受伤吧，你什么时候再回来……

梁闻道对金梦露道："别怕，有我在，我永远不会让他伤害你。"

金梦露想，所以你到底是谁啊？！

梁闻道看她满脸疑惑的模样，向她做自我介绍："我是（1）班梁闻道。"

话音刚落，整个（6）班的队伍鸦雀无声。

如果可以听到周围人的心声，将会发现他们在同一时间出声，竟然是那个男人！

他是常年盘踞专业第一的梁闻道，更是传说中的学神。

金梦露蒙了。今天是什么日子？她何德何能先是跟阎王分食一包薯片，后来又被学神搭讪？

梁闻道还在一旁煽风点火："金梦露，我已经注意你很久了。"

金梦露吃了一片薯片压压惊。她的人生实在乏善可陈，她在学校里的高光时刻，是半个月前去铂悦龙湖目睹霁温风的双胞胎弟弟迎娶世界顶级超模，成为整个城南大学八卦的源头。所以，如此平凡的她究竟有什么能让高高在上的学神如此在意呢？

梁闻道一笑："我有一些话想问你，你可以老实回答我吗？"

金梦露整个人都开始颤抖，拿薯片的手变得冰凉冰凉的，甚至头晕目眩。说实话，她还没有准备好谈恋爱，更没有想过平凡的她可以跟这样的校园明星谈恋爱。她只是僵直地站立在那里，羞涩得不敢抬头。

（6）班人在一旁疯狂起哄。

他们班经常被别的班从心理上欺压，现在学习成绩第一的学神看上了他们班的姑娘，莫名出了一口恶气。

梁闻道笑着看了一眼众人，弯下腰，凑近她的耳边，低沉性感地问："告诉我，$\sin x + \sin y$（三角函数）等于多少？"

金梦露："……"

梁闻道镜片后面带笑的眼睛中夹杂着一丝秋风扫落叶般的严厉："告诉我，多少，嗯？"

金梦露："你能不能给我一点儿时间，我还小，我还没有考虑好。"

梁闻道一手撑住她背后的路灯，居高临下地命令道："立刻，马上。"

金梦露不得不把大脑从秋游模式调整为数学课模式："等于……$2\sin((x+y)/2) \times \cos((x-y)/2)$。"

"这不是很好吗？接下来，告诉我 $\sin x - \sin y$ 等于多少。"梁闻道看了看表，"路还很长，我们一门课、一门课，慢慢聊……"

金梦露想，如果她哪天变成一个无爱者，一定是梁闻道害的。

陆容休息得差不多了，心里惦记他的生意，想要下车徒步。

霁温风不悦地拧了下眉："下去做什么？"

陆容："大家都在徒步，看到我们俩坐在车上不好。"说着，陆容就要推开车门下车。

霁温风一把拽住了他的衣服。

陆容飞起一脚踹开了他，推开车门冲了下去。

梁闻道："落霞与孤鹜齐飞。"

金梦露："秋水共长天一色。"

梁闻道："洛伦兹力看左手还是右手。"

金梦露："……"

梁闻道："左手。"

梁闻道说完从金梦露手中拿了一颗话梅："答错题的人，没有资格吃零食哦！"

金梦露想，她现在的感觉就像是《大话西游》中站在唐僧背后的那两个妖，再这样下去她可能会拔剑自杀。她看了一眼微信，之前就因为受不了太阳暴晒约了 VIP 贵宾服务，"恶人"说她可以上车去休息五分钟，现在她觉得她要延长半小时。眼看陆容从车上下来，金梦露心想，总算轮到我了。

她身边的梁闻道还在滔滔不绝地讲："如果一架载人航天飞机达到第一宇宙速度，它最终会落在哪个轨道？"

金梦露眼神一闪，把话梅往他脸上一扬，推开陆容，坐上了车后座，重重关上了门。

金梦露："师傅，快开！"

霁温风一脸震惊，这个女人为什么会在车上？！金梦露更是震惊，她今天为什么先是遇到了闯王又遇到了学神最后遇到了校草？！不过经历过梁闻道，她已经对所有校园恋爱失去了信心。金梦露郑重地对霁温风摇了摇头："什么都别问，什么都别说，让我们安静地走完这场旅程，好不好？"

霁温风蒙了。

陆容刚惊慌失措地跳下车就看见金梦露上了霁温风的车："……"

陆容："这到底是怎么回事？"

他身边的令仁面如死灰："夭寿，我班长开后宫了……"

陆容默默攥紧了拳头——霁温风死了。

陆容阴阴地对令仁说："你想要赚钱吗？"

令仁严肃地望着霁温风的车："不想赚钱，只想不要赔钱。"

陆容："我有办法让你今天不亏不赚，刚刚平账。"

令仁："怎么做？"

陆容让李南边立刻放出消息给全校女生："谁想跟霁温风一起坐车秋游？"

全校女生一愣，然后发出了一声声尖厉的喊声——

"我可以！"

"姐可妹亦可！"

"霁温风啊！"

陆容随即推出"与风同行"业务，业务内容是坐车、享受与霁温风同车共度的美好五分钟。标价五百元，二十个名额。这个业务一经推出立刻被抢光。全校的女生被安排得明明白白。

陆容："把那些举着爱的号码牌的女生带上霁温风的车。霁温风今天坐你车的钱全部抵消。"

令仁："好！"

霁温风看着身边来来去去的女生："你们到底是干什么的？"

女生："别问，问就是脚疼。"

陆容看着令仁兴冲冲地上前维持秩序，心中冷冷地想，霁温风，你就是死了也得给我赚钱。

这只熊猫玩偶，到底是谁送了谁？

陆容推出"与风同行"业务后，坐地起价收了一万元钱服务费，而且卖完二十个名额后，前来咨询者还络绎不绝。

"有一个人想要包下霁温风后续的所有时间。"李南边凑过来跟陆容商量。

陆容："二十个名额已经抢光了。"

李南边："她说她可以支付那部分人的损失。"

陆容一惊，那可是一万元钱，而且这一万元钱还是补其他人的窟窿，按照之前他开的价，她的费用又是一万元。

居然有人花两万元钱，就为了跟霁温风一起坐车去动物园？

陆容："她脑子有坑吧？"

李南边惊讶地展示着账户中的余额："我们不就是靠这些人赚钱的嘛！"

陆容心烦意乱地换了种说法："她出得起？"

李南边把屏幕展示给他看，那个头像是抽烟男子侧影的人放言："钱不是问题，只要出钱能买到与霁温风同行，多少钱你出个价。"

李南边满眼放光："我试探过她的口风，貌似真的是个不差钱的主儿。"

陆容神情渐渐凝重，闭着眼睛慢慢思索了一阵儿："知道她是谁吗？"

李南边："这我倒不知道，她之前跟我们组没有业务往来，刚刚加上我，是冲着霁温风来的。"

陆容"嗯"了一声，夺过李南边的手机写了两个字："不卖。"

李南边惊愕地叫了一声"学长"。学长从来都说顾客是上帝，面对顾客嘴甜是第一要务。

陆容淡定地把手机还给他："客户维护你去搞。"

李南边："行。不过……"

陆容："不过什么？"

李南边："我觉得如果她愿意垫付那一万块钱，毁掉其他二十个订单，把霁温风的时间全包给她也没什么。"

陆容不说话了，只是用那双深不见底的眼睛冷冷地看着他。

李南边汗毛直立，陆容不是情绪波动很大的人，但他曾经见过陆容发火。他不想再见第二次了。

眼见李南边畏惧的模样，陆容淡淡地挪开了目光："这桩生意，不做。"

经过一上午的长途跋涉，城南学子终于到了动物园。

陆容趁老师买票，走到老王跟前，问他："营业额怎么样？"

老王给他看当日收入：3672 元。

陆容："很好。"

这批货他从超市搬来的成本价七八百元吧，而且也不是他付的钱，霁温风替他刷了卡，他是真正的空手套白狼。

陆容吩咐："你找那个停车场大爷，给他二十块钱，让他带你进园，今天下午继续卖货吧！"

"行。"老王自从跟了陆容，每天都在享受账户里的余额疯狂飞涨的快感，已经对陆容言听计从。

陆容心不在焉地倚在三轮车边，用力跺了跺脚。

老王："怎么了？"

陆容实在是走得脚疼，敲了敲泡沫箱："拖鞋呢？给我一双。"

老王："呃……刚卖完。你不早说，最后三双都被萧竹清买走了。"

陆容："萧竹清？"

老王："要不我打电话让她匀一双给你？"

陆容："她付钱了吗？"

老王："付了。"

陆容："那算了吧！"

付钱的是学长，服务顾客是第一要务。

陆容从老王那边出来，看着黑压压等候入园的人群，打电话给李南边："你和闯王进去了吗？"

李南边："进去了。"

陆容："按原计划进行。"

另一边，霁温风正在人群中悄无声息地用目光搜寻陆容，萧竹清突然出现在身前。

霁温风想，你还学过忍术吗？

萧竹清挑开他的背包，把一双拖鞋塞了进去，然后云淡风轻地离开了。

霁温风拿出来看了一眼那奇丑无比的拖鞋："这是什么？"

萧竹清挥了挥手中的拖鞋，给他一个无比潇洒的背影："你很快就会用上。"

前面闸机口开始放人，人潮开始往前挪动，霁温风赶紧把拖鞋塞进挎包里，一心一意等着进入园区，赶往大熊猫馆。

他查了一下大众点评，这个动物园最火的就是熊猫馆，而且里面真的卖熊猫便当和熊猫玩偶。

熊猫便当不怎么好吃，但熊猫玩偶很可爱。

霁温风冲到熊猫馆的时候，发现自己周围全是妹子。

霁温风卡在女生堆里，走也不是，留也不是，甚至碍于校草的身份不能靠着自己身高腿长抢到最前面，被女生包围不知所措："……"

女生A："天哪是霁温风！"

女生 B："霁大少爷为什么会来熊猫馆，难道他也要买熊猫玩偶吗？想不到他那么少女心，好萌哦！"

轮到霁温风的时候，他发现站在橱窗前的人是邓特。

陆容也通过上网发现这个园区唯一拿得出手的纪念品就是熊猫玩偶，让邓特、李南边先进园子里，然后李南边迅速跟纪念品商店的阿姨展开了一场谈判，买下了所有熊猫玩偶，还哄骗她去吃饭。这样，这个生意就被"全员恶人组"接手了。

霁温风："……"

邓特："哟。"

霁温风："你为什么会在这里打工。"

邓特："个人原因。想买玩偶吗？"

霁温风："给我一个。"

邓特酷酷地把一个玩偶推到他面前："八十。"

霁温风掏出大众点评："平时才四十块钱一个，而且四十块钱一个的标牌还塞在玻璃窗前。"

邓特觉得这个顾客有点儿难搞。

邓特："下一个。"

霁温风眼看身后的女生乖乖要掏钱了，意识到黑心老板在秋游时把价格抬了一倍："你的领导在哪里，把他叫出来，我要告你们不正当定价！"

李南边从橱窗后面转了出来。

邓特指着霁温风道："这个顾客，搞事。"

李南边一看是霁温风，问道："怎么回事？"

霁温风："这个玩偶是四十块钱一个，凭什么卖我八十？"

"你怎么能给霁温风报八十？"李南边教训邓特道，把玩偶往前一推，"一百六十。"

霁温风："……"

李南边悄悄跟邓特说："他特别有钱，你可以敲他竹杠。"

霁温风拿出手机："你可以保持沉默，但你说的每一个字都会作为呈堂证供，被我的大律师团取证。"

李南边被唬退了："稍等一下。"回到里间，他询问陆容："有个客户对定价不满意现在在外面闹，就是那个霁温风。"

陆容："他想要？"

李南边点点头。

陆容面无表情地道："送他吧！"

李南边出来，在邓特耳边耳语几句，邓特把熊猫玩偶递给了霁温风："送你。"

霁温风严厉地盯着他们道："告诉你们老板，他还挺明智的。"

熊猫玩偶卖完以后，陆容把辛苦了半天的"全员恶人组"叫到一边开会。

陆容："这是一次伟大的胜利。老王那边的营业额高达 3672 块，郭靖小三轮为我们创收 240 块，郭靖小三轮上的泡沫冰镇箱零售额有 984 块，熊猫玩偶净利润 2400 块，而霁温风——"他故意顿了顿，"豪车出租业务原本是我最不看好的一条线，但是有霁温风的加持以后，光是'与风同行'的门票费就盈利 10000 块，上头的冰激凌、各类果酒更是卖了 5671 块。"

李南边倚着树干靠在一边："我们得尽快开发霁温风的全套业务线了。"

众人"嗯"了一声，表示赞同。霁温风实乃吸金利器。

李南边："我们得跟他搞好关系——要不中午请他吃顿饭吧，我们有烧烤架。"

颜苟第一个跳出来反对，打了一大段字："我们只带了五人份的肉，他来了会带来一大堆女生，到时候我们怎么分肉？我挑的是最好的里脊肉。"

众人一寻思："嗯，有道理。"说完众人反应过来：这可能就是我们"全员恶人组"单身至今的原因吧！

李南边："那要不我们派个代表跟他接触？"

颜苟兴高采烈地打字："那我们剩下四个人就能分五个人的肉……"

李南边赶紧把他的手机捏住推了回去，嘘，这么重要的事不要说出来。

陆容："我确实在他身边埋了线……"那就是邓特。

邓特酷酷地接话："学长跟霁温风关系就很不错。"

梁闻道、李南边、颜苟通通看向了陆容。

陆容："……"

李南边觉得有情况："什么时候的事情？怎么没听你提起过？是因为这个你才不想把他卖掉的吗？"他早上就觉得陆容对霁温风的态度不太对劲儿。

颜苟："是上次温泉酒店相识后还有来往吗？"

邓特："霁温风带着我去过学长家里。"

303

正在烤肉的梁闻道把扇子一摔："我都没有去过学长家里。"

众人连忙把扇子重新塞到他手里："哥，别生气，下次带你去。"梁闻道这才重新烤起肉来。

邓特继续道："前天他还打车送学长回家。"

众人起哄："哦！"

陆容："别问，问就是业务往来。"

李南边坏笑："那今天我们托了霁温风的福，赚了不少钱，要不要给他送点儿礼啊？"

不远处，牛艳玲正推着郭靖在看猴子。牛艳玲今天靠着郭靖的小三轮业务赚了一百元钱，现在正推着郭靖到处走呢！

李南边揶揄地望向陆容："瞧人家这合作方维护的。"

陆容："……"

陆容："我一个人去，你们在这儿等着。"

陆容：我只是一个没有感情的赚钱机器

赵一恒整个秋游都过得很郁闷。

霁温风这个人太阴险狡诈了，在大家都风尘仆仆赶路的时候叫来了他家司机，开着车招摇过市，导致全校女生都往他身上扑，把自己这个前校草忘得一干二净。

更加可恶的是，霁温风去坐车了，令仁也不知道因为什么跟着车鞍前马后，（1）班没有人扛旗，这个任务就落到了全班第三高的赵一恒身上。

赵一恒扛着旗走到动物园，觉得自己非得把霁温风给杀了不可！

自从霁温风来学校以后，他就没遇到过好事情，不但整个人都糊了，还总是莫名其妙背锅和扛旗！

赵一恒正为霁温风恼羞成怒，正撞见霁温风走来，气得直磨牙。

刚巧马场就在身边，赵一恒走进去问马场老板："这个马可以骑吗？"

马场老板："可以啊！"

赵一恒："我想骑着散散心，多少钱？"

老板："二十块钱三圈。"

赵一恒挑了一匹马，戴好护具，飞身上马，英姿飒爽地乘风御马，城南大学的女生回忆起了被赵一恒"支配"的恐惧。

女生A："那不是赵一恒吗？！他竟然会骑马！"

女生 B："不愧是豪门校草，从小就接受贵族教育呢！"

女生 C："他就是传说中的白马王子！"

女生们立刻抛下了霁温风冲进了马场里要赵一恒教骑马。

赵一恒给了霁温风一个挑衅的眼神，这还是霁温风转学以来他第一次打败霁温风，赢得女生们的欢心。

赵一恒心想，呵呵，霁温风一定恨死我了。

霁温风手插着裤袋不以为意，用不屑的眼神看着马场中的赵一恒：嗯，谢谢你帮我引开了这些窥觑我熊猫玩偶的女生，让我得以耳根清净地去找我家小助理吃饭，再把熊猫玩偶悄悄放在他的头顶。我会永远记住这份恩情的。

陆容正在满动物园找霁温风，以期跟大供应商进行一些社交应酬。他还没有对霁温风的事认真规划，霁温风就给他赚了一万多元钱，李南边说得没错，他得请霁温风吃饭。

要找霁温风并不难，只要看哪里黑压压一片，霁温风一定在那里。

陆容循着人头走到马场边上。

"一个一个来！"栅栏里传来赵一恒的声音。

他穿上了马裤，套上了护具，还戴着一顶牛仔帽，骑着一匹棕马在跑马场里表演马术，想要跟他一起骑马的女生在马场边围得里三圈外三圈。

陆容眼中精光四射地望着马背上的赵一恒，嗯，他们学校里可以吸引女生的好像不止霁温风一个呢，他怎么把赵一恒给忘了，说起来，他好像从来没有为赵一恒策划过任何项目，他失职了……

霁温风发现人群中的陆容，走到他对面时蓦然停下了脚步，难以置信地望着这一幕，居然连陆容都会被赵一恒深深地"吸引"？为什么？就因为骑着马吗？

霁温风沉着脸心想，他居然是这种肤浅的人。

陆容脑内冒出一个疯狂的赚钱点子，死死盯着赵一恒，发出了惊叹。他把手抵在下巴上，陷入了沉思，虽然这个点子有点儿疯狂，但是想要赚钱，就应该铤而走险……

霁温风眼见陆容"沉迷"赵一恒无法自拔，心中怒火腾地一下燃烧起来，好，你等着。

他大步流星走向马场，撑着栅栏一跃而过，从马场老板手里牵过了一匹白马，翻身上马。

栅栏外围观的陆容晃了晃脑袋，霁温风怎么进去了？

霁温风端坐在马背上，一夹马腹，走到陆容面前，尽力挡住了身后的赵一恒，高傲地抬着下巴向他展示，看，我也有马。

陆容身边的女生沸腾了！两大校草纷纷化身白马王子！这个秋游，完美！

被霁温风抢去风头的赵一恒心中恨恨地想：他果然想跟我对战。

陆容想，为什么霁温风也突然跳进了马场。他还想找霁温风吃饭，然后让赵一恒为自己赚钱呢。

赵一恒感受到了霁温风的威胁，恶狠狠道："霁温风，我做什么你都要横插一脚，这到底是为什么？"

霁温风眼中燃烧起疯狂的斗意："是你惹我的。"

赵一恒："这只是我的天然魅力。"

霁温风"呵呵"一笑，不以为意："你站在我身边不值一提。"

赵一恒眼中的霁温风冷酷高傲，总是处处针对自己，又拒人于千里之外，这次绝对不能输给他。

赵一恒："不值一提？不比过怎么知道。"

霁温风："你想怎么比？"

赵一恒："很简单，全校女生差不多都在这儿，看她们愿意跟我学骑马，还是更愿意跟你学骑马。"

霁温风看了一眼场边的陆容："如果我赢了，你以后离陆容远一点儿。"

赵一恒想知道，陆容是谁？

管他是谁，赵一恒走到这一步，可谓破釜沉舟，势必赢回自己校草的尊严："可以啊！你赢了什么都好说。不过如果我赢了，你也要当众承认我是比你更帅气的男人。"

霁温风掉转马头："我不跟人讨论不会发生的事。"

赵一恒暗地里气得磨牙，抢先一步朝排在第一位的女生微笑道："想跟我一起骑马吗，小姐？"

女生："真的可以吗？"

赵一恒下马，帮女生穿好护具，给她挑了一匹温顺的小马，开始给她介绍："骑马的时候，首先，保持镇定不要害怕，跳上去以后夹紧马腹，放松，握紧缰绳……"

等女生坐稳以后，他跳了上去，晃悠到霁温风面前。

霁温风勾起唇角，扬起手中的马鞭，对全体女生说："有想跟我学骑马的，出列！"

女生 A："天哪，霁温风和赵一恒同台竞技马术！他们两个大长腿骑在马上的模样太好看了！"

女生 B："不是竞技！不是竞技！不是竞技！重要的话说三遍！是他们在教女生骑马。"

女生 C："真的只是骑马吗？"

陆容："……"

他站在远处的绿荫底下，听着周围的同学讨论着霁温风，看着霁温风悉心教导女生骑马的身姿，遥远得像个他从未相识的人。

人群中谁也没有发现陆容走了，他走进了马场边的小屋，找到了马场老板。

马场老板租下这块场地，养了几匹马供游客骑乘体验，赚点儿小钱，无奈动物园地处偏远，平日都没有什么生意。

就算是周末，来动物园的游客也是去熊猫馆的居多。大人不会在他这个小场馆里骑马体验，而小朋友即使想要骑马家长也不让，觉得危险。他的马场一直是动物园里的冷僻场馆。

谁知道今天这帮学生来了以后几乎把他的场馆挤得水泄不通，他数钱数到手抽筋。他正在美滋滋地点钱，突然眼前一暗，一个面无表情的学生站在了他面前。

"骑马二十块钱三圈。"马场老板飞快报了价。

"我不是来骑马的，我是来让你发财的。"陆容从阴影中踱出来。

马场老板："……"

陆容回头盯了一眼霁温风："你要知道，你现在客流量这么大，全是这两个学生带来的。他们是我们学校的校草，只要他们在你这里骑马，全校女生就会源源不断来你这里付钱想跟他们同乘一匹马。如果他们走了，你这又小又臭的马场，就什么都没有了。"

马场老板当然心知肚明，生怕这两个男孩子什么时候走了。他听眼前这小同学的意思，似乎是有办法让他们留下，当即开口问道："那你说怎么办？"

陆容："我让他们今天下午在你这边打工。"

马场老板："真的吗？"

陆容："既然是打工，他们的骑马费，当然是免了。另外，每个人底薪六百，每个姑娘抽两块钱，你看怎么样？"

马场老板算了算，平常他一整天颗粒无收的时候都有，周末客流量大有二十个人来体验就算不错了。而这两个男生显然是天赋异禀，就这么一会儿工夫，排队交钱等着进马场的小女生就有五十多个了。

马场老板觉得这笔钱花得值："好！"

陆容伸手："那把两个人的底薪先给我吧，总共一千二百元。"

马场老板担心地说道："我把钱给你，那他们跑了怎么办？这天大地大，我去哪儿逮他们俩去？"他可有一整个马场要管，没有这个闲工夫出门抓人。

陆容想了想："行，那你先付50%定金，等事成之后，你再把尾款和抽成给我。你也不用担心他们跑，我告诉你怎么对付他俩。"

陆容招招手，让马场老板凑过来，低声对他道："如果他们俩之中的一个偷懒，或者想走，你就说：呵呵，你果然不如他。如果他们俩都想走，你就说：呵呵，你们俩也不过如此。"

马场老板："这有用吗？"

陆容："你去试试就知道了。"

他是我的家人

霁温风送走第三个女生，教会她骑马小跑、上马下马等基础动作，抹了把额头上的汗水，有点儿蒙，自己为什么干这么愚蠢的事？他环顾四周，全是把小马场围得水泄不通的女生，黑压压的一片，手里拿着号码牌。

不远处，赵一恒尽职地搭成了手桥，让一个一百四十斤的女生骑在马背上："做得不错，加油！"

得到了女生的娇笑作为奖赏，赵一恒挑衅地看了霁温风一眼，压下了自己的牛仔帽。

霁温风低头看着自己灰扑扑的校服，被太阳晒得火辣辣的手臂，意识到问题所在的时候，看到陆容从马场老板的屋里走出来，靠着小木屋慵懒地站在那里，手臂环抱着胸口。霁温风望着慵懒的陆容，决定自己要回家了。他要骑着马回到酒馆里，点一杯威士忌。他策马朝陆容走去，马尾左右摇摆。

这时候，马场老板突然凭空出现，拦在他身前："你要走了吗？"

霁温风："嗯。"

马场老板："呵呵，原来你不如他。"

赵一恒正搂着胖女生在马场上驰骋，走过霁温风面前时还鄙夷地看了他一眼："瞧，这不是晒不得太阳的霁温风吗？"

霁温风当场把外套一脱，系在了腰上："下一个，出列！"

他对赵一恒发誓："我今天要教会她们骑马跳火圈，你等着。"

赵一恒："拭目以待。"

马场老板回到陆容身边，若有所思道："他们比我的马还好驯化。"

陆容看着霁温风扶女生上马、让她坐在自己身后，道："谁说不是呢！"

他收了马场老板六百元定金，头也不回地走了。

陆容离开了马场，顺着大路漫无目的地走着，与老王不期而遇。老王正开着电动三轮车四处兜售剩下的冰棍和矿泉水，见到面沉如水的陆容，一踩刹车，支起了一把太阳伞，翻出了一个塑料凳，拿着肩膀上的手帕巾子往凳子上一扫："请。"

陆容疲惫地坐在上塑料凳，要了一瓶冰可乐，靠在泡沫箱子上，喝了起来。

老王："赚了这么多钱还不高兴？"

陆容："我只剩下钱了。"从小他就有这种感觉。大人总是讲赚钱怎么怎么不容易，可他似乎有天生的才能，能轻易赚到钱。可是相应的，他也付出了极其惨烈的代价。比如说，他拥有了一个不靠谱的母亲；后来发现这个不靠谱的母亲都是假的，他的母亲根本就是把他抛弃了。陆容坚信能量守恒，幸运守恒，运气守恒，世间一切都守恒的道理。当他命中多金，他也孤苦伶仃，孑然一身，这也守恒，不会因为什么人而改变。

老王："我也想体验一下只剩下钱的感觉。"

陆容不说话。

老王："说吧，遇到什么事了？"

陆容道："我刚把两个人卖到了马场。"

老王："……"

老王不自觉地站直了，敬畏地冲着陆容说："你说的不是人贩子的那种卖，是吧？"

陆容摇晃着手中的冰可乐，失神道："其中有一个人还是我的……"名

义上的哥哥。

老王望着陆容失神的样子，倒抽一口凉气："你不会把你'亲兄弟'卖了吧？！"

陆容淡淡地扫了他一眼，纠正道："不是。"

自从霁温风突然出现在他的生命里，他们就形影不离，陆容都快要忘记自己是个天煞孤星。刹那间被打回原形，陆容清醒过来，其实他对霁温风来说，也没有那么特别。

他们只是两个普通男生，霁温风还是广受欢迎的校草。

老王看着他黯然神伤的模样，更加确定了自己的猜想，也掏出一瓶可乐："有什么人会把自己兄弟卖到马场，我只有在武侠小说里才看到过那么丧心病狂的情节。陆容，在此之前我以为你只是一个普通的小孩，只是比别人更会赚钱，但是现在，我开始觉得你是魔教教主了。"说着他把肩头上的毛巾往泡沫箱上一摔。

"那就离我远一点儿。"陆容举起了冰可乐又喝了起来。

老王撑着泡沫箱子抬头望天，思考了几秒钟："可这根本说不通啊，这明明是个现代背景，你到底怎么把人卖到马场的？你说的马场是真正的马场还是……"

陆容深深地看了他一眼："真正的马场。"

老王："你为什么要这么做？"

陆容："他不和我是一类人。"

老王："你因为这就把他卖到马场？！"

陆容："他在那边玩得很开心。"顿了顿，他补上一句，"跟很多妹子。"

老王："……哦你说的他是我上次见过的那个霁家少爷对不对？"

陆容阴森森地看了他一眼："你知道得太多了。"

老王："如果你不高兴他跟其他人玩，你就应该告诉他你不喜欢他跟别人玩，而不是把他卖进马场！"

陆容吟诗："命中有时终须有，命中无时莫强求。"

老王："你都没有争取过，怎么知道命中有没有？"

"人跟钱不一样。钱可以赚，人怎么挣？"陆容摇头。就像他再努力，能让自己从小家庭美满、父母双全吗？

老王忍不住摸摸他的脑袋："家人也许不能选择，可是……还是可以争取一下的嘛——"

陆容叹了口气。

他喝完了瓶子里最后的可乐，默默地握着空可乐瓶。家人对他来说是一个怎样的执念，只有他自己知道。血脉相连，永不分开，即使到人生尽头、事业低谷都不离不弃，可以尽情痛苦和依靠……这是何等的美妙。正因为太过美好，他又偏偏没有，以至于一点点诱惑都会泥足深陷，一点点无聊的小事都会觉得遭受了背叛。

"让你见笑了。"陆容沉默了一阵儿，收拾好了心绪，恢复了往常冷静自持的模样。

老王看出他兴致不高，从泡沫箱子里搬出仅剩的一盒寿司："花了大半天赚钱，剩下半天出去玩吧！"

陆容："给我一双一次性手套。"

老王"哼"了一声："瞧你这样子。"

骄阳当空，陆容一个人在老王的摊位上默默地吃着寿司。

道路尽头，方长穿着迷彩服、端着彩弹枪像颗小炮弹一般冲了出来。

"陆容，真人 CS 去不去？"方长兴高采烈地问。

陆容抬起头来，方长觉得陆容今天的表情特别深沉。他放慢脚步，站在不远处尴尬地扶了扶头盔。

"去。"陆容干脆道。

方长又咧开嘴开心地傻笑："那快来快来，我们班缺人呢！"他招呼陆容跟上。

陆容把最后一个寿司塞进嘴里，跳下塑料凳，走到了方长身边，淡淡地一点头："谢谢你找我玩！"

"说什么呢，快走快走！"方长傻兮兮地搂住他的肩膀。不远处，萧逸、李南边他们都全副武装地等着他。

马场中，霁温风的新学员颇有心机地说："那个……霁同学，我能坐在你身前吗？我好怕会掉下去。"

女生们通过敏锐的观察，发觉赵一恒前后不计；但是霁温风只是牵着马走在前头，真教不会，才坐在她们身前带她们跑一圈，一本正经地当着他的马术教练。他好高冷、好酷，她们好想坐在他怀里。

霁温风："你再学不会，就先下去跑十圈锻炼腿部力量吧！"

女生哭泣起来："霁同学……"

霁温风眉峰一挑，严厉呵斥："谁是霁同学？！"

女生："……"

霁温风："从现在开始，叫我霁教练！"

女生："是……霁教练……"

你先把遗书写完再走

"规则是这样子的！每队五个人，被彩蛋射中就是死亡，退出战场不能再动粗了。哪一队先全军覆没，另一队就赢，听明白了吗？！"方长大声对身着迷彩服的四个队员说。

陆容、李南边、萧逸三个人大声说，颜苟打字。

"可是我们组里为什么会有别的班的人？"萧逸很不信任颜苟，他是（6）班的。

方长："我们招不到其他人了。"愿意大热天穿着迷彩服满地乱跑打真人 CS 的可不多，光是彩蛋打在身上这一点，所有的女生就都拒绝参加，"不单单我们这队是这样，对面的那队也是各班混编的。"

说曹操曹操到，令仁带着另一队端着枪从对面走来。

令仁："来日方长。"

方长："令仁恶心！"

他们俩现在又跟斗鸡一样，主要原因是令仁没给方长吃霁温风车上的巧克力冰激凌还把他踹了出来，方长当场宣布不要跟令仁来往了。

令仁："你们现在投降还来得及。"

方长："别忙着说大话，鹿死谁手犹未可知！"

令仁："我说真的，你们不可能赢。"说着他一招手，脸上抹了两道油彩的邓特越队而出，仅剩的右眼冰冷如雪。

方长、李南边、萧逸、颜苟："竟然是闯王！"

陆容："……"

令仁："他一个人就能把你们全打死。"

方长："这是个射击战略游戏！又不是杀人游戏！输赢的规则是用彩蛋打中对方的衣服！"

令仁冷酷无情地推了推金边眼镜，唇角流露出邪恶的笑容："他会把你们先全部打死，再补上一枪的，这样，谁都不会知道你们是怎么死的。"

方长队除了陆容吓得集体变色。

方长作为小队长，大家都能露怯，他不能露怯，外强中干地冲令仁叫嚣："自古以来，打胜仗靠的都是谋士、谋略，这说明什么，说明打仗还是要靠头脑。虽然闯王是很能打，但光有肌肉是不行的，我们可以要阴招！"

"你们打算要什么阴招？"梁闻道推高了钢盔，走到令仁身边。

方长体会到学神周围的气压，灰溜溜地逃了回来。

"我们得想一个万全之策。"方长搂着众人道。

陆容："……"

萧逸："我现在就出去跟他们拼了！"

李南边掏出纸笔递给他。

萧逸："你什么意思？"

李南边："你先把遗书写完再走。"

萧逸："……"

陆容瞟了一眼对面信心满满的令仁团队，邓特和梁闻道一左一右作为令仁的左臂右膀，原来这就是自己的常态，站在旁观者立场看自己的日常样子真是很有意思呢！

他微微一笑，安抚方长道："不用怕。虽然对面每个人单兵属性都远远高于我方，但是令仁不一定能驾驭他的团队，我们可以逐个击破。"给他一定的时间，他绝对可以通过各种阴谋诡计挑拨离间达到让令仁团队内讧不已进而分崩离析的结果。

方长听到这话，眼睛一亮，继而对陆容说："靠你了，兄弟。"

动物园坐落在一个山坳里，四面环山，他们此时就在某条上山的小径下。

方长偷偷摸摸招呼众人上山："现在敌方气焰嚣张，我们避其锋芒，战略性转移到大山深处，沿途留下脚印诱敌深入。他们万万没有想到，我们会以深山老林作为根据地，埋伏起来跟他们打游击战，到时候就是一枪一个！"

萧逸："我觉得这个法子可以！"

陆容从口袋里拿出蚊虫特效药分给颜苟和李南边。

李南边悄悄问："这法子可行吗，学长？"

陆容淡淡道："我就想赶紧被杀回去吃饭。"

方长回头嘘了一声："再动摇军心，拉出去斩了！"说着他抢过了陆容的蚊虫特效药，在自己腿上抹了抹，回头开山辟道。

山脚下的令仁团队聊着聊着发现对手不见了，互相传递了一个眼色。

令仁："方长一定是带队躲上山了。如果我们现在上山，会被全部歼灭。"

"不会。"梁闻道伸手，撩起了邓特的刘海，露出了他被封印的左眼，"我做邓特的观察员，即使地处下风口也能将他们全部击毙。"

令仁："那太好了，你们还在等什么？"

梁闻道望向莽莽大山："我怀疑敌方并不会埋伏在上山路上，而是出于保守战略方针，躲进了大山深处，逃得越远越好。"

令仁："追。"

陆容一行人正在深山老林中跋涉。

一开始，他们周围还有其他同学，用看神经病的眼神看着他们小队潜行而过。但随着他们渐渐走远，别说同学了，人影都见不着一个，只有脚踩在枯枝败叶上的声音。

低矮的灌木逐渐变成高大的乔木，笼罩着几人，光线也随之变暗，西边的天际出现了象征黄昏的绛红色。

萧逸忍不住开腔："我们已经战略转移了大半个小时了。"

方长扛着枪凑到他身边，表情严肃道："我比你更了解令仁，他就是一条没有良心的恶犬！他一旦认准了你，咬上一口，就会一直紧咬不放，我相信他肯定就在附近……"

萧逸："你就瞎扯吧——"话音刚落，他突然猛地一震，身体剧烈地抖动一下。

方长、李南边："萧逸！"

颜苟打字："你怎么了？"

萧逸瞪圆了黑溜溜的眼睛，把手捂在胸口，从嗓子眼里喊出两个字："快走——"

背后，荷枪实弹的令仁队端着枪、顶着野草从隐身的地方走了出来。

方长手疾眼快地撑起萧逸的胳膊，支撑着他往前走。陆容带着李南边和颜苟两人且战且退，掩护着两人穿过枪林弹雨，撤退到小山坡的后面。

翻过山坡，几个人立刻趴下。李南边手脚麻利地掏出了他小砖头似的蓝牙音箱，顶在脑袋上。陆容淡然往他身上一枕，在蓝牙音箱上支起彩弹枪，饶有架势地调整姿势。

四双眼睛一杆枪对准了空无一人的山坡。

令仁几个一定是躲起来了，他们不但有迷彩服，还在头顶戴了草，很难发现他们。

不过只要他们一冒头，陆容就打爆他们的脑袋。他有视野优势。

方长见他们没有再追上来，放下了萧逸："萧逸，你怎么样？"

萧逸躺在地上，气若游丝地握着他的手："班长……"

方长抹了一把泪："我答应过你妈，把你们活着带出来，也要把你们活着带回去！挺住，萧逸，不要让班长对不起你老母！"

萧逸转头向李南边要纸笔："我要……写遗书……"

李南边嘘了一声："陆容狙击呢别吵。"

颜苟拿出手机，打了一行字："我刚才看到萧逸好像不是胸口中枪，是腋下中枪。"

方长、萧逸对视一眼："是吗？"

萧逸赶紧翻过身，方长检查了彩蛋的位置："真的呀！"

李南边忍不住道："不是打中身体就算出局了吗？"

萧逸："不！虽然我的右半身已经偏瘫了，但我还可以战斗！"说着他就把彩弹枪换到左手上，用左腿和左手匍匐着挪动到李南边和陆容身边。

山坡上一块大石头后面传来令仁的喊话："我们刚才打中萧逸了，萧逸出局！"

萧逸道："我用左手也能打爆你的狗头！"

大石头后头，令仁队五人连声嘘嘘："作弊，不要脸！"

方长强词夺理："这不是作弊，而是版本更新！战场上没有一个真的勇士会因为胁下擦伤就下火线，我们要尽量逼近真实战争。"

令仁队有个人道："对面开始耍赖了，现在怎么办？"

梁闻道从大石头后面探出头，马上就遭到陆容的迎面痛击："强攻不行，绕后面吧！"

邓特和他对视一眼，趁着方长和令仁对骂，匍匐到二十米开外，开始爬坡。

萧逸眼尖，看到他俩，立刻就砰砰放了两枪："2点钟方向，有敌军！"

梁闻道和邓特发现他们所在的位置已经脱离了彩弹枪的射程，索性直起腰来攀登。

方长意识到一旦他们登坡，他们的小分队就会被两面夹击！

方长扑到陆容身边："陆容，带着他们撤退，我来殿后！"说着他就抓起彩弹枪，冲着梁闻道和邓特开枪扫射。

萧逸用皮带吊着右手，流下了泪水："班长——"

颜苟搀扶着他撤退。

李南边知道大势已去，亦是无聊地把蓝牙音箱放回了裤袋里，打算跟

陆容一道继续撤退。

可是陆容说："你先走吧！"

李南边："学长……"

陆容扫了他一眼，李南边会意，跟在颜苟和萧逸身后走进了密林深处。

方长正在酣畅淋漓地扫射，经历他人生的高光时刻，发现陆容没走，喊破了音："走啊！把小萧平平安安带到他母亲身边！"

对面邓特和梁闻道举起了彩弹枪。

陆容淡定地走到他面前。

方长："为什么不听话？！"

陆容卑鄙地使用了风云人物的外挂，冷冷呵斥邓特、梁闻道两人："把枪放下。"

两人鉴于陆容的天然威慑力，照做了。

方长："……"

玩脱了

令仁带着另外三名同志上坡时，不见方长、陆容，只见到邓特和梁闻道二人坐在大石头上，悠闲地拿着枪闲聊。

令仁："他们人呢？"

梁闻道玩味地回头看着他，邓特则突然举起枪，一枪打中他的胸口。

令仁："……"

梁闻道站起来道："我们其实是敌方派来的卧底。"

令仁："为什么？！"

梁闻道轻松说道："因为我们跟陆容比较熟。"

"你们为什么会跟陆容比较熟？！"令仁受了很大的打击。

在令仁的视角中，就像是突然出现一个路人甲，然后这个路人甲是整个世界运转的中心，所有人都爱他，令仁只在萧竹清写的小说里见过这种厉害的角色！

令仁彻底被激怒了："闯王我不了解，梁闻道，我待你可不薄。霁班长还没有到岗的时候，是我一手提拔的你，我俩一起兢兢业业带着我班创下丰功伟绩，你怎么说叛变就叛变了！我们辛辛苦苦打下的江山、打下的基业，你亲手毁掉，就是因为陆容吗？"

梁闻道想都没有想："对。"

令仁试探着问邓特："你呢，你真把陆容当朋友？"

邓特干脆地说道："对。"学长是他最敬爱的人。

令仁难以置信地摇摇头，完了，全完了。陆容同时收服了霁温风、梁闻道、邓特，这就好比同时征服了皇帝、丞相以及大将军，（1）班也好，城南也罢，全在陆容的掌握之中，只待他翻手为云、覆手为雨！

令仁发出了感慨："国之将亡，必有妖孽。"

邓特举着枪，用仅剩的右眼酷酷地看着令仁："你已经死了，死人是不能说话的。"

令仁乖乖举起了手，从悠闲的梁闻道和坚决的邓特身上掠过——也许他们同时欣赏陆容这一点，可以加以利用？

令仁："人之将死，其言也善，二位请听我一言。"

梁闻道："说。"

令仁循循善诱道："闯王、学神，这个游戏还有一个隐藏规则，谁'打死'了人，就可以把那个人扛走，战利品是属于胜利者的。"

邓特想了一会儿："什么意思？"

令仁发出了魔鬼的声音："如果你'打死了'陆容，你就可以把他扛走。"

梁闻道："喂喂喂，不要当众教唆小孩子。"

邓特酷酷地说道："我不是小孩子了。"他一直期待可以跟学长彻夜长谈，只有他俩，没有其他人。这样，他就可以坐在高高的篝火旁边，更深地了解学长，听他讲发家致富的故事。

令仁："你觉得怎么样？"

邓特："我加入。"说着他走到了令仁那一边。

令仁得到了大杀器闯王，瞬间挺直了腰板，随意地问梁闻道："你呢？"

梁闻道举手投降："我可不想被你们暴尸荒野。"

两人重新归队，令仁清点了一下人头，经过一轮策反和反策反，他们战力充沛，全员可战。

邓特摇摇头："等一下，你已经死了。"

梁闻道补上一句："你安心地去吧，你有什么想打的人，我让闯王打死了扛回来跟你合葬。"

令仁掸了掸胸口粉色的烟雾："不用了，已方开枪做无伤判定。"

方长和陆容两个人在林中深一脚浅一脚地走着。

方长好奇地问陆容："你是怎么把邓特和梁闻道安插在敌方当中的？"

陆容神秘一笑："是个秘密。"

"我说真的。"方长肃然道，"为什么邓特和梁闻道会听你的，他们可是闯王和学神。"

邓特和梁闻道是因为拥有特殊实力站在年级顶端的男人，校园地位甚至比他这个平平无奇的（8）班班长还要高一点儿。

陆容再度神秘一笑："这就是个更大的秘密了。"

方长停下了脚步，看着陆容的背影，越发觉得这个男人真是深不可测啊！

方长就喜欢跟陆容这种成熟深沉的男人一起玩。方长对那些同龄人不感兴趣，嫌弃他们太幼稚。

就在这个时候，背后突然传来砰砰两声枪响。

方长回过神来："敌人来啦！"

陆容对前头一左一右搀扶着萧逸的李南边和颜苟说："你们往右。"说罢他回头招呼方长，"跟我往左！"

方长："他们俩投敌叛变了？！"

陆容："不知道他们跟令仁做了什么交易。"

两个人吸引了所有的火力，在密林深处夺命狂奔，为受伤的萧逸争取时间，正当他俩将要逃出生天时，方长哎呀一声扑倒在地，他的腿被彩色子弹击中了。

"方班长！"陆容试图搀扶起他。

"陆容！"方长虚弱地倒在他怀里，掐着自己绽放着粉色烟雾的迷彩裤腿，"我的腿、我的腿已经不行了，指挥权全权移交给你……你一定要带着我们的人走出去……"

敌军手持彩弹枪进行地毯式搜索，令仁已经发现了他俩的行踪，架起了枪。

"现在不是说这些的时候。"陆容一脚踹开方长，躲过令仁瞄准方长心脏的一击，将方长踹下了山坡。

方长扑通扑通滚了下去："啊！"

面对着包围他的敌军，陆容在断崖边把野战帽一下掀开，眼神肆意如枭："你们绝对不可能生擒我。"说完他毅然决然张开双臂向后倒去！

邓特放下了枪，愣住了。

令仁："还愣着干什么，上啊！"

邓特松开了手中的枪，看着自己沾了粉的双手："我做了什么……"

那一瞬间陆容自由、桀骜又美丽的双眼，深深地震慑了邓特的灵魂。他意识到他不可能打败陆容。

邓特朝令仁开了一枪，咆哮道："你逼我杀了我最敬爱的人！"

令仁："整啥玩意儿呢，快去救人啊，他俩掉坑里了。"

邓特："哦！"

大家把陆容和方长拉出了柴火堆。

那其实是森林深处的一个小坑，里面都是枯枝败叶，还有一些断树枝，陆容把方长踢下去以后自己也一跃而下，两个人被救起来的时候都灰头土脸。

梁闻道给了瓶矿泉水让他们洗手洗脸，邓特清理了一截合抱粗的树干给他们俩坐着，令仁不知从哪里捡来一根柔软的藤条，绕着他们转圈，用藤条啪啪抽地。

"你总算落在我手里了。"令仁一脚踩在方长的腿上，用藤条挑起了他的下巴。

方长勇敢喊道："我什么都不会说的！"

"让你说什么了吗？"令仁拍拍他的脸，"待会有你受的。"

方长大义凛然："只要我方的人能平安走出去，什么样的酷刑我都受得住！"

令仁"呵呵"一笑："瞧这充满希望的坚毅眼神，真是战场上开出的艳丽的花朵，只可惜——"

他手下另外二人押着李南边、颜苟和萧逸过来了。

李南边、颜苟配合地低着头，萧逸更是躺在衣服做的担架上嗷嗷乱叫，胳膊底下全是红色的彩弹粉。

方长面如死灰。

令仁愉悦地说道："方班长，今天晚上就让你方的人，眼睁睁看着你忍受酷刑吧！"

一旁的邓特有点儿搞不清楚状况："还在打仗吗？我可不可以加入学长那一方。"

陆容默默把邓特拉下，告诉他，隔壁邻居家发神经不要插嘴，还有，不要在外人面前叫他学长。

就在方长和令仁不亦乐乎演着谍战片的时候，远处传来一声狼叫。天色迅速暗了下来，大家鸡皮疙瘩爬满了胳膊，这才惊觉山里的天气已经有点儿冷了。

方长第一个开口："我们这是在哪儿？"

令仁："你领的路你不知道吗？"

方长："我只是为了躲避你的围剿一直往山里走。"

令仁心中不安："那你记得原路吧？"

方长："……"

令仁："呵呵，你不记得了。"

方长又羞又怒："你追着我跑我又不敢走大路，你一放枪我慌不择路往林子里躲，所以都是你的错！"

梁闻道总结道："我们迷路了。"

令仁："……"

方长："刚才那个是狼吧，我们今天晚上一定会被吃掉的！"

霁温风做了一下午的牛仔，教女生们骑马，跟赵一恒比试谁教会的人多。

霁温风发微信给萧竹清问她陆容上哪儿去了。

萧竹清回他："跟方长、令仁他们打真人 CS 去了。"

霁温风想，为什么他们可以去玩真人 CS，他要在马场做牛仔。霁温风有点儿觉得自己被排挤了。

霁温风对众女生打起了退堂鼓："不好意思，我要走了……"

赵一恒："哈哈，你一定是怕被我追上所以才想退出。"

霁温风："我教了二十七个真正的女骑手，你只带着二十五个花痴遛了几圈，嘲讽我根本毫无道理。"

赵一恒："反正你一走我很快就会追上你。"

霁温风："我会让你知道谁才是失败者。"

他骑在马背上走到女生们面前："现在，进来二十个！"

赵一恒想，他们都是一个一个教的。

女生也不明所以，但既然是霁温风的要求，她们当然会遵从。女生们鱼贯而入，在霁温风面前聚在一起。

霁温风："现在，给我绕着马场跑十圈！然后做两分钟平板支撑，强化核心力量！"

女生们："不！"

霁温风慵懒地抽出了马鞭："你们以为，我说要教会你们骑马跳火圈，只是说说而已的吗？"

女生们赶紧排成一列跑步。

野外生存

令仁和方长意识到他们整个小队都迷路以后，开始了激烈的争吵。

令仁："要不是你带错路，我们根本不会沦落到这种境地。"

方长："要不是你提出要玩真人 CS，我也不会带错路啊！"

令仁："我提出玩真人 CS 的时候，可没有想到某人会不敢正面迎敌。"

两人不欢而散，各自坐在树桩两端生气。其他人也灰心丧气地四处坐下，再也没有演戏的兴致，只觉得前途未卜，生死不明。

陆容看时机成熟，可以进入下一个极限生存剧本，坐到了方长的身边："遇到这种事，谁都不想的。"

方长之前一直被令仁指责，心里委屈得很，像只要爆炸的河豚。此时感受到陆容的安慰，满身都是尖刺的河豚立刻泄了气，灰心丧气地乖乖认错："对不起，令仁说得没错，都是我不好，让大家困在这里。我真没用。"

陆容："你要是这么想，就中了他的奸计。"说着他看了令仁一眼，"告诉我，令仁是什么人？"

方长："……"

陆容："他是敌人。别忘了，若是他能成功让你失去斗志，彻底沉沦，忘记了你手下除了萧逸几乎满员的事实，那么这场战争他就赢了。杀人诛心，他想破坏你带着颜苟、萧逸去附近找路的计划。"

方长眼前一亮："没错，颜苟记性好，萧逸眼神好，我带着他们去附近转转，说不定能找到大路。"

陆容："你嗓门那么大，别忘了喊救命，要是我们的人在附近，我们就能转败为胜。"

方长用力握紧了他的手："谢谢！——萧逸，颜苟，出列！"

颜苟扶起了半身偏瘫的萧逸。

陆容吩咐颜苟："听方班长指挥，小心别走丢，随身带两颗彩蛋子弹沿途做标记，二十分钟后到这里集合。"

颜苟举手比了个 OK 的手势。

　　方长带着萧逸和颜苟神采奕奕地走了，临走还鄙夷地看了令仁一眼，令仁匪夷所思。

　　陆容拿着保温杯走到令仁身边，"呵呵"一笑。

　　令仁看了一眼三人远去的背影，目光落在陆容身上："有话直说。"

　　陆容："你输定了。"

　　令仁："现在没心情搞这些。"

　　陆容："方班长现在带着手下去寻路求救，如果他成功带着我们的人回来，而你却连一个地势高不潮湿的营地都没有找到，一堆像样的篝火都没有生起来，那恐怕你的仕途也到头了吧！"

　　令仁立刻站了起来："梁闻道，跟我走。"

　　陆容吩咐："李南边，你跟他一起去。"

　　令仁奇怪地看了他一眼。

　　陆容轻描淡写道："非常时期，同舟共济。"

　　令仁怀疑看了他两眼，咳嗽了两声："是方班长的意思吗？"

　　陆容："他需要你的帮助。你是一个强有力的领导者，被你嫌弃让他很伤心。不要告诉他我说的这些话，他会羞愧致死。"

　　令仁忍不住淡淡一笑："我懂。"

　　陆容吩咐梁闻道和李南边："听从他的指挥，去捡些干燥的枯枝败叶，再看看附近有什么地势高不潮湿的地方可以生火。不要离开我们一百步远。"

　　梁闻道、李南边："是！"

　　令仁带着他俩走出了营地，营地里坐地等死的气氛已经一扫而光。不远处，方长小队在高声喊着救命，把四周的归鸟吓得不敢进巢。

　　令仁勾起唇角，问背后的梁闻道和李南边："陆容一直都是这样吗？"

　　梁闻道："……"

　　李南边调小耳机音量，在令仁背后小声问梁闻道："他应该不知道我也是学长的人吧？我甚至是（8）班的。他知道我的名字吗？一定是你露了破绽。"

　　梁闻道也小声回道："不清楚。"

　　令仁头也不回道："现在我知道为什么你们都愿意跟着他了。"

　　山谷间回荡着方长和令仁的救命声，远远传出去，又远远传回来，除了鸟儿的扑扇翅膀声什么也没有惊动，估计他们已经走得离大路很远了。

陆容拧了拧眉心。

薄底的鞋挤得脚趾微微发痛，一整天的长途跋涉也让他疲惫不堪。陆容定了定神，强行让自己清醒，现在不是他叫苦不迭的时候，他得把这帮小伙伴平平安安带回去。

陆容把他们的背包通通打开，翻出了里头的糖果、巧克力等高热量零食，通通塞到令仁的包里。他们不知道什么时候才会得救，先把食物收集起来统一配给。

他叫上邓特："走。"

邓特仅剩的右眼一亮，酷酷地蹿到了他身边。

陆容："我们去打点儿东西。"

他背着众人，带着邓特，跑到林子里，掏出小刀削树枝、做陷阱。

邓特看着他花式布置各类捕兽笼，目瞪口呆。

邓特："你为什么会这个？"

陆容看了他一眼："知道一点儿野外生存技巧对大家都有好处。"

邓特："什么好处？"

陆容："哪天世界毁灭，如全球核爆、丧尸末日或者外星人降临等，人类文明崩溃，城市荒芜，我们吃什么用什么？"

邓特一愣，他从来没有思考过这个问题。

陆容捏着小刀递给他："给，你来削树枝。"

陆容是个很有危机意识的人，从小就没有安全感。他之所以那么努力赚钱就是为了在这个世界上活下去，因为在人类世界里，有钱才不至于被饿死。

而他考虑的远远不止人类世界，他也把世界末日考虑进去了。

陆容在提供学习服务产业链最为稳定的时刻，向上一届风云人物大哥特意请假一个月，回到乡下老家，跟表哥表弟们深入山林河溪，掌握了从种地到打猎的一切技能。

在别的同学疯狂学习或者疯狂谈恋爱的时候，陆容学会了三十八种捕猎陷阱，懂得从小兔子到野猪的各种活物如何捕捉、驯养和烹饪。

他甚至还通过读书深入研究了一下人类解剖学。

毕竟，谁都不知道末日会持续多久，在资源极度匮乏的情况下能不能等到水稻成熟的那一天……

邓特忍不住感慨："学长，你懂得好多。"

陆容："未雨绸缪罢了。"

他甚至还花了很小一笔钱，偷偷改造了一块深山老林里的土地，连同上头的木屋。他在里头囤满了纯净水和压缩饼干，定期更换，一旦城里暴发大规模流行病，他就可以带着方晴上山避难。那个木屋雄踞山头，门前有两亩地，目前处于无主状态，所在的废弃村落完全无人看管，全村人都因为新农村建设迁下了山。

陆容在几个明显有野兽出没的角落里布置好陷阱，带着邓特回去。

陆容放出的两个小队也回来了。

方长没有任何收获，沮丧地低着头。

方长："我们喊破了喉咙都没有人来救我们。"

令仁："我倒是找了一处高地，干净有水源。"

陆容"嗯"了一声："你们都做得很好。"

大部队开始收拾背包打算跟令仁迁徙。

梁闻道和颜苟私下里跟陆容汇报道："我们没有找到大路，不过在四周都留下了标记。如果有人上山找我们，就可以顺着标记找到这里。"

陆容点点头："很好。继续。"

一旁的方长打开背包，发现带的零食全没有了，大吃一惊。他把书包拎起来抖了抖，里头什么东西都没有抖出来，方长很绝望。

刚好令仁也打开背包拿水，发现自己的包鼓鼓囊囊的，打开来一看全是零食。

方长大怒："你偷了我的零食！"

其他人也都发现自己的书包被动过，对令仁那显然不符合尺寸的书包怒目相视。

令仁冤枉得很，根本不知道那些零食为什么会在他这里，他刚才明明是和方长一起出去的，哪有机会作案。

李南边问道："你在抓捕我们的时候，真把我们的私人物品都收缴了？"

令仁刚想解释两句，陆容道："我同意令仁的做法。"

众人的目光一下投向了他。

陆容道："我们不知道会在这里困多久，大家带的食物有多有少。如果能收集起来统一配比，可以最大限度地防止食物浪费——是不是这样？"

令仁仔细一想，抱住了书包："没错，特别是方长这样的，一旦情绪不稳定就狂吃巧克力，这不行。要知道，糖是重要的能量来源，不能做情绪发泄之用。大家的食物我都接管了，我会保证公正公平地分配到每个人的手上。在此关键时刻，让我们同舟共济，一起走出去。"

邓特："好！"他带头鼓起掌来。

大家虽然都在疑惑，为什么到了这个时候还在演，可都因令仁义正词严、条理清晰的说辞而军心一振，跟着邓特一起鼓掌。令仁给每个人分了一块巧克力，又分了一杯水，先垫垫肚子。

陆容微微松了口气。

天色越来越黑了。

大家刚从外头探索回来的时候还大汗淋漓，现在被山上的风一吹，通通打起了寒战。众人眼中浮起惊惧，所有人都在想一件事，他们今晚也许要在荒郊野外过夜了。

令仁被陆容设计成为众人的领袖，刚走进新营地，就意识到他们需要一堆篝火："谁有打火机？"

陆容从口袋里摸出了打火机递给他。

众人盯着陆容，那眼神仿佛在说：想不到你是这样的陆同学。

他居然抽烟。

陆容："……"

他随身带火只是因为这是人类文明的源头，根本不知道会在什么地方用到。就像他随身带军刀一样，他甚至还在腰上缠了一圈绳子，不然他们刚才根本做不了那些陷阱。

令仁拿着陆容的打火机，却老也打不着火，或者一打就灭。

陆容把他的篝火堆刨开，在底下放进一些干草，再把篝火搭成三角形，保证空气流通，不一会儿，一堆篝火就燃烧起来。

令仁看了他一眼："陆容，可以啊！"

陆容谦虚地说道："只是做了一点儿微小的工作。"

就在这个时候，不远处突然传来凄厉的叫声。

方长吓得嗷嗷乱叫，大家也都抱着书包往后一仰，甚至有男生跳起来躲到令仁身后。

令仁吓得脸都白了："这是什么声音？"

陆容淡定地拿起火把："过去看看吧——谁愿意跟我一起去？"

令仁一把抓住了他的手："陆容，别去，我们应该守在火堆旁边，野兽都怕火……我们要不要放弃这里，迁移到别的地方？"

"有道理！"方长附议。

躺在地上装死的萧逸亦是就地一滚起来了："这次我……我自己走吧！"

陆容对方长道："方班长，我记得你曾经跟我说过，人类最大的恐惧，就是恐惧本身。如果我们不去搞清楚恐惧的是什么，就永远会像惊弓之鸟一样。要是林子里真有什么洪水猛兽，也得有个人去一探究竟，才能做好万全的准备。班长，让我去吧！"

方长原本吓得牙关直打战，听见陆容这么说，即使自己怕得要死也走到了他身边："我跟你一起去！"

令仁走到了他身边："我也去。"

方长摇摇头："你留在这里，如果我回不来了，麻烦你把我的队伍带出去。"

令仁拍了拍梁闻道的肩膀："这里有梁闻道，我跟你一起去，这样才公平。"

两人对视一眼，俱是英雄惜英雄。

陆容想，你们再这么演下去兔子都跑了。

陆容带着令仁、方长还有邓特赶到陷阱那里。

方长和令仁远远地打着手电，逼近那个不断在惨叫的生物："叫得那么惨不像是狼……"

令仁："你听过狼是这么叫的吗？"

令仁在十米之外打开手电："我给你打光。"

陆容给邓特使了个眼色，让他给自己照着脚下。从他的位置到陷阱有个断层，他把小刀叼在嘴里，打算爬下去。

这个时候他的右脚疼得快要炸裂了，本来想站在一个凹陷的地方，可惜脚趾不能使力，人一歪就滑了下去。

邓特赶忙抓住了他的胳膊："还好吗？我来。"

陆容摇摇头，这个陷阱很复杂，邓特来取可能会受伤。

他在邓特的帮助下重新站起来，下到坑里，把夹住了腿的兔子提上来。

令仁和方长见到陆容手里抓着一只兔子，眼睛一亮："哦！"

"原来兔子是这么叫的！"

陆容爬上来，掸了掸裤子上的泥："捕到一只兔子。"

令仁道："烤了。"

方长、邓特："兔兔这么可爱怎么能吃兔兔！"

令仁："陆容，烤了！"

陆容一个人坐在篝火这边杀兔子。

其余九个人背对着他坐在篝火另一端。

虽然现在兔子已经不叫了，但迎风飘来的血腥味还是让这帮大男孩头晕作呕。

过了大约半小时，陆容把兔子挖出来，打碎外壳，他的小伙伴们终于被香味吸引，纷纷转头，但依旧不敢过来的样子。

陆容叹了口气，强忍着疲惫把地上的内脏打扫干净，扔到一边，又把泥土拨乱覆盖上头的新鲜血迹。

陆容："现在可以了。"

几个大男孩一拥而上，陆容把位子让了出来，发现邓特坐在那里没有回头。

陆容走过去按住他的肩膀，邓特用袖子抹了把眼睛，陆容惊讶他居然哭了。

他立刻明白过来："是因为兔兔吗？"

邓特低头。

陆容在他身边坐下："下山以后给你买一只，好不好？"

邓特用力点点头。

陆容把口袋里偷藏的半块巧克力塞给他。邓特大概死也不会吃兔肉的，在这深山老林里又冷又饿容易感冒，吃不上热食，有点儿凉的也好。

邓特看了眼巧克力，犹犹豫豫地拿过去，吃了一口，突然想起来陆容也没有吃过饭，把巧克力递到他嘴边。

陆容："我不饿。"

他清点过，他们带的食物不多。他比较扛饿，刚才已经吃了半块，他的小伙伴都是从来没有吃过苦的，有好东西都优先留给他们了。他怕他们吃不饱，情绪更不稳定。

"吃完了跟我过来。"

陆容打算捡枯枝败叶给他们做几张床，现在已经是秋天了，虽然白天热，但晚上已经凉了。

马场灯火通明。

马场老板久违地加了班，吃着泡面守着马场，看两位兼职马术教练替

他疯狂揽客。

这时候已经 8 点 10 分了，可是在场的各位女生还没有回去的打算。全校老师前来此处赶人，顾逸君就是其中一个。他在排队的地方求爷爷告奶奶地请各位女生回家。

女生："我还没有学会骑马！老师，我可能一生中也仅有这一次机会可以学会骑马了！"

顾逸君："学什么呀学，我都看到了，你明明连侧坐都学会了！你就是想跟校草一起骑马。"

女生理直气壮地说道："既然你知道，你为什么要阻拦我？这可能是我一生中仅有的一次跟校草一起骑马的机会。"

顾逸君："我要把你们都送回家我才能回家呀！"

女生："那老师你也一起来吧！"她拉着他走进马场等候区排队。

霁温风在人群中看到顾逸君，策马走到他身边："顾老师。"

顾逸君受宠若惊："霁班长好！"

霁温风："顾老师，你们班的班长和我们班的副班长带着一帮同学去玩真人 CS 了，他们回来了吗？"

他在人群里一直没有找到陆容，发微信给他也不回，加之联系不上令仁，一直心神不宁。

顾逸君："他们应该回家了吧，没见着他们人。"

两人正说话间，牛艳玲推着郭靖的轮椅冲到马场，后面跟着一个络腮胡大汉："这就是我们辅导员。"

络腮胡大汉穿着一身迷彩服，端着彩弹枪上前，气势汹汹地说道："赔我十套装备。"

顾逸君举起双手："为什么？"

大汉道："你的学生偷了我的装备跑了。"

霁温风一听，觉得事情不对劲儿："他们没有回来过吗？"

大汉："没有，他们跑了。"他一看表，"二十分钟一局，他们三小时都没有回来。他们押了一百块钱，顺走了我两千多元的装备。"

顾逸君压根不相信他的鬼话："十把枪十套衣服哪有这么贵！"

霁温风："你的枪可以定位他们的位置吗？"

大汉翻了个白眼："如果能，我还用找他们辅导员赔钱吗？"他冷酷地把彩蛋枪上了保险，"要让我知道他们的位置，我就去把他们全杀了！"

霁温风不再跟他们纠缠，掉转马头倒退两步，对马场边的女生道：

"让开。"

女生们被他一呵斥，纷纷退后，让出一条通道来。

霁温风退到十米开外，突然一抽马鞭："驾！"

只见白马四蹄扬起，冲着围栏冲锋，到栅栏前一跃而起，越过了一米多高的围栏，在半空中划出一道弧线，轻巧落地。

众人目瞪口呆。

霁温风就在众目睽睽之下，骑马跑了。

女生、顾逸君回过神来，望着那纵马如风的背影，纷纷鼓掌："漂亮！"

马场老板："我的马？！"

赵一恒咬牙，他刚刚靠着自己的不懈努力，把人数追平，霁温风竟然要阴招，骑着马越过障碍物直接跑了！

"闪开！"赵一恒掉转马头，要在霁温风跳的地方再跳一次，在距离、高度和美感上全超越他！

他退后几步，亦是驾着马腾空而起。

女生、顾逸君："……"

刚才在半空中发生了什么？！

赵一恒稳稳落地，在一片鸦雀无声中朝霁温风疾驰而去。

我们得救了

霁温风骑着马，一路问人："有没有看到十个穿迷彩服、背着彩弹枪的男生经过？他们去了哪里？"

路上行人纷纷表示对那群人记忆深刻，十个里面有九个都指着山上。

霁温风着急地报了警："坐标××动物园，有十个学生误入深山，需要紧急救援，准备好医疗支持。"他又担心警方装备不足，吩咐白助理调遣安保组前来搜山，"需要空中单位支持！"

挂掉电话，赵一恒也追上了他。

赵一恒："我承认你确实很有想法。在我跟你比数量的时候，从一对一私教变成了小班制教学；在我也采用小班制教学以后，换了跑道去比障碍赛马。但我不会认输的，即使你有先发优势，我扎实的马术也保证后来居上……"

霁温风完全没听他在讲什么，看到一旁有工作人员在收太阳能灯的电

线，抢了就走，策马驰上了山道。

赵一恒："骑马登山？"他只有在去旅游景区的时候遇到过这个项目，这根本不是正统赛马，还坑人钱。

"我明白了，你一定以为我只会在赛马场里做一做马上表演，一到野外就脚软了。不，登山越野也完全没问题，我小时候还在古装电视剧里客串群众演员。"赵一恒掉转马头，踢了一下马肚子，跟上了霁温风的脚步。

既然霁温风要比，那就比试比试好了。

陆容和方长一起靠在大树上，底下是一层厚厚的枯枝败叶。陆容在上面垫了一些一次性纸巾，就没有那么凉了。

邓特已经枕在陆容的大腿上睡着了，陆容握着小刀，一下一下削着一根树干，把一头削尖。一丝木屑掉在了邓特的头发上，陆容轻柔地为他摘掉。

方长悄悄说："他怎么睡得那么早。"

陆容："你不累吗？"

方长忍住大大的哈欠："今天我来站岗放哨。"

陆容："算了吧！"

这山上说不定有野猪，陆容在营地四周布置了好几个陷阱，还抓紧时间削起了树干制作简易长矛。如果真的遇到危险，他们起码得有三根长矛才能把野猪捅死，好在他们劳力不缺，就是怕他们没经验。

方长看周围人全躺在地上休息，没人注意这边，从口袋里拿出白白的一坨东西。陆容定睛一瞧，是餐巾纸包着的一小块兔肉。

方长塞给他："你还没吃。"

陆容笑了一下。

方长："快吃快吃。"

陆容："你吃了没？"

方长"哼"了一声："我早就吃了。警告你啊，要长线作战必须保持体力。"

陆容小心翼翼地揭开了餐巾纸，轻轻咬了一口。

方长突然道："我们可全靠你了。"

陆容一愣，鼓鼓囊囊的腮帮子不动了，方长迎着他意外的眼神，有些寥落地一笑："我们都知道，你才是我们当中最厉害的那个。"陆容最先镇定下来，指挥所有人井井有条地自救，不然他们还像无头苍蝇那样到处乱窜，"而我什么用都没有。"方长说着，沮丧地抱住了膝盖。

"但你才是我们的班长。"陆容的手搭在了他的肩膀上，"知道我为什么让你和令仁出面吗？因为大家都信服你俩。"

方长大吃一惊，抬起了头："真……真的吗？"随即他又不太自信地说，"大家可能信服令仁，可我比起他来差远了，我总是叽叽喳喳。"

陆容："大家信服令仁，可大家喜欢你。在这么严酷的情况下，如果单纯只有令仁的威严，这个团队早就分崩离析了，是你把大家联系在一起，你跟谁都是好朋友。你们俩是搭档，缺一不可。"

方长愣了好久："你不是在唬我吧？"

陆容的唇角浮现出一个几不可见的笑容："你觉得呢？我可是因为你来的，方班长。"

他城南风云人物陆容，不是谁的邀约都理会的。

方长受到了认可，不好意思地挠了挠头发，然后嘿嘿笑起来，哥俩好地跟他撞了下肩膀。

他解开了心结，又开开心心地唠叨起来："哎呀，你说明天他们会来找我们吗？"

陆容："今晚就会。"

方长："难说，就顾老师那个马大哈的性格，说不准以为我们早回家了。"

陆容笃定地说道："霁班长会来找我们的。"

方长："（1）班的霁班长？你确定？"

陆容望着挂着满月的天空，淡淡地"嗯"了一声。

霁温风捡起了地上的巧克力包装纸："他们来过这里。"那是陆容昨天买的品牌。他都挑便宜的买，这个牌子在其他地方很难见到。

赵一恒不明白霁温风为什么跑着跑着突然勒住马，更不知道他为什么突然蹲下来："他们？"

霁温风环顾四周："令仁他们玩真人 CS，在山上迷路了，应该就在这附近。"

赵一恒："这只有一条路，再走就到山顶了。"

霁温风："他们不是走的大路，不然没道理这么晚还不回来。我们兵分两路，你沿着大路去山顶瞧瞧，如果他们没有困在那里，就看一下四周有没有篝火。我往林子里去找他们。"说着他把抢来的太阳能灯缠在了树干

上，翻身上马，手牵灯带走进了密林深处。

赵一恒想，为什么好端端的竞技剧本突然变成了荒野求生？！

他看了看面前黑漆漆的山道，又看看霁温风身后闪烁的灯光，一夹马腹追了上去："等等我！"

霁温风怒了："让你上山，跟来做什么？！他们也有可能在山顶遭遇了危险，急需救援！"

赵一恒咽了口口水，大晚上的他根本不敢一个人上山。

霁温风看出了他眼中的恐惧，怒道："赵一恒，你学马术，只是为了在女生面前耍酷吗？一个真正的男人，不会抛弃他深陷困境的同伴不管。如果连这一点都做不到，你有什么资格成天不服这个、不服那个？！"

赵一恒涨红了脸："谁说我做不到？！你也别太小看人了！你等着，我这就……"

霁温风在他马屁股上抽了一鞭子："快走，别说了。"

赵一恒："啊——"他尖叫着纵马跑上了宽阔平坦的大路。

他还没尖叫完，已经跑到了山上。

赵一恒："……"

没多久，赵一恒从山上折回来，再一次追上了霁温风："他们没在上头，不过西面好像有篝火。"

霁温风顺着他的手指抬头向天边望去，果然看到一股黑色的细线。

霁温风眼前一亮，拍马上前："走！"

大家都睡了，陆容警惕地手握长矛值班。

夜里的森林有各式各样的声音，仔细听这些声音丰富多彩、多种多样，比城市里的夜晚要有趣得多。

陆容正专心听老鼠扯他们的塑料袋进洞的时候，突然听到一阵儿不和谐的声音传来，似乎是——马蹄？

"不可能，这个地方不可能有马。"陆容做出判断，几乎立刻就抓起长矛蹿了起来，推醒了方长和邓特，把长矛丢给他们，"野猪来了。"

方长揉了揉眼睛："啊？"

"起来了起来了起来了！"陆容拍手，这情况不是他一个人能应付得了的。

在他把所有人弄醒后，马蹄声更近了，甚至隐隐听得见人声，看得见闪烁的灯光。

令仁反应过来："我们得救了！"

陆容还是不敢大意："什么人会骑着马来救……"他突然意识到了什么，紧紧闭上嘴不说话了。

令仁和方长一起大喊起来："喂——是人吗？"

远处传来赵一恒不耐烦的一声："不是人是鬼吗？！"

令仁："赵一恒，我们在这里！"

过了几秒钟，对面喊话："来了！"

大家欢呼雀跃起来，拍掉了身上的灰尘，拿起了自己的包，纷纷等着前去与他们会合。

"走走走！去找他们去！"方长兴高采烈地打开了手机手电筒，几道光束跟在他身后亮起来。

陆容也站了起来，但是他刚走出一步，脚趾就传来钻心的疼痛。

他收回了迈开的步伐，靠在树干上。

更近的地方传来霁温风镇定的声音："不要乱动，我看到你们了，我这就过来。"

"霁温风真牛！"方长道，"他怎么找到我们的？！"

"我怎么觉得他的脚步声有点儿奇怪？"令仁侧耳倾听。

就在众人都好奇的时候，霁温风身骑白马闯出了树林，仿佛天神降祇一般出现在篝火旁。马儿一直在小跑，霁温风用力勒住了马缰，白马嘶叫着立起来，让他高高在上不可仰视。

众人愣了一下，然后欢呼起来！

方长更是哭着上前，要不是害怕白马，就差没抱住霁温风的大腿了："霁班长，你终于来了！"

霁温风抬头在众人之中寻找陆容的身影。他从刚才开始就在人群中找陆容，此时才发现他默默站在黑暗里，不动声色，那么容易被忽略。

霁温风跳下来，走到他面前。

霁温风从背后的书包里抽出一双拖鞋，递给陆容。

陆容换好了鞋。

霁温风问他："还能自己走路吗？"

陆容默默地点点头。

他们走到白马边上，霁温风飞身上马，然后拽着陆容也上了马，对众人一点头："我们先走了。"

令仁慌了："那我们怎么办？"

霁温风微微一笑："救援人员马上就到。"

头顶传来直升机轰鸣声。

方长看着天边的直升机，狠狠掐了一把大腿："哎！"这不是做梦！

在直升机缓缓降落时，霁温风勒转马头，飞驰而去，像是森林中一抹白色幻影，沿着星光闪烁的灯去往很远的远方。

它叫容容

陆容从来没有得到过自己想要的东西。

小时候他喜欢一种七彩玩具，可以搭建成各式各样的形状，班上的小朋友全有。他拉拉方晴的袖子，诉说了自己的请求，方晴拉出了两边裤袋，空空如也。

方晴蹲下来摸摸他的脑袋："儿子，真的对不起，妈妈没有钱了。"然后她带着他去餐馆里，他在里面坐着，方晴在前面做服务生。到下班了以后，母子俩一起在厨师那里讨一份小炒面。

陆容由此得知，钱是一种很重要的东西。如果没有钱，他们就会饿肚子。也由此得知了，他跟别的小朋友不一样，因为没有钱，很多想要的东西得不到。

陆容并没有怨天尤人，在艰苦的环境中长大让他更早熟。

后来他成为城南大学的风云人物，赚到第一笔钱，辗转从早已不流行的玩具店里买到那套玩具的时候，发现自己已经没有什么兴致玩了。他不再有那份天真活泼和儿童创造力去把手上的玩具改造成天马行空的样子。

他意识到人生就是如此，在那个时间点错过就是错过了，得不到的就是得不到。就算他以后再有钱，也弥补不了曾经缺失的东西。

陆容把那套玩具庄严地放在书架上，作为他懂得的又一个重要的人生道理，并且从此以后都不强求什么。得不到的莫强求，强求没有用的。

是他的，他会争取；不是他的，他甚至不会让人知道自己曾有过那么一秒钟，在心底里渴盼过。

两人一路回到山脚下，与前来营救的警察擦肩而过。警察全副武装地赶到山下，安保组已经把那帮淘气鬼带了回来，于是淘气鬼在顾逸君的带领下站成两排接受警察叔叔的教育。

马场老板焦虑地等在一边。他听说那两个马夫上山了，要是摔死了，他的马场可就要被关停了。

见霁温风下山，马场老板眼睛一亮，跑了过去："你怎么把我的马骑走了！"他发了一场迟到两小时的脾气，"另外一匹马呢？"

霁温风："还在后面。"

马场老板："那你们下来吧！"

霁温风看了一眼身前的陆容："你这匹马多少钱，我买了。"

马场老板："啊？"

霁温风早就相中了这匹马："这种血统的马留在你的马场里揽客太暴殄天物，给你，这匹马我带回家了。"

马场老板在这里承包马场每天都在亏本，乍一听价格，立刻拧了把自己的大腿："等一下这位小哥，你只是个学生吧，你真的付得起那么多钱吗？"

头顶直升机徐徐降落，白助理从上头带着霁氏的保安队长跳了下来，跑到他身边："少爷，没事吧？"

"没事了已经。"霁温风把马场老板介绍给白助理，"我买匹马。"

白助理上前跟马场老板谈。

马场老板："……"

"等等。"陆容开腔了。

白助理和马场老板都回过头来，看着陆容。

陆容拍拍霁温风，霁温风策马上前。

陆容："打五折。"

马场老板："价格也是你自己出的。"

陆容："我们老总不懂行。"

霁温风："……"

陆容："我们集团有养马的业务，后续还要买很多马，可以长期跟你合作，你给我们便宜点儿，不然我们不要了。"

马场老板看着周围那一圈保安还有不远处的直升机，被这大户人家的气势所震慑："那也行吧！"

白助理敬畏地冲陆容点点头，上前掏支票。

"慢着。"陆容又发话了。

这次不等霁温风发话，白助理就敬畏地停下了手里的动作。

陆容："我的尾款没有结，直接抵在买马费里。"

马场老板早就算好了："总共1830块。"

陆容："你没骗人吧？！"

马场老板双手奉上账本："我哪里敢骗你呀……"

陆容拿过来扫了一眼，觉得没有问题还了回去，跟白助理说："开××元不含税。税让他自己付。"

马场老板："……"

月明星稀，动物园热闹了一天也都沉寂下来。很多动物在笼子里睡觉，只有夜行动物在笼子里上蹿下跳。霁温风骑着白马，带着陆容往家的方向骑去。

霁温风变出了一个熊猫玩偶放在他的头顶。

陆容双手抱住自己的脑袋，拿下来一看，是熊猫玩偶。

第二天，陆容醒来，抬眼望向窗外，霁温风刷完了马，带着它在院子里遛弯。

陆容嘴边浮起了一丝微笑。

"容容。"霁温风在底下喊。

"嗯。"陆容淡然地应了一声。

"容容你到哪里去，你怎么不听话？"霁温风拉着白马摸摸它的鬃毛。

陆容的笑容渐渐消失。

"你再这样我就把你卖回马场去。"霁温风威胁道。

陆容："……"

他穿着睡衣气势汹汹地下楼，抱着胳膊走到霁温风面前："你的马叫什么？"

霁温风玩味地看着他："它叫容容。"

霁温风去死吧！

谁更娘

霁通听说陆容秋游出了意外，霁温风骑马上山救人，吓出一身冷汗，立刻收拾东西要回家。

霁通在总统套间里转来转去，着急地把所有的东西都扔进行李箱里，方晴在一旁吃薯片："他们都好好的，你为什么崩溃？"

霁通："万一呢？万一他们当时出了意外呢？容容在深山里走丢，他有可能遇到豺狼虎豹；而小风没有任何安全措施骑着马上山，他有可能连人带马意外坠亡，也有可能被甩下马，被马蹄践踏而死。"

方晴："……"

方晴刷出了家庭群中的照片："小风不是报过平安了吗？"

霁通："我说的是万一呢？！"

方晴："他们都已经回来了，陆容就不会被豺狼虎豹咬死，小风也不会意外坠崖或者意外坠马。"

霁通："你不知道这帮男孩子还会干出什么事情来！他们必须有人看着。"

方晴："好吧。"

她有点儿遗憾她的蜜月旅行这么快就结束了，这里的大厨做东西不怎么样，但是讲起笑话来真的很搞笑，虽然他说英文，她也不知道他在说什么，但是真的好搞笑。

方晴起身，打算回去整理衣服，不小心踢在椅子腿上，"啊"的一声尖叫。

濒临崩溃的霁通彻底崩溃了，他觉得他们这个家不安全极了，到处都是安全隐患。

霁通和方晴整理完东西，在飞机上打了个视频电话给两个男孩。

霁通："昨晚白助理打电话告诉我们的时候我都吓坏了，你们还好吗？"

霁温风跟他爸报备："没什么事，就是容容穿了一双窄头的鞋子，脚趾有点儿疼。"

陆容亦是云淡风轻地道："还可以。"

方晴拍了拍霁通的大腿："我就告诉你他们没事的。"

霁通微微一笑："没错，他们那么年轻、有活力，就算是遇到危险，老天都不忍心伤害他们，他们一定会化险为夷。"

两个人带着老父亲、老母亲的笑看对面孩子们。

霁通很快发现了盲点："等一下，他们这是在哪里？"

方晴："呃……"

霁通："你们两个在车里吗？！小风你在开车？！你都没有国内驾照！容容你坐在副驾驶座上怎么把安全带解开了？！——老蒋你开快点儿我今天就要到家！"

机长老蒋："……"

霁通陷入了沮丧之中："我们把他们单独放在家里真是太不负责任了。"

方晴抚摸着他的脊背："这不是你的错，是他们自己不靠谱，他们要为自己的生命安全负责。"

她抚摸着抚摸着，神思发散，回到自己十六岁的那年："不过人年轻的时候就喜欢做一些疯狂的事，青春也因为这些疯狂显得格外美好。我十六岁的时候喝醉了跟村里的其他几个姐妹在进城的拖拉机上喝着啤酒跳迪斯科。"方晴回忆着回忆着笑容逐渐消失，"……后来被拘留了十五天。"

霁通问机长："老蒋，中午前能到吗？"

机长淡定的声音从耳机里传来："这里跟国内隔着半个地球。"

方晴十分怜爱霁通的神经过敏，紧紧握住了他的手："不要这么担心，他们已经长大了，他们能解决自己的事，甚至因祸得福，经历自己人生的奇遇——当时我虽然被拘留了十五天，但我在里面交到了我一生的好朋友。"

霁通："哪个朋友？"

方晴："而且你的担心有时候会成为他们的精神负担，他们这个年纪是有逆反心理的，你越不让他们做什么，他们就越要去做什么。"

霁通："可我只是想让他们注意安全、远离危险！"

方晴做了个怪相，捏着嗓子重复他的话："可我只是想让他们注意安全、远离危险，这样下去你很快就会成为我们家里最讨人嫌的大人。"

霁通一直苦恼跟霁温风的亲子关系不够亲近，方晴的话戳中了他的痛点，他倔强道："不可能，小风最喜欢我，我敢说容容也很喜欢我。"

方晴："呵呵！容容是我儿子，我从小带他一起打游戏，我还带小风一起做过头发。"

霁通难以理解："为什么你带容容打游戏，带小风做头发？难道你觉得小风更娘吗？"

方晴："我觉得容容没有什么做头发的价值——不过你最好解释一下什么叫更？难道你觉得容容更娘？"她生气地用胳膊抱住了胸口。

霁通亦是拷贝了她的动作："现在你也得跟我解释一下这个'更'字了。"

两个人坐在私人飞机上，手臂抱着胸口用眼神对战。

方晴先说了真话："小风不笑的时候倒还好，他的眼窝那么深，鼻子又那么高挺，看上去很有攻击性；但是他一笑起来就全完了。这孩子唇红齿白，还有一双弯弯的笑眼睛，活泼开朗地笑起来简直就是个花美男，我觉得他看上去比容容娘一点儿。"

霁通呵呵了一声："小风不但是个花美男，而且他个性刚强，独立自主，性格霸道，他是一个铁骨铮铮的男人。容容他内向不说话，他有白皙的皮肤，乌黑的头发……哦，这个形容你不觉得很耳熟吗？他自然比小风更娘。"

方晴："小风娘。"

霁通："容容娘。"

方晴："小风娘小风娘……"

霁通："容容娘容容娘……"

机长老蒋发出了警告："请你们说相声的时候退出频道，这里在开飞机，谢谢！"

方晴、霁通："……"

方晴和霁通摘掉耳机，双双对陆容和霁温风谁更娘的话题进行深入的探讨。

方晴："小风每天换衣服，即使外面穿校服，他也换里面的 T 恤。"

霁通："容容进门要洗三次手。"

方晴："小风前几天问我哪个牌子的发胶好用，他用发胶。"

霁通："当然是 ×××，便宜又好用！"

方晴："你也用发胶？"怪不得这些天落在床上的头发都硬硬的。方晴都快以为自己在不清醒的情况下和一只棕熊出轨了。

霁通从方晴的眼神中意识到她在想什么："不！用发胶只是因为我们是精致有品位的男人，并不是说我们就娘！你能在这个年龄段找到一个还用发胶固定发型的男人已经很幸运了，他们一般都用假发。"说着他骄傲地摸了把自己的发型。

方晴："反正我家容容才不会花那么多时间在他的外表上，他更注重内在修养，提升个人能力，为自己有朝一日成为一个独当一面的男子汉做准备。"

霁通："然后给我们小风做副总。"

方晴："职位高低并不能代表一个人娘的程度。"

霁通："但是思维方式可以。小风是纯粹的男性思维，他逻辑思维缜

密，雷厉风行，将来会是商场上叱咤风云的铁腕人物，他是一个纯爷们。"

方晴："容容才是纯爷们。"

霁通："小风纯爷们小风纯爷们……"

方晴："容容纯爷们容容纯爷们……"

两个人又吵了起来。

机长老蒋实在受不了了，在公频里跟他们说道："我完全不认识这两个孩子，也不知道他们到底谁更娘，不如这样吧——你们半天之后就会到家，让他们用这半天时间去为你们挑选礼物，看看他们选得怎么样，谁更娘就一目了然了。"

霁通、方晴眼睛一亮，异口同声道："好主意！"

屋漏偏逢连夜雨

霁通和方晴先说好："我们就让他们同时为我们准备礼物。"

方晴："没错。"

霁通："但是他们也许会问我们具体想要什么。"

方晴："为了比赛的公平，我们一定不能干涉他们的选择。"

霁通试探道："不能提自己想要充满阳刚之气的礼物？"

方晴："不能。"

霁通："那……那能不能暗示其他，比如说，盛大、气派、豪华……什么都不说，他们一定会起疑。"

方晴想了想："我觉得这些中性词应该可以。"

两人商量完，再次拨通了霁温风的视频电话。

霁温风按下了接通键。

霁通："我们今天夜里就要回家，给你们俩带了一份礼物。"

方晴从后头探出脑袋："很珍贵的礼物。"

霁通："嗯嗯，你们一定会特别喜欢的。"

方晴："为了感谢你们这些来的陪伴。"

霁通："我们觉得成为家人是一种缘分，而这种缘分需要感恩的心去对待，你们说是吗？"

方晴："爱和工作一样，有付出才能有回报。我想我的意思很明白了。"

陆容、霁温风同时靠坐在驾驶室里，对视了一眼。

陆容："他们想要礼物。"

霁温风："没错。"

这夸张的表演简直不叫暗示，完全就是伸手讨要。

陆容："看到他们微笑的表情后狞笑的眼神了吗？"

霁温风："看到了。"

他们的每一个毛孔、每一条皱纹都在说：如果你不准备好礼物，你就准备收拾好行李出门讨饭吧！

正当两人想商量商量看要不要合买什么东西的时候，他们各自的手机响了。霁温风一看来电显示是霁通，陆容一看来电显示是方晴。

两人同时接起。

方晴："容容，这次送礼你绝对不能输。礼物只有一份，这是一个为你们俩量身定制的比赛。"

陆容："……"

方晴："我和你霁叔叔打了赌。"

陆容："赌什么。"

方晴："无可奉告。"

如果告诉陆容和霁温风，他们的爸爸妈妈在打赌两个人谁更娘，那他们真的有可能永远失去这两个孩子。

方晴："虽然我什么都不能告诉你，但你一定要赢。"

陆容："比赛规则都不透露，我怎么知道评价标准？"

方晴："我来告诉你评价标准……要闪瞎他们的钛金属狗眼！"

陆容："等等我开备忘录记一下——你继续说。"

方晴："要特别！"

陆容："嗯。"

方晴："要盛大、豪华、隆重、气派！"

陆容："明白了。"

方晴："反正不能小家子气，也不能用花、气球和粉色，我们婚礼上用过的所有元素你都不能用。"

凡是霁通喜欢的，就是娘，方晴认为自己说得已经够明白了。以霁通为反例，差不多就差告诉陆容"你别太娘"。

陆容："高级感。"

方晴："对对对！"

陆容："OK，我去办。"

霁家父子也在对此进行深度的对话。

霁通："小风，这次比赛你不能输。你赢过无数次，但只要输过一次，大家就只会记得你输掉的惨状。"

方晴和容容绝对会拿这件事作为小风更娘的证据嘲笑他一辈子。

霁温风："为什么你们连这种事情都要比？"

霁通："出于一个不能告诉你的理由。"

霁通很看重保护孩子的身心健康，绝对不能让他出现性别偏差和性别疑惑，要是让霁温风知道，别人看他娘，这对一个男孩来说是多么大的打击！他绝对不能透露半分，这场测试要悄无声息地完成。

霁温风："你不说，我怎么赢？"

霁通："我说要求，你来落实，尽量按照我说的去做。"

霁温风："行。"

霁通："简约特别的蜜月主题，给人留下深刻的正面印象。注意，是正面。"

简约就是黑白，正面印象就是不花哨不娘，霁通觉得自己已经交代得非常明白了。

霁温风："我试试看。"

霁温风和陆容收线，坐进车里，发现对方也收到了具体的任务提示，俱是一脸茫然。

霁通和方晴收线，对视中火花带闪电。

霁温风和陆容开车回家，开始准备各自的礼物。

陆容盘算了一下，送给方晴和霁通的蜜月礼物，特点是盛大、豪华、隆重、气派，还不能用霁通婚礼上用过的元素，排除掉气球、鲜花、粉红色……

那盛大、豪华、隆重、气派的婚礼上一般还使用怎样的元素呢？

他打开手机，最后果真给他找到了目标：灯光。

霁通和方晴结婚的时候，确实没有炫目的灯光表演。

陆容立刻联系老B，找到了专门的活动公司，跟他们确定了这个事项，最后活动公司说可以用两千元钱把他们的别墅外墙安装上精致的灯带，把欧式别墅变成童话中的城堡。

陆容觉得可以，立刻就下了定金让活动公司派人过来安装灯带。

霁温风到家以后，搜了一下蜜月主题，按照霁通的喜好考察了各种沉浸式项目，最后敲定了南瓜马车。

因为他刚买了匹白马，趁着还没有送到马场去寄养，先给他们看看。

他立刻叫白助理找城里哪里有卖马车的。

白助理拉着一整个秘书团队跑断了腿，给他找了一家商场陈列用马车，轮子不是固定的可以跑，就是拴马的那个部分可能得自己焊一下。

霁温风："这个我可以。"

于是，两个少年，一个在门前顶着烈日指挥人安装灯带，一个戴着面罩拿着焊枪焊接马辕。

陆容听见后院传来焊接声，忍不住走过去。霁温风立刻警觉地站了起来，用身体挡住他的视线："对不起，正在施工，禁止入内。"

陆容："难不成你以为我会剽窃你的创意？"

霁温风看着头顶的人："毕竟有些人缺乏好点子。"

"南瓜马车这种烂俗的套路也能叫创意？"陆容瞥了一眼满地的零件，"它会愿意拉这个马车吗？"

霁温风："要你管。你还是担心担心你的灯带漏电吧！"

陆容："走着瞧。"

霁温风："走着瞧。"

陆容正在门口指挥人装灯带，口袋里的电话突然响了，是顾逸君："陆容同学，你昨天回去以后还好吗？感觉怎样？"

陆容："我挺好的。"

顾逸君："老师想趁着这个周末来看看你。"

陆容："不用不用不用我真的没事……"

顾逸君："不，你有事，你连续两次英语不及格了。"

陆容："……"

顾逸君："而且我上次跟你说的补助金的事，你还记得吗？我要家访过后打个报告给上头，才能拨款给你。"

陆容："……"

如果有人问他现在感觉如何：不好，很不好。

他的辅导员竟然赶在秋游第二天来家访了。

顾逸君："你家在哪里？"

陆容看了眼房顶上的工作人员，他今天没法回城里的小破房子，只好把顾老师叫过来了："榕山庄园。"

顾逸君："我看一下网上地图，这么远啊，我打车过去。"

霁温风正在后院焊接他的马辕，电话突然响了，是辅导员秦深："霁温风，你昨天回去以后还好吗？回家的路上有没有遇到什么危险？"

霁温风："一切顺利，好得不能再好了。"

秦深："那我今天来看看你。"

霁温风："不用了秦老师，我一点儿事儿都没有。"

"不，你有。"电话对面秦深的声音冷冷的，"你上学半个月逃课累计超过三天，我要找你家长谈一谈。"

霁温风："……"

他本来想一口拒绝说自己的父母不在家，晚上才回来，可是仔细一想父母不在家才好啊，不然难道让霁通和方晴知道自己带着陆容开车上高速公路去荒郊野岭喝酒看星星？

霁温风不想让家里大人见到秦老师还有一个很严重的原因，秦老师是个很认真的人，如果他知道方晴和霁通为了他们的婚礼让自己逃课去参加，他很有可能连霁通和方晴一起教训。

他不想再看霁通被老师训得满脸通红、手足无措。每当看到父亲在老师面前挨训的样子，他就有一种连累同伙的羞愧感。

霁温风改了口："好吧！"

秦深："你家在哪儿？"

霁温风："榕山庄园。"

秦深："我这就开车过来。"

老师家访双双请外援

顾逸君和秦深同住一个教职工宿舍，打完电话后就准备出门。

顾逸君在屋子里转来转去，忙着打领带："秦老师，你看到我的西装了吗？"

秦深不紧不慢地把厨房里的垃圾袋系好，拎到门外："在单人沙发背上。"

顾逸君套上西装："谢谢谢谢！"

过了几秒钟。

顾逸君："秦老师——我钥匙找不到了！我要崩溃了！"

秦深把卫生间里的垃圾袋系好，拎到门外："我们的钥匙盒现在摆在电视机柜右侧的柜子上，花瓶边。"

顾逸君从钥匙盒里抓了钥匙冲出门外："谢谢谢谢！"

听着他远去的脚步声，秦深拆着客厅里的垃圾袋，头也不抬地问："家访记录表带了吗？"

楼道里脚步一停，几秒钟后，顾逸君又急匆匆地跑回来撞开了门，满屋子乱转。

秦深不等他问便说道："在电视柜左侧第二格摆文件的地方。"

顾逸君："秦老师，你真好！"他拿了文件冲出门外。

秦深："……"

他的室友，真的很容易精神崩溃，而且每天都在尖叫。

秦深套上西装，带上家访记录表，拎着三个垃圾袋下楼，扔掉，去停车场开出自己的车。

经过小区门口的时候，顾逸君突然出现在车边上，双手像打小鼓一样敲着他的车窗："秦老师！"

秦深猛踩刹车，徐徐降下车窗："你又怎么了？"

顾逸君："我打不到车，你能带我一程吗？"

秦深："我们去的又不是同一个地方。"

顾逸君："说不准是同一个方向，我去榕山庄园！"

秦深："……"

顾逸君从秦深的死鱼眼中读出了一个信号："你也去榕山庄园是不是？！"他拉开车门坐进了副驾驶："快快快快快快快！"

秦深生无可恋地踩下了油门，心中再一次盘算起什么时候搬家。

霁温风一听说秦深要来，神情顿时紧张起来，秦深可不是个好打发的人。

秦深毕业于Z大，发表论文无数。每回上课他都踩着铃声来，踩着铃声走，上课时间全是他在讲，一分钟不浪费一分钟不多说，控场能力及专业素养可见一斑。

他还是（1）班辅导员。他能带这么一班阵营复杂、良莠不齐的学生，还能做到一踏进教室就鸦雀无声，霁温风是佩服秦深的。

可以说霁温风能坐稳班长这个位子，跟他是秦深钦点的有很大关系。

如果霁温风是（1）班的头狼，那么秦深就是这个狼群的驯兽师。

这个驯兽师现在要来家里家访，而他的家里，没有家长。

霁温风的思路很清晰，没有家长，那他就变出一个家长来。

他走到车库里，敲了敲车后座。

老宋赶忙摘掉眼罩从里头坐起来，打开车门一边穿鞋一边下车："小少爷，对不起，我只是中午犯困在里面躺一会儿……"

霁温风："我知道你平时就住在车里。"

老宋："……"

霁温风："你的枕头跟车后座都是一样宽的，明显是定制的。"

老宋："……"

霁温风："你还通过车库到厨房的走廊偷偷溜进去做番茄面，我今天下来的时候在楼梯上踩到了番茄。"

老宋已经习惯了这种被威胁的日子："说吧，你有什么想要我做的。"

霁温风："辅导员要来家访，我需要你假扮一下我爸。"

老宋："有什么具体要求吗？"

霁温风："需要你出演一个气势逼人的霸道总裁，恐吓他、威胁他，让他惧怕你，这样他以后都不敢来我家家访了。"

老宋："这个我擅长。"

霁温风："事成之后我会提议我爸在地下室给你弄个房间。"

老宋讨价还价："一楼。"

霁温风："……"

老宋："地下室太潮，半夜做消夜也很不方便，楼梯有一级坏了，经常会绊倒。"霁温风踩到的西红柿就是这样从他的碗里掉到了地上。

霁温风："成交。"

顾逸君要来家访，陆容打算亲自接待他。无他，最好不要让老师认识方晴，不然未来会有无数事端。他的高中班主任就对方晴印象深刻，后来方晴每次在学校里跟人打架的时候，班主任都叫陆容去接人。全校都知道他是那个打架威猛的不良家长的儿子，这是他平平无奇的高中生活的一大污点。

人不能两次踏入同一个泥潭，陆容也不会两次在同一个地方倒下，他希望他的老师永远不知道方晴的存在。

没有方晴，那势必要找个人替代方晴。而眼下这个霁家大宅，也没有什么其他人可供选择了。

陆容走到了三楼洗衣间，王秀芳正在她的一室一厅里跷着脚看偶像剧。

两人一对视，王秀芳警觉地撤下了穿着丝袜的脚。

他们两人曾经因为争夺霁温风不要的衣物有过一场长达一礼拜的战争，最后以陆容大获全胜告终。从此以后，王秀芳就擦亮了眼睛，明白了一个道理：霁家大宅里最危险的人是小少爷。

陆容眯起了眼睛："王阿姨。"

王秀芳皮笑肉不笑道："小少爷。"

陆容在她面前缓缓坐下："今天有件事，希望你帮忙。"

王秀芳冷笑道："我可以拒绝吗？"

"不可以。"陆容淡然地给自己泡了一杯茶，捧在手心里，"我英语不及格，你要假扮我母亲应付我的辅导员。"

王秀芳眼珠子一转："瞒着老爷、太太帮你，我有什么好处？"

陆容淡淡地道："往小了说，叔叔妈妈回来的时候，我不会哭着喊着说你把我的衣服洗坏了。"

王秀芳大怒："你！"这个狡诈的人。

"别着急啊！"陆容优雅地用杯盖擦着杯口，"往大了说，你，王阿姨，抓到了我的把柄，以后可以用此事要挟我，你可不亏呀！"

王秀芳一想，确实如此。

从此以后，她可不是单方面被陆容欺凌的下场，自己抓住了陆容的把柄，帮他隐瞒，甚至在未来几年都要假扮太太给他在试卷上签名！

她在霁家大宅，有了不可或缺性，不可替代性！她卖了个大大的人情给小少爷！

只要她对小少爷有用，小少爷有求于她，她又可以恢复在霁家大宅里呼风唤雨的地位。

王秀芳忍不住发出了反派的笑声。

陆容看她完成了自我攻略，满意地微微点头："那就这么说定了。"

王秀芳："你可不要反悔！"

陆容："好。"

秦深和顾逸君开车到了榕山庄园。

当保安弯腰将他们迎进大门的那一刹那开始，顾逸君就一直在尖叫。

顾逸君："啊！这山！"

顾逸君："啊！这水！"

顾逸君："啊！这房子！"

顾逸君疯狂摇晃秦深的胳膊："秦老师，我们什么时候才能离开两室一厅的教职员工宿舍，搬到这种房子里住，什么时候？"

秦深："第一，我在开车；第二，五年。"

顾逸君眼睛一亮："这么快！真的吗？！"

秦深："我作为省级优秀教师，工作时间教书育人，等名气攒够了……到时候我就够格在这里买房了。"

顾逸君又是一通激动的尖叫。

秦深："我又不会邀请你来我家参观。"他想了想，"不，我家办乔迁酒的时候你可以来，准备好红包偿还我这么多年做家务的劳务费。"

顾逸君："等一下，你都不邀请我来你家？"

秦深冷冷道："我为什么要邀请你来我家？"

顾逸君："秦老师，有必要吗？好歹是室友，给点儿面子不行吗？"

秦深："我的未来规划里没有我的室友兼竞争对手不是很正常的吗？虽然我也不觉得你是个威胁。"

顾逸君："……"

说话间秦深的车开到了山上，两人同时望着眼前壮观的房王。

顾逸君又是一通激动的尖叫。

秦深面无表情："好了，我就到这儿了，你自己走过去，找得到学生家吗？"

顾逸君看了看陆容发来的地址："我学生就在这儿。"

秦深："……"

秦深："霁……也住这儿。"

顾逸君："这么巧？！——你看我们家访都扎堆，不觉得这是老天在提醒我们以后应该一起搬进这个小区吗？"

秦深："不觉得。你的那个学生叫什么名字？"

顾逸君："陆容，陆游的陆，容易的容。"

"陆容……"秦深咀嚼着这个陌生的名字，"难道他跟霁温风住在一起？"

顾逸君："不知道，但是秋游那天霁温风骑着马把他驮下了山。"

秦深："上去瞧瞧。"

装酷被雷劈经典案例

两个老师走上门前的阶梯，迎面就撞见陆容指挥着两个工作人员在别墅外墙装灯带。陆容见到两位老师，乖巧地走过来打招呼："顾老师好！"完了他又冲秦深打招呼，"秦老师好！"

秦深给顾逸君递了个眼色，顾逸君尴尬地笑着对陆容说："陆同学，哈哈，你好啊！秦老师跟我一起来家访——不是我俩一起对你进行家访，你是（8）班的，我是你的辅导员；而秦老师是（1）班辅导员，他是来对霁温风家访的……霁温风住这儿吧？你也住在这里吗？那可真凑巧啊，哈哈！"顾逸君终于拐到了正题。

陆容早已听出顾逸君的弦外之音，腼腆地冲他一笑："我妈妈在这里做洗衣女工，我有时候会在这里帮忙。"

当初霁温风强制让他烫头的时候，他以一个贫困单亲家庭的孩子为了参加妈妈二婚的婚礼为由，博得了辅导员顾逸君的好感，进而得到了顶着韩式花美男烫发在学校里招摇过市一个礼拜的恩典。

后来，顾逸君闷声不吭地为他申请了特困生补助，一个学期三千元钱，全班只有他和牛艳玲得到了这个名额。

刚巧邓特的贫困生补助莫名其妙被人抢了名额，陆容打算把自己的这份补给他。

如果顾逸君知道这个故事里只有一半是真的，贫苦单亲妈妈方晴的二婚对象其实是给学校捐了一亿元造图书馆的超级富豪霁通，那邓特只能去吃土了。

为了帮邓特弄到贫困生补助金，陆容决心把这个贫困单亲家庭的人设立到死。

陆容饰演一个妈妈在富豪家打工的贫苦人家的孩子，单纯天真又殷勤地向秦深介绍道："秦老师是找大少爷吧？他在后院。"说着他用戴着工作手套的手擦了擦额头的细汗。

今天大下午监工布置别墅，陆容换上了最破的衣服，还在外面套了一件深蓝色工作服。忙了半天又抹了把汗，他看上去脏兮兮的。

顾逸君、秦深："……"

陆容管霁温风叫大少爷。

虽然他们背地里也管霁温风叫大少爷，可是得知现实中真有这种豪门戏码还是有种微妙的开了眼界的感觉呢！

　　自己的学生给秦深的学生打工，自己学生的母亲在给秦深学生的父亲做洗衣女工，顾逸君心底里有种微妙的不爽感，仿佛学生境遇的不同跟他们俩的教育质量直接挂钩——是他教书教得不好，才让陆容一家沦落至此。

　　秦深比他学历好，比他入职早，比他更受校长的器重，甚至学校的招生广告上都是秦深的照片，明明他以前在大学的时候还当过广告模特的呢！而且上次考试，秦深班的平均分居然比他们（8）班高0.75分，天哪，（1）班可是个花钱就可以进的班级，他的平均分怎么可能高过一个重点班呢？

　　这一切的一切都让顾逸君很受挫。

　　他知道不能再让秦深继续看陆容的笑话了，说了句"让我们兵分两路"，赶紧搂着陆容的肩膀离开了门口："你妈妈在哪儿？她现在忙吗？有空谈谈吗？"

　　"她已经准备好了，请跟我来。"陆容一边乖巧地回答，一边给顾逸君领路，一边疯狂给霁温风发消息，"你们班辅导员来了，我对他说我是你家洗衣女工的儿子，不要说漏嘴。"

　　霁温风："……"

　　秦深走到后院找霁温风，霁温风正靠在马车边上玩手机，院子里还有匹雪白的马在四处吃草。

　　秦深："霁温风。"

　　霁温风放下了手机："秦老师，您来了。"

　　秦深看了看他的马车和马："平时业余生活挺丰富的。"

　　霁温风："还可以吧！"

　　秦深："你爸在哪儿？我要跟他聊聊。"

　　霁温风："我爸比较忙，不过他早就听说了秦老师您的大名，已经迫不及待想要与您见面了。"

　　秦深："走。"

　　霁温风带路，将他带到了霁通的书房，推开沉重的门："请。"

　　秦深刚一进去，就觉得眼前一暗，鼻尖萦绕着一股成熟男人的古龙水淡香。

　　这是一个光线幽暗的房间，地上铺着低调华丽的波斯地毯，目力所及全是暗色调的红木家具，只有被百叶窗分割的光线投在房间中央的那张红木书桌上。

有个人背对着门坐在那里。

霁温风毕恭毕敬地说道："爸，秦老师来了。"

那人一抖肩头披着的西装，转过身来。

油光锃亮的背头，锐利深邃的眼神，剪得有款有型的胡须，嘴里叼着一根昂贵的古巴雪茄。

老宋双指夹着雪茄，一番吞云吐雾，眯着眼睛打量秦深半晌，严肃地开口："坐。"

秦深心想，这个传说中给学校捐了图书馆的男人，真是不可小觑呢！

老宋："秦老师好。"

秦深不卑不亢道："霁先生好。"

老宋打开了抽屉，抽出了一支雪茄，抬手夹在双指之间。霁温风毕恭毕敬地拿着雪茄剪走到他身后，帮他剪掉圆头。

老宋目光幽深地将雪茄递给秦深："古巴雪茄。"

秦深恭敬地接过。

老宋命令霁温风："给秦老师点上。"

霁温风："是。"

老宋："呵呵，不知秦老师光临寒舍，有何贵干？"

秦深回过神来："不瞒您说，是为了霁公子的生活问题而来。"

老宋眉毛一挑："犬子生活上有什么问题？是乱搞男女关系了吗？"他回头严厉地教训霁温风："早就告诉过你了，打你一出生，你的未婚妻已经定了，她不但家世好，学历高，还是全球排名前五十的超模，得妻如此，夫复何求？！"

秦深的眼神瞬间变得犀利了，霁温风的未婚妻果然是超模！

霁温风迎着老宋和秦深的灼灼目光，心想，好啊，表面上一个是光鲜亮丽的总裁家司机，一个是正正经经的人民教师，背地里通通都在偷看我的八卦！等我忙完这里，就把网上的照片全给删了！

秦深："小风没有男女作风问题，我不是为了这事儿的。他上课半个月，逃课三天。我希望了解一下霁公子频频逃课的原因，针对他的个人情况对症下药，使他担负起班长的带头作用。"

老宋一脸这算什么事情："哦，您说的是这个。"

他站起来，抽着雪茄走到窗边，俯览着窗外齐整的绿色草坪、悠然吃草的白马，抚摸着手指上硕大的蓝宝石戒指。

"秦老师，"老宋缓缓开口，"小风逃学，并不是在浪费宝贵的时间，糊

351

涂度日。他是坐在霁氏大楼最顶层的总裁办公室里，学着处理一些公司事务。"

秦深皱起了眉："可是……"

"我想请您注意一点儿，"老宋霸道地抬手，制止了他的可是，"小风不是普通的孩子，他是霁氏集团未来的继承者！"

秦深额角流下一滴紧张的汗水。

秦深看了眼霁温风，霁温风看似恭敬地站在一边，眼神中却闪过一丝窃笑。可恶，他早就知道家访会是这样的结果，所以才有恃无恐吗？！

只要霁温风还在自己的班上念书，他就是死了，从这里跳下去，也绝不允许霁温风不把学习放在心上。这是他的原则！

秦深扶着把手站了起来，上前一步，已经下定了决心。

平常，他与家长协同作战，将学生从懵懂无知的孩童教育成对社会有用的青年。现在，他要从眼前这个霸道的男人手中，夺回学生的教育权！

"霁温风，你先出去。"秦深冷冷地扫了霁温风一眼，"我有些话要与你父亲单独聊聊。"

"是。"霁温风给老宋使了个眼色。

这个眼神表面上是两代豪门霸道总裁父子连心，心照不宣，实则慌得很。

第十九章

人民教师，"戏精"终结者

Chasing the wind

霁温风被迫撤离了现场，房间里只剩下老宋和秦深。

老宋倒在主位上，感受到辅导员强大的压力排山倒海而来，这次轮到他额角滴落一滴紧张的汗水。即使心中有怯也不会流露出来，但还是外强中干地先发制人道："请问秦老师想跟我单独谈什么？"

确定霁温风已经离开，秦深再也不掩饰心中的愤怒，双拳捶在桌板上，眼神坚毅地说道："霁先生，恕我直言，在贵公子的教育问题上，您犯了极大的错误。他首先是您的孩子，而不是什么'霁氏集团未来的继承者'。您扪心自问，您是否真的把他当作独立的个体，了解过孩子的内心和他心中所想。您只想着自己需要一个怎样的儿子，可您有没有想过，您的儿子想要一个怎样的父亲？！"

这番话对老宋可谓振聋发聩。

老宋也有一个儿子，跟霁温风和陆容差不多大，非常叛逆。而且老宋最近刚离婚，失去了对儿子的抚养权。周末他去看孩子，孩子还对他爱搭不理，假装没他。

秦深一席话，让老宋陷入了沉思，喃喃重复道："他想要怎样的父亲……"

秦深："男孩子心目中，父亲意味着英雄。"

老宋回过神来，神情寥落道："那只在他们五岁之前，等他们到了青春

· 353 ·

期，他们就干脆不想要父亲了。"

秦深迷惑了："这倒是看不出来。"

就刚才的表现来看，霁温风对霁先生还是挺尊重的。

老宋向他诉苦："有外人在场，他还稍微好点儿，好像只是小孩子不怎么爱说话罢了，其实脾气大得很，在家里谁都不敢惹他。每天把自己关在房间里，根本不知道他在想什么。"

秦深想不到霁温风是这样的。

老宋："我又跟我妻子离婚了嘛……"

秦深："等一下，霁温风生活在一个单亲家庭中？"

老宋勉强记起了他现在扮演的是霁通："那个……我离了婚又结了。"

秦深微妙地打量他一眼："呵。"

秦深凑近老宋道："您仔细反省一下，孩子叛逆，这到底是孩子的错，还是您的错？"

老宋作为一个普通的成年人，从来不觉得自己跟小孩子之间有对错的问题。如果有问题，当然是小孩子的错。

秦深无奈地摇摇头："小时候，孩子仰视着您，您可以做到许多他做不到的事情：拿高处的东西，帮他拼好玩具模型，让他骑在您的脖子上看得更远……您那么高，那么强大，懂得那么多，您在他眼里自然是个超级英雄。

"但是后来，孩子在成长，您却没有，您始终是原来的您，他做不到而您可以帮到他的事情越来越少了，在他眼里您沦落成一个普通人，甚至还是一个不怎么样的大人。您跟不上他成长的速度，就会丧失他对您的敬畏。"

老宋试着回忆了一下自己这么多年都在干什么，开车、鬼混，偶尔回家还要在车里听完最后一首歌才上楼，进了家门以后就是无尽的争吵。

他觉得自己尽到了一个父亲的责任，毕竟他努力开车，赚钱养家，但是在孩子心里，自己也许只是那个回家就打开冰箱拿一罐啤酒躺在沙发上喝酒的废物。

"不——"老宋哭着用手遮住了眼睛。

秦深拿掉了他的手："霁先生，情况还没有这么糟。您好歹是霁氏集团的总裁，您比一般的人要好得多。"

老宋更加伤心了："你根本什么都不懂！"他只是一个开车的。

秦深耐心哄道："不，我懂，我知道你们父子的症结在哪里。"

他眼神笃定，成竹在胸，老宋忍不住问："哪里？"

秦深："依我看，男孩需要的英雄父亲，并不是上天入地、无所不能的神话人物。他们已经成熟到可以理解生活本身，所以他们能够接受更现实、更平凡的父亲，只要他是个努力、真诚、宽容、善良的人……"

老宋眼泛泪花地点点头。

秦深握住了老宋的手："您能答应我，霁温风再也不会逃课去参加一些不符合他年龄的活动吗？——尊重知识也是英雄父亲的特质。"

老宋："能！"

秦深微笑道："看来我们应该经常做一些交流。"

老宋用力握着他的手："听秦老师一言，胜开十年车啊！"

秦深，虽然他说通了霁先生，但好像有哪里不太对劲儿的样子。

霁温风藏在楼梯口，看着他们相谈甚欢地走出书房，发现老宋没有按照原计划走，甚至还想跟秦老师交换微信。

不，他得做点什么来阻止他们继续探讨！

霁温风转身跑上三楼，去找陆容商量。他有一个计划，需要跟陆容配合。

陆容带着顾逸君走到洗衣间里，王秀芳正戴着围裙，装模作样地在阳台上洗衣服，塑造一个忙得要死的底层女性形象。

顾逸君："陆容妈妈好！"

王秀芳："您好。"

顾逸君偷偷跟陆容讲："你妈妈年纪有点儿大啊……"

陆容："实不相瞒，我妈是中年得子。"

顾逸君心想，怪不得有时候会觉得这孩子有点儿唐氏综合征的症状，原来生他的时候妈妈已经是高龄产妇了，真可怜，他特别申请的三千元钱贫困生补助对这个贫病交加的家庭来说真是雪中送炭啊！

王秀芳听见顾逸君私底下说她老，把脸盆一摔："老师你来做啥？"

顾逸君："是这样子的陆容妈妈，陆容最近三次考试英语都不及格。"

王秀芳："我们学什么英语！"

顾逸君："因为做学问要用到英语！"

王秀芳一边往洗衣机里塞衣服，一边无所谓地说道："我大儿子都没上大学，现在在厂里做得也蛮好的。"

顾逸君："如果他的文凭再高一点儿，他的职位说不定就能再高一级了。"

"不会的！"王秀芳淡淡地说道，"他娶了厂长的女儿，以后就是厂长，

再高也高不上去了。"

顾逸君："……"

王秀芳："厂长女儿还是他从大学生手里抢来的，所以我儿子上不上都一样，何况陆容已经上了大学，男人，体格结实就够了！"

顾逸君："陆容妈妈您这样说就很歧视男性，这就跟说'女孩儿不用念书反正以后都要嫁人'是一个道理。陆容哥哥娶厂长女儿这都是小概率事件，大概率上男孩子肯定是努力读书，以后才更有前途。"

陆容扯了扯他的袖子："谢谢老师！"他偷偷跟顾逸君讲，"我妈妈本来还想让我退学，去娶瓦罐厂厂长的女儿，给家里省点儿钱。"说着他抹了一把辛酸泪，努力演好一个家境贫寒的人。

顾逸君郑重地按着他的双肩："你放心，有老师在，绝对不会让你退学的！"

陆容假装弱小无辜又可怜："可是我妈妈可能连下学期的学费都不给我交……"

顾逸君道："老师给你申请全免！"他将陆容护在身后，面对着王秀芳气冲冲地说道，"男孩子怎么了，男孩子长大以后就只能结婚娶人不用上学了吗？"

陆容录下了顾逸君的话："谢谢老师！"

顾逸君丝毫不知道自己已经成为陆容攫取学校公共财产的工具人，还在对王秀芳做着思想工作："像陆容这种情况，他最好去找个英语班。大一基础没打好，之后就补不起来了。"

王秀芳一脸精明地说道："你们肯定是上课不好好讲，才导致我儿子学不好，连面孔都不要了！这种事情我看得多了，我们保姆圈里消息很灵通的！"

顾逸君深感委屈。为了自证清白，也为了自己学生的英语成绩，义薄云天、豪气干云地道："陆容，老师出钱给你上去找英语班！"

陆容赶紧拦住他："不了不了，补英语还是算了。"

"不，你先出去，我要跟你妈妈好好谈谈。"顾逸君把陆容往外一推，神情严肃起来。陆容的妈妈是非典型性的家长，他需要好好与她谈谈。

联手

等房间里只剩下顾逸君和王秀芳的时候，顾逸君面对着这个朝自己翻着白眼的家长，咽了口唾沫。他想起自己教书育人的职责，鼓起勇气说："陆容妈妈，我必须指出来，您这样教小孩子是不对的，家长应该给孩子正面引导。"

王秀芳晾着衣服随意地说道："我只是个洗衣女工，又没有什么文化，我男人天天就知道打麻将、喝酒……"

顾逸君："等一下，您说的是陆容的继父吗？"

王秀芳："……"

她这才勉强想起来她现在扮演的是方晴的角色，缓慢地点点头："算是吧！"

顾逸君："他酗酒？还打麻将？他有正经工作吗？"

王秀芳事到如今也只能代入一下自己老公了："他是瓦罐厂看门的。"

顾逸君眼中精光四射，把所有信息串联起来，怪不得陆容家里要让陆容娶瓦罐厂厂长的女儿，因为他继父就在那里工作，继父用他讨好上级！

顾逸君："他平时喝酒以后发酒疯打孩子吗？"

"你这说的是什么话？"王秀芳恼怒道，"他发酒疯的时候连我都打。"

顾逸君拉着王秀芳坐下，郑重其事地问道："那您为什么会嫁给他？"

王秀芳想了想："可能是因为他打麻将的时候时不时还能赢点儿钱？"三十多年前他们村里女人结婚也不讲究啊。

顾逸君："他打您，打陆容，还沉迷赌博？您二婚还那么不谨慎的吗？"

王秀芳想说，她说的是头婚。

王秀芳："我们还是继续探讨陆容的英语不及格吧，你之前说要出钱给他上培训班？"

顾逸君已经不肯再回到之前的话题了："我原本以为，陆容的英语成绩是他最重要的问题，现在看来，问题要严重得多。他有一个酗酒赌博还要把他卖给瓦罐厂厂长做女婿的继父！孩子的家庭状况对他的成长影响相当大，他生长在这样一个家庭里，英语成绩还能好才怪。"

王秀芳："其实我男人对陆容的影响几乎没有。陆容一直住在霁家大宅里。"

顾逸君真诚地望着她的眼睛："那您呢？"

王秀芳："我也……"

顾逸君摇着头："陆容妈妈，婚姻可不应该是这样子的。'执子之手，与子偕老'，同床睡觉，同桌吃饭，您这样在外漂泊，跟没有结婚有什么

两样。"

王秀芳愉悦地道："确实没有，等于丧偶。"

顾逸君："那您到底为什么要选择再次结婚呢？"

这个话题深入到现在代入自己的情况也已经完全没有违和感了，王秀芳在围裙上搓着手，陪顾逸君坐下，深深地叹了口气："你现在跟我说我做了错的决定也没用，到了我这个年纪，人生已经很难从头再来。"

顾逸君："不。种一棵树最好的时机是十年前，其次就是当下。就算您年纪大了，身材走样，又中年得子，您也不是非得忍受这一切。"

王秀芳不确定地问："是吗？"

顾逸君："如果您老公是个喝酒赌博还家暴的男人，甩了他百利而无一害。"

王秀芳："可是这样别人说起来很难听……"

顾逸君："别人有说过您好话吗？"

王秀芳想了想，赞同地点点头："确实没有——可是我在五十多岁高龄很难再找一个了。"

顾逸君："按照您的年纪来说，您相当显年轻而且会打扮。"顾逸君温柔地按住了她的手，"您不用担心未来，您和我一起安安心心把陆容培养成人，他会孝敬您的。"

王秀芳把目光落在顾逸君牵着她的手上。

她知道陆容是绝对不会孝敬她的，但是陆容的辅导员，倒是个精壮的小伙子呢！

陆容见到王秀芳和顾逸君相谈甚欢地握着手出来，就觉得有点儿大事不妙。

眼看王秀芳和顾逸君想互加微信，陆容觉得自己得想点儿办法。

正当他的大脑投入疯狂的算计中时，霁温风从背后点了点他的肩膀。陆容回头对上霁温风凝重的目光，意识到他们陷入了同样的困境。两人一起心照不宣地走进霁温风的卧室。

霁温风抱着手臂道："我那里情况很严峻。"

陆容："我也是。"

陆容心烦意乱地说道："还不如让叔叔和妈妈来。"

霁温风："王秀芳不会真的看上顾老师吧？她竟然是这样的女人……"

陆容呵斥道："醒醒！那你所有的衣服套一下就要洗，哪怕只穿十分钟。在这个家里，她最恨的就是你。"

霁温风松了口气，然后又觉得哪里不太对。

陆容："有什么办法可以让秦老师和顾老师不再联络他俩，又不让叔叔和妈妈出面……"他说到这里，一个点子从脑海中蹦了出来，陆容顺势看向了霁温风。

霁温风想到之前的计策，亦是看向了陆容："我有个主意。"

陆容眉峰一挑："我们想的不会是同一个吧？"

霁温风拿出手机："写下来就知道了。"

两人十指如飞地在备忘录上写下了自己的计划，同时交给对方。

只见两人都打了同一行字——我来做你的家长，你来做我的家长。

陆容忍不住对霁温风刮目相看："我们俩有时候还挺有默契的。"

霁温风："那是当然。"

陆容："但是这么做有点儿冒险。"

霁温风："既然要追求刺激，那就贯彻到底。"

两人一同看向窗外，发出了反派邪恶的笑声。

老宋送秦深出门，两人闲聊了一下午，意见惊人地一致，两人都很放松。

路过后院，秦深问老宋："霁温风在做什么？马车？"

老宋："没错。他买了一匹马，想做个南瓜马车。"

秦深："给谁？"

"我没仔细问。"说完之后，老宋赶紧岔开了话题，"秦老师你怎么来的？需要我开车送你回去吗？我有一辆宾利。"

秦深："谢谢，我自己开车来的。"

经过门前的时候，秦深看着即将收工的工作人员，想起了一桩事："对了，我来的时候这里有另外一个孩子，跟霁温风同校不同班，叫陆容，霁先生知道他吗？"

老宋："哦……陆容……"完了！大少爷没有交代他要怎么介绍小少爷。

秦深："听说他是你家洗衣女工的儿子。"

老宋："对对对！"

秦深："他们俩关系好吗？恕我直言，我很担心他们俩同住一个屋檐下，一个是大少爷，一个是洗衣女工的孩子，他俩会不会因为父母的身份无法平等相处，产生霸凌之类的情况……"

老宋："其实他们关系还挺好的，真的，经常在一起玩游戏。"

秦深："是吗？可是我在学校里从来没有听他们说起过他们关系很好，或者表现出……"

秦深突然住嘴了，雾温风有个关系很好，但谁都不知道他存在的男同学，甚至连雾先生都没有放在心上，而这个人，其实就在大家的眼皮子底下……

老宋等着他继续往下说："嗯？"

秦深："没……没什么。"

秦深觉得他知道了惊天大秘密，站在大太阳底下都要出冷汗的那种。

老宋将秦深送到门前，握手告别。等老宋回去以后，秦深才说："出来吧！"从刚才起，他就一直感觉有人在跟踪自己。

陆容从躲藏的地方缓缓现身："秦老师好，我有些话想私下里对老师说。"

秦深看着天真无邪的陆容，觉得自己刚才的脑补真是太过分了。看，他只是一个普通的学生嘛！

陆容看了眼老宋的背影，小声说："其实雾先生对雾同学根本就不好，他娶了别的女人。"那个人就是自己的妈妈，"他还有别的儿子。"那个人就是自己，"他经常不在家。"因为雾通要去各地出差，"雾同学稍微做错一点事儿，他就要体罚他。"雾通用号啕大哭这种方式来伤害雾温风的耳朵。

秦深："真的吗？"

陆容看看身后，秦深顺着他的目光望去，雾温风躲在不远处的廊柱下，弱小无辜又可怜地露出半张脸。

陆容："雾同学现在很害怕，他怕秦老师你以后更相信他父亲，而不是他。"

秦深被雾温风求救般的眼神和陆容天使般的面容蛊惑了："我不会的。"

陆容拿出了自己的微信二维码："那老师可以加我吗？以后雾温风表现不好，你找我好不好，我会管住他的。"

秦深莫名觉得陆容小大人的模样真可爱："你是……"

陆容咬着嘴唇羞涩地说："我是雾同学的朋友。"

第 二 十 章
我的家人都是所谓问题者怎么破！

王秀芳搀扶着顾逸君出来，顾逸君有点儿发蒙。

经过两个工作人员的时候，顾逸君神魂入定地想起了陆容："这家的主人姓霁对吧？"

王秀芳："没错。"

顾逸君："霁温风也是我们学校的学生，他跟陆容是同校不同班的。"

王秀芳并不关心："哦。"

顾逸君见她什么反应都没有，尝试着引导她："陆容是经常在这里帮工吗？这对他来说压力大吗？同学是大少爷而他只是……帮工的儿子。我担心这对他的身心健康发展是不是有点儿问题？"

王秀芳："呃……他们俩关系还挺好的。"好到小少爷已经掌管了大少爷的衣柜，还霸占了他所有的二手衣物的程度。

顾逸君还是放心不下，看向指挥工作人员的陆容："他周末打工影响他的学习吗？"

王秀芳："他不打工，谁敢让他打工。这个灯是他自己要装的。"

顾逸君恍然大悟。

这时候霁温风走到顾逸君面前，对王秀芳说："你上去吧！我送送顾老师。"

王秀芳抓着顾逸君的胳膊不肯放。

霁温风："赶快！"

王秀芳这才恋恋不舍地放开顾逸君，一步三回头地上了楼。顾逸君被霁温风的王霸之气所震慑，刚才霁温风"大喝"一声的时候仿佛在驱魔。

霁温风警惕地看了王秀芳一眼，对顾逸君道："老师，陆容妈妈对陆容一点儿也不好。她有了新的老公、新的儿子。"那两个人就是霁通和自己，"根本不管陆容的伙食，一日三餐都不给他备好。"因为她是地狱食神，"她放纵陆容的学习，陆容打游戏她也不管。"十有八九是她教唆陆容一起打，"她甚至带陆容去酒吧酗酒。"

"这到底是什么家长啊！"霁温风编着编着就忍不住痛骂出声，方晴真的有毒。

更毒的是，她是自己的后妈。她对陆容尚且如此，对自己能好到哪里去？！霁温风的表情前所未有地凝重，心中头一次对陆容的处境产生了深刻的同情。

顾逸君问道："真……真的吗？"

霁温风顺势看看身后，顾逸君顺着他的目光望去，陆容躲在不远处的门后，弱小无辜又可怜地露出半张脸。

霁温风真情实感地说："顾老师，我求求你，以后学校有事跟我联络。他妈真的不靠谱，我来做陆容的监护人。"

顾逸君："我也觉得……她说什么要陆容去娶瓦罐厂厂长的女儿。"

霁温风刹那间变了脸色。

虽然有一点点小插曲，不过两人还是按照原计划互相加上了好友。

顾逸君："不过我很好奇为什么你愿意给陆容……做监护人？你们是有什么关系吗？"

"是。"霁温风感觉自己等这个问题已经等了上千年。

他回头望向陆容："他是我……的朋友。"

陆容、霁温风一起将顾逸君送到秦深的红色车子旁。

他们将要离开时，陆容敲了敲车窗："老师，这次能通过吗？"

顾逸君："我觉得没什么问题！我回去就写家访报告，然后把班级卡上的钱转给你。"

陆容："好的，尽快。"

他回头就对邓特报告了喜讯："问题不大，钱很快到账。"

邓特酷酷地回道："谢谢学长！"

陆容跟贫困生补助金有长达三年的"相爱相杀"。

他还在上城南高中的时候，第一年，他不知道这回事，贫困生补助金被班级瓜分去唱歌了，他在学校外的理发店打了一年工。

第二年，他按流程申请了，但学校以他看上去不够穷给驳回了，给了他们班的班长。班长随即带着全班同学去唱歌了。已经从学校外理发店跳槽到饭店的陆容因为偶遇风云人物走上了截然不同的人生道路，并且严重怀疑是方晴殴打同学的事导致他的申请没有通过。

第三年，他的申请终于通过了，而就在这个节骨眼上！他的同班同学因为路过足球场被人一足球踢到头上当场昏迷，送到医院醒过来以后，失忆了！

他失忆了！

高中班主任对陆容沉痛地说："你只是失去了爸爸！可他失去的是高中三年的所有知识啊！——他要从高一开始复读，今年的补助金只能给他了。"

陆容："你居然说服了我。"

就这样，陆容高中三年，都没有拿到过贫困生补助金。

他坚持要考城南大学的原因，就是要把城南高中欠他的拿回来！

最近突然有钱了，陆容都快把这茬给忘了，结果前不久李南边告诉他，（6）班的贫困生补助，邓特又审核不过关，就因为陆容送邓特的那双上千元钱的拳套。

陆容真的愤怒了，那是邓特的吃饭家伙啊！他们知不知道邓特的师父是把他从地下拳馆救出来的啊！他爸爸真的是个酒鬼，而且酒后家暴，还不想让邓特上学，只想让他去打黑拳！

的确，现在的他有钱养邓特，但这些原本不应该由他来做。

就在陆容打算解决这件事情时，可爱的顾逸君老师突然告诉自己，他为自己额外申请了贫困生补助。

那问陆容支不支持，当然是支持的啊！

"等这笔钱到账，邓特能够正常生活。"陆容回头，跟随霁温风走向了夕阳下的山顶庄园。

夕阳下陆容和霁温风面对面站着。

霁温风手插着裤袋挑衅道："家访的事情解决了，可别以为我会因此就

网开一面。给爸爸阿姨准备的礼物，我赢定了。"

陆容："呵呵，就凭你的马车？它愿不愿意拉车还是个问题。"

霁温风："走着瞧。"

陆容："滚。"

两人眼神对视都是火花霹雳，回头走向自己的院落。

未完待续

图书在版编目（CIP）数据

逐风 / 漆环念著.—武汉：长江出版社，2022.4
ISBN 978-7-5492-8218-0

Ⅰ.①逐… Ⅱ.①漆… Ⅲ.①长篇小说—中国—当代
Ⅳ.①I247.5

中国版本图书馆CIP数据核字（2022）第037401号

逐风 / 漆环念 著

出　　版	长江出版社	
	（武汉市解放大道1863号）	
选题策划	奔跑的小狐狸制作组	
市场发行	长江出版社发行部	
网　　址	http://www.cjpress.com.cn	
责任编辑	陈　辉	
特约编辑	奔跑的小狐狸制作组	
印　　刷	大厂回族自治县德诚印务有限公司	
版　　次	2022年4月第1版	
印　　次	2024年5月第3次印刷	
开　　本	710mm×1000mm　1/16	
印　　张	23.25	
字　　数	420千	
书　　号	ISBN 978-7-5492-8218-0	
定　　价	49.80元	